소설

민영환과
이승만

소설 민영환과 이승만

1판 1쇄 발행_ 2019년 10월 7일

지은이_ 민병문
펴낸이_ 안병훈

펴낸곳_ 도서출판 기파랑
등록_ 2004. 12. 27 | 제 300-2004-204호
주소_ 서울시 종로구 대학로8가길 56(동숭동 1-49 동숭빌딩) 301호
전화_ 02-763-8996(편집부) 02-3288-0077(영업마케팅부)
팩스_ 02-763-8936
이메일_ info@guiparang.com
홈페이지_ www.guiparang.com

ISBN_ 978-89-6523-617-7 03810

소설

민영환과
이승만

민병문 지음

기파랑

이 책은 이승만(대통령)과 민영환(충정공)이 구한 말 암흑 시절 대한제국 자강 자립을 위해 손잡고 뛴 이야기를 소설로 엮은 것이다. 때문에 이미 드러난 사실 이외 당시 두 사나이와 얽힌 사건, 일화 거의가 작가 상상력이었음을 미리 고백한다. 그 결과는 1세기도 지나지 않아 대한민국이 세계 11대 경제 강국으로 태어난 것이다.

소설이지만 뼈대는 역사적 사실이다. 이를 픽션, 서사로 가공하는 가운데 등장한 공신원 주인 명주월, 북한산 문수암 만수 도사와 뉴욕 혈죽회 관련 인사들은 가공인물이다. 혹 실명 등장 유족들에게 누끼친 부분이 있다면 오직 죄송하다. 또 손세일 선배의 대작, 한국 현대사 '이승만과 김구' 도움을 많이 받은데 감사한다.

신화는 전설이 되고 역사를 창조한다. 달빛 햇볕은 전설을 사실로, 사실을 전설로도 만든다. 환인 하느님 아들 환웅, 손자 단군왕검은 고조선을 건국, 동북아 일대를 누볐다. 하지만 하느님 자손, 배달민족은 5천년 세월 속 분열을 거듭, 한반도로 쪼그라들었다. 이제 옛 영광을 되찾으란 조상님 신호가 활발해졌다.

우리 유전자에 전승되는 기와 맥을 통해 성령이 돕기 시작한 것이다. 천손의 그림자 조직 혈죽회가 그 역할을 맡는다. 이들의 대가없는 헌신이 '낭비'조차 아름다운 '연대'로 거룩하게 만든다. 예수 발등에 옥합 향유를 쏟아 낭비라고 비난받은 막달라 마리아가 재평가된 것처럼. 아내 김해순과 친구 김승만, 김동위, 김기인, 장흥선, 박용성, 손길승, 성하현, 배창모 등 에게 이 책을 바친다.

차례

민영환과 이승만의 연대는 운명적인 거룩한 낭비 관계다. 만남과 헤어짐, 시작과 끝이 절묘하다. 두 사람을 묶은 끈은 배달민족, 환인, 환웅과 단군 자손으로서 옛 고조선의 영화를 되찾자는 일념이다.

그들이 처음 만난 곳은 서울 북한산 문수암이다. 바야흐로 계절이 농익기 시작할 때였다. 온 산이 봄꽃으로 물들어 바람 불 때마다 색깔 별로 파도를 쳤다. 불당 앞 계단을 서성대며 주변 풍경에 빠져든 민영환에게 갑자기 입성 깨끗한 소년이 말을 건네 왔다.

"선비님, 부처님께 뭘 빌었어요? 과거 급제, 아니면 수명장수?"

고즈넉한 암자에서 한껏 심심하던 차에 민영환은 내심 반가 왔다. 때 묻지 않은 소년의 싱그러운 말 걸기. 산사의 풍경 소리, 나뭇잎을 스치는 바람 소리, 개울물 소리, 산비둘기 소리도 슬슬 물릴 때 아닌가. 그런데다 질문 내용이 당돌했다.

"부처님께는 빌기보다 그냥 맡기는 게 좋아. 마음을 정갈히 갖고 부처님 앞에 앉아 소원을 다 들어주시겠지 하는 믿음으로 기다리는 거지."

민영환이 천천히 대답하는 동안 소년은 스스럼없이 다가 와 계단 끄트머리에 걸터앉는다. 구김살이 없다. 나 홀로 산행과 오랜 침묵 끝에 몇 마디 하고나니 영환의 기분도 한결 좋아진다.

"그래도 어머니는 절에 오면 온갖 것을 다 빌어요. 아버지와 저의 건강, 서당 글공부, 시집간 누나 걱정 등 자꾸 쏟아져 나오나 봐요. 제가 전주 이씨 양경 공 16대 후손으로 6대 독자인데 이 절에 와서 백일기도하고 낳았대요. 그만하면 부처님께 빌어도 되지 않나요?"

"그럼 빌 만하지. 귀한 6대 독자 점지만큼 큰 은혜가 어디 있겠어. 그런데 비는 대상을 자신과 가족 말고 다른 사람들까지 확대하면 더 효험이 클 거야. 공덕을 쌓는 거니까. 그런 마음이 주위에 퍼지면 무슨 일이고 잘 풀리지 않겠나. 그럼 어머니는 지금도 빌고 계시겠네."

"맞아요. 저도 옆에서 건성 빌다가 빠져 나왔으니까요. 어머니는 틈만 나면 여기 와서 백팔배 정도 끄떡없이 하세요."

"하지만 빈다고 다 이뤄지는 것은 아니야. 덕행이 따라야 하지. 나쁜 짓 일삼는 자가 정성껏 빈다고 들어주면 이치에 안 맞잖아. 그런데 참, 계속 어머니 말씀만 하는데 아버님 함자는 어떻게 되시나?"

민영환은 점점 더 소년과의 대화에 빠져 든다. 자기중심으로 화제를 끌어가는 묘한 재능이 반짝인다. 우선 궁금증을 풀고 싶다. 자칭 양경 공 후손이라면 이 씨 왕족이다. 까마득한 선대 세종대왕의 형님, 세자 지위를 동생에게 양보한 양경 공 후손치고 별로 유복한 기색은 아니다.

5백 년 왕조에서 6대 이상 계속 조상이 벼슬을 못할 경우 왕족이라도 종친 대접을 받지 못하는 제도 때문에 낙백한 양반이 되었음 직 하다. 그 래도 혹시 이름을 알면 짐작이 갈지 몰라 물었으나 소년의 대답은 엉뚱하다.

"제가 시를 곧잘 짓는대요. 서당에서 제법 소문났어요. 어머니가 한시 짓는 요령을 가르쳐 주셨는데 제 나름대로 써본 언문 시도 괜찮다고 하네요. 이왕 기도 얘기, 비는 얘기 나왔으니 지금 막 떠오른 즉흥시 한번 읊어 볼까요?"

"그래, 기특하구나. 좋으면 내가 상을 내리마."

민영환의 호기심이 증폭한다. 거침없는 본인 자랑도 그렇거니와 이 아이 어머니 학식도 보통이 아닌가 보다. 아들에게 한시와 시조 짓는 요령을 가르칠 정도면 예사 여염 집 아낙네는 아니다.

빌고 또 빌어도 학업은 머나 먼 길
그마저 효험 없다고 퇴박 놓으면
어머니 소원도 내 꿈도 갈 곳 없네.

소년은 하늘 향해 또박 또박 시조 한 수를 간단히 뽑아낸다. 즉흥시라기보다 준비된 것 같다. 석줄 시로 행마다 13자씩 정확하다. 이어 만족한 자평까지 한다.

"어때요? 이만하면 서당 글짓기 도강에서 장원한 실력 인정하시겠어요? 한문시는 더 좋대요."

민영환이 무릎을 치며 크게 웃는다. 유쾌했다. 그 나이에 문장 실력도 탁월했지만 자기 자랑도 능숙하다. 부처님께 비는 효험 논쟁을 시조 한편으로 일거에 종결지었다. 얼른 주머니 돈을 꺼내 소년 손에 쥐어 준다.

"그래, 내가 졌다. 약속대로 상금을 줘야지. 부처님께 잘되게 해달라고 비는 것은 당연해. 그러면서 돈오검수, 순간 자기 깨달음도 얻는 거지. 실은 나도 오늘 이 근처 토굴에서 하 한기 용맹정진 마친 도승님께 좋은 말씀 빌러 왔다가 허탕쳤다. 날짜를 잘못 알았나봐. 그건 그렇고 너 아직 내 질문에 답하지 않았는데."

"아, 제 아버님 함자요. 본관 전주 李씨에 공경할 敬자와 착할 善, 이경선 어른이십니다. 원래 3남 2녀를 두셨는데 두 형이 천연두로 일찍 죽는 바람에 제가 6대 독자가 되었어요."

"그럼 관직에 계신가? 아니면 농사라도? 아니 그보다 내 정신 좀 봐, 아직 네 이름을 못 들었네."

민영환의 뒤늦은 질문에 소년이 잠시 망설이다 폴짝 입을 연다. 생각해 보니 거리낄 게 없다는 투다.

"저는요, 이승룡, 이을 '承'자에 용 '龍'자를 씁니다. 태몽에 갑자기 용 한 마리가 품속으로 달려들어 왔대요. 그래 돌림 '승'자에 '용'을 붙인 거지요. 이 절 백일기도 덕이라고 해마다 이맘때 불공을 드립니다. 아버지는 훈장님 하시다 관상, 지관에 주역까지 보신대요. 그래 지방에 많이 가시지요."

"원래 서울 태생인가? 여기 백일기도 드리려면 멀리서는 어려울 텐데."

"저는 황해도 평산서 태어나 3살 때 서울로 왔는데 어머니 정성이 대단하셔요. 아버지도 6대 독자를 교육시키려 끔찍이 애 쓰시지만 친구와 술을 너무 좋아해 살림조차 어머니 몫이 커요. 선비님은 무얼 하시나요?"

"응, 나는 큰 서원에서 공부도 하고 가르치기도 한다. 네가 혹 커서 나를 찾아오면 도움이 될지 모르지. 경복궁 근처 전동 민 씨 댁을 찾거나 아니면 성균관으로 와도 괜찮다. 거기 많이 가있으니까."

영환은 이제 완전히 이 소년에게 빠져 들었다. 나이 차와 상관없이 막내동생 같은 느낌이다. 대화의 성숙도가 애어른을 닮았고 스스럼없이 자기 의견을 말하는 두둑한 배짱이 좋았다. 나이로 봐서 아직 코흘리개 아닌가. 영환의 생각이 복잡해질 때 문득 아이를 부르는 여인의 소리가 들린다.

"승룡아, 이제 다 끝났다. 부지런히 집에 가야지 아버지 걱정하신다."

영환이 흘깃 돌아보니 초로의 점잖은 아낙네가 불당 문을 열고 막 나서고 있다. 외간 남자를 보고도 별로 내외하는 기색이 아니다. 오히려 사랑스런 아들이 낯선 남자와 도란도란 얘기를 나누는 게 궁금한 눈치다. 이들 대화를 산중 암자의 풍경 소리가 제법 그윽하게 만드니 그럴 법도 하다.

"아드님이 무척 똑똑 하고 야무지네요. 우연히 몇 마디 나눴는데 나중 큰 일 할 재목이 틀림없습니다."

가볍게 목례하며 던지는 영환의 진심어린 말에 여인의 입이 벌어진다.

"아이가 아직 철이 덜 들어 좀 덤벙 대지요. 겁 없고 호기심이 많아 여기 저기 참견을 잘 합니다. 혹 버릇없이 굴었다면 죄송합니다. 승룡아, 너 약속한 부처님께 백팔배는 다 드렸니?"

승룡이 호기심 많고 겁 없는 것은 사실이다. 이날 하산 이후 얼마 뒤 터진 임오군란(1882년)이나 갑신정변(1884년) 등 소요 때마다 난리치는 서울 거리를 활보하다 늦은 밤 귀가, 부모애를 태운 것이다. 그냥 구경만 한 게 아니다. 군중이 몰린 곳에 가서는 경위를 묻거나 자신의 소견을 거침없이 말하기도 했다. 군중 심리를 취재하고 체험한 것이다.

"그럼요, 벌써 끝내고 선비님과 즐겁게 얘기했어요. 선비님은 불공보다 근처 토굴에 계신 친구 도사님 뵈러 왔다가 허탕치셨대요. 무슨 스님이 수행 중에 자리 뜨고, 친구 온 것도 몰라보고 땡중인가 봐요."

승룡의 돌발적 발언이 푹 하고 민영환의 웃음보를 터뜨린다. 옳지 않다고 여기면 즉시 비판한다. 성급하지만 밉지 않다. 일단 의견을 뱉어내면 행동도 따를 것이다. 그의 성품인 듯하다.

"수행 중에도 불가피한 경우 자리 뜰 수 있어. 오늘 수행이 끝나 잠깐 출타했는지도 모르고. 아무튼 한칼로 모든 것을 재단하는 태도는 좋지 않아. 자칫 재앙이 될 수 있지. 서당 도강에서 장원한 솜씨에 그런 이치 쯤 모를 리 없는데, 안 그런가?"

"맞아요. 제가 성급했네요. 사과의 의미로 이번에는 부처님 앞에서 공력을 다 해 읊었던 한시 한 수를 선물할 게요. 부처님께 자랑하려고 지난 달 장원한 작품을 갖고 왔거든요. 선비님이 좋아 드리니까 부디 받아 주세요. 그럼 저희 먼저 가보겠습니다. 안녕히…."

승룡은 주머니에서 작은 한지 한 장을 꺼내 영환에게 주고 잽싸게 기다리는 어머니에게 뛰어 간다. 마당 끝 보리수 아래서 모자가 하직 인사를 할 때 주변 철쭉꽃 군락이 때마침 바람에 실려 춤을 춘다. 다시 찾은 산 중 적막.

風 無手 而 搖木, 月 無足 而 行空
(바람은 손이 없어도 나무를 흔들고 달은 발이 없어도 하늘을 간다네)

영환은 한지를 펼친 순간 입이 떡 벌어졌다. 소년 시 답지 않게 심오했다. 가벼운 듯 무겁고 내용이 깊었다. 모방이라도 이정도면 창조나 다름없다. 게다가 서체 역시 반듯했다. 민영환은 아쉽고 아쉬워 승룡 모자가 사라진 숲길을 멍하니 바라본다. 인연이면 또 만나겠지.

영환이 중얼거릴 때 갑자기 파랑새 한 쌍이 쪼르르 숲속에서 날아 영환의 어깨에 앉는다. 그리고 속삭였다. -그럼요, 오늘 두 분 만남도 우연이 아닙니다. 국난을 맞아 먼 조상의 나라에서 보낸 정기를 받아 이뤄졌지요. 저희 이름은 '아랑' '아리' 파랑새 오뉘, 길을 텄으니 가끔 찾아 뵐 겁니다. 오늘은 신고만 하고 가네요. -

눈 깜짝할 새 벌어진 이변에 영환은 다시 넋을 잃었다. 꿈인가, 생시인가.

2.
익선동 명주월

흠칫 깨어보니 사면이 조용했다. 새벽 칠흑처럼 캄캄한 어둠에 차츰 익숙해지는가 싶더니 마침내 발치에 스며든 하얀 달빛 한줄기가 주변을 청초하게 드러내 보인다. 그래도 여전히 낯설다. 여기가 도대체 어디인가.

밤의 적막이 너무 무겁다고 느끼는 순간 민영환은 아, 저도 모르게 탄성을 내지른다. 동시에 성냥불을 등잔에 댕기는 여인, 명주월이 너무도 뜻밖인 것이다. 속적삼 하얀 알몸 상체를 그대로 드러낸 채 그녀가 말했다.

"대감님, 지난밤엔 많이 과음하시고 매우 용감하셨어요. 제 저고리 고름을 푸시다가 잘 안되니까 그냥 막 잡아 뜯었지요. 모처럼 사내다운 모습이라 저는 숨이 막힐 만큼 좋았습니다만."

아직 정신이 덜 들어 낯을 찡그리던 영환이 이윽고 고개를 끄덕인다. 어제 오후 일이 어렴풋이 떠오른 것이다. 그랬다.

감히 운현궁을 찾아 갔었다. 대원위 대감 이하응이 사는 곳. 한때 조선

천지 권력을 한손에 잡고 휘두르다 지금은 낙백해서 앙앙불락 애를 끓이며 사람을 만나지 않는다고 했다. 더욱이 민 왕후의 친족이라면 이를 갈고 있다.

내키지 않았지만 성상과 왕비 마마를 위해 못할 일이 없다고 생각했다. 또 잘하면 태풍 앞 촛불처럼 가물가물 꺼져가는 조선의 명운을 되살릴 어떤 계기가 될지도 모른다. 그런데 운현궁 대원군에게 어떤 제안을 하고 성사시키라는 왕비의 하명은 지엄했다.

"내가 지난 밤 무슨 실수를 한 게냐?"

영환은 기억의 실타래를 바쁘게 돌린다. 현재 자신이 처한 상황을 파악해야 했다. 당장 자신이 지난 밤 보낸 곳이 전동 자택 아닌 익선동 공신원 음식점 명주월 집 안방 아닌가. 외박한 꼴이다.

"어제 저녁 늦게 대감님이 창백한 얼굴로 찾아오시더니 우선 시원한 약주 한잔을 청하셨지요. 그리고 하늘 향해 폭소를 터뜨렸습니다. 전례 없던 일이었어요. 그리고 이제 한시름 놓았는데 기다려 보자고 했습니다. 잘하면 이 나라 운명이 필 수 있다, 잘 될 수 있다 등 혼잣말을 수없이 되뇌기도 했고요. 웃다가, 눈물 펑펑 쏟다가… 종잡기 어려웠습니다."

"그리고 또…."

"계속 약주를 찾으셨지요. 나중에는 제가 극구 말리다 못해 대신 마시기도 했습니다. 그렇게 많이 술을 찾고 드시는 걸 지금껏 본 일이 없으니까요."

"그런데 왜 내가 여기 있느냐? 여기서 잤느냐?"

영환의 이 말에 명주월이 비로소 배시시 웃었다.

"그거야 대감님이 더 잘 아시면서… 일단 정신 드시게 갈증부터 푸세요.

여기 시원한 식혜 한사발이 전부 얘기해줄 겁니다."

쭉 들이 킨 식혜 한 사발 효과가 금방 나타났다. 흐릿했던 어제 낮부터 밤까지 일이 한 장의 사진처럼 선명하게 떠오른 것이다.

민 왕후의 호출을 받고 경복궁으로 달려갔을 때 주변은 더할 나위 없이 고즈넉했다. 나른한 오후, 궁궐은 한없이 조용했다. 상궁도 나인도 보이지 않았다. 일부러 주위를 물리친 것 같았다.

"왕비 마마 찾으셨습니까?"

민영환이 두 손을 앞으로 모은 채 하는 인사말에 민 왕후는 미소를 지으며 손으로 의자를 가리켰다. 영환이 머뭇대자 다정하게 말했다.

"내가 오늘 자네와 긴히 의논할 게 있으니 너무 격식 차리지 말게. 친정 숙모 조카 사이로 돌아가 편히 얘기 하자고."

이에 영환이 의자를 뒤로 당겨 어렵게 엉거주춤 앉는 것을 보고 민 왕후는 까르르 웃었다.

"어차피 힘든 숙제 내줄 거니까 처음부터 그리 어려워해도 소용없어. 편안하게 앉아 잘 풀어낼 궁리하고 아무쪼록 일이 되도록 해야 한단 말이지."

"무슨 말씀이신지?"

"자네 운현궁 대원위 대감을 긴히 만나 뵈어야겠어. 빠를수록 좋아."

민 왕후의 돌발적 제안에 영환은 펄쩍 놀랐다. 1863년 고종 즉위 이후 10년간 대원군은 섭정으로 군림, 조선 최고 권력을 누린다. 그 시기, 그러니까 1867년 막부 일본이 개혁 개국 투쟁을 명치유신으로 이끌며 비약적인 국가 발전에 나서고 있는 동안 대원군은 쇄국정책과 몽매한 경제 정책, 살벌한 정적 타도, 천주교 핍박 등 나라를 뿌리 채 망쳤다.

그럼에도 1873년 유생 최익현 등의 퇴진 상소로 아들 고종에게 어쩔 수 없이 권력을 넘겨 준 게 한이었다. 영민한 며느리 왕비가 궁중 어른 조대비를 움직여 자신을 몰아냈다고 보고 되찾을 기회만 노렸다. 뒤 방 신세 어언 10년 차인 임오년, 1882년 봄 지금까지 그 생각은 변하지 않았다.

그가 얼마나 오매불망 권력에의 복귀를 노리는지 세상이 다 안다. 환갑 진갑 나이 다 지나도 상관없다. 꾸준히 반격의 틈을 찾는 중이다. 민 왕후가 이를 모를 리 없다. 그런 사람을 만나 보라니.

"운현궁에서 저를 들이기나 하겠습니까? 대원위가 저희 집안에 한 짓이 있는데요. 요즘 상황에서는 대원군께서 민 씨 척족이 찾아 왔다면 아예 소금부터 뿌릴지 모릅니다."

영환은 일단 부정적이다. 그러나 내심 혀를 찬다. 민 왕후의 빠른 결단과 머리 회전, 고종을 설득해내는 능력이 무엇을 구상했는지 새삼 궁금해서다.

오늘 일은 갑작스러운 게 아니다. 사연이 있다. 며칠 전 별직 입시가 고종 내외분에게 요즘 대원군 동태가 하 수상하다는 보고를 하자 왕비는 때마침 동석 중인 영환에게 의견을 물었던 것이다.

그때 그는 서슴지 않고 말했었다. 이런 소문 확인에는 직접 부딪혀 보는 게 가장 좋은 방법이라고. 대화는 물론 얼굴 표정, 몸짓 하나에도 어떤 징표가 나타나기 마련이니 마땅한 인물을 골라 한번 찾아뵙게 하라고. 결국 그 임무가 자신에게 돌아온 것이다.

"이열치열 아닌가. 말을 꺼낸 당사자가 그 정도 각오도 하지 않았을 리 없지. 대원군 만나는데 자네 말고 적격자가 또 있으면 말해 보게. 그냥 가라는 게 아니야. 큼직한 당근을 하나 주지."

민 왕후는 살포시 웃었으나 정작 눈은 젖어 있었다. 그만큼 나라 처지가 어려웠다. 안동 김 씨 세력이 집권했던 60여 년 세월- 치열한 죽기 살기 식 당파 싸움 속에서 천신만고 권력을 잡은 대원군은 쇄국정치 일변도로 개혁과 변화의 길을 외면했다. 시시각각 변하는 국제 정세에 눈을 감고 산업 진흥에 등한하니 국고는 비고 나라는 갈수록 쇠약해졌다.

이 판에 경복궁 중수 핑계로 세금을 올리고 원납전, 당백전 등을 마구 찍어낸 것이다. 당연히 조세와 물가 체계는 기반부터 무너졌다. 이에 따른 부패 만연은 양반과 상민 대립을 격화시키며 전국 곳곳의 민란을 불러왔다.

그 후유증은 고종 친정 10년 내내 계속된다. 젊은 왕 내외가 개혁을 시도해도 외세를 업은 관료 세력이 이리 저리 밀어냈다. 왕은 무력했다. 미약한 군대나마 제대로 관리하지 못했다. 민 왕후는 애당초 외척이 없다는 전제 아래 간택된 처지다. 묶여 있는 신세. 남은 수단은 뻔했다. 정치. 미국 유럽 각국 선교사들이 그녀 정치 교사를 많이 했다.

"예, 가겠습니다. 사 즉 생의 각오라면 어디인들 못갈까요. 요컨대 당근이 문제인데 무엇을 생각하시는지 짐작이 안갑니다."

영환이 작심하고 나선다. 1861년 생. 이제 갓 스물 두 살 나이다. 17세 병과에 급제하고 4년 만인 1881년 정3품 당상관으로 동부승지에 올랐다. 약관 나이에 이만큼 고속 승진한 것은 본인이 물론 똑똑 했지만 역시 민 씨 척족 세력 덕이 크다.

"대원군께서 요즘 천하에 악명 높은 4인방, 천, 하, 장, 안 심복 직계들을 자주 구식 군인들과 접촉시켜 폭동을 사주한다는 소문이네. 해임된 군인들 불만을 자극하는 수법이지. 그러니까 자네도 알다시피 얼마 전 종래 5군영 체제를 무위영과 장어용 2영 체제로 축소하고 대신 신식 별기군을 설치하지 않았는가. 그때 밀려난 군인들을 선동한다는 거야."

"그 말씀이라면 저도 집히는 게 있습니다. 4인방이 구식 군인들 뿐 아니라 미곡 창고에도 나타나 창고지기와 매일 밤 술 타령이라니까요. 그쪽에서도 뭔가 일이 꾸며지는 모양입니다."

"난데없이 미곡 창고에 왜 그들이 나타날까. 자세히 말해 보게."

"그러니까 1876년 조선이 일본과 맺은 강화도 조약은 대원군 쇄국정치로 빚어진 운양호 사건 배상 때문 아닙니까. 우리 쌀을 헐값에 대량으로 일본에 공급하게 되었지요. 결국 우리 군인 봉급 줄 정부 보관 미까지 건드리다 사정이 꼬인 겁니다. 이런 판에 미곡 창고에 정체모를 쌀가마가 들고 난다니 수상하지 않습니까? 몇 달치 군인 봉급이 밀려 있는 데요."

"분명 무슨 농간이 있을 거네. 그러니까 자네가 대원군을 직접 만나 대화 가운데 사실을 알아보라는 말이지. 물론 노회하신 그 분이 내색할 리 없지만 적당한 당근과 함께라면 낌새는 차릴 수 있지 않겠나."

"결국 어떤 당근이냐는 문제일 것 같습니다. 웬만해서는 꿈쩍도 하지 않을 분이니까. 음모 술수도 능하시고요."

"그렇지. 실각 초기 내 양 오라버니이자 당신 처남인 민승호에게 상자 폭탄을 선물인양 배달시켜 한순간에 저 세상 보냈어. 얼마나 분했으면 그랬을까. 가는 세월이 그 원한을 더 키웠을지 몰라. 참 위험한 분이야."

"급하게 흐르는 강물이 하류에서 넉넉해지는 것처럼 10년 세월이면 원한도 누그러질지 모릅니다. 과거 자기 한 짓이 워낙 잔인했으니 연세 드신 지금 오히려 잘 풀릴 수도 있지요. 아무튼 최선을 다 해 보겠습니다."

"그래, 우리 민 승지 말을 믿어 보지. 조만간 성균관 대사성으로 임명할 터이니 그 자격으로 만나 보게. 왕실 비서관 신분보다 유생들을 총괄하는 대사성이 격에 맞아. 전임 인사차 방문한다면 말하기도 좀 편할 거고."

"그렇다면 이제 관건은 대원군이 수용할만한 당근이 남았네요. 설마 그분에게 옛날 섭정 자리를 되돌려 드린다는 말씀은 아니겠고… 무엇을 생각하시는지 감이 안갑니다."

영특한 민 왕후가 지나치게 말을 돌린다고 생각하며 영환이 마침내 핵심을 캐묻는다.

"왜 그건 안 된다고 예단하나?"

민 왕후의 답변이 엉뚱하다. 영환이 어리둥절하자 바로 말을 잇는다.

"대원군과 대좌해서는 먼저 결론을 서두르지 말게. 상대가 초조할 때까지 기다리는 게 상수야. 지금도 자네는 나한테 졌어. 내가 불렀으니 아쉬운 쪽은 나이고 내가 용건을 결국 말하고 말겠지. 당근이란 한마디로 원하는 것 모두 드린다는 거야. 섭정은 물론 그 이상이라도. 단 조건이 있네. 금년 말까지는 대원위 대감과 고종 폐하, 그리고 궁중 최고 어른인 조대비 등 3인 회의에서 모든 국책을 결정하는 거지. 이만하면 괜찮지 않나."

"이해합니다. 신정왕후 조대비가 연로하시니 왕비 마마가 그 대역을 맡으시고 3인 회의 결과는 뻔해지네요."

영환의 고지식한 논평에 민 왕후가 눈살을 찌푸린다. 노회한 이무기 정치가 이하응 대감 상대역으로 너무 순진하지 않은가. 하지만 그런 점이 오히려 상대를 안심시킬 수 있다.

"폐하께서 아버지에 대한 효심이 지극해 꼭 그렇지만은 않아. 아버님께서 선대 철종이 후사 없이 돌아갈 것을 예상하고 미리 조대비 친정 조카 조성하 등을 포섭한 뒤 안동 김 씨 세력가 김병학 대감까지 설득해 마침내 왕위에 올린 것을 지금 성상이 모르시겠나. 큰 은혜지.

그 감사한 마음이 있는 한 3인 회의 결과는 낙관 불허야. 그나마 그 것도 금년 말까지니까. 아무튼 내년부터 대원군이 전권을 쥔다는 점을 강조해야 하네. "

민 왕후가 결론을 내자 영환은 즉시 궁을 빠져 나왔다. 내년 이후 복안은 따로 있겠지 짐작하며 곧장 운현궁으로 발길을 돌렸다. 1820년 생 흥선 대원군은 영환에게 나이로 아버지 벌 이상, 어려웠다. 어린 시절 전동 집에서 어머니 서 씨 심부름을 가면 부대부인 민 씨가 손잡고 가 대원군에게 인사시켰었다.

3.
운현궁 대결

"이리 오너 라-"

이윽고 운현궁 소슬 대문 앞에 이른 민영환이 목청을 높이자 곧바로 인기척이 났다. 하인이 마침 마당 비질이라도 하던 모양이다.

"뉘신지요?"

"전동 민 대감 댁에서 왔네. 부대부인을 긴히 뵙겠다고 전하게."

말이 끝나기 무섭게 빗장이 열린다. 영환의 목소리를 알아본 늙수그레한 하인이 서둘러 안으로 인도했다. 넓은 마당에 신록이 우거졌다. 봄꽃들은 이미 한풀 가고 힘이 없다. 안채 마루에서 영환을 맞이한 부대부인 민씨가 반가와 어쩔 줄을 모른다.

"어서 와라, 도대체 얼굴 보기 힘드니 사람 사는 것 같지 않구나. 오늘웬 바람이 불었는지 따지기부터 해야겠네."

환갑 언저리인데 듬성듬성 흰 머리카락 난 것 이외 별로 노인 티가 나지 않는다. 이 분 천거로 감고당의 영락한 양반 딸이 간택되어 오늘 날 왕비가 된 것이다. 민 왕후의 부친 민 치록은 과천 현감 벼슬이 고작이나 숙종비 인현 왕후의 직계 덕에 경복궁 옆 감고당을 대대로 지켜왔다.

"그래, 집안에 별고 없지? 네 생부 셋째 겸호는 건강하고? 요즘 선혜청 당상 자리가 말이 많던데 특히 미곡창고 관리는 신경 많이 써야 해. 군사들 밥걱정 없어야 충성하거든. 근신, 또 근신하라고 전해라."

부대부인은 환한 얼굴로 모처럼 찾아온 젊은 조카를 어른다. 친정 인재가 드문 판에 영환 정도는 자랑스럽다. 일찍 등과한데다 글 높고 명필로 빠지지 않으니 얼마나 고마운가. 게다가 청렴하고 겸손하게 자신 자식인 고종 내외를 지근거리에서 잘 보좌하는 게 든든하다.

한때 남편 이하응이 아들 내외에게 쫓기듯이 권력에서 밀려나 실의에 빠지자 야속하기도 했었다. 안동 김 씨 외척 세도 정치를 거울삼아 친정붙이 없는 민 왕후를 간택했는데 호구를 키운 셈이기 때문이다. 그만큼 영리한 며느리 왕비가 국내외 정세에 밝아 훌륭한 참모 역할을 한다는 소문에는 심정이 착잡했다.

"자주 찾아뵙지 못해 죄송합니다. 대원위 대감께서 양주 별장에 머물다 돌아 오셨다기에 인사차 들렀습니다. 제 승지 자리도 바뀌어 곧 성균관 대사성에 제수될 것 같고, 고모님 안부도 궁금하고 겸사겸사 왔네요."

"그래, 아주 잘 왔다. 요즘 나도 성상 얼굴 뵌 날이 꽤 된 것 같네. 일없이 내가 가기도 그렇고, 아무튼 잘들 계시지?"

"예, 두루 평안하십니다. 다만 시국이 하도 긴박하게 돌아가 잠시라도 마음 놓기 어렵지만. 김 씨 외척 적폐가 아직 곳곳에 준동하고 청나라, 일본, 러시아 공사들이 잇 권 따내느라 눈이 벌개요. 이 때문에 미국, 유럽

국가들과 긴밀히 제휴하며 힘을 키우는 게 쉽지 않습니다."

부대부인 민 씨가 권하는 떡과 한과 맛이 괜찮다. 원래 음식 솜씨 좋기로 소문난 분이지만 제철 꽃잎을 무늬삼아 넣고 찐 정성이 돋보인다. 탐스럽게 먹는 영환을 그윽하게 보던 부대부인이 문득 사람을 불러 다과 선물을 준비시킨다.

"자네는 오늘 여기서 실컷 먹고 성상 내외와 집에는 따로 싸줄 테니 맛보라고 해. 아무려면 궁중 음식만 할까만 그래도 에미 손맛이니까."

"그럼요. 성상께서는 자주 음식 맛은 자랄 때 집에서 먹던 게 최고라고 하시지요. 그런데 대원위 대감을 지금 뵈올 수 있을까요? 심부름 왔는데."

영환의 말에 부대부인이 "참, 그렇지."하며 소리쳐 하인을 부른다. 사랑채 대원군에게 영환이 뵙고 싶다고 전하라 하자 잠시 뒤 돌아 온 말이 뜻밖이다. 몸이 불편하니 만나지 않겠다는 것이다.

"무슨 이런 일이, 쯧쯧, 멀쩡하던 분이 갑자기 몸이 안 좋다면 말이 되나. 모처럼 내 친정 조카가 뵙자 하는데 아파도 얼굴은 봐야지. 일어서게. 내가 앞장 설 테니 사랑채로 가자고."

부대부인이 분기탱천하여 자리를 떨치고 일어났다. 얼떨결에 따라나선 영환은 오늘 만남이 심상치 않을 것을 예감한다. 과연 사랑 채 문은 꼭 닫혀 있었다. 난공불락 험한 요새처럼 보인다.

"영감, 영환이 인사 여쭙는다고 하니 들어가겠소."

방문 앞에서 부대부인이 인기척 끝에 조용히 말하고 하회를 기다린다. 곧 '카' 하는 대원군 특유의 기침 소리가 문틈으로 날카롭게 새어 나왔다. 이어 계속되는 싸느란 말.

"부인 봤으면 됐으니 그냥 가라 하시오. 고뿔인지 몸도 안 좋고."

"백년 천년 보자는 것도 아니고 잠깐 인사 정도 하겠다는데 내치다니 대인답지 않네요. 벼슬 사는 영환이 무슨 죄가 있다고 그러시오? 더군다나 성상 심부름 왔다는데. 무조건 들어 갈 테니 알아서 하세요, 영감."

부대부인은 사랑방 문을 벌컥 열고 영환의 등을 떠밀었다. 평소 조신하던 고모의 사나운 행동에 정작 놀란 쪽은 민영환이었다. 대원군의 '대'자만 나와도 몸을 떨던 시절이 불과 얼마 전 아닌가. 밀려들어가는 영환의 등 뒤에서 방문이 거칠게 닫혔다.

"그동안 평강하셨는지요? 불시에 찾아와 소란 떨어 죄송합니다."

영환은 보료 위에 앉은 대원군을 향해 넙죽 엎드렸다.

"허허, 이왕 들어 왔으니 편히 앉아. 나이 먹은 아녀자는 누구도 불감당이지. 자네와는 여한 없으니 일단 얘기나 들어 보세."

천하의 대원군도 마나님에게는 한 수 접어 둔 모양이다. 그게 그냥 되지 않았을 것이다. 파락호 시절 세도가 안동 김 씨 가랑이 사이를 지나는 수모를 겪을 때 부대부인 민 씨의 여장부 적 도움 없이는 가사 지탱이 불가능했다. 헌신적이고 영리한 그녀 도움을 받으며 아들을 왕으로, 자신은 섭정까지 맡았었다.

대원군이 경청 자세를 취하자 영환은 단전에 힘을 바싹 준다. 빙 빙 돌리지 않기로 했다. 단도직입적으로 섭정직을 수락시켜야 하는 것이다. 민왕후의 복심을 아직 정확히 읽지는 못했다.

하지만 계속 조선을 속국 취급하려는 청나라, 보호국 만들려는 일본, 헐값 개항을 요구하는 러시아, 광산 개발 등 각종 잇 권을 추구하는 미국과 유럽 열강의 야욕을 무마시키기에 고심하고 있는 것은 분명하다. 그러니까 지금 민 왕후는 대원군을 내세워 국내외로 시간을 벌 계획인 것 같다.

"대원위 대감께 섭정직 복귀를 여쭤보라 하셨습니다. 과거처럼 쇄국정책은 안 되지만 외세를 적당히 무마하면서 내치는 보다 강력히 추진했으면 하십니다. 산업 진흥, 조세 개편, 신식 군대 양성, 부패 추방 등이 시급한데 대감님만큼 최고 국정 경험을 가진 분을 어디서 찾습니까. 대감님의 강한 행정력을 원하십니다."

영환의 뜻밖의 제의에 흥선대원군이 흠칫 놀란다. 과거 섭정 시절 호령하던 때가 주마등처럼 머리를 스치고 지나간다. 좋고 나쁜 기억이 교차한다. 지금이면 더 잘 할 수 있을 것 같다. 쓸쓸하다.

"고종이 친정하겠다고 몰아 낸지 벌써 10년인데 새삼 다시 맡으라니 믿어지지 않네. 자네 지금 누구 말을 내게 전하는가. 성상인가? 왕비인가?"

"두 분 모두에서 하명 받았습니다. 말씀은 왕비 마마가 하시고."

"정녕 전권을 다 준다고 했겠다? 섭정으로서 인사, 재정, 군사, 외교, 사법권 등 모두 말일세."

"틀림없습니다. 당초 저도 미덥지 않았는데 설명을 듣다 보니 진심을 느끼게 되었지요. 특히 조건부라는 단서에서 의미를 찾았습니다. 그러니까 올해 말까지는 대감님과 고종 폐하, 신정 왕후 조대비 3인 회의에서 정책 결정을 하고 내년부터는 단독 섭정을 하신다는 거지요."

"연말까지 얼마 남지 않았는데 그게 무슨 의미가 있단 말인가? 오히려 섭정 초기에 귀찮은 일 나에게 다 시켜 해결하고 안정되면 내년부터 권력을 나누거나 밀어내는 게 순리 아닌가. 도무지 함정 같기도 하고."

"아닙니다. 절대로. 지금 국난 타개는 우선 백성들 마음을 얻어야 합니다. 모처럼 갈라졌던 성상 내외와 대감님의 힘을 합친 모습처럼 더 중요한 게 없다는 판단이시지요. 위기 각성을 온 나라에 촉구하는 겁니다. 얼마나

위급하면 저분들이 다시 손을 잡을 까, 위에서 화합하니 밑에서도 따라와라 하면 보다 설득력이 있지 않겠습니까."

영환의 말에 점점 자신이 붙는다. 대원군 얼굴도 서서히 펴진다. 화색이 돌며 잠시 생각에 잠기더니 결심한 듯 입을 열었다.

"가서 전하게. 왕실 화합 모습이 그리 중요하다면 이번 추석에 부자 함께 조상 성묘 가며 떠들썩하게 나라잔치를 벌이자고. 그때부터 내가 3인 체제 대표 섭정으로 국정을 이끌되 내년 가서도 혼자 독단하지는 않겠네. 성인이 된 임금을 두고 그럴 수는 없지. 매사 의논하면 남 보기에 얼마나 좋겠나."

영환의 등에 진땀이 흘렀다. 어려운 심부름을 성공한 것이다. 이로써 조야가 힘을 합쳐 국난 타개에 나선다면 우리라고 일본 메이지 유신처럼 못할 게 없다. 쇄국파와 개국파가 대립한 일본은 결국 개국파가 승리, 200여 년 만에 막부를 해체하고 국가 개혁에 성공했다. 그리고 곧장 열강의 제국주의 물결에 뛰어 든 게 불과 10여 년 전인 1868년이다.

비록 그들이 일찍이 서구 문명에 접촉, 국력과 강력한 군사력을 키웠다 해도 문명적 차원에서 앞섰던 우리가 크게 비관할 이유가 없다. 조금 늦었지만 이제 다시 시작하면 된다. 후유, 안도의 숨이 절로 나온다.

이날 운현궁을 나선 민영환의 발걸음은 사뭇 헛헛했다. 부대부인이 챙겨준 한과 선물을 집으로 보내 달라고 부탁한 뒤 그는 하염없이 걷고 또 걸었다. 북촌, 서촌, 경복궁, 창경궁, 낙산, 종묘 언저리를 지나 문득 정신 차려 보니 공신원 명주월 집 앞에 서있었다. 무의식 소산이긴 하지만 발이 아닌 마음 짓이다. 신라 김유신이 말 타고 기생 천관 집 찾듯 자주 오지는 않았으니까.

명주월은 한때 장안에 소문난 기녀였다. 평소 친형님처럼 모시는 황해도 평산 돌다리(石橋) 서당 민영국 진사, 아니 선생의 간곡한 소개로 알게 됐다. 그와는 항렬 같은 종씨로 소시 적에 의기투합한 사이. 과거 동기생이지만 진사시를 끝낸 뒤 표표히 낙향하자 영환이 시골집까지 찾아가 계속 응시를 권하기도 했다.

명주월 모녀는 집안이 역모에 연루되어 기적에 올랐지만 두 식구가 용케 처가 연고인 평산 민진사 댁을 찾아 이웃해 살았다. 미모에 총명한 그녀는 서당공부를 허락받자 일취월장 실력을 발휘했다. 그러나 돌림병으로 어머니마저 떠나며 다시 서울 기방에 나가 돈을 번 뒤 기적을 정리, 익선동에 음식점 공신원을 차린다.

물론 영환의 도움이 컸다. 민영국 진사 부탁도 있었지만 개인 매력에 끌린 때문이다. 이에 주변에서는 아예 그녀를 후실로 맞으라고 권유하기도 했다. 소생 없는 부인 안동 김 씨까지 명주월을 보고 인물이 아깝다고 재촉했다. 자기가 민 씨 댁 대를 끊는 죄인이 될 수 없다는 이유다.

그러나 영환은 초연했다. 첩실로 둔다는 게 부인과 명주월 모두에게 미안했다. 갸름한 눈, 코, 얼굴 윤곽과 날씬한 외모는 물론 이를 능가하는 내적 사고의 깊이와 유머 감각이 마음을 흔든 게 사실이다. 하지만 그럴수록 아껴두고 싶었다. 명창에다 가야금 솜씨 탁월한 그녀, 마치 성화처럼 멀리 두고 보는 것으로 만족했다.

그랬던 그가 이날 느닷없이 그녀 집 앞에 이른 것이다. 평소 홀로 찾은 적은 거의 없다. 꼭 필요한 식사 모임에 왔다가도 끝나면 휭 하니 가기 일쑤였다. 애절한 그녀 눈빛이 등 뒤에 꽂히는 것을 모르지 않으면서 애써 피해온 것이다.

그러니까 오늘 영환의 무의식 발길을 유도한 원인은 대원군이었다. 섭정직을 조건부로 다시 맡아도 좋다는 그의 흔쾌한 승낙이 등을 밀었다. 그만큼 민 왕후의 밀사 역을 잘해냈다는 안도감은 컸다.

영환이 살림집 대문 설렁줄을 당기기 무섭게 신발 소리조차 없이 기다린 듯 명주월이 나타났다. 예감이란 게 정녕 있는가. 그녀에게 약간의 신기가 있다는 말은 나중 영국 형님에게서 들었다.

"나 오는 줄 어찌 알았나. 점이라도 쳐 봤는가. 지난 봄 뜬금없이 문수암에 한번 다녀오라는 점괘는 좀 생뚱맞았지. 가서 만수 도사는 못 만나고 뜻밖에 소년 한 명이 시 한 수 주어 받아 왔다고 말하지 않았는가. 지금 생각해도 뛰어난 어린 시인이었어. 좌우간 갈증이 심하니 목부터 추기세."

긴장이 확 풀린 듯 영환이 마당에 들어서며 비틀대자 명주월은 재빨리 부축을 한다. 팔 힘이 의외로 강하다.

"안색이 창백합니다. 어려운 일하고 오신 것 잘 알아요. 누군가 피곤한 강자를 만나 담판하고 매듭진 모양새니까요. 하지만 얼마 전 대감님이 문수암에서 소년과 만나고 와 풍기던 생기가 보여 안심은 됩니다."

안방에 곧 담백한 주안상이 차려졌다. 영환은 자리에 앉자마자 마시기 시작했다. 여느 때 같으면 한사코 과음을 말렸을 명주월이 이날은 달랐다. 주거니 받거니 한 주전자가 동나면 다시 가져오기를 거듭하다 둘이는 어느새 아랫목 금침에 한 몸이 되어 헐떡였다. 참고 참던 용천수가 터졌을 때 대원군과 마음 조리던 일이 까마득히 사라졌다. 명주월은 황홀했다.

4. 칼날을 피해

민 왕후는 별당 문을 꼭 걸어 잠근 채 평좌로 벌써 몇 시간째 염불을 외우며 묵주 알을 돌린다. 누가 봐도 불공 자세다. 그런데 귀 기울여 들으니 막상 입술에서 새어나오는 소리가 수상쩍다.

'하늘에 계신 우리 아버지, 이름이 거룩히 빛나시며…' 계속되는 이주문은 천주교의 주기도문 아닌가. 바로 10여 년 전 순교자가 속출했던 탄압 대상의 교리를 왕비가 외우고 있다니 그야말로 하늘이 놀랄 일이다.

그러나 꼭 그렇지는 않다. 민 왕후는 친정 감고 당에서 천주교인이었던 침모로부터 주기도문과 사도신경 등 성경 주요 교리를 배운 일이 있다. 비록 영세까지 받지는 않았으나 하느님을 믿는 국가들이 문명적으로 깨어있고 평등사상이 농후하다는 사실에 흥미를 가졌다.

관심을 보이자 어떤 프랑스 신부는 영세를 주겠다고 바싹 다가선 일도 있다. 그때마다 웃고 사양하거나 목숨이 소중하다고 하면 물러섰다. 국모인 그녀 처지를 잘 이해했다.

하지만 주기도문을 외우면 마음이 편해지고 잠도 잘 온 것은 분명하다. 다사다난한 1882년 들어 외국과 조약 체결이 많았다. 3월 미국과 한미수호조약, 영국과 한영수호조약, 5월 독일과 한독수호조약이 맺어진다. 그때마다 자문역으로 궁에 들어 온 프랑스 신부, 미국 선교사들을 접촉하다 보니 기독교, 천주교 중심의 서구 문명과 성모 마리아에 관심이 커진 것이다.

궁에서 어떤 소문이 밖으로 새나갈지 민 왕후는 두려웠다. 특히 모사에 능한 시아버지 대원군은 경계 대상이다. 일부러 궁 안에서 굿판을 벌이거나 명산대천의 무속인 잔치로 자신을 감추려 했다. 심지어 대원군에게 파격적인 섭정직 복귀까지 제의, 화합하는 자세로 개혁 저지 관료 세력을 돌파하려 한 것이다.

그러나 다 물거품이 되었다. 새 섭정 대원군으로 하여금 대내 안정은 물론 통상과 차관조약으로 대외 안정을 도모하려던 민 왕후의 꿈은 사라졌다. 과감한 군제 개혁이 불씨였다.

과거 5영 체제 군제를 장위영과 무위영 2체제로 감축하고 신식 군대 별지군을 창설, 일본군 장교가 훈련시킬 예정이었다. 때문에 상당수 구식 군인들은 13개월 치 월급도 체불 당한 채 옷을 벗어야 했다. 일부 지급한 미곡에서 나온 돌과 썩은 쌀이 폭동 도화선이 되었다.

한 여름에 임오군란이 터진 것이다. 대원군의 각본대로 흥분한 구식 군인들은 경복궁에 침입, 경기 감사 김보현과 선혜청 당상 민겸호 등 대신들을 죽이고 민 왕후를 찾았다. 고종이 제안한 섭정직을 가을부터 수행한다는 연기 조건부로 받아 안심한 동안 준비를 마치고 거사시킨 것이다.

반란군은 거사 직후 대원군을 수반으로 모셔 왔다. 고종 옆에서 국정을 대행토록 한 것이다. 민 왕후는 궁인으로 변장하고 궁을 긴급 탈출했다. 우여곡절 끝에 본향인 여주를 거쳐 지금 충주 민응식 집에 도피 중이다.

"깨어 계시옵니까? 마마."

갑자기 방문 밖에서 집주인 민응식의 말이 들린다. 민 왕후는 긴 상념에 잠겼다가 화들짝 자세를 바로 잡는다. 산골 매미 소리가 한낮 무더위를 식히려는 듯 요란하다. 흰 구름 몇 점이 파란 하늘을 둥둥 떠가는 여름 끝물의 고즈넉한 마을 풍경이다.

"응, 무슨 일인가? 들어오게."

"아니, 잠시 사람을 접견하실 수 있는지 여쭤 봅니다. 반가운 손님들이 오셨는데."

"누군가? 함부로 사람 들일 처지가 아니지 않은가."

"민영익, 민영환 대감입니다. 마마. 어렵게들 찾아 오셨네요."

"어머나, 그럼 어서 들라 하게."

기쁨에 넘쳐 민 왕후는 성급히 발을 걷어 제친다. 바깥 더위와 상관없이 방안은 서늘하다. 그만큼 황토벽과 지붕이 두텁고 튼튼하게 지어진 별당이다. 벽 뒤 쪽문이 맞바람을 일으키는 것도 한 몫 한다. 또 주변 아람 들이 느티나무가 별당을 감싸듯 그늘로 덮은 것이다.

"마마, 별래 무양하십니까? 신이 소재지를 몰라 이제야 찾아뵈니 면목 없습니다. 그동안 당하신 수모를 무엇으로 보상할지 난망하네요. 대신 좋은 소식을 하나 갖고 왔습니다."

영환보다 한 살 위인 민영익이 먼저 방안으로 들어서며 인사한다. 이어 민영환 차례.

"이용익 장사에게서 마마 거처와 안녕하시다는 소식은 들었지만 아버님 상중인데다 이목이 두려워 출입을 삼갔습니다. 마침 영익 형님이 정보 보고 겸 알현한다기에 따라 나섰지요."

민영익 가세는 별 볼일 없었지만 선물 상자 폭발로 죽은 민승호에게 양자로 입적한 뒤 출세 가도를 달린 기린아. 민 왕후의 친정 조카로서 명필, 석학으로 소문 난데다 정치판 머리도 명민해 구심점 없는 민 문척족 세력의 대표로 손색이 없다.

반면 영환은 이번 군란에 죽은 민겸호의 장자지만 평소 부자 관계는 덤덤했다. 아무래도 지나친 부친 탐욕 소문 때문일 것이다. 부대부인 민 씨가 고모로서 영환에게 아버지 근신을 당부한 것도 그런 이유에서다. 결국 그가 난군에 맞아 죽자 영환은 즉각 벼슬을 버리고 복상 중이다.

"그래 도성은 어떻게 돌아가느냐? 대원군께서 나를 잡지 못하니까 빈관에 내 옷을 채워 장례식까지 치렀다는데. 아예 죽은 사람 만들어 놓고 마음껏 흔드시겠다는 거겠지. 덕분에 더 이상 자객이 나를 죽일 염려는 줄어 다행이랄까. 그때 상감, 세자의 슬픔이 어땠을지 안 봐도 훤하구나."

중전 말이 끝나기 무섭게 영익이 앉은 자리에서 바싹 왕비 쪽으로 몸을 기울인다. 내밀한 얘기를 하려는 자세. 영환과 민응식도 긴장할 때 민 왕후가 더 당겨 앉으라고 손짓했다.

"청국 원세개가 저에게 정보를 주었습니다. 실권자인 총독 겸 북양 대신 이홍장 지시로 조만간 청군 4천 명이 인천으로 들어 온 답니다. 대원군 정권이 일본, 러시아와 손잡기 전에 조선을 속국 화 할 속셈인데 무슨 일이 벌어질지 모른대요."

민영익의 말은 충격적이었다. 방안에 잠시 정적이 흐른다. 그는 대표적 친청파다. 고종과 중전의 신임이 두터운 그를 이홍장과 원세개는 진작 점찍고 회유했다. 민영익 역시 조선을 통째 삼키려는 일본보다 속국 형태로라도 명맥을 유지하는 게 낫다고 판단, 그들과 관계를 맺어 왔다.

"나 모르게 자네가 먼저 공작한 것은 아닌가? 여기 영환이 시켜 대원군에게 섭정직을 돌려준다고 했더니 수락하는 체 하며 이번 난리를 일으킨 장본인인데 호락호락 청군에게 넘어갈까. 그 속에 이무기가 몇 마리나 도사리고 있는데."

중전은 의외로 차분하다. 허탈한 기분이다. 가슴 속에 슬픔과 분노가 교차한다. 환갑을 지낸 대원군이 이제 그만 아들에게 나라를 맡기고 도와주면 안 되는가. 자신은 민영환, 한규설 등 젊은 개화파들과 열심히 개혁을 추진하다 변고를 당한 처지다.

16세에 왕비가 되어 산전수전 다 겪은 20여 년은 인고의 세월이었다. 그 중 세자 책봉할 원자에 대한 상처는 무엇보다 아팠다. 귀인 이 씨가 덜컥 완화 군을 낳자 대원군의 손자 사랑, 그 어미 사랑이 지극했다.

애써 뒤늦게 본 자신 소생은 첫째가 항문 폐쇄증, 둘째는 출생 직후 죽었다. 지금 셋째 이 척이 자라고 있지만 병약하다. 후사가 감감하다.

원자를 둘러싼 여인의 한이 시아버지와의 갈등 1호였다면 왕권 회복은 2호 불씨였다. 아버지에게 불효하고 싶지 않은 고종 마음을 꿰뚫어 본 민 왕후가 대신 총대를 멨다. 남편이 못하는 정권 탈환 운동에 나서 불효 비난을 감수한 것이다.

민 왕후를 이용한 엉큼한 고종, 그 악역을 떠안은 비운의 왕비, 백성은 그녀를 비난하고 대원군과 친일파는 유언비어를 계속 퍼뜨렸다. 낭비벽, 투기, 미신, 매관매직 등 흠집 내기에 총력을 기울였다.

"마마, 이번 사태가 수습되면 무엇보다 강력한 군대, 친위 부대를 키워야 합니다. 그래야 또 이런 변란을 막고 개혁 할 수 있지요. 힘이 보장되지 않으면 아무 일도 못합니다. 대원군도 반란 일으킨 구식 군대 몇 백 명 갖고는 청군을 대적하기 힘들어요."

"노회한 분이라 필시 일본군에 기대려할 거야. 그렇다면 서울에서 외국군끼리 유혈 사태가 벌어질지 몰라 걱정이네. 고생은 백성들이 도맡는 것 아닌가?"

민영익과 왕비의 대화가 처절하다.

"전국적으로 우리 군대 수가 2만 명은 됩니다. 그런데 대부분 병적만 있지 실제는 반도 안 되어요. 8천 명 쯤 잡아도 전국 8도 지방 관아 소속이 대부분이고 서울에는 천여 명 남짓할까. 이들 마저 녹슨 칼과 활로 신식 총과 대포를 어찌 당합니까."

민영환의 실황 보고에 왕비는 머리를 끄덕인다.

"진작 군대부터 다잡았어야 했어. 이념 싸움에 한 치 양보 없이 당쟁에만 골몰했으니 이 꼴 아닌가. 언젠가 자네가 말한 일본 명치유신의 주인공 사이고 다카모리와 가쓰 가이슈의 담판이 기억나네. 혁명군 총수에게 에도 성 방어 총수가 성문 열고 항복하는 대신 막부 마지막 쇼군 15대 도쿠가와 요시노부 등 지도부는 품위 있게 살게 했다는 미담 말이야. 때문에 백성과 군사도 살았지.

그렇게 화합하니까 오늘의 강국 일본을 만든 것 아닌가. 반면 우리는 화합 손 내민 며느리 왕비를 죽이려다 찾지 못하자 가짜 장례식까지 치렀어. 아무튼 내가 지금 경황이 없으니 오늘은 나가 좀 쉬게. 먼 길 오느라 피곤할 텐데 내일 내가 다시 부르지."

"마마, 심려 놓으시고 편히 쉬십시오. 조만간 좋은 소식 들릴 겁니다. 이제부터는 창창한 앞일만 생각하시고 부르실 일 있으면 언제라도 하명 하십시오. 그럼 저흰 물러납니다."

민영익의 인사와 함께 세 사람은 자리를 뜬다. 한여름 매미 소리가 놀란 듯 갑자기 높아진다. 산골 마을 적막이 얼마 전 문수암 골짜기에서 느꼈던 정적과 닮았다고 생각하며 영환은 그때 만났던 당찬 소년 승룡을 떠올린다. 그가 지은 한시 구절처럼 '세월은 손이 없어도 발이 없어도' 이 나라를 어디론가 끌어가고 있다.

임오군란은 청군이 주범 대원군을 천진에 납치함으로써 실패했다. 그리고 2년 뒤 1884년 10월 갑신정변이 벌어진다. 김옥균 박영효, 서재필 주동으로 일본의 명치유신을 모델삼은 쿠데타였다. 우정국 창설 축하 연회장을 휩쓴 혁명군은 경복궁에 침입, 고종에게 조세 개혁, 경찰과 군대 창설 등 14개항을 요구한다.

그러나 이때도 우세한 무력의 청군에 겁을 먹고 쿠데타 지원을 약속했던 일본군이 발을 빼면서 3일 천하로 끝나고 말았다. 국제 정세 변화를 읽지 못한데다 준비 부족, 무모한 살상 자행, 고종과 민심이 등을 돌린 때문이다. 혁명 세력은 일본으로 망명했다.

변란의 연속으로 서울은 늘 뒤숭숭했다. 그러나 이 와중에도 활기를 잃지 않은 무리가 있었다. 바로 남산 도동 서당 이병주, 이승룡, 신긍우 학동들이다. 이병주의 부친이자 양녕대군 봉사손인 이근수 판서 집 사랑채가 서당이었다.

그들은 소요가 날때마다 광화문과 종로 일대로 구경을 나가기 바빴다. 남산 기슭만 벗어나면 바로 연결 되니 거칠게 없었다. 청군, 일군 등 외국 군인들이 신식 총을 메고 정렬 행군하는 광경이 멋있었다.

평시에도 서당 수업이 없거나 일찍 파할 경우 거리로 몰려갔다. 갑신정변 다음 해인 1885년 미국 선교사 언더우드와 아펜젤러, 의사 알렌이 입국하면서 한국에 기독교 바람이 일기 시작한다. 키 크고 코 높은 서양 사람들 보는 게 신기했다.

그들이 푸른 눈에 금발로 성경책 또는 왕진 가방을 들고 거리를 휘적휘적 걸어가면 숫기 좋은 신긍우는 간단한 영어로 인사말을 건네기도 했다. 어학 공부는 이렇게 직접 부딪혀야 한다고 으스댔다. 그는 이해 설립된 배재학당에 누구보다 먼저 입학, 서당 동학들을 권유하는 중이다.

깊어가는 가을 석양 무렵, 오후 내내 거리를 쏘다닌 서당 짝패 이병주, 이승룡과 신긍우, 흥우 형제 등 4인은 출출한 가운데 관수교 근처에 이르러 걸음을 멈춘다. 때마침 거기에 좌판 벌인 엿장수가 눈에 띈 것이다. 즉석 엿치기 내기로 이기면 엿 한가락이 공짜라는 제안에 구미가 동했다.

엿치기는 간단하다. 자기 엿을 뚝 잘라 생긴 구멍이 엿장수 구멍보다 크면 이기는 것. 연장자인 신긍우가 한판 붙어 이겼다. 환호성을 울리며 또 벌리려는데 승룡이 이병주의 팔을 흔들었다.

"병주야, 방금 지나간 사람 봤어? 책 꾸러미 손에 들고 천천히 생각에 잠겨 가던 선비 말이야. 도무지 주변에는 관심이 없잖아. 저러다 청계천에 떨어지기라도 하면 어쩌나 걱정되네."

"어디? 아, 저 앞 관수교 막 건너려는 선비 말이지? 먼발치라 나 얼굴 못

봤어. 왜 아는 사람이야?"

그때 두 번째 엿치기가 순식간에 끝나 신긍우가 또 이긴 모양이다. 동생 홍우까지 신 난 형제 둘이서 엿 한 가락 씩을 받아들고 방방 뛰다가 참견한다.

"왜 그래? 우린 지금 엿 따먹고 신났는데. 너희도 해봐."

"아니, 나는 저 앞에 가는 선비 따라가 볼 거야. 암만해도 어디서 본 사람 같아."

승룡이 빠르게 말하고 달려가자 이병주가 곧 뒤따라갔다. 두 소년은 달려가며 말했다.

"승룡아, 괜히 잘못 본 것 아냐? 괜히 뒤따라온다고 욕먹어도 난 몰라."

"몇 년 전에 어머니랑 북한산 문수암에 갔다가 뵌 분이 틀림없어. 그때 워낙 인상이 좋았거든. 한참을 얘기했는데 내내 점잖고 부드럽고 말씨가 고상해서 머리에 꽉 박혔었나 봐."

"그럼 벼슬도 높았겠지?"

"글쎄, 그건 잘 몰라도 내게 상금이라고 용돈까지 듬뿍 주셨거든. 그때 즉석 시 한수 지어 읊고 칭찬 많이 받았어."

"그럼 부자인가보다. 처음 만난 너에게 용돈 줄 정도면."

말을 주고받는 사이 두 소년은 어느새 선비 등 뒤 바짝 따라 붙었다. 종로대로 건너기 직전이다. 곧이어 엿치기 내기를 끝낸 신긍우 형제도 헐레벌떡 쫓아 왔다. 바늘 가는데 실가는 격이다. 두 입 가득히 엿을 물고 친구에게도 한 토막씩 건넨다.

소년들 우정은 의외로 깊다. 도동 서당 동학으로 한 달에 한번 정도 열리는 도강(都講), 그러니까 학생들이 좌청룡 우백호로 편을 갈라 벌이는 시

짓기 대회에서 장원을 뽑는 경쟁은 치열하다. 그게 마치 과거 시험 장원인 것처럼 열띤 논쟁을 벌인다.

그러나 수업이 끝나면 언제 그랬냐는 듯 순식간에 모두 놀이 친구가 된다. 남산 우수재에서 연날리기를 즐기다 어느새 인왕산, 낙산, 안산 토끼몰이에 나서고 변란 때는 거리로 몰려나가 급격한 사회 변화를 체험했다. 그리고 기회가 오기를 기다렸다.

이른바 양반 자제들로 농사는 못 짓고 기껏 과거 시험 대비 글공부가 고작인데 조만간 과거마저 폐지설이 나도니 할 일이 없었다. 동병상련으로 마음 속 고민을 나누는 사이다. 세월은 계속 흘렀다. 잡을 수도, 잡히지도 않았다.

이중 재빠른 축이 신긍우 형제였다. 이들은 배재학당이 생겼다는 소문과 함께 이미 마음이 서당에서 떠났다. 거기서 세계 역사, 지리, 과학, 영어 등을 가르친다고 하자 금방 매료된 것이다.

"무슨 일이야? 엿치기 한 번 더 하려고 했는데 너희들 때문에 못하고 왔잖아. 옛다, 엿이나 먹어."

신긍우가 가쁘게 숨 쉬며 말하자 이병주가 얼른 대답한다.

"저기 앞에 가는 선비님을 승룡이가 아는 사람 같대. 그래서 확인해보려고 달려왔지."

"근데 왜 머뭇대? 가서 인사하면 되잖아."

이 말에 이승룡이 결심한 듯 목청을 돋운다.

"선비님, 선비님, 저 잠깐 보세요. 혹시 몇 년 전 문수암에서 뵈었던 분 아닌가요?"

무념무상에 걷기만 하던 민영환이 화들짝 놀라 돌아본다. 소년티가 남아 있는 4명의 떠꺼머리총각들이 자신을 주시한다. 그 중 맨 앞 소년이 낯이 익다.

이승룡. 북한산골 암자에서 처음 만난 자신에게 언문 시와 한시를 각 각 들려 준 무명 소년 시인. 나이 대비 너무 성숙해 놀랐고 자기선전에 거리낌 없어 거듭 놀랐었다. 가끔 머리에 떠올랐지만 이렇게 선명하게 남아 있을 줄 몰랐다.

"아니, 너 용이 아니냐? 양녕대군 16대 손 전주 이 씨 돌림자를 따서 이승룡이라고 했지. 아버님 성함은 이경선(李敬善) 어른이시고. 몸은 컸어도 얼굴 모습은 그대로네."

영환은 오늘 이 해후가 모처럼 반갑다. 그러지 않아도 지금 긴히 상의할 일을 갖고 익선동 명주월 집을 찾아 가는 중이다. 그런데 바로 당사자를 만난 것이다. 세상에 우연은 존재하는가. 영환이 '우연' 생각을 할 때 돌연 귓가에 파랑새 아리랑 남매 지저귐이 들린다.

'우연이라니요? 천만에, 배달민족의 시조 고조선 신시 청죽 대밭의 정령인 우리 존재를 까맣게 잊었다니 섭섭하네요.'

오빠 아리에 이어 누이 아랑도 만만치 않다.

'저도 왔어요. 대감님과 승룡 씨를 엮어 드리는 오늘 임무를 즐겁게 수행 중이랍니다. 이게 우연은 아니니까 두 분 만남의 역사적 사명을 잊지 마세요.'

거기에 사연이 있었다. 며칠 전 평산 민영국 진사가 긴 편지를 보냈다. 중매 부탁인데 사연은 간단했다. 명주월 모녀가 평산 돌다리에 피신해 살 때 그들을 찾아와 몇 달 머물고 간 박 씨 성 가진 이종 자매 안부를 묻는 것이다. 그녀가 아주 조신했었는데 잘 컸으면 중신을 들자고 했다.

상대 역시 평산 살다 서울로 간 민 진사의 술벗 겸 서당 친구인 이경선 씨 아들로 집안이 믿을 만 하다는 것. 전주 이 씨 왕손에 부친은 주역, 풍수에 능하고 아들은 서울 일급 서당 도강에서 장원만 한다니 괜찮지 않느냐는 사족이 붙었다. 편지를 읽고 난 순간 문수암에서 첫 대면한 이 승룡이 금방 떠올랐던 것이다.

"선비님, 제 얼굴에 구멍 나겠어요. 금방 알아보시고도 그렇게 뚫어지게 보니 제가 달라지긴 달라졌나 보지요?"

잠시 생각에 빠졌던 영환을 승룡이 소리쳐 깨운다. 도대체 요즘 생각이 많다. 사물을 보면 원인과 진행, 결말까지 연결하는 버릇이 생겼다. 고종 내외와 자주 접촉하며 의견 개진을 해야 하는 승지 벼슬을 오래 한 탓인지 모른다.

"아니야, 아니야, 한눈에 알아보긴 했는데 아이 때 보고 지금은 장가갈 때 되었으니 신기해서 그랬지. 우리 처음 만난 지 얼마나 될까, 5, 6년 넘었지 아마…."

미안해진 영환이 극구 부인하자 승룡은 옆에 친구들을 소개했다. 셋이 입 속 엿을 다 녹여 삼킨 상태다.

"여기 친구들은 서당 동학들인데요, 남산 우수재 이판서 댁 서당에서 함께 가인 이승설 스승님 지도를 받고 있습니다. 저희 훈장님은 학식이 뛰어나 고종께서 어릴 적, 임금이 되기 전 잠시 가르치기도 하셨대요. 그러니까 우리는 국왕과 동문수학 사이지요."

이 말에 영환은 빙긋 웃었다. 승룡의 말이 재미있었기 때문이다. 당돌하지만 정곡을 찌르는 버릇은 여전하다. 자신을 왕과 같은 반열에 놓고 별로 어색한 티가 없다.

"지금 임금님이 왜 뛰어난 분인가 했더니 그런 훌륭한 스승에 우수한 동학들과 인연을 맺었었기 때문이구나. 의젓한 너희 모두가 바로 증명이네. 아무튼 만나서 반가우니 승룡아, 우리 어디 가서 저녁 요기나 할까."

"저희는 무조건 감사합니다. 출 출 했는데 잘되었네요. 그런데 참, 선비님- 저 최근에 개명했습니다. 이승룡을 이승만으로 끝 글자 하나를 바꿨지요."

"왜 승룡도 좋은데, 사연이 있나?"

"어머니 태몽이 용꿈이라고 '龍'자를 따왔었는데 그게 좀 사납고 거칠다고 부친께서 천천히, 오래 가자는 의미의 늦을 '만(晩)'자로 바꾸셨어요. 저는 이왕 '만'자를 쓴다면 많다는 뜻의 일만 '萬'자가 더 좋았지만 아버지 결정에 따랐지요."

"그래, 듣고 보니 부친 말씀이 옳아. 늦더라도 신중히 가는 게 낫지. 어차피 20세 성년식 때 동네 어른이 '자'를 지어주는 풍습이 있으니 내가 그렇게 지은 걸로 하고. 자, 이승만 군, 밥 먹으러 가자."

승만이 주춤한 사이 친구들이 일제히 소리쳤다.

"늦을 만, 이승만- 배고프다 밥 먹자."

그것으로 이름 시비는 끝났다. 한바탕 웃어 제킨 일행은 곧 종로를 건너 창경궁 정문 쪽을 향해 걷다가 곧 왼쪽 골목으로 접어든다. 들어서자 바로 나타난 공터 정면에 백일홍 나무 한그루와 가게 달린 아담한 기와집이 모습을 드러낸다.

그러니까 가게는 음식점이고 살림집을 겸한 구조다. 'ㄷ'자 형 꽤 큰 집인데 동쪽 담을 배경으로 가게를 내고 공신원(共信園) 간판을 내걸었다. 거의 대로 변이지만 조용하기 절간 같다. 소문난 맛 집치고는 이른 저녁이라

한산하다. 민영환 일행은 서슴없이 가게 문을 열고 들어섰다.

"어머나, 대감님, 새벽부터 까치소리가 유난스럽더니 이런 일도 있네요. 게다가 꽃 같은 서방님들까지 우르르 모시고, 어서들 오세요."

명주월이 반색하며 맞는다. 가게 방이 아닌 안채 살림집으로 데려 간다. 안마당도 제법 넓다.

"평산 영국 형님으로부터 전갈을 받고 자네에게 긴히 의논할 일이 있어 왔네. 오다가 여기 옛날 친구를 우연히 길에서 만나 같이 왔지. 이것저것 가리지 말고 맛있는 걸로 듬뿍 주게. 나 빼고 모두 장정들이니까."

명주월이 조심스럽게 안방 대신 건넛방으로 안내하자 영환은 싱긋 웃으며 말했다. 이방에는 들어온 기억이 별로 없다. 드문드문 혼자 올 경우 꼭 주인 대접해서 안방으로 들이기 때문이다.

손님과 함께라면 가게 방이다. 친구라도 안채에 들이는 법이 없다. 오늘은 젊은 총각들 특별 대접하는 것일까. 깨끗이 도배질한 벽에 걸린 그림 한 장이 금방 눈에 띈다. 「월하 정인」 제목의 혜원 신윤복 작품인데 함정이 있다.

그림 속 수작하는 남녀 뒤 밤하늘에 초승달이 거꾸로 그려져 있는 것이다. 착오가 아니라 있는 대로 그린 사실화다. 우습지만 후대 사람들은 그게 개기 월식의 진행 모습을 정확히 묘사했다고 밝혀냈다. 명주월이 한때 기방에서 명성 날리던 시절 누군가의 기증품일까.

승만을 비롯한 4명의 청년들은 이날 많이 먹고 떠들었다. 술은 없었지만 입맛 돋우는 풍성한 음식들만 해도 이들에게는 근래 드문 호사였다. 거기다 화제는 단연 나날이 변화하는 개혁 물결 분석만으로 충분했다.

이승만은 이날 처음 민영환이 당대 척족으로 뛰어난 실세임을 알았다.

하지만 이들의 발언은 거침없었다. 우수재 연날리기 대회에서 누가 강자인지, 서당 도강에서 왜 이승만이 자주 장원인지, 그럼에도 막상 과거는 왜 번번이 낙방인지, 그게 제도상 결함 아닌 지 등을 신랄히 비판했다.

이 때문에 신긍우는 배재학당 입학을 적극 권장했다. 본인은 물론 친구들과 함께 가서 영어, 과학, 세계 지리, 역사 등 신학문을 배워 나라를 바꾸자고 역설했다. 한국이 문명국으로 나가는 지름 길이라고 주장했다.

이승만도 동의했지만 어머니 김 씨와의 약속 때문에 주저했다. 당분간 기회를 보자는 것이다. 그런 효자의 길은 때로 부모의 고루한 생각을 넘어서는 것일지 모른다는 반박이 나왔다. 4인 4색 주장이 난무하는 가운데 시간아, 가라, 그들은 토론을 즐겼다.

이날 대화에 명주월은 동석하지 않았다. 이따금 문을 열어 보고 떨어진 음식을 보충했다. 중간에 영환이 잠시 방을 나와 명주월에게 평산 민진사가 보낸 편지를 읽어 보라고 주었다.

전에 평산에 들려 머물렀던 이종 자매 박승선의 근황과 혼사 가능성 여부를 알아봐 달라는 부탁과 함께. 상대가 바로 지금 방안에서 열변을 토하는 이승만이라고는 말하지 않았다.

6.
복사 골 단짝

남산 복사 골에 복숭아꽃은 지고 없었다. 봄 한철 피고 지는 도화를 쉽게 볼 수 있는 게 아니지, 하며 남대문 성곽 길을 따라 마을에 도착한 명주월이 중얼댈 때 마침 이웃 아낙네가 지나간다. 예를 갖춰 집을 물었다.

"혹시 박승선이란 처자 댁을 아시는지요?"

"저기 큰 바위 옆 일자 초가집이 바로 찾는 집입니다."

아낙네가 가버리고 나서도 명주월은 잠시 주변을 살핀다. 서울에 도화동이 몇 군데 있긴 하지만 여기는 처음 와 낯이 설다. 일단 근처 나무 그늘에 앉아 땀을 식히며 박승선 모녀와의 한 때 평산 사리를 생각한다.

두 집이 다 어렵기는 마찬가지였다. 명주월 모녀가 민 진사 댁을 의지해 평산에 자리 잡자 얼마 뒤 이종 간 박승선 모녀가 서울에서 따라 왔다. 박승선은 아주 활달하고 총명했다. 명주월을 친언니처럼 따랐다. 1년 남짓 진사댁 소작과 집안일을 거들며 생계를 유지했다.

하지만 명주월 모친이 갑자기 병사하면서 박승선 모녀의 입지가 애매해진 것이다. 결국 연고 없는 박 씨 모녀는 진사 댁이 챙겨 준 여비와 쌀을 얻어 서울로 돌아갔다. 이어 홀로 남은 명주월까지 과감히 평산 생활을 청산, 서울 기방으로 몸을 숨겼다. 역모 집안 연루자로서 외가에 폐 끼치지 않으려는 슬픈 선택이었다.

이때부터 명주월은 죽을 각오와 기지로 돈을 모아 결국 기적에서 벗어난 것이다. 그러자니 주위 친척을 찾을 명분도 여유도 없었다. 타고 난 미모와 재능, 돌다리 서당에서 배운 한학을 기초로 오직 장안의 뭇 남자를 설레게 하며 목표 달성에 매진했다.

명주월의 순간 회상이 끝날 무렵 갑자기 눈앞에 초로의 여인이 나타났다. 바느질 꾸러미인지 보퉁이 하나를 옆구리에 끼고 일자 초가집 삽짝 문을 막 나서는 것이다. 척 보아 이 씨 부인, 박승선의 어머니였다. 세파에 많이 시달렸는지 평산서 보았을 때보다 많이 늙었다. 한걸음에 달려갔다.

"아주머님, 안녕하셨어요? 저 평산 살던 명주월입니다."

복사골 주변 남산은 숲이 우거졌다. 갑자기 나타난 인기척에 이 씨 부인이 움찔한다. 잠시 아래 위를 살피다 상대를 알아보고 손을 잡는다.

"에그머니, 주월이구나. 그동안 통 소식 없더니 용케 찾아 왔네. 그동안 어디 살았어?"

이 씨 부인은 반가와 어쩔 줄 모른다. 나오던 삽짝 문을 되짚어 들어가며 명주월 손을 잡아끈다. 많지 않은 친척 중에 그나마 끈끈한 사이였는데 사는 게 어렵다 보니 몇 년 씩 깜 깜 했다고 혀를 찬다.

안방, 마루, 건넌 방 식의 일자 집 툇마루에 앉아 안부 인사가 한창일 때 물동이를 인 박승선이 삽짝 문을 밀고 들어선다. 처녀티가 완연한 성숙한 모습이었지만 한 눈에 알아보겠다. 특히 오른쪽 눈썹 아래 살짝 비치는 파르스름한 복점이 어릴 때보다 더 예쁘게 선명했다. 명주월이 냉큼 자리에서 일어났다.

그러나 승선은 혼자가 아니었다. 곧 뒤따라 낯선 처녀가 들어온 것이다. 통통한 몸매에 흰 피부, 조금 각 진 얼굴이 자못 귀골 풍이다. 승선이 보다 나이 들어 보인다.

"너희들 또 우물가에서 마냥 수다 떨다 늦었구나. 하도 안 오기에 이판서 댁 바느질 감 내가 막 갖다 드리려 했는데 반가운 손님이 왔어. 너 평산서 주월 언니하고 죽고 못 살았지?"

이렇게 불시에 만난 네 여인은 명주월이 갖고 간 한과와 집에서 쪄낸 옥수수 몇 자루를 놓은 채 긴 얘기를 끝도 없이 풀어 갔다. 낯선 처녀는 한마을에 사는 먼 친척으로 오빠가 성균관 벼슬을 사는 밀양 박 씨 처자였다. 적극적인 승선과 달리 얌전한 성격이라 둘이 자매처럼 잘 맞는다고 이씨 부인이 설명했다.

꽤 시간이 흘러 명주월이 평산 민 진사 댁 편지 얘기를 전한다. 그때 신세를 많이 졌던 이 씨 부인이 명주월의 불시 방문 목적이 무엇인지 알아채는 시간은 길지 않았다. 불감청 고소원이다.

아버지 없이 혼기 차가는 외동딸을 지켜보는 과부 마음이 항상 조마조마했기 때문이다. 얘기가 나오자 황급히 딸과 단짝 친구를 이판서 댁 바느질감 갖다 드리라고 심부름 보낸 뒤 자세한 내용을 캐묻는다.

"이처럼 반가운 소식이 어디 있나. 늘 애가 탔는데 말이라도 나오니 얼마나 좋은가. 민 진사님은 평산 갔을 때도 우리 처지를 많이 도와 주셨는데 이제 승선이 혼인까지 걱정하시니 은인이 따로 없네. 그래 상대는 어느

댁이라고 하던가?"

"저한테 직접 부탁하신 게 아니고 선생님과 형제처럼 지내는 민 씨 댁 어느 대감께 편지를 보내셨어요. 저에게 전해 달라고. 요지는 승선이 잘 컸는지, 지내기는 괜찮은지, 전에 평산서 본 아이 때 인상은 좋았는데 여전한지, 등 알아서 저나 민 대감님이 직접 신랑감 아버님을 만나 말씀해 보라고요."

명주월은 말을 하다 보니 스스로 친동생 혼사를 논의하는 기분이 들었다. 그동안 소홀했던 사이도 때울 겸 꼭 성사시키고 싶었다. 자신은 집안 적몰 때문에, 아니 한때 기방에 적을 올렸던 처지로 떳떳한 혼인은 애당초 글렀다.

때문에 요식업 사업가로 대성해보자는 각오를 다진 몸이다. 사모하는 민영환은 멀리서 보며 그 언저리, 그늘 가에 있다는 것만으로 요즘은 행복하다. 그와 함께 인간사를 다룬다는 게 마냥 즐겁다. 일전에 손님 식사 대접 차 들렀던 영환이 지나듯 건넨 말이 아직 귀에 쟁쟁하다.

'자네 돈 벌어서 호사하고 싶나?' 뜬금없는 말에 가시가 있다 싶어 '어찌 사는 게 호사인 줄 저는 몰라요.'라고 톡 쏘고 말았다. 물론 그의 고민을 모르지 않는다. 임오군란 때 아버지가 부패 관리로 찍히어 난군에게 무참히 살해된 뒤 그는 재산에 대해 거의 결벽 수준이었다.

그것이야 나중 청백리로 칭송을 받든, 후세가 판단하면 족하다. 요컨대 부친 3년 복상을 위해 모든 벼슬을 사양하고 칩거하면서 얻은 세상 염증, 약간의 우울 증세가 문제였다. 지금은 또 부인 안동 김 씨마저 병약해 더 마음 둘 곳이 없다.

이 땅에 개화 물결이 출렁인 지 벌써 30여 년 지났지만 조선은 나아진

게 없다. 오히려 후진했다. 무엇이 국력을 이렇게 좀먹었나, 외세가 이리 저리 물어뜯어도 꼼짝 못하게 되었나, 어찌해야 이 난국을 헤쳐 나가나, 생각은 꼬리를 물고 이어졌다.

이유는 간단했다, 명분과 이념, 사변적 정치 때문이었다. 왕권을 견제할 신권, 신권을 견제할 왕권이 주자학에 빠져 도덕 정치를 강조, 당쟁을 일삼다 민생고와 국력 쇄약을 초래한 것이다.

경제를 일으킬 실용 정치는 없었다. 실용 정책은 천박하고 일부 양반들의 호사스런 윤리, 예법이 우선이었다. 오랑캐 서양과 문물 교환을 거부, 쇄국 일변도로 가다 급변하는 세계 사조에 뒤떨어진 것이다. 고종과 민 왕후가 뒤집기에는 역부족이었다. 외세와 간신배 농간이 뱀처럼 왕의 주변을 칭 칭 조이고 있었다.

이런 영환의 고민을 모르지 않으면서 명주월이 쏘아댄 것은 자신의 마음을 끝내 모른 체하기 때문이다. 김 씨 부인마저 허용한 첩실을 굳이 거부하는 게 야속했다. 한때 기적에 있던 몸, 홀로 살 작정은 했지만 역시 섭섭한 것이다. 민영환이 눈치를 챘는지 말을 돌린다.

"혹시 돈 벌어 거리 부랑아나 끼니 굶는 걸식자들 도울 생각은 없나? 우선 무료 급식부터 시작해서 범위를 넓혀 가면 좋고. 나도 최대한 도울 생각이니까."

명주월은 이 말을 듣고 아뿔사, 감탄했다. 이는 평소 자신이 꿈꾸던 이상 아닌가. 역적 집안 가산이 적몰되자 한 끼 밥은 소중했다. 밥을 찾아 평산까지 갔던 것이다. 그런데 수표교, 광교 아래 걸식자들을 돕는다니 꿈만 같다. 명주월이 생긋 고개를 끄덕이자 영환은 후일 다시 거론하자며 자리를 떴던 것이다.

"우리야 얼마나 좋은 일인가. 다만 승선이를 그 댁에서 탐탁해할지 자네가 힘 좀 써줘야 하겠네. 신랑 쪽은 민 선생님이 천거하면 더 볼 게 없지. 우리 형편이 옹색해 걱정이나 어떻든 빠지지 않게 할 셈이야."

이 씨 부인이 말과 함께 한숨을 크게 내쉬는 바람에 명주월은 민영환 생각에서 빠져 나올 수 있었다. 유심히 집안을 돌아보니 부지런히 쓸고 닦아 궁 끼는 없어도 삭막하긴 마찬가지다.

"요즘 사시는 게 어렵지요? 너 나 없이 그렇지만. 승선이가 혹 벌이를 하는지…."

"다 큰 처자를 어디 내보내나. 본인은 무슨 일이고 하겠다지만 마땅한 자리도 없고 그냥 두니 요즘 책을 너무 많이 보네. 서당 개 3년이라고 여기저기서 신식 글에 한문도 꽤 익혔지."

"승선이는 역시 서울 처녀예요. 저보다 진취적이고. 어려서부터 똑 부러진 게 싹이 보였다니까요."

명주월이 맞장구 치자 이 씨 부인 얼굴이 좀 펴진다. 하나 밖에 없는 딸 칭찬이 싫지 않다.

"내 바느질, 음식 솜씨가 괜찮지 않은가. 그 덕에 이판서 댁이랑 인근에 소문이 나 때 되면 오라는 곳이 제법 많네. 그래 이럭저럭 먹고 살며 혼수 준비도 조금씩 해두긴 했지."

"용하시네요. 먹고 살기 힘든 세상에 바느질 품 팔아 혼수까지 챙기시고. 혹시 생각 있다면 제가 음식점을 하는데 함께 일하면 어떨까요. 혼사에 도움 되고 무엇보다 집 밖에 나와 일하는 게 몸에도 좋겠지요. 저도 적적하지 않고 힘이 될 겁니다."

명주월의 말이 끝나기도 전에 이 씨 부인 얼굴에 함박꽃이 핀다.

"아이고, 내가 조카님 하나 잘 두었네. 그런 걸 물어 뭐 하나. 당연히 고 맙지. 장안에 내 손맛 자랑 겸 열심히 일해서 자네 집 매상 하늘만큼 올려 놓을 거야."

두 여인이 모처럼 깔 깔 웃어대자 파란 하늘을 유유히 흘러가던 조각구 름 한 점이 멈칫한다.

7. 공신원 상견례

명주월이 신부 감 박승선의 인물 됨됨이를 평산 민 선생에게 알리면서 양가 혼담은 급진전 되었다. 그러나 점잖은 선비이기 보다 한량 끼가 다분한 승만의 아버지 이경선이 작은 사고를 쳤다. 상견례에 앞서 역술가에게 점을 본 것이다.

6대 독자 장가를 보내며 아버지로서 가능한 좋은 며느리를 보려는 욕심 때문이다. 그런데 점괘가 엉뚱했다. 지금 처자가 좋긴 하나 승만은 봉사와 혼인해야 대운이 온다는 것이다. 아무리 그래도 봉사와 결혼이라니 화가 나서 복채도 찔끔 주고 나왔지만 역시 찜찜하다.

고민 끝에 아내 김 씨와 상의했다. 원래 통 크고 학문도 있는 김 씨 부인은 한량 남편이 밖으로 나돌 때 집안 살림을 꾸려온 억척이기도 하다. 부인은 그런 엉터리 점괘를 믿느냐고 핀잔 한마디로 잘랐다. 상견례 날 잡으러 방문한 명주월에게 이 말을 전하며 남자들은 모두 한심하다고 웃어댔다.

"바깥어른께서 그런 점괘를 보셨다면 걱정할 만하지요. 한데 외람되지만 저도 사주팔자는 좀 볼 줄 알아요. 집안이 불우해지면서 한 때 그 길로 갈까, 공부를 꽤 했거든요. 그래 사실은 저도 나름 사주를 보았는데 이 혼인은 양가에 대운을 가져 옵니다. 장안 유명 역술인에게 확인도 했고요."

명주월이 웃음 끝에 정색하고 단언했다. 품에서 자신이 본 두 사람 사주를 꺼내 김 씨 부인에게 넘기며 찬찬히 설명하자 즉시 고개를 끄덕여 수긍한다.

"아무렴 그렇지요. 이 얘기는 여기서 끝냅시다. 공연히 돌팔이 점술가 말 듣고 우왕좌왕할 게 아닙니다."

"아니요, 말 나온 김에 이 길로 부인께서 처자를 한번 보러 가시는 게 좋겠네요. 마침 제게 좋은 생각이 떠올랐습니다. 액땜을 미리 해두자는 거지요. 처자네 집이 여기서 멀지 않으니 잠시만 틈을 내면 됩니다."

명주월의 간곡한 요청을 성격 시원한 김 씨 부인이 웃으며 말렸다. 당장 일어서려는 명주월의 손을 잡아 자리에 앉힌다.

"섭섭했어도 좀 참아요. 혼사 앞두고 무슨 일은 없을까. 천천히, 두루 살피며 갑시다. 지금 불시에 그 처자를 방문하면 얼마나 놀라겠어요. 시어머니 자리라면 가능한 예쁘게 몸단장하고 싶을 겁니다. 그 문제는 나중 집 밖에서 슬쩍 보는 게 좋겠네요."

명주월이 못이긴 체 주저앉으며 자신의 액땜 방법을 설명하기 시작한다. 듣고 보면 만화 같은 얘기다. 그래도 김 부인은 재미있다고 열심히 듣는다.

"실제 인물을 보면 아시겠지만 흠은 전혀 아닙니다. 저희 승선이 눈이 좀 큰데 오른쪽 눈썹 아래 아주 좁쌀만한 복점이 있어요. 그냥 보면 전혀 알 수 없고 바싹 다가서야 보일 듯 말 듯 하지요. 엷게 살짝 그려 넣은 것처럼. 역술로 치면 그 것으로 액땜이 충분합니다."

김 부인은 즉시 머리를 끄덕여 수긍한다. 조신하나 사리 판단이 분명한 명주월에게 처음부터 호감이 갔던 것이다. 무슨 말을 해도 다 좋게 들리는 사이- 두 사람은 며칠 뒤 공신원 식당에서 박승선을 만나기로 하고 헤어진다.

결국 김 씨 부인의 남편 설득이 효과를 발휘했다. 끌 것 없이 승선을 처음 대면하는 날, 아예 상견례까지 치르기로 한 것이다. 영환은 이 말을 듣고 명주월의 신속한 일 처리를 칭찬했다.

그러나 또 작은 문제가 생긴다. 세상 사리는 문제 해결의 연속이다. 박승선 모녀에게 가까운 남자 일가친척이 없다는 것이다. 서로 집안 자랑을 해야 할 상견례에 달랑 모녀만 나선다는 게 초라하고 꿇려 보였다.

주월이 이를 영환에게 상의하자 대뜸 자신이 후견인으로 나선다는 것이다. 박승선 쪽 남자 친척 대표로 참석한다는 뜻이다. 중매 든 처지인데 그 정도 못하겠느냐고 선선했다. 이 말에 그녀 가슴은 콩닥콩닥 뛰었다.

자신과 정인 사이를 공개하는 거나 다름없지 않은가. 법적 사적으로 둘 사이는 연관이 없다. 가뭄에 콩 나 듯 육체관계도 별 게 아니다. 그런데 주월과 나란히 상견례에 참석한다면 사실상 부부나 마찬가지다.

"문제는 이승만 모자가 나와 구면 사이라는 거야. 처음 그를 북한산 문수암에서 우연히 만날 때 같이 계셨거든. 승만 모자는 불공 때문에, 나는 당시 수행 정진 중인 만수 도사를 뵈러 갔었지. 그런데 상견례 자리에 불쑥 나타나면 그 어머니가 얼마나 놀라실까. 뭐 별 일은 아니지만."

"제가 지난 번 만났을 때 미리 말씀 드릴 걸 그랬나? 부인과 중매 드신 대감님과는 구면이다, 깊은 산 속 문수암, 아드님 치성 드리러 간 날 만난 적이 있다고요. 하지만 괜찮아요. 그날 설명해도 되레 하늘이 맺어준 인연이라고 더 좋아할 테니."

이번에는 명주월이 영환을 위로한다. 한마디 하면 열 개를 이해하는 그녀이기 때문에 음식점 경영도 곧 궤도에 올려놓았을 것이다. 이미 서울 장안 일류 요식업소다. 걸식자 급식 봉사를 시작하면 또 세간에 화제가 될 것이다. 영환의 한마디가 그녀에게는 천금이다.

과연 어느 화창한 날 공신원에서 이뤄진 상견례는 성공적이었다. 신랑 쪽에서 아버지 이경선, 어머니 김 씨 부인, 친구 이병주, 신긍우 형제 등 5명이 참석했다. 자리가 그득해 보인다.

반면 신부 쪽은 달랑 박승선 모녀, 주인 겸 중매자 명주월 뿐이다. 단짝 친구 밀양 박 씨 처자를 졸라 같이 오긴 했으나 신랑 친구들을 보고는 질겁해 부엌으로 숨어 나오지 않는다. 명주월 마저 식사 준비로 들락거리자 대화가 썰렁했다. 이때 민영환이 나타난 것이다.

"늦게 도착해 죄송합니다. 넉넉히 나오려 했는데 갑자기 주상께서 찾는 바람에 늦었네요. 정말 결례가 많습니다. 먼저들 시작하시지…."

영환의 깜짝 등장에 가장 놀란 사람은 이승만이었다. 어안이 벙벙하다. 미처 말이 안 나오는데 김 부인 역시 누구신지, 하는 눈길을 안내한 명주월에게 보낼 뿐이다. 수년 전 북한산 문수암 불당 앞 계단에서 잠깐 본 그를 기억할 리가 없다.

"아니, 대감님이 여기 어떻게? 지난번에 친구들까지 함께 몰려 와 여기서 잘 먹고 갔습니다만."

펄쩍 뛰며 자리에서 일어나는 승만을 손으로 억제하며 영환은 이경선

내외를 향해 공손히 인사한다.

"민영환입니다. 친 형님처럼 어렵게 존경하는 황해도 평산 돌다리 민영국 진사께 거기 사실 때 일화 등 말씀 많이 들었지요. 아주 가까우셨다고요. 이번에 또 승만의 중신을 당부 받고 다행히 이뤄져 여간 고마운 게 아닙니다. 자유롭게 결정하라고 미리 승만 군에게 말은 안했지만."

"우리 애와 아시는 사이라니, 대감처럼 고명하고 지체 높으신 분이 어떻게… 평산 민 선생도 너무 하시지, 이런 분과 교분 있으면 진작 말씀을 해야지, 여직 시치미 뚝 떼고 왔네. 여흥 민 문들이 원래 그런가요? 문벌로 따진다면 저희도 양녕대군 직계 후손입니다만."

이경선이 일어서 마주 인사하며 다소 힐난 투로 대꾸하자 승만이 안절부절 얼른 끼어든다.

"아버지, 이분은 그런 분이 아니에요. 어렸을 때 문수암에서 처음 뵌 이래 저에게 고관 행세 해본 일 없으세요. 점잖고 겸손하시고. 그리고 아버지도 이제 그만 조상님 좀 피곤케 하세요. 툭 하면 불러내니 남 보기에 안좋아요."

"꼭 그렇지 않다. 너도 전에 문수암에서 내게 양녕대군 후손이라고 자랑했어. 훌륭한 조상은 가문의 영광이야. 문제는 거기 걸맞는 인격과 행동을 갖췄는가 여부이지."

영환이 승만을 가볍게 나무라자 이경선도 가만있지 않는다.

"맞습니다. 훌륭한 조상을 생각하면 실수가 적겠지요. 더 많이 노력도 하고. 태종의 중전 원경왕후, 숙종의 인현왕후 두 분은 탁월한 민 씨 문중 여걸들로 특히 원경 왕후는 개국과 태종 등극에 절대적 공을 세운 분입니다. 그런데도 후일 남동생 민 무극, 민 무질이 무참히 죽임 당했어요.

권력 주변은 항상 <u>으스스</u> 합니다. 차라리 양녕대군처럼 세자 직도 세종에게 양보하고 벼슬 없이 산 게 현명하지 않았을까요?"

"그런데 아버지는 저에게 과거에 꼭 합격해야 한다고 말씀하시거든요. 조선에서는 벼슬이 살 길이라고. 벌써 몇 번 떨어졌는지 몰라요."

"그건 또 다른 문제다. 목표가 있어야 공부도 열심히 하고 생각도 하게 되지. 과거에 합격하고 벼슬 안할 수도 있으니까."

이처럼 이경선, 민영환, 이승만의 가벼운 얘기가 오가는 동안 음식상이 정갈하게 차려졌다. 명주월이 문 쪽 말석에 앉아 이것저것 음식을 권한다. 맛을 본 승만 어머니 김 부인이 혀를 내둘러 칭찬했다.

"임금님 수라상도 이렇게 맛나지 못할 겁니다. 공신원 식당 음식 맛은 벌써 장안에 소문이 파다해요. 이게 모두 황해도 식인가요? 아니면 궁중 요리법을 따로 배우셨는지요?"

"솔직히 말하면 전에는 제 나름 사람 데리고 황해도 맛 중심으로 했는데 얼마 전부터 여기 승선 어머니가 도와서 조선 8도의 다양한 고급 음식 맛을 내고 있지요. 하지만 종류는 선별해서 차츰 특화하려 합니다."

"그래요, 저도 해주 수양산 근처와 평산서 꽤 오래 살면서 황해도 맛은 알만큼 안다고 생각했는데 오늘은 좀 간이 다른 것 같아요. 싱거운 듯 단맛도 약간 나고 그러면서 감칠맛이 돕니다. 향기까지 풍기니 감탄했네요."

김 부인과 명주월이 말을 섞는 동안 얌전히 침묵하던 박승선의 어머니 이 씨 부인이 한마디 거든다.

"저희는 원래 경기도 시흥에 살았어요. 거기 시댁에 궁중 수라간에서 일하다 빠져나온 사촌 올케 한분이 계셨는데 그분의 가르침을 받은 겁니다. 요리는 물론 바느질도 배웠지요. 애 아버지 죽고 서울 복사 골로 이사한 뒤 그 덕분에 먹고 살았으니 시집을 잘 갔던 건지 모르겠네요.”

“역시 근본 있는 솜씨가 다릅니다. 그럼 새 아기 손맛도 괜찮겠네요. 모전 자전이라, 아가, 어머니께 여러 가지 배워 놓았느냐?”

시어머니 자리 김 부인 물음에 승선이 주눅 들지 않고 또박또박 대답한다. 목소리가 청아하다.

“네, 열심히 배운다고 했지만 무 재주에 재료 한계도 있어 만든 음식 종류가 많지는 않습니다. 지금 주월 언니가 기회를 주어 공신원 주방에서 여러 가지를 시도해보는 중이지요.”

이때 이경선이 재빨리 화제를 가로 챘다. 모처럼 고개 든 며느리 감 얼굴을 찬찬히 보고 난 뒤다. 우선 아들 혼사를 앞두고 점 본 얘기, 점괘가 봉사와 결혼해야 대운이 튼다고 나와 당황했던 얘기를 풀어 놓은 뒤 결론을 지었다.

“허허, 이제 드디어 마음을 놓겠구나. 우리 내자가 새 아가 눈썹 아래 있는 파란 점이 액땜을 충분히 할 거라고 말해 얼마나 점이 커서 그러나 걱정했는데 지금 보니 아무 것도 아니네. 되레 그 보일 듯 말듯 별 모양이 얼굴 전체를 이지적으로 보이게 하지 않습니까? 민 대감님.”

“그런 일이 있었군요. 혼사에 그런 일화가 끼면 더 재미있지요. 그나저나 요즘처럼 개화된 시기에 부모 의견 못지않게 당사자 마음이 앞서는 것 아닙니까.”

영환이 빙긋 웃으며 승만을 돌아보자 얼굴이 삽시간에 홍당무로 변한다. 그가 우물대자 아버지가 또 나선다.

“그렇습지요. 아무리 부모가 정해 주어도 저희가 싫으면 어쩝니까. 해서 내가 미리 아들에게 귀 뜸을 했습니다. 역술가에게 본 사주에 네가 봉사 처자를 얻어야 출세한다는 점괘가 나왔다, 하지만 그 게 될 말인가, 고민 중 마침 너와 혼사 말 있는 처자 눈썹 아래 작은 반점이 바로 액땜이 된다고, 그러니 다행인 줄 알라고 말했지요. 한동안 시무룩하더니 상대가 어디 사는, 누구냐, 꼬치꼬치 물어 그냥 지고 말았습니다."

"하하, 결국 승만이 확인하러 나섰겠군요. 보고 난 뒤 안심하고 승낙했을 터이고요."

영환은 고개는 승만에게 돌린 채 이경선에게 물었다. 방안 다른 여인들은 흥미진진하게 귀추를 주목한다.

"그런데 그게 그리 간단하지 않았습니다. 우여곡절이 많았지요."

"우여곡절이라면? 설마 처자를 본 뒤 혼인 않겠다고 했을까요. 그렇게 간곡히 말씀하셨는데. 점점 재미있어집니다."

"처자 집을 가르쳐 주니까 동네 가까워 좋다고 즉시 나가더군요. 실물을 보고 싶었겠지요. 눈썹 아래 점이 과연 말대로 좁쌀만 한지, 아니면 밤톨처럼 큰데 줄인 건지 왜 아니 궁금하겠습니까. 며칠 들락대는 눈치인데 내내 시무룩했었어요. 거기 사연이 또 있었던 겁니다."

이경선이 잠시 말을 끊고 뜸을 들이자 김 부인이 참지 못하고 대신 나선다. 당사자인 승만과 승선은 안절부절 한다.

"이러다 아이들 긴장해 졸도하겠소. 빨리 얘기 끝내고 시원한 식혜 마시도록 제가 말하겠습니다. 그러니까 새 아기가 보통 아니지요. 웬 총각이 갑자기 집 주변과 우물가에 나타나 빙 빙 돌며 자기를 살피는 눈치이자 즉시 두문불출, 볼 기회를 박탈한 겁니다. 골탕을 먹인 셈이지요.

첫날 먼발치에서 보고 확인을 못했는데 다음 날부터 집밖에 얼씬도 하지 않자 우리 애가 조바심이 날 수 밖에요. 그러다 인생이 불쌍했는지, 아니면 맘에 싫지 않았는지, 사흘 만에 물동이 이고 나와 확인시켜 주었답니다. 얼마나 기특한지. 아가, 고맙다."

김 부인이 정말 박승선 손을 잡고 다독이자 좌중은 온통 웃음판이 되었다. 한바탕 배꼽 잡은 뒤 무용담을 중간에 빼앗긴 이경선이 목소리 깔고 승선에게 물었다.

"아가, 승만이 살피러 오는지는 어떻게 알았느냐? 처음부터 신랑 감 찍었느냐? 그렇다면 다음 날부터 꽃단장하고 나와야지 숨어버리다니 맘에 안 찼느냐?"

너무 직설적으로 묻는지라 승선이 발개진 얼굴을 무릎 사이에 묻는 동안 어머니 이 씨 부인이 대신 대답한다.

"밀양 박 씨 처자로 또래 친척 언니뻘이 이웃해 사는데 성격, 취미 등이 맞아 친자매처럼 지냅니다. 오늘도 함께 왔는데 부끄럽다고 지금 부엌에 숨어 일을 돕네요. 그 애가 어느 날 우리 집 주변 우물가를 빙빙 도는 수상한 총각을 먼저 발견하고 승선에게 알렸지요. 조심하라고.

그래 며칠 시침 떼고 진위를 보다 다시 나간 겁니다. 아무튼 사흘 만에 모습을 드러내 궁금증을 푼 뒤 이렇게 맺어졌으니 얼마나 다행인지. 그게 다 연분이겠지요?"

"아무렴요, 하늘이 맺은 인연이지요. 또 결혼 전 이런 쌉쌀한 얘기 꺼리가 있는 게 어디 흔한가요. 두고두고 추억이 될 겁니다."

김 씨, 이 씨 부인 수다에 명주월의 재치 한담과 가야금 솜씨가 곁들이면서 사내들 입은 허, 허 웃음과 감탄을 연발했다. 이날 양가 상견례는 성공리에 끝났다. 두 남녀는 몇 차례 더 만나 본 뒤 결혼한다.

8.
주먹밥봉사

안동 김 씨 부인이 끝내 죽었다. 시름시름 앓으며 소생 없음을 늘 미안해하던 부인 죽음 앞에 민영환은 오히려 미안할 뿐이다. 세도가 김 판서댁 딸로 시집왔을 때 꽤나 도도할 줄 알았는데 그렇지 않았다. 놀랄 만큼 많았던 지참금이 무색했다.

상냥하고 고왔다. 한마디 말도 조심스럽게 건넸다. 남편 뿐 아니라 누구에게나 그랬다. 머슴과 여종들조차 함부로 하대하지 않았다. 기회만 있으면 쌀과 옷가지 나눠주기를 즐겼다. 그런 아내를 잃고 영환은 참으로 인생 허무를 느꼈다.

병약한 몸으로 출산 불가능을 알게 된 부인이 일찍부터 첩실 두기를 간청했으나 딴청을 부렸다. 행여 부인 마음이 얼룩질까 걱정했다. 그만큼 부인이 소중했다.

명주월의 존재를 알고 나서 오히려 기뻐하던 여인이다. 자기 대신 출산해줄 남편의 정인이 있다는 것을 진심으로 고마워했다. 어찌 곱지 않으랴.

부인상을 당해 영환은 모든 벼슬에서 사직했다. 고루한 예법 대신 실용 정책을 권장하던 그가 3년 복상을 고집했다. 고종이 급박한 나라 사정을 고려, 말려도 그랬다. 상청을 지키고 두문불출했다. 이런 그에게 어느 날 의외의 손님이 찾아온다.

이승만이다. 그것도 혼자 아닌 새색시 박승선과 함께였다. 그 시절 부부 동반은 남의 눈에 띈다. 젊은이는 더욱 그렇다. 그런데 젊은 부부가 감히 대문 앞에서 뵙기를 원한다고 하자 영환은 처음에 전혀 감을 잡지 못한다.

"누구라고 하더냐? 도동 사는 이 서방이라고?"

"예, 남산 우수 현 복사 골에 사는 이 서방, 이승만이라고 했습니다. 내외가 함께 인사드리러 왔답니다."

말이 끝나기 무섭게 영환은 대문 쪽으로 뛰쳐나갔다. 어리둥절한 하인이 잽싸게 뒤따라갔으나 먼저 빗장을 연 이는 주인이었다.

"누군가 했더니 승룡이, 아니 승만이 자네였구나. 새색시까지 동반하고. 아무튼 해가 서쪽에서 뜨겠네. 어서 들어오게."

영환은 온몸으로 환영했다. 열린 대문 안쪽에서 두 팔 벌려 환히 웃는 그의 파격적 모습에 이승만 부부는 안도의 숨을 내쉰다. 민 대감댁 솟을 대문 앞에서 마음이 편치 않았던 것이다.

"그동안 대사 치르시느라 고생 많이 하셨지요? 저희가 문상할 처지인지 몰라 주저하고 있다가 오늘 겸사겸사 뵈러 왔습니다. 결례가 아닌지."

"원 결례라니 별 말을 다 하네. 그러지 않아도 결혼 뒤 자네들 잘 사는지 여간 궁금하지 않았어. 무소식이 희소식인 세상이지만 초상 치르느라 본의 아니게 격조했지."

마당은 잘 손질 되어 있었다. 늘 바람 솔솔 이는 우물가 앵두나무, 담장을 따라 감나무, 계수나무 두 그루가 휘영청 밝은 달에 제 모습 비치기를 마냥 기다린다. 영환의 호가 계정(桂庭)인 것도 이 나무 덕이기 십상이다.

마당 한가운데 조성된 꽃밭은 평소 병약한 김 씨 부인이 정성껏 가꾼 만큼 아름답고 향기 진동하는 장안의 명소로 불린다. 지금 견지동 조계사 터, 한국 조계종의 본산이 있는 곳이다. 1905년 순국 자결 이후 충정공 시호를 받은 민영환 동상을 초라하게나마 여기 한구석에 찾아가면 볼 수 있다. 그나마 다행인가.

"집이 적막할 정도로 조용하네요. 상중이라 방문객이 줄어서인지 아니면 이 댁에 원래 식구가 적은 탓인지, 아무튼 절간이 따로 없네요."

"원래 내가 사교적은 아니니까 방문객이 줄기보다 객식구가 적고 가솔이 단출하기 때문이지. 아이가 없어 더 그럴 거야. 특히 안 사람 간 뒤 침모, 간병인 등 딸린 사람들이 거의 친정에 원대 복귀했거든. 대식구 북적대는 집을 보면 때로 부럽기도 하네."

민영환과 이승만이 인사말을 건네는 동안 간단한 접대용 다과상이 들어온다. 대갓집 사랑채에 모처럼 들어온 박승선이 엉거주춤 앉아 있다가 잽싸게 일어나 상을 받는다.

"어머, 이 찹쌀 한과 참 예쁘게 묻혔네요. 강정도 그렇고. 이 식혜는 밥알이 동동 뜬 게 아주 잘 삭았어요. 근데 어디서 많이 본 것 같아요."

승선의 혼자 말 감탄을 듣고 영환이 빙긋 웃었다.

"잘 보았소. 공신원 식당에서 요기 후 입가심용으로 내놓는 것 아닌가. 명 사장이 내가 좋아하는 걸 알고 떨어지지 않게 보내고 있지."

"어쩐지 눈에 익는다 했어요. 저도 가끔 공신원에 나가 일손을 돕거든요. 주월 언니 손맛은 우리 어머니도 극찬하세요. 같은 재료 갖고 남과 다른 맛을 낸다고요."

"명 사장이 그럼 주방에서 직접 음식을 만든다는 말인가. 손님 접대하랴, 경영하랴, 언제 시간 내서 그럴까."

"좋은 재료 구해 다듬고 익히고 버무리는 일 모두 뛰어나신데 이를 주방 사람들에게 일러 주면 그대로 나옵니다. 저희 어머니가 또 궁중 요리 솜씨를 보태 상생 효과를 내는 모양이에요."

"과연 요즘 공신원에 손님이 북적거린다는 소문이 괜한 게 아니군. 그만큼 수입이 좋으면 품삯도 후해야 할 터, 사정이 어떤지 모르겠소. 내가 말 좀 해볼까 몰라."

"어머나, 저희 욕보이지 않으시려면 제발 참아 주세요. 주월 언니 인덕을 잘 아시면서 그런 말씀을 하다니."

새색시답지 않게 거침없는 박승선의 말대꾸를 듣다 보니 어느새 영환은 잔뜩 가라앉았던 기분이 풀리는 듯싶다.

"집안에만 계시면 울적해지기하지 쉬워요. 적당히 바깥나들이도 하고 사람도 만나고 세상 참여를 하셔야 할 텐데, 복상은 언제까지 예정이신지. 아무튼 하루가 다르게 세상 정국이 바뀌는 시대 아닙니까."

부드러운 분위기를 타고 이승만이 파고든다. 하지만 영환은 여전히 태평하다. 심상하게 대답한다.

"예법대로 따라 하면 되지 서두를 게 없어. 나 하나 없다고 조선의 운명이 달라지겠나? 최선을 다 해야 하겠지만 역시 하늘이 결정하는 거야."

"그래도 소문에는 임금께서 빨리 큰일을 맡기고 싶어 하는데 대감이 상

핑계로 응하지 않는다고 뒷말이 많습니다. 지금처럼 급박한 상황에선 개인보다 나라 일이 더 중요할 것 같은데요. 평소 대감 처신과 달리 피하는 것 아닌가요?"

"자네가 그리 생각한다니 반갑네. 유학의 명분론 때문에 조선이 이 꼴된 게 아닌가. 맹자가 나라의 이익에 앞서 仁과 義가 있다고 한 것은 국익을 버리고 명분을 취하라는 뜻만이 아니지. 양나라 혜왕과 맹자 대화를 깊이 해석하면 결국 국가가 부강해야 인과 의도 존재한다는 거야."

"노자의 도덕경도 비슷한 의미 아닙니까? 촘촘한 그물을 강에 던지면 당장은 많이 잡지만 고기 씨가 말라 나중 잡을 게 없지요. 헐렁한 그물이면 그 반대고요. 어떤 게 더 백성에게 좋을지 따져 보자는 의미입니다."

"그래 말 잘했네. 노자가 말하는 도덕경 『절성기지(絶聖棄智)』는 유가적 성인과 지혜로운 현인의 충고쯤 귀 막고 무위자연에 맡겨 백성들이 자유롭게 살게 하라는 뜻 아닌가. 그게 백성들 이익에 부합한다고. 그러나 이역시 나라가 있어야 가능하지. 결국 백성에게는 자유를, 정부는 실용정치를 하는 게 관건이야."

"그리 생각하시면서 부인 상 핑계로 칩거하는 것은 이쯤에서 접으셔야지요. 감히 말씀 드리지만 어서 자리 털고 현직에 나가시기 바랍니다."

"아직 때가 아니야. 나는 임오군란 때 돌아가신 아버지 상도 철저히 지켰어. 모든 관직을 사양했네. 그건 예법 때문이 아니라 도리지. 그 도리가 국익에 도움이 된다고 생각한 때문이네."

두 사나이의 작은 논쟁이 이어지자 박승선이 살며시 화제를 바꾼다. 당시 여필종부의 삼강오륜 시절 보기 드문 스냅이다. 이승만의 첫 부인은 그런 여자였다.

그만큼 총명했고 곁가지로 잘 나가는 남편을 제어했다. 이는 결혼 전 몇 번의 데이트에서 승인 받은 사항이기도 하다. 왕손 가문 들먹이고 자기주장 강하게 내세우는 평소 승만 태도를 바꾸자는 부인 뜻에 그가 동의했던 것이다.

"말씀 중 죄송한데 실은 오늘 저희가 인사 겸 주월 언니 심부름으로 대감댁에 왔거든요. 진작 약조했지만 자꾸 다른 일이 터져 미뤄진 걸 이제 시작할 때 아니냐고요."

이 말에 두 사내가 퍼뜩 정신을 차린다. 오랜만에 만나 또 잘난 공론 갖고 말씨름에 빠진 것이다. 남자들이란 곧잘 자기 말, 주장에 빠지기 마련인가. 본론 챙기기는 여자가 낫다. 더 실용적이다.

"부인 앞에 두고 큰 실례했네. 우리는 역시 공리공론 좋아하는 천생 조선 유생들인 모양이야. 지금은 그저 실학에 매진할 때인데. 박지원, 정약용 등 실학 대가들이 얼마나 한심하게 보실까."

영환이 빙긋 웃으며 능치자 박승선이 황급하게 말을 잇는다.

"아닙니다. 실은 저도 재미있긴 했어요. 내용이 좋았고 나이, 벼슬 따위 상관없이 나라 문제를 대등하게 토론하시는 모습이 신기하네요. 대감님 넓은 금도가 새삼 돋보였습니다."

"새색시 기상이 이렇듯 씩씩하니 신랑 설 자리가 만만치 않겠네. 그렇다고 남자가 너무 기죽고 살면 안 돼. 자네는 나라를 위해 큰 일 할 사람이니까. 왕손 얘기 접어 두더라도."

이 말에 박승선이 푹 입을 가리고 웃는다. 기회만 있으면 양녕대군 직계손을 자랑하는 시아버지 이경선이 생각나서다. 반면 승만은 아버지 험담 같아 못마땅한 얼굴이다. 개의치 않고 박승선이 본론을 말한다.

"주월 언니가 길거리 급식 봉사, 걸식자 돕기를 언제 시작할지 여쭤보라 했습니다. 준비는 다 되어있다고요."

"아, 그거 내가 상을 당해 깜빡했는데 잘 일깨워 주었네. 형편 되면 빠를 수록 좋지. 새댁 보기에 준비는 끝난 것 같소?"

"글쎄, 제 의견보다 언니 말은 대감님 허락만 떨어지면 당장이라도 하시겠대요. 하루 100명 정도 식사는 충분하답니다."

"그게 그리 간단할까. 돈이 있다고 제때 자재, 장소, 사람 구하기 쉽지 않아요. 한꺼번에 사람들이 몰리면 왈패가 끼어 훼방 놓거나 관에서 참견도 합니다. 뒤처리도 만만치 않고."

모처럼 승만이 우려하자 박승선이 조목조목 설명했다. 명주월과 대강 얘기를 해봤는지 조리가 있다.

"설마 좋은 일 하는 구휼사업에 왈패나 관청이 낄까요. 손님들이 가만있지 않을 거 에요. 먼저 1백 명 분 뚝배기와 수저, 대형 가마솥은 마련했고 재료 공급처도 말이 끝났습니다. 인부도 정했으니까 당일 아침 나오면 되고요, 장소는 공신원이 좋을지, 찾기 쉬운 광교나 수표교로 나갈지 대감님 의견을 듣고 싶대요."

"공신원은 좀 문제가 있소. 부랑인들이 아무 때나 몰려오면 영업 지장이 클 거야. 관수교나 수표교 쪽이 접근성 면에서 피차 좋겠지. 또 관청 문제야 내가 처리한다 해도 시비 거는 왈패 대책은 필요하겠네. 사람 모이면 그런 무리가 꼭 따라오기 마련, 여자들만으로 얕 보일 테니 힘 쓸 남정네 몇을 구하라고 해요."

"그 거라면 제가 다니는 서당에서 든든한 학동들을 동원해도 됩니다. 몸이 근질근질한 친구들이니까요."

"그렇더라도 처음부터 매일 급식은 어려워. 해보면서 차츰 늘려가야지. 또 공신원 식당 본업이 영향 받을 수도 있고. 우선 닷새나 사흘 걸이로 날을 정하는 게 좋겠네."

"맞아요. 공신원 영업이 우선이지요. 그래서 처음 시작은 주먹밥을 나눠주면 어떨까 싶습니다. 요란하게 식기 마련이 필요 없고 뒤 처리 등 손도 덜 가니까. 대감님께 여쭤보라 했습니다."

"그래, 그게 좋겠네. 그럼 더 많은 사람에게 줄 수 있지. 시작은 작아도 끝이 창대하면 훌륭해. 그러다 본 궤도에 오르면 설렁탕, 곰탕 등 그릇 봉사로 발전할 수도 있고. 중요한 건 오래 가는 거야. 나도 최대한 돕겠네. 하다 보면 독지가가 더 나오겠지."

영환은 부인 상 이후 모처럼 가벼운 기분을 느낀다. 동시에 생각이 많아진다. 보람 있게 사는 길은 여러 갈래다. 벼슬, 돈, 명예, 건강, 자식 등 다 좋지만 남을 돕는 것만큼 뿌듯한 게 있을까.

명주월의 주먹밥 발상을 능가하는 사업을 하고 싶다. 이승만 말처럼 상평계로 집 속에 칩거하는 게 애국은 아니다. 나라에서 받은 만큼, 아니 그 이상 돌려주기 위해 나만의 다른 일을 찾아야 한다. 국가 뿌리를 다지는 밑바닥 개혁을 하고 싶다.

그것은 학교를 세우는 일이었다. 선교사들이 세운 배재학당, 정부가 만든 육영공원 못지않은 사립학교를 세워 근대 교육을 철저히 시키고 싶었다. 그 꿈은 1898년 11월 5일 홍화학교 설립으로 이어진다. 민영환이 초대 교장을 맡았다.

9.
부대부인 호출

북촌 입구 감고당은 늘 고즈넉했다. 어릴 적 심부름 왔던 기억이 가물가물 할 정도로 잊힌 곳이다. 민 왕후가 간택 받기 전 살 때는 상당히 퇴락했던 곳인데 지금 와보니 빛깔이 났다. 그때는 민 왕후 부친 민치록의 가세가 기울어 보수는커녕 유지하기도 어려웠던 것이다.

그러나 지금은 소슬 대문, 높은 담장에서부터 주변을 압도했다. 중전 친정집으로서 손색이 없었다. 그렇다 해도 오늘 부대부인 민 씨가 갑자기 영환을 감고당으로 오라고 한 까닭은 알지 못한다. 부대부인 댁 운현궁이 길 하나 건너 마실 갈만큼 거리 아닌가.

"이리 오너라."

나지막한 부름인데 대문은 곧 삐꺽 마찰음과 함께 열렸다. 이곳에 먼저 와 영환을 부른 부대부인이 머슴 시켜 진작 대문 안쪽에서 인기척을 기다리게 했던 것이다. 안으로 들며 영환의 생각이 실타래처럼 풀린다.

세월이 하수상한 때다. 청나라에 납치됐다 돌아 온 대원군은 한동안 잠잠했으나 천성을 버리지 못하고 또 수상한 사람들을 만난다는 소문이다. 그를 이용하려는 국내외 세력이 내버려두지 않는 것이다. 때문에 남편 대원군과 아들 고종, 며느리 민 왕후 사이에 낀 부대부인은 마음 편한 날이 별로 없다.

그런 인고의 세월을 지내다 부대부인은 어느덧 천주교 신자가 된 것이다. 1만 여 명 순교자를 낸 대원군의 부인이 바로 그 종교에 귀의했다. 이게 바로 하늘의 섭리 아닐까.

하지만 이즈음 종교 박해는 사라졌다. 1886년 프랑스와 맺은 조약에서 신앙의 자유가 허용되자 천주교 신자는 급증했다. 프랑스 신부만 11명, 신자 수 1만 4천여 명을 기록한 것이다. 이 숫자는 종현(명동) 성당이 정초식을 가진 1892년부터 축성식이 열린 1898년 5월 29일까지 3만 2천여 명으로 증가한다.

박해시절 개신교는 영국 성공회 토마스 목사 순교 이후 뜸했다. 그가 탔던 셔먼호가 1866년 대동강을 오르다 포격을 받고 불타버린 때문이다. 그러나 1885년 4월 5일 미국 장로교 언더우드, 감리교 아펜젤러 목사가 입국하며 활기를 띄기 시작한다. 이들의 정치 문화적 충격은 컸다. 동시에 종교에 대한 인식도 달라졌다.

물론 부대부인 민 씨는 처지가 다르다. 쉽게 현혹되기 어려운 입장이다. 임금의 친모인데다 수많은 순교자를 만든 대원군이 남편인 것이다.

"그동안 내자 상을 당해 예법 차리느라 고생 많이 한다고 들었다. 가뜩이나 병약한 몸으로 잘 버텨내는지 모르겠다. 건강은 괜찮은 게냐?"

"움직이지 않아 그런지 오히려 몸은 좀 불었습니다. 고모님은 평강하신지요? 연세가 있으신데 피부가 기미 하나 없이 깨끗하고 혈색까지 좋으시니 어련하겠습니까만."

말은 그렇게 하면서도 영환은 부대부인이 많이 야위었다고 생각한다. 고희를 넘긴 나이다. 이 시절에 이 나이면 장수 중 장수인 셈, 몇 년을 더 버티실까 걱정이다.

"나야 뭐 이만큼 살았는데 염려 없지. 다만 자네가 두문불출 하며 내자 생각에 목매 있다 하기에 기분전환 겸 이리 불렀지. 남자가 바깥바람 쐬지 않으면 시들고 병들어. 죽고 사는 것이야 태어날 때 이미 정해진 것, 마음병 치료가 중요해."

"나날이 악화하는 나라 정세가 걱정이지요. 청나라, 일본, 러시아 등 주변국들이 감 나라, 배 나라, 우릴 요리하는데 멀리 미국 영국 프랑스 독일까지 침을 흘리니 밤잠이 안 옵니다. 이들을 달래 선별적 외자와 문화를 받는 게 어렵네요. 상감께서 수차례 등청을 하명하시는 까닭도 그런 우려 아니겠습니까."

"당연하지. 상감이야 자네가 옆에서 의논 겸 조언 상대를 해줘야 안심인데 벌써 얼마나 오래 비웠는지 생각해 봐."

"박정양, 한규설, 이완용, 이범진 같은 영리한 개화파 대신들이 상감 옆을 지키고 있으니 너무 심려 마십시오. 더욱이 중전도 조언하시고. 사실 국제 감각은 중전 따라갈 신하가 별로 없을 정도입니다. 주변에 의사, 선교사, 목사, 공사 부인들과 많이 접촉하며 아주 해박하시지요."

"그렇긴 해. 하지만 개화파, 수구파가 저마다 자기 잇속 따져 주장을 내세우는데 일일이 왕비가 나서기도 그렇지. 민 씨들이 과거에는 영익을 중심으로, 최근에는 영준 따위 등이 나서 수구파 행세를 하는 게 마땅치 않

아. 다행히 자네가 개화파 쪽에서 실용적 제안들을 많이 해 든든했지. 앞으로도 그러라는 게야."

이 말에 영환이 멈칫 한다. 단순한 안방 아낙네 말이 아니다. 남편 흥선대원군과 달리 내심 개혁론자 아닌가. 그렇다면 지독한 쇄국정책의 남편을 참고 견딘 부인의 인내, 이에 더욱 엇나갔는지 모를 묘한 노부부의 심적 관계가 감탄스럽다.

"지금은 쇄국하며 홀로 살 수 없는 세상입니다. 삼척동자도 다 알아요. 요는 속도 문제인데 우리는 너무 느려요. 대표적 예가 일본 아닙니까. 1850년대 미국 흑선이 와서 개항을 요구할 때 그들은 곧 받아들였어요. 물론 이전부터 거래는 있었지만.

그것도 느리다고 성미 급한 사무라이들이 명치유신을 단행, 오늘 일본은 세계 강국들과 어깨를 나란히 침략 행위를 일삼게 되었습니다. 북해도, 대마도 정리가 끝나자 오키나와 왕국 합병, 대만 점령, 이제 우리 한반도까지 집적대기 시작했지요.

우리가 10년만 일찍 개방하고 유리하게 조약을 맺었다면 지금 처지보다 훨씬 좋을 겁니다. 솔직히 대마도는 조선 땅이나 다름없었는데 내주고 우리끼리 집안싸움만해요."

민영환이 오랜만에 마음 놓고 흥분한다. 그 모습에 부대부인 역시 손으로 입을 가리며 웃음을 감춘다. 자칫 무안 주는 것으로 조카가 알까 신경 쓴 것이다. 그만큼 소중한 피붙이다.

부대부인 민 씨의 친정 남동생 3인은 혼란한 국정 틈새에서 모두 비명에 갔다. 맏이 태호는 갑신정변 우정국 난리에서, 둘째 승호는 원인 모를 폭약 선물상자를 열다, 그리고 막내 겸호는 임오군란에서 맞아 죽었다. 그

것도 대원군 비호 세력에 의해서다. 참 기구한 운명이라고 생각하며 부대부인은 황급히 말을 돌린다.

"아, 내 정신 좀 봐. 우리가 기껏 시국 얘기하자고 오늘 만난 게 아니잖아. 자네 신상에 관해 알고 싶은 게 있어 불렀어."

"네, 무슨 말씀인지?"

"내자 간지도 벌써 3년 다 되어 가잖아. 내 말은 이제 자네가 재혼을 얼마나 진지하게 생각하고 있는지 알고 싶은 거야. 가뜩이나 손이 귀한 집안에서 하루가 급한데."

"어이구, 고모님도. 아직 무덤 떼도 엉성한데 그럼 망자가 섭섭하지 않겠어요. 좀 더 두고 보지요."

"아니야, 안동 댁이 살아있을 때도 나에게 첩실을 들이게 해달라고 졸랐어. 정인이 있는 것 같은데 자네가 고집을 부린다고. 사대부 집안에서 자손 두기 위해 그런다면 더 흠도 아니라면서. 자신 소생이 없으니 그럴 수밖에. 내가 좀 알아볼까?"

"아직 그럴 때가 아닙니다. 잠시 더 생각 좀 해보고요."

부대부인이 밀고 나오자 영환이 소년처럼 낯을 붉힌다. 생각하지 않은 것은 아니다. 점찍은 여인도 있다. 그러나 갑자기 부대부인이 찔러대자 감춰 놓은 비밀을 들킨 것처럼 당황한 것이다.

"그렇게 여유부릴 처지가 못돼. 자네도 죽은 큰 아버지에게 양자 입적되고 밑에 아우 영찬이가 그나마 본가 제사를 모신다고 하니 주변이 너무 쓸쓸하잖아. 고집부리지 말게."

부대부인 민 씨가 갑자기 엄해진다. 돌아보니 친정에 남은 남정네 일가붙이가 별로 없다. 이러다간 조만간 대가 끊길지 모른다는 절박감이 든 것이다.

부대부인 자신도 이미 고희를 넘긴 몸, 언제 어떻게 될지 모른다. 그를 빨리 재혼시켜 가능한 후사를 많이 보아야 한다. 노고모의 질책을 받고 영환이 당황할 수밖에 없다.

흥선대원군이란 조선의 킹메이커, 일개 파락호에서 임금의 아버지로 섭정이 되기까지 온갖 모욕과 술수와 음모를 사양치 않은 남편과 50여 년을 살며 최대한 화를 삼키고 살아 온 여인이다.

영환은 부대부인을 집안 고모이상으로 존경해 마지않았다. 마치 한국 산야 어디에나 피어나는 민들레 같다고 생각했다. 그만큼 강인한 생명력을 가졌다는 의미다. 밟아도, 짓눌러도 다음 날 아침 노랗게 웃으며 재생하는 민들레- 수명이 다 하면 한낱 홀씨가 되어 하늘을 날다가 새 생명을 탄생시킨다. 그 생각을 하자 얼떨결에 마음 속 비밀을 털어놓는다.

"실은 한군데 있지만, 때가 아니라 망설인 겁니다. 노여움 푸세요."

이 말을 듣자마자 부대부인 얼굴이 활짝 펴진다. 금방 화색이 돌며 입이 귀에 걸린다.

"그럼 그렇지. 내 똑똑한 조카가 어련히 알아서 처신할까. 욕심 많던 애비와는 달리 어려서부터 의젓하고 절제하며 일을 순탄히 꾸며 왔거든. 그래 어떤 소녀인가?"

부대부인은 한시가 급했다. 감고당에 천주교 신자 미사가 없는 날을 골라 민영환을 오라 불러놓고 운현궁에서 가마 타고 오는 도중 왜 진작 새색시 감을 미리 찾아놓지 못 했나 후회막급이었다. 그런 판에 영환 한마디는 그녀에게 바로 감로수였다.

"나이 차가 좀 있습니다만 서로 아는 사이라 저만 결심하면 성사 될 처잡니다. 집안은 오라비가 성균관에 나갈 정도지요."

"그럼, 그럼 그 정도면 충분해. 그래 인물은 어때? 미인이면 더 좋지만 우선은 골반이 넓어 생산을 많이 할 수 있는 처자라야 해."

이 말에 영환은 크게 웃었다. 고모 앞에 사랑스런 조카가 되어 맘껏 웃고 나니 가슴이 시원하다. 세도가 집안 장자로 태어나 일찍 벼슬사리 하는 동안 조심이 몸에 배어 있다.

슬픔은 물론 웃음조차 자제해온 몸이다. 국왕을 지근거리에서 모시며 하루에도 몇 차례씩 까다로운 정객, 왕실 친척, 동 서양 외국인들을 상대해야 했다. 긴장의 연속이다. 그런데 오늘 이 순간 모든 것을 툭 털어 내버린 느낌이다. 살갖 하나하나가 살아 숨 쉬는 것처럼 편안하다.

"고모님이 보시면 당장 서두르실 거 에요. 썩 미인은 아니지만 아담한 체구에 언문은 물론 한학 소양까지 갖춰 손색없는 교양을 가졌고요, 제일 불쌍한 사람들 배려심이 취할 만합니다."

"내자가 교양 있는 것은 금상첨화지. 하지만 배려심이 지나쳐 손이 크면 집안 곳간에 문제가 생겨. 어떻게 알게 되었는지 자세히 좀 말해 봐."

"제가 상을 당하기 전, 평산 민 영국 형님 부탁 받고 그 댁 친척 박승선이란 처자 중신을 든 일이 있습니다. 양녕대군 16대 손인 이승만이란 청년과 맺어 주었는데 그때 신부 단짝 친구가 상견례에 따라와 알게 되었지요. 남산 복사 골 한동네서 자매처럼 지내며 주먹밥 봉사 일에도 나와 얼굴을 익혔습니다."

"호오, 인연 설명은 됐고 뜬금없이 주먹밥 봉사라니 그게 뭔가?"

부대부인이 잔뜩 호기심을 보인다. 삼라만상이 궁금한 여인, 시대 변화에 뒤처지는 게 싫은 분이다. 역시 대원군 부인답다.

"제 단골 음식점 공신원 주인이 끼니 굶는 사람들에게 닷새 꼴로 주먹밥을 청계천 수표교에서 나눠줍니다. 처음에 100개로 시작해 지금 300개가 넘으면서 자연 일손이 많이 필요하지요. 거기 일을 이승만 부부와 방금 말씀드린 밀양 박 씨 처자가 돕는 겁니다."

"참 갸륵한 일이네. 나라에서 못하는 구휼사업을 일개 음식점 주인이 하다니. 자네까지 나서 돕고. 나도 도울 테니 일간 그 처자와 음식점 주인 모두 한번 같이 만나도록 하지."

부대부인은 신이 났다. 홀로 된 사랑스런 조카 재취감에다 갸륵한 구휼사업을 벌이는 이색적 주인공을 볼 기대가 크다. 반면 영환은 이 말에 멈칫한다.

"그게 좀 어떨지, 아무튼 알아 는 보겠지만…."

"왜 무슨 문제 있나? 요즘 같은 개화 시대에 내가 누구든 못 만날 사람 없어. 공신원 주인이 뭐 그리 대단한가."

"그러니까 그게, 음식점 주인 명주월이 여자란 말입니다. 평산 형님과 내외종 간인데 집안이 한때 역적 누명을 쓰고 모녀만 시골로 피신, 같이 살았대요. 그러다 어머니마저 병사하자 홀로 서울로 돌아와 고생 끝에 음식점 사업에 성공한 겁니다. 한때 기적에까지 올랐었다니 그 고단함 알만 하지요."

"아, 알겠어. 자수성가한 입지전적 여장부란 말이지. 안동 댁 살았을 때 슬쩍 얘기 들은 것 같네. 자네하고 무슨 관계인지 모르나 나와 만나는데 무슨 상관인가."

"아뇨, 상관있다기보다 그 여주인 명주월이 밀양 박 씨 처자를 제 재취로 하면 어떻겠느냐 제의한 겁니다. 저만 괜찮다면 그 쪽 허락은 자신이 받아낸다고 말이지요."

"그거 잘 되었네. 처녀가 선선히 재취 자리로 오겠다면 마다 할 이유가 없지. 나는 또 명주월인가 하는 그 여주인과 자네 사이 특별한 사연이 있나 물어본 건데."

부대부인이 이처럼 넘겨 짚자 영환이 순간 당황한다. 눈치 빠른 부대부인이 이를 놓칠 리 없다.

"그 여주인은 나이도 든 것 같고 여염집 여자가 아니라서 자네와는 안 맞아. 더욱이 자네는 자식 많이 나아 집안을 일으켜야 하니 가급적 젊은 처녀라야지. 아무튼 얘기가 잘 되면 조만간 내게 두 사람을 소개 시켜. 내 기력이 하루가 다르게 빠져 불안해."

"그럼 제가 중매선 이승만 부부와 함께 만나도록 주선하지요. 그 청년은 국가 장래에 유망한 인물로 제가 적극 돕고 싶습니다. 고모님도 눈여겨보시고 필요할 때 힘을 보태주세요."

"물론이지. 지금은 인재가 절대적으로 필요한 때야. 추천할 사람이 많을 수록 좋아. 어차피 자네 재취감과 절친이면 피차 알아두는 게 편하지."

1894년 7월부터 1896년 2월까지 세 차례에 걸쳐 단행된 갑오개혁을 민영환은 착잡한 심정으로 지켜보고 있었다. 자신의 시국 해결 방안, 즉 '천일책 (千一策)' 골격이 그대로 들어간 때문이다.

그 중 비어(備禦) 10책에서 제안한 과거제 폐지, 해군 창설, 신무기 구입과 제조, 산업 장려, 지폐 발행, 인삼 전매 주장 등은 가감 없이 채택 되었다. 또 벼 10석에 5석 받던 소작료를 1석으로 낮춘 획기적 인하 조치는 큰 반향을 일으켰다. 대신 부족재정은 탈세 방지, 국유지 엄정관리, 광업권, 개발권 관련 외자 도입으로 충당한다는 것이다.

제대로만 시행하면 자립 자강이 눈앞에 있다. 그럼에도 민영환은 뭔가 찜찜했다. 이번 개혁이 일본 입김 아래 추진되기 때문이다. 친일 세력 주도하의 개혁은 결국 일본에게 유리하게 진행될 게 뻔하다. 명분과 달리 실속은 일본이 챙길 것이다.

갑오개혁을 계기로 조선은 청나라와의 종속관계를 완전히 벗어난다. 반면 청 일 전쟁에서 승리한 일본과는 공수동맹을 새로 맺었다. 조선 방위를 그들에게 맡긴 셈, 호랑이 대신 승냥이가 들어온 것이다.

이런 생각으로 골몰한 영환에게 다시 느닷없는 손님이 찾아 왔다. 이경선, 승만의 아버지다. 자신이 그의 며느리 박승선 친척 대표로 상견례에 참석, 결혼까지 깊이 관여했으니 일종의 사돈관계다. 다소 어려웠다.

"미리 연통을 넣으셨으면 모시러 갔을 텐데 어려운 걸음을 하셨습니다. 손수 찾느라 고생은 안 하셨는지?"

민영환은 방문객의 이름을 듣자마자 황급히 대문까지 쫓아 나와 맞이했다. 이런 극진한 영접에 이경선의 가슴이 확 풀린다. 아침나절 며느리에게 민 대감 댁 위치를 물을 때만 해도 자신이 없었다. 불청객 대접받을까 저어한 것이다.

"쉬시는데 공연히 번거롭게 합니다. 그동안 평안하셨지요? 시국이 하수상해 고견을 여쭙고 싶어 이렇게 찾아 왔습니다."

이경선은 최대한 몸을 낮춘다. 양녕대군 직계 후손 따위 자존심은 일단 접어 두는 게 상책이다. 30세 중반 나이에 벌써 승지, 성균관 대사성 등을 거쳐 예조, 이조, 병조, 형조 참판, 판서를 두루 섭렵한 민 씨 권세가 중 핵심이다. 고종의 개혁 측근.

"지난 번 아드님 결혼식 때 뵙고 그러지 않아도 궁금하던 차 입니다. 나라가 어수선해 어르신께 조언을 구할까 생각도 했지요. 차일피일 세월이 갔습니다. 댁네 모두 무고하시고."

주객이 사랑채에 좌정하고 나자 민영환의 안부 인사가 사뭇 은근하다. 명색이 사돈 격인데다 자신이 촉망하는 승만 군 부친 아닌가. 곧 차려내온

다과상이 먹음직스럽다.

"탈 없이 지낸 게 다행입니다만 뒤숭숭한 시국만큼 속은 늘 부글거렸지요. 덕분에 딸들이 살고 있는 황해도에 다녀왔습니다. 거기 오가는 데는 민란도 없고 조용했는데 함경도 강원도 지역에는 탐관들 행패가 심하다 하네요."

"평산이면 거의 사흘 길인데 무탈하게 다녀오셨다니 다행입니다. 영국 형님도 만나보셨겠지요?"

"민 선생은 자기가 대감에게 중매 부탁한 혼사가 잘 되었다고 아주 만족하십니다. 신랑 신부 모두 믿을만한 처지라 안심된다고요. 평생 첫 중매이자 마지막이랍니다."

"연때가 맞으니 잘된 거지요. 아무튼 승만 군 내외가 잘 사는 게 중요합니다. 하루 빨리 손주 재롱을 보셔야 할 텐데."

"글쎄, 그게 아직 무소식이라 걱정입니다. 인력으로 안 되는 일, 기다려 보는 수밖에요. 그런데 시국은 어찌 돌아가는 겁니까? 갑오경장인지, 개혁인지 나라를 온통 결딴내고 있으니 말입니다."

"민생을 구하고 국력을 키우기 위한 개혁 조치입니다만 우리 스스로 못하고 일본 요구에 떠밀려 하는 게 찜찜합니다. 그래도 손 놓고 있는 것보다야 낫겠지요."

"그렇다고 과거제까지 폐지하면 어쩝니까. 인사가 만사라고 조선이 일관되게 해온 인재등용 길인데. 요즘 좀 타락했다고 하나 그냥 양반들끼리 알음알음 뽑는 엽관 제도보다야 백번 낫지요. 안 그러면 개천에서 용 날수 있을까요?"

민영환의 얼굴이 흐려진다. 과거제 폐지를 '천일책'에 쓸 때 그 생각을 하지 않은 게 아니다. 하지만 과거 시험 때문에 수많은 청년들이 젊은 시절을 온통 한학 공부로 낭비한다. 시험 때면 전국에서 보름, 한 달씩 걸어 서울로 오고 시제 누출에 따른 잡음도 자주 일었다. 오래 하다 보니 비효율적이고 불공정한 제도가 된 것이다.

그게 바로 조선을 약화시킨 근본원인 아닌가. 실용적인 상인과 장인을 천시하고 오로지 유학과 농업에 매달렸다. 결과는 다 같이 못 살며 일정한 농업 소득을 둘러싼 당파 싸움만 기승을 부린 것이다. 바퀴 문화에 등한한 채 육지 이동 수단이라고는 지게와 등짐, 가마가 대종인 나라에서 과거 제도만 우뚝했다.

"설혹 과거제가 계속 된다 해도 실제 등용과는 별개 문제입니다. 장원 급제하지 않는 한 언제 어떤 현직을 맡을지 장담 못하지요. 요즘 잘나가는 이완용 대감도 과거에 붙고 무려 4년을 기다려 현직에 나갔습니다."

민영환의 설명에 이경선이 의아한 눈길을 보낸다. 이완용이 당대 정치 실세인 이호준의 양자로 10살 때 입적한 것을 알고 있기 때문이다. 이호준 부인은 아버지가 이조판서를 지낸 민 문 출신이고 서자 이윤용, 그러니까 이완용의 서형은 대원군 서녀와 결혼, 고종과 사돈 관계인데다 사위 조성하는 고종의 양어머니 조대비의 조카다. 막강한 배경이다.

"다른 사정이 있었겠지요. 이완용은 첫 관직 2년여 만인 1888년 주미 공사관 개설 요원으로 나가 1년 이상 체류한 인재입니다. 성상 시의, 알렌과 함께 일했고요. 개화파 꾀주머니로 영어, 일어 모두 능통해요."

이경선은 자신 있게 이의를 제기한다.

"그런 배경 좋고 총명한 사람이 왜 과거는 25세 때 뒤늦게 급제하고 29세 되어 겨우 첫 관직인 규장각 시교(試校)를 맡았을까요. 혹 무슨 말씀 들으신 것 있습니까?"

"저야 시중 낭인인데 들어봤자 속설, 풍문 정도지요. 요즘 이완용이 여주에 자주 간다는 말은 들어 봤습니까? 순창 기생을 첩실로 들여 거기에 살림을 차려주었다는….."

"첩을 둔다면 가까운 서울이지 왜 여주까지, 그것도 좀 이상합니다. 서울 본가 마님 질시가 유별나기라도 한가요?"

영환이 흥미를 보이자 이경선이 조금 무릎을 당겨 앉는다.

"이완용의 들 때와 날 때, 시기를 읽는 눈은 당할 자가 없답니다. 최근 상감이 내무부 참의 벼슬을 내렸을 때 사양하는 사직 상소를 거창하게 올렸지요. 여주 농장에 귀향한 양아버지 이호준을 모셔야 한다는 핑계입니다.

하지만 내심은 따로 있어요. 새로 생긴 요직을 덥석 물었다가 척족 민씨 댁과 등지기 싫다는 겁니다. 눈치 보기 10단 쯤 될까요, 동시에 여주에 순창 첩을 데려다 즐기니 꿩 먹고 알 먹고 지요. 그리고 때를 기다립니다."

민영환이 이 대목에서 쿡 웃음을 터뜨린다. 순창 첩 얘기가 그럴싸하고 이완용의 기회주의적 처신은 능히 알고 있기 때문이다. 17세 벼슬길과 29세 첫 관직 인물의 차이랄까, 매사 그는 변신의 달인이었다. 명분을 내걸고 비단 길을 골라 갔다.

1894년 7월 1차 갑오개혁 때도 그랬다. 2월 동학란이 터지자 청군의 아산만 상륙에 앞서 일본군이 먼저 경복궁을 점령, 대원군을 섭정 삼아 군국기무처 설치 등 개혁 조치를 쏟아냈다.

김홍집 1차 개혁 내각은 이완용을 일본 전권공사로 임명했다. 그러나 그는 사양했다. 이때는 생모 신 씨의 3년 상이 끝나지 않았다고 핑계 댔다. 한치 앞이 캄캄한 세상이었다.

그러나 9월 평양 전투에서 청군을 물리친 일본 영향아래 조각된 12월 2차 김홍집 내각에는 37세 이완용이 외부협판으로 참여한다. 일본세가 확고하다고 판단한 것이다. 이후 이완용은 을미사변과 아관파천을 겪으며 일본, 러시아, 미국 사이를 오가는 줄타기를 잘도 했다.

그중 경인, 경부철도 부설권을 놓고 일본과 미국, 그리고 고종이 삼바 싸움을 하는 과정에 외부대신 자리를 요령껏 사퇴한 것은 두드러진다. 어려우면 피하는 단골 수법이다. 하지만 이때 고종의 노여움을 사자 즉시 일본 측에 둥지를 튼다. 이어 총리대신이 되고 경술국치로 나라가 망하자 일본 귀족까지 된 것이다.

"그러니까 빠른 과거 급제가 다가 아니란 말입니다. 이완용 대감처럼 처신 못하면 어디서 짐 쌀지 모르지요. 평산 영국 형님도 급제와 상관없이 시골 훈장으로 살았습니다. 하기 나름이지요."

민영환이 달래듯 말하자 이경선의 목소리가 오히려 커진다.

"그건 배부른 분들 얘기고요. 양반 끄트머리들 사정은 다릅니다. 능참봉이라도 해야 봉토가 생기니까요. 평생 서생들이 과거 없어지면 뭘 하지요? 당장 우리 승만이 앞길이 막막합니다."

"사서삼경을 외우는 과거제보다 이제는 실생활에 유익한 실학 공부한 사람을 등용하는 시대가 왔지요. 관념적인 종래 유학 갖고는 서양 문명을 따라가지 못하니까. 실학파를 위한 새 시험제도가 곧 나옵니다."

"그게 언제입니까? 이 정부에서 하는 일 모두가 조령모개, 아니면 입발림 아닌가요."

"보통 시험과 특별 시험 두 가지를 치르되 먼저 것은 국문, 한문, 글씨 베껴 쓰기, 산술, 논문을 시험 봅니다. 물론 특별 시험은 기술, 과학 재주를 가진 기능인 대상이고요."

"그게 다 개화파들 말장난입니다. 조선을 통째 먹으려는 일본이 조선 인재를 발굴 못하게 농간 부리는 거지요. 우리 승만이는 그런 시험 결코 못 치게 할 겁니다."

이경선은 완고했다. 오직 과거만이 그의 관심사였다. 되돌릴 수 없는지 알아보는 게 오늘 방문 목적이었다. 시대를 거꾸로 간다. 영환은 낮게 한숨 쉬고 다른 제안을 해 본다.

"정 그렇다면 제가 성균관에 자리를 한번 만들어 볼까요? 거기서 성적이 좋으면 생원 이상 특채로 과거 시험과 비슷한 효과가 날지 모릅니다."

"허, 그렇게만 된다면야 천만다행이지요. 제가 벼슬길에 나서기를 포기한 이래 승만은 집안 희망입니다. 그래서 좋은 선생님을 찾아 서당 공부를 시켰고요. 평산서 서울로 올라 온 것도 교육 환경 때문입니다. 물론 거기 민영국 선생 권유가 컸지만."

이경선의 반가워하는 모습에서 민영환은 순간 또 다른 생각이 떠오른다. 그러나 주저한다. 이 말을 할까 말까. 너무 그가 성균관 입학 얘기에 기뻐했기 때문이다. 망설인 끝에 입을 연다.

"어찌 생각하실지 모르나 혹시 신학문을 배우면 어떨까요? 유학만 갖고는 이제 출세하기 힘든 시대이니까요. 성균관에 적을 두고 틈틈이 나가도 승만 군 머리라면 충분히 따라 갑니다."

"무슨 말씀인지?"

"그러니까 배재학당이나 육영공원에서 신학문을 배워 장래를 대비하자는 뜻이지요. 정부가 세운 육영공원, 아펜젤러 목사의 배재학당들은 모두 영어 일어 중국어는 물론 산술 세계지리 과학 기술 등을 두루 가르치고 있습니다. 허용하신다면 학비는 제가 부담하지요."

그제 서야 말귀를 알아들은 이경선의 얼굴이 순식간에 흐려진다.

"아닙니다. 제 생각은 달라요. 그러지 않아도 며칠 전 며늘애가 그런 말을 비추기에 엄히 야단친 일도 있습니다. 다시는 입 밖에 내지 말라고."

"과거제도가 없어졌는데 사서삼경, 주자학을 공부해 어디 씁니까? 서당을 열어도 학생이 없을 겁니다. 성균관 유생이 대접받는 시대는 지났어요. 먼저 가는 자에게 길이 열리는 법, 지금 낭비할 시간이 없습니다."

민영환이 펄쩍 뛰는 이경선을 인내심 있게 달랜다. 하지만 마이동풍이다.

"예절과 도덕, 인의를 가르치는 유학이 참된 학문입니다. 이를 빼고 어느 것도 대체할 수 없어요. 과학 기술 산수 지리 역사 통역 같은 것은 중인들이 배우면 됩니다. 지도자 학문은 아니지요."

"그럼 왜 유학 중심의 명나라, 청나라가 오늘 날 이렇게 무너졌습니까. 작은 섬나라, 야만 국가로 치부하던 일본에게 패합니까. 조선이 지금 이렇게 쇄약해진 것도 같은 이유 아닌가요?"

"아무리 그래도 내 아이는 아닙니다. 신학문 배우겠다고 나섰다가 천주학 꾼, 야소장이가 되는 것도 싫고요. 아무쪼록 성균관에 나가도록 주선해 주기 바랍니다. 간절히 부탁합니다."

이경선은 전형적인 조선의 완고한 선비 한량이었다. 고집을 세우면 대화 불통이다. 타협이란 없다. 이게 한국인 본성인가. 민영환은 그의 얼굴에서 조정 수구파 세력의 일관된 '아니 되옵니다'의 비타협적 모습을 보고 절망한다.

　이승만 내외와 서당 친구 신긍우, 이병주 그리고 공신원 주인 명주월이 모처럼 북한산 나들이에 나섰다. 갑오개혁이 한창 요동칠 때다. 산행 동기는 간단했다. 며칠 전 주먹밥 봉사를 마치고 공신원에 돌아온 박승선 표정이 시종 밝지 않았다.

　평소 좋은 일 했다는 뿌듯함이 없다. 덩달아 뒷일을 거들던 이승만과 서당 친구들 얼굴 역시 뚱 했다. 눈치 빠른 명주월이 다그치자 내막을 실토한다.

　시어머니 김 씨 부인이 요즘 들어 부쩍 손주 없음을 한탄한다는 것이다. 6대 독자 며느리에게 애가 안 들어서니 당연한 걱정이다. 그러려니 지내 왔는데 오늘 아침에는 느닷없이 절에 가서 치성을 드려 보란다. 승만도 문수암 백일기도 끝에 얻었다는 것이다.

　"그럼 가면 되지 않나. 하루 짬을 내면 놀이 삼아 못 갔다 올 게 없지. 걱정을 사서 하네."

명주월이 문제를 간단히 해결했다. 박승선이 버틴다.

"하지만 요즘 세상에 그걸로 해결될 문제가 아니잖아요. 불임을 단순히 정성 부족으로만 볼 수 없으니까. 만일 저나 승만 씨 몸에 이상이 있다면 치성 드려 봤자 헛수고지요. 실망만 더 커지고."

"아니, 해보는 게 중요해. 원인이 무엇인지 모르니까 이것저것 해보는 거야. 적어도 시어머니 말씀에 순종은 하는 거지. 더구나 백팔 배는 자네 건강에도 좋네. 요즘 많이 아프시다 면서 그런 소원 하나 못 풀어 들이나. 나도 갈게."

주월의 질책에 박승선은 곧 산행을 결정했다. 승만이 동반키로 하자 친구 신긍우, 이병주도 따라 나선다. 당시만 해도 북한산에는 갖가지 짐승이 살았다. 서울 인구 20만 명 시대. 멧돼지, 여우에 늑대까지 어쩌다 출현했다. 남정네 셋이 동행이라면 그래도 안심이다.

좋은 날 잡아 치성 음식과 점심 요기꺼리를 싸들고 새벽같이 길을 나섰다. 일행은 세검정 대원군 별장 근처 개울에서 잠시 숨을 식힌 뒤 남자들이 앞장 서 산을 오르기 시작했다. 지금의 상명대학 옆으로 난 길이 경사는 가팔랐지만 빠르고 오르기 편했다.

무너진 성곽이 곧 나타나고 멀리 사모바위와 비봉이 오락가락 한다. 아침 산기운이 제법 차다. 오묘한 각종 산새소리에 취해 일행은 잠시 대화도 잊은 채 오르고 또 오르기만 한다. 숨이 턱에 찰 때쯤 비봉에 이르렀다.

신라 진흥왕 순수비가 남아있는 바위. 이승만이 제일 먼저 올라 자리를 잡자 신긍우, 이병주가 뒤따라 산하를 내려다보며 호연지기를 뽐낸다. 천 년 세월을 거슬러 진흥왕이 왜 나라꼴이 이 모양이냐고 꾸짖을 것 같다.

"그 옛날 신라 진흥왕이 여기 서서 북녘 땅을 보며 더 탐을 냈겠지. 욕심은 끝이 없으니까. 여기서 내려다보니 세상이 좁쌀만 하네. 그 속에서 아웅다웅 하는 인생이 부질없지 않을까."

"그래도 거기서 살고 있는 한 최선을 다 해야지. 부비고 부비대며 뭔가 이루고 싶은 게 인생이야. 그냥 개미 무덤 같다고 무시해서는 아무 것도 못해. 인생도 나라도."

나이 몇 살 더 먹은 신긍우가 제법 티를 내도 이승만은 모른 체 하고 싶은 말 다 쏟아낸다.

"지도자가 문제지. 아무리 노력해도 웃물이 흐리면 아래는 죽도록 고생이야. 썩어빠진 제도를 고수하다 요즘처럼 외세에 당하는 것 아닌가. 무능한 왕과 고루한 아버지가 권력 싸움 하는 동안 일본 천왕은 통치권을 유능한 신하에게 맡겨 초고속 개혁으로 세계열강이 되었어. 청일 전쟁까지 이기고."

토론이 제법 길어질 기미를 보이자 이병주가 얼른 나선다.

"자 자, 아직 문수암은 멀었어. 여기서 노닥거리며 논쟁할 때가 아니야. 일단 절에 가서 여인들 치성 드리게 하고 그 새 우리 얘기해도 충분해. 이제 출발하자고."

20세 남짓 한 세 사나이가 비봉 바위 아래로 다시 내려섰을 때 밑에서 기다리던 명주월과 박승선은 그들 대화를 다 들었던 모양이다. 주월이 한마디 했다.

"조선 정치를 여기 장정들이 다 요리하는 줄 알았어요. 민 대감까지 오늘 오셨다면 대판 논쟁이 볼만 했겠네요. 당초 참석하시려다 갑자기 궁에서 호출하는 바람에 틀어졌는데."

"민 대감님 앞이라면 승만이 조심하겠지요. 대감님을 여덟 살에 처음 만나서도 좋은 말만 골라한 아이 어른인데 중전 조카에다 정권 실세인 줄 알면서 대놓고 비판할까요? 그런 눈치는 넘친답니다. 더군다나 일편단심 명 사장님 계신데."

신긍우가 점잖게 받았으나 역시 가시가 있다. 불뚝한 이승만이 대꾸하려는 것을 박승선이 소매를 잡아끌어 말린다. 다른 사람들은 한바탕 웃고 다시 길을 떠났다.

그렇게 쉬지 않고 오르자 어느덧 문수암에 다 왔다. 일행은 식수를 찾아 콸콸 흐르는 개울가에 자리 잡고 등짐들을 풀었다. 곧 제법 화려한 점심판이 벌어진다.

삶은 콩과 볶은 들깨를 송 송 넣어 만든 주먹밥과 생선, 쇠간, 살코기, 묵은 김치 전등이 입맛을 돋는다. 거기다 계란말이에 불고기, 동동주까지 곁들였다.

"우와, 임금님 수라상 안 부럽네요. 명 사장님, 언제 이렇게 많이 준비하셨나요? 민 대감님 오실 줄 알고 그런지 알지만 덕분에 우리가 호사하니 감사합니다."

"모처럼 나들이 아닌가요. 공신원 식구들처럼 평소 우리 주먹밥 봉사를 열심히 도와주시는 분들께 이만 수고야 당연하지요. 더욱이 우리 승선이 아들 점지 치성 차 왔는데. 넉넉히 가져왔으니 많이 들 드세요."

명주월은 민영환 언급에는 대꾸조차 안한다. 신긍우가 족집게처럼 걸고 나온 것을 구태여 건드릴 이유가 없다. 이미 그는 피안의 대상이다.

한때 영환의 처 안동 김 씨가 세상을 떴을 때 일말의 희망을 갖지 않았다면 거짓이다. 내게 혹 차례가 오지 않을까. 그의 평소 은근한 태도로 미뤄 꼭 망상은 아닌 것이다. 이룰 수 없는 꿈이라고 생각조차 말란 법은 없다.

그러나 민영환이 상처 뒤 모든 벼슬에서 물러나 복상 의식을 엄히, 예규대로 지키는데 오히려 감동 먹고 말았다. 저런 남자라면 옆에서 지켜보는 정인의 자리로도 만족하자고 다짐했다. 허례허식 폐지를 갑오개혁에 반영시켰으면서 자신은 아직 법규이자 관습이라고 지키는 모습이 애처롭다.

하물며 지금은 그의 재혼 논의가 한창이다. 부대부인이 서두른다는 것이다. 그것도 상대가 자신이 중매한 박승선의 자매 같은 친구 밀양 박 씨(수용) 처자라면 더 말할 게 없다. 미련은 미련 없이 버렸다.

옆에서 그냥 돕기로 했다. 음식점을 경영하며 주변 관계 조정이나 여론 조성, 정보 전달 따위다. 예컨대 사람 관계 조정이라면 오늘 산행 역시 포함될 것이다. 출산 치성을 드리러 오는 길에 이승만을 친구들과 함께 배재학당에 입학토록 총력 설득하는 것이다. 민영환의 내밀한 부탁이 있었다.

이미 신긍우 형제는 배재학당에 적을 두었고 이병주도 시간 문제였다. 반면 이승만은 완고했다. 어머니와의 약속, 아버지의 반대가 너무 커 불가능하다는 것이다. 그의 효심을 보아 처음에는 그런 줄만 알았다.

그러나 이승만의 진짜 배재학당 거부 이유는 그 이상, 다른 데 있었다. 서당에서 배운 한학에 대한 열정, 애착이 의외로 높았던 것이다. 5살 때 이미 어머니 김 씨 부인의 닦달을 받아가며 천자문 동몽선습을 떼고 사서삼경을 배우는 동안 그는 주변 찬사를 도맡았다.

서당 도강에서 장원은 다반사였다. 똑똑한 신긍우가 나이까지 많아도, 이병주가 판서 아들로 좋은 훈장을 아무리 갈아대어도 승만에게 미치지 못했다. 모두 그를 인정했다. 갈고 닦은 한시와 언문 시 창작 실력은 실로 빼어났다.

특히 박승선과 혼인하던 해 평민 시절 고종 스승이었던 이승설 훈장이 돌아가고 풍류객 김생원이 대신 들어서자 그의 시 창작 활동이 꽃을 피운다. 애주가에 시를 즐기는 김생원은 아버지 이경선과 죽이 맞아 승만을 칭찬하기 일쑤였다.

"승만이는 당나라 최고 시인 이태백과 성씨가 같은 조선 최고 시인일세. 피를 물려받은 거야."

이경선이 자식의 한시를 자화자찬하면 김생원은 얼씨구 맞장구 쳤다.

"아무렴, 손 볼 데 없이 완벽하게 짓고 읊어대지. 자네 아들 과거 시험에 실패한다고 실망할 것 없네. 언젠가 빛을 보고 큰 인물 될 걸세."

후일 시인 서정주가 『이승만 박사전』을 쓰면서 소개한 이때 그의 시작 몇 편을 보자. 확실히 싹이 보인 것이다.

> 萬樹挑花 屋數隣 (일만 나무 복사 꽃 서너 가호 이웃 집)
>
> 好酒登宴 紅作友 (술 즐겨 베픈 잔치 붉어진 얼굴)
>
> 名亭隔樹 綠爲隣 (멋진 정자 푸른 녹음 이웃 삼으리)

이런 아름다운 자작시를 여름 밤 목청 높여 읊다 보면 동네 아낙들이 지나다 담 벽에 붙어 듣곤 했다니 이승만이 어찌 쉽게 놀 수 있으랴. 비단 한시뿐이 아니다. 언문 시도 만만찮다. 배재학당 발간 협성회보(1898. 3월 5일 제10호)에 실린 「고목가」는 우리나라 애국 시 1호로 손색이 없다. 영문 제목은 「Song of An old tree」다.

슬프다 저 나무 다 늙었네.

병들고 썩어서 반만 섰네.

심악한 비바람 이리 저리 몰아쳐

몇 백 년 큰 남기(나무) 오늘 위태해

원수의 딱짝새 밑 둥을 쪼네.

미욱한 저 새야 쪼지 마라

쪼고 또 쪼다가 고목이 부러지면

네 처자 네 몸은 어디 의지하나

[중 략]

쏘아라, 저 포수 딱짝새를.

원수의 저 미물 나무를 쪼아

비바람 도와 위망을 재촉하여

넘어지게 하니 어찌 할꼬-

　미당은 여기서 고목은 대한제국, 딱짝새는 친러파, 비바람은 러시아와 일본, 포수는 독립협회와 협성회를 의미한다고 풀이했다. 이승만은 뒷날 감옥에서 박승선의 옥바라지를 기리는 내조 시도 절절히 썼다. 이런 그가 50대 후반, 프란체스카 여사와 재혼한 뒤 1912년 이혼한 첫 부인은 거의 언급하지 않아 기이하다.

〈 아내의 한 〉

그리워라 괴로워라 밤은 춥고 추워라

추운 밤 꿈 또한 어려워라

당신 마음 나처럼 괴로우면

꿈인들 창가에 찾아오지 못 하리-

〈 또 아내 〉

아내 시름 그지없는 봄의 강물 같고

옥창에 갇힌 쓸쓸하고 외로운 난 새 같네.

복사꽃 떨어지고 당신 오지 않아

주렴 걷어 올리니 비낀 해 서산에 지네-

그러나 시인 이승만은 언문 시보다 한시 암송과 쓰기를 더 좋아했다. 편하고 멋있어 보이니까. 이런 사람에게 배재학당 입학과 신학문을 권유하러 문수암에 모인 일행이 피곤할 것은 당연하다. 친구들 설득이 겉돌 때 분위기를 일신한 사람은 박승선 이었다.

"그럼 뭐 할 건데요? 서당에 나가 매일 한시나 읊으며 건달처럼 살 건가요? 식구들 호구는 뭘로 할지 대안을 말해 봐요."

명주월도 가만있지 않았다. 비위 긁는 말로 연타를 날린다.

"아니, 우리 가게 손님 중에 한시 읊는 분들이 가끔 오시니까 그 분들 상대 영업 사원 하면 되겠네요. 승선이 도와 아예 공신원 취직하면 어때요? 여인들 틈에서 재미있을 텐데."

이 말에 승선이 더 힘을 받는다.

"오늘 우리가 문수암에 자식 점지해달라고 치성 드리러 왔는데 혹시 부처님 덕분으로 애가 들어서도 걱정이네요. 태어나서 먹고 살게 없으니. 한시 읊어 애 키울 수도 없고."

명주월과 박승선의 공세가 점입가경에 이르자 승만은 속이 타 어쩔 줄을 모른다. 이때 신긍우가 쐐기를 박았다.

"승만이 자네 배재학당에 가서 돈 벌며 배우면 안 되겠나? 그야말로 양수 겹장인데."

"돈을 벌다니, 배재학당 학생이 무슨 수로 거기서 돈을 버나? 학비 면제 정도라면 또 몰라도. 아무튼 끼니 때울 일이라면 뭐라도 하긴 해야 해."

빠져나갈 구멍이 생긴 듯 승만이 재빨리 반응한다.

"음, 최근 미국에서 의료 선교사로 조지아나 화이팅이라는 여의사가 왔어. 치료하고 선교하려면 한국말을 빨리 배워야 하는데 배재학당 학생 중에 선발한다는 거야. 원래 나보고 하라지만 나는 자신 없어. 월정 보수를 준다니 자네는 한글과 한국말을 가르치고 그녀에게서는 영어를 배우면 되지 않나. 학당에서 또 신학문을 배우고 정말 일타 삼매네."

박승선이 가볍게 손뼉 치며 응수했다.

"어머나, 젊고 예쁜 서양 여자를 만난다니 얼마나 신기한 일이에요. 거기다 한글 가르치고 돈을 받는다면 두말이 필요 없지요. 혹시 여자 대 여자로 제가 하면 안 될까요?"

이 말에 좌중이 모두 웃음보를 터뜨린다. 아직은 '남녀 7세 부동석' 시대다. 여자 몸으로 배재학당에 간다니 남편 이승만을 한껏 자극하는 말이다.

"사실 걱정은 좀 있습니다. 조지아나 선교사가 26세 젊은 미녀거든요. 제수씨가 걱정은 좀 되겠지만 그 분이 승만처럼 씩씩한 남자가 좋다는데 어쩝니까."

신긍우가 천연스럽게 받자 일동은 또다시 까무러친다. 때마침 솔솔바람에 흔들리는 문수암 풍경 소리가 반주 같다. 깊은 산골 녹음이 넉넉히 이를 받아주는 한낮- 부글대는 마음을 애써 삭이던 이승만이 못이기는 체 승낙한다. 무엇보다 월정 보수가 매력이다.

"알았어. 입학하면 되지. 이제 그만 몰아대. 그런데 사례는 얼마나 준대?"

"그것까진 아직 몰라. 하지만 서양 사람들 약속 하나는 분명히 지키거든. 내 생각에 섭섭지 않게 줄 거야. 부자 나라 문명인들로 손이 크니까."

"설마 한글 선생 하다 예수꾼까지 되라는 것은 아니겠지. 배재학당이 원래 선교 학교 아닌가?"

"천만의 말씀, 학당이 처음 문을 연 1885년에는 신학부가 있었는데 곧 없어졌어. 영어 과학 지리 산수 역사 등이 주요 과목이고 토론 방법도 가르치지. 자네가 원치 않는 한 종교 강요는 안 해."

이제 명주월이 나설 차례다. 민영환이 준 이승만 배재학당 입학 설득 사명을 무사히 완수했다는 안도감에 절로 한숨이 나온다.

"자, 이제 얘기 끝내고 우리 오늘 본업으로 돌아갑시다. 치성 끝나면 만수 도사님도 찾아뵈어야 하니. 남자들은 이제부터 도사님 계신 곳 수소문 좀 했으면 좋겠네요. 이 근처 어디 암굴이라고 민 대감이 그러셨는데."

이때 새끼 손가락만한 파랑새 아랑이 명주월 어깨에 앉아 그녀만 알게 노래했다. '잘 했어요. 승만 님 배재학당 입학. 신단수 아래 조상님이 칭찬하래요. 축 축 축. 쪼롱 쪼로롱'

다소 시무룩한 이승만 어깨에는 아리가 앉았다. 역시 같은 노래. 두 사람은 그 말을 들으며 꿈인지 생시인지 분간이 안 간다. 다른 사람들은 전혀 눈치 채지 못한다. 영과 속세의 오감이다.

12.

만수(萬樹) 도사

박승선이 불당과 삼성각에서 치성 드리는 동안 명주월과 남정네들은 먼저 만수 도사를 찾아보기로 했다. 문수암 주지 스님은 그가 마침 오랜 탁발을 마치고 돌아와 있다고 전했다. 산행 전 지금 가면 만수 도사를 만날 것이라고 한 민영환의 예상이 맞았다.

만수선사, 속칭 만수 도사는 시도 때도 없이 전국에 탁발 수행을 나가는 까닭에 그 이후 행방은 묘연하다. 또 서울에 있어도 태반은 인왕산 석굴암에 기거, 문수암 주지도 그의 거취에는 태평했다. 토굴 앞 댓돌에 놓인 신발 유무로 소재를 알 뿐이다.

그는 스스로 불심을 통달, 이미 피안의 강을 건넜다고 주장한다. 이제는 우주를 내다보며 내세와의 연관성 내지 천계의 도를 연구 중이라는 것이다. 따라서 신기가 돌면 예언도 가능하다고 큰 소리 친다.

예컨대 1894년 터진 동학란과 이를 진압 차 동원된 청군과 일군의 전투, 이어진 청일전쟁 승자가 일본이라는 짐작이 정확했다. 다음 해 을미사변, 민 왕후의 시해 사건의 경우 진작부터 뭔가 국가적 비극 발발을 우려한바 있다. 갑신정변은 시기까지 맞췄다.

그러나 그의 가장 큰 매력은 우리 배달민족의 기원을 거슬러 보는 예지 능력 소유자라는 것이다. 7천여 년 전 태백산 신단수 아래 신시에 하느님 아들 환웅, 손자 단군왕검이 세운 고조선의 정령이 자신에게 날아 와 수시로 소식을 전한다고 했다. 한민족 중흥의 때가 임박했으니 항상 준비하고 있으라는 따위 내용이다.

정령은 물론 파랑새 아리랑 남매라고 했다. 필요한 사람에게 나타나고 말한다는 것이다. 그래선지 민영환도 도령 승만과 처음 만난 문수암 계단에서 그 속삭임을 들은 기억이 있다. 명주월과 이승만 역시 방금 전 배재학당 입학 축하 지저귐을 들은 것 같지만 꿈속처럼 아련하다.

그런 신통 방통 도사임에도 실제 그를 잘 아는 이는 드물었다. 내색 하지 않고 그늘에 살기 때문이다. 궁금증을 갖고 찾아가도 곁을 잘 주지 않았다. 오늘 승만 일행이 감히 그를 찾아 나선 것은 민영환이 써준 한 장의 표시지를 믿고서였다.

가로 세로 한 자 길이 한지에 먹으로 정갈하게 쓴 증표를 민영환은 보물처럼 작은 대나무 통에 넣고 밀봉, 명주월에게 주었다. 대통에 '桂庭'이란 그의 호가 선명히 쓰였다. 뜯어보지 말고 만수 도사에게 통째 전달하라고 했다. 그가 본 뒤 면담 여부를 결정한다는 것이다.

몇 군데 토굴 또는 암굴 가운데 그리 멀지 않은 데서 그의 거처를 찾았다. 양지 바른 벼랑 1미터 쯤 높이에 있는 자연 암굴이다. 큰 비가 와도 물 들이칠 염려 없는 안성맞춤 장소다.

"만수 선사님 계십니까?"

조심스럽게 명주월이 암굴 앞에서 잔기침 몇 번 만에 물어 본다. 대답 대신 작은 인기척이 들린다. 사람이 있다.

"선사님 계신 것 알고 왔습니다. 저희는 전동 민영환 대감이 보냈지요."

이번에는 신긍우가 나선다. 그래도 조용하다. 난감한 네 사람이 서로 얼굴을 돌아 볼 때 문득 승만이 눈을 빛내며 말한다.

"명 사장님, 그 대나무 통 어디 있나요? 민 대감님이 주셨다는."

"아, 깜빡했어요. 너무 긴장했나 봐요."

그제 서야 명주월이 보따리 속에서 대통을 꺼내 암굴 속으로 밀어 넣는다. 원래 입구는 꽤 넓었던 모양이나 주변에 흙벽을 쌓아 몸을 한껏 움츠려야 들어갈 만큼 낮고 좁았다. 안에서 부스럭 소리가 난다. 대통을 확인하는 눈치다. 이윽고 굵고 낮은 저음이 입구로 새어 나온다.

"들어오시오."

이승만이 앞장서고 신긍우 이병주 명주월 순으로 엉거주춤 바위 굴에 빨리듯 들어간다. 안은 의외로 넓었다. 입구 정면 좌대에 부처님 좌상을 끼고 긴 촛대 불과 좌대 오른쪽 뻥 뚫린 작은 구멍으로 빛이 들어와 실내는 제법 밝았다.

"스님, 명상 시간을 방해한 게 아닌지 걱정입니다. 그래도 저희가 새벽부터 서둘러 몇 시간 고생하며 산행 한 정성을 배려해 주십시오."

명주월이 좌중 연장자로서 다소곳이 앞장 서 인사했다. 방문객 넷이 좌정하고 만수 도사가 불상 앞에 앉았는데도 암굴 안은 여유 있게 넓었다. 계절과 상관없이 냉기도 없는 것 같다.

"계정은 평안하시오? 얼굴 본지 꽤 오래 되었는데. 부인 상처 뒤 문상도 못하고 어찌 지나는지 궁금하오."

만수 도사 굵직한 음성이 암굴 안에 우렁차다. 타고 났을까, 아니면 산중 명상을 통해 복식 호흡이 몸에 밴 탓일까. 그의 염불 소리를 한번 들었으면 좋겠다고 명주월은 순간 생각한다.

"요즘 다시 국사에 매어 가사 때문에 심신이 상할 일은 없으십니다. 갑오경장 이후 전국적인 저항이 만만치 않아 눈코 뜰 새 없으시지요. 개혁 내용이 원래 민 대감의 『천일책』 등에 기초한 거라 고종 임금의 의지하는 바가 적지 않거든요."

"내용이 좋아도 너무 급작스런 조치는 바람타기 쉽지요. 문벌과 반상 구별, 노비, 연좌제 폐지는 시대적 추세에 부합하지만 조선의 인재 등용길인 과거제를 돌연 폐지한 것은 좀 문제가 있습니다. 전국 유생들의 유일한 출세, 밥벌이 수단을 잘랐어요."

"외세와 시기 문제도 그렇습니다. 청나라가 물러난 지금 일본의 내정 간섭은 점점 기승을 부리지요. 김홍집, 박영효 등 친일파 내각이 정권을 잡고 경장 핑계로 일본의 한반도와 만주 진출 길을 열어주니 반발이 커지는 겁니다."

"같은 친일파라도 원조인 박영효가 자신의 지분을 더 요구하며 1, 2차 내각 총리인 김홍집과 대립, 내분이 장난 아닙니다. 임금은 또 이를 왕권 확대 기회로 이용할 속셈이고요. 저마다 주판알을 튕겨 대는데 그 개혁이 제대로 되겠습니까."

명주월, 이승만, 신긍우, 이병주의 잇단 발언을 만수 도사는 빙긋이 듣기만 한다. 젊은이들 시국담이 재미있는 모양이다. 표정은 그런데 속으로는 이들 중에 과연 '혈죽'을 아는 이가 있을까 머리도 굴리고 있다. 그때 바로 이승만 질문이 들어온다.

"스님, 그런데 아까 대통 속에 뭐가 들어 있었습니까?"

"피 빛에 살짝 물든 작은 죽화, 대나무 그림이지요."

"그 그림 때문에 저희를 만나신 겁니까? 그게 무슨 두 분만의 징표라도 됩니까?"

"징표라기보다 연대감의 표시지요. 쉽게 말해 동지적 관계, 실은 그 이상 책임까지 느낍니다. 무한 책임."

"그럼 목숨까지 연대한다는 말이네요. 사나이들의 무서운 우정인가. 언제부터 그렇습니까?"

"민 대감과 사귄지는 오래지만 혈죽 관계까지 간 것은 길지 않습니다. 서화 얘기 끝에 민 대감이 자신 집에 가보로 혈죽화가 한 장 있는데 심난할 때 보던지, 직접 묵으로 치면 절로 일편단심 애국심이 일고 마음이 편해진다 했지요. 한데 나도 똑같았어요. 즉석에서 묵화를 쳐보고 우리는 곧장 심통했습니다."

"그게 무엇을 의미할까요? 혹시 혈죽 그림에 무슨 주술적 힘이 있을까요. 우리 배달민족 지도자 간의 영적 교감이던지…."

이승만의 이런 의문이 일행을 긴장시키고 남았다. 침을 삼키고 만수의 다음 말을 지켜본다.

"잘 봤어요. 그 피맺힌 대나무 그림을 본다고 아무나 그런 감정이 들지 않으니까. 그래서 깊이 생각해 보았습니다. 결론은 우리 민족이 신국, 고조선 이래 긴 세월 나라를 유지해온 배경에 끈끈한 어떤 조직, 유대 관계가 있다, 이들이 위기 때마다 합심 협력, 국가와 민족을 지켜왔다, 필시 '혈죽회' 정도 이름의 비밀 결사가 존재하며 돕지 않을까, 따위 생각입니다. 허황할지 모르지만."

만수 도사의 아리송한 설명이 못마땅한 듯 이번에는 이병주가 나선다. 평소 부자 집 반듯한 도령답지 않게 다소 거칠다.

"말씀대로 좀 허황하네요. 비밀 결사라면 목적, 강령, 회원, 우두머리, 소통 방법 등 조직의 기초 요건을 구비, 유사시 일사불란하게 움직여야 하는데 이름조차 애매한 혈죽회는 그런 게 전혀 없지 않습니까. 알려진 회원은 그저 스님과 민 대감 정도이고."

"비밀 결사 회원은 상호 모르는 게 상식입니다. 나도 민 대감도 정식 가입한 일 없으니 회원인지, 아닌지 모르지요. 다만 일이 터졌을 때 마음 속 깊은 곳에서 신호가 옵니다. '때가 왔다, 행동하라' 물론 느낌입니다. 이 느낌 이외 요즘 새 소통 채널이 생겼지만 나중 말할 기회가 있겠지요. 아직 확실하지 않으니까."

만수 도사는 파랑새 아리랑 남매가 최근 이승만, 명주월 등에게 살짝 맴돈 것을 알지 못한다. 다만 이 정령들이 꿈속처럼 자신 귓가에서 때로 노래하듯 전하는 소식을 자랑하고 싶다. 고조선 조상이 아득히 전하는 명령, 그 유전자가 활동하는 한 고난을 극복하고 옛 건국 시대 영광을 되찾는다는 확신을 심어 주고 싶다.

"비밀 결사일수록 행동 강령, 목적이 분명해야 자신 있게, 목숨 걸고 움직이지 않겠습니까? 이를테면 조선의 자강, 또는 새나라 건설, 외세 배격 등 피부에 닿는 구체적 내용 말이지요. 그게 뭡니까?"

다시 이승만의 질문이다. 그는 차츰 만수 도사 이야기에 심취해감을 느낀다. 몸 속 피가 끓어오른다. 벌레가 설설 기는 것 같다. 자신에게도 이미 신호가 왔지 싶다.

"너무 파고들지 말아요. 실제 전모를 아는 이는 없으니까. 그래서 느낌이 온다고 하지 않았나요. 하지만 대원칙, 이게 목적이자 강령이 될지 모르나 포괄적으로 말할 수는 있습니다. 요약하면 이래요.

'하느님 자손 배달민족은 영원하다. 기억하라, 너희 조상의 나라 발흥지를- 만주, 몽고, 연해주, 바이칼 호, 요동, 한반도 등 동아시아 일대를 호령하던 시절을- 연면히 이어가라. 위기 때마다 인물 나서 돌파하리라.'

얼마나 광활하고 뿌듯한 강령입니까. 참선 때, 명상 때, 혹은 꿈속에서 들리는 이 말에 나는 전율하고 맙니다. 누구 지시란 없어요. 그냥 영감, 예지, 교감, 정령, 성령이 내면에서 작용, 누군지 모르는 혈죽 회원들이 각자 할 일을 찾아 활동합니다."

일행은 순간 분위기에 압도당한다. 수많은 고조선의 정령들이 눈앞에서 날고 있는 느낌이다. 나비처럼, 잠시 침묵이 흐른 가운데 신긍우가 애써 입을 연다. 긴장 완화 조치다.

"예컨대 멀리는 광개토대왕, 을지문덕, 강감찬 장군, 해상 왕 장보고, 가까이는 세종대왕, 이순신 장군이 혈죽 회원, 적어도 적극 지원을 받은 분들 같네요. 누란의 국가 위기를 넘기거나 나라를 빛냈으니까. 물론 스님도 포함해서 말입니다."

"넘겨짚는데 선수군요. 대강 맞지만 솔직히 유명인들 보다는 무명 회원들이 그늘에서 활약한 경우가 더 많아요. 이름 없는 의병, 민초들의 저항 정신이 이 나라를 지켜온 겁니다."

만수 도사를 대왕과 장군 반열에 올려 모처럼 좌중 분위기가 훈훈해질 때 이승만이 또 슬쩍 발을 건다.

"민초들의 저항 정신을 묶을 지도자가 있어야지요. 흩어진 백성은 오합

지졸, 힘을 못 씁니다. 혈죽 회원 가운데 지도자급이 많았다고 봐요. 스님도 포함해서 말입니다."

신긍우의 직전 대화 끝말을 그대로 인용하는 이승만 재치에 암굴 안이 잠시 화기에 잠긴다. 만수 도사 역시 싱긋이 웃으며 그에게 물었다.

"계정과는 어찌 알게 되었소?"

"어렸을 때 불공드리러 오신 어머니 따라 문수암에 왔다가 뵈었지요. 처음 만났는데 우린 하나도 어색하지 않았어요. 혀가 술술 풀리며 한글, 한문시까지 지어 자랑 하고. 민 대감님은 그때 스님 뵈러 왔다가 허탕 치셨다던데 두 분은 또 어떻게 만나셨나요?"

"나는 전동 민 대감 댁에 탁발 갔다가 만났소. 대감 코흘리개 시절인데 시주 됫박 가득히 쌀을 담아 들고 나온 그와 마주친 순간 우리는 처음부터 찡한 교감을 느꼈다오. 이후 탁발 갈 때마다 묘하게 그가 직접 시주하며 말이 통하게 된 거지요."

"'우리'라니 어릴 적 민 대감님 느낌을 스님이 어떻게 아십니까? 연세 차가 꽤 있어 보이는데. 혼자 찡 하셨던 것 아닌가요?"

이번에는 이병주가 이의 제기다. 부자 판서 집 도령으로 질문이 직설적이다. 실은 이승만도 민 대감 처음 만났을 때 '우리는 어색하지 않았다', 만수 도사도 민 대감을 만나 '우리는 찡 한 교감을 느꼈다'들 하니 뭔가 이상하다.

"나이와 상관없이 사람과 사람이 만나면 무수히 많은 교감을 주고받지요. 가벼우면 그냥 지나치고 조금 무거우면 한번 되돌아보고 더 진하면 생각하고 아주 짙으면 영적으로 통하는 겁니다. 호의적 감정 교류, 상대를 읽고 동의하는 상태라고 할 수 있어요. 그게 아니면 다음 만남은 없습니다. 아까 진작 민 대감과 나는 연대하는 사이, 특수 관계라고 말했었는데."

그들이 입씨름을 하고 있을 때 암굴 밖에 인기척이 났다. 백 팔배 불공을 마친 박승선이 이들을 찾아 온 것이다.

"명 언니, 여기 계신가요? 저 승선인데요."

"오, 그래 동생, 치성은 다 끝났나? 어서 들어와. 수고했네."

명주월이 냉큼 일어나 암굴 입구로 가서 승선의 손을 잡아 안으로 이끈다. 남정네들도 엉거주춤 일어나다 앉는다. 그 사이 박승선의 얼굴을 힐끗 본 만수 도사 얼굴이 잠시 흐려지다 펴진다.

"스님, 이사람 때문에 오늘 우리 모두 산행 왔네요. 혼인한지 몇 년째인데 아직 회임을 못했어요. 잘 보시고 좋은 일이 있을지, 있다면 언제쯤일지 좀 말씀해 주세요. 절에 보시는 꽤 하겠습니다."

명주월이 말하는 동안 만수 도사는 빙그레 웃으며 한구석에 박혀 있던 작은 화로에 찻물을 올려놓고 차 도구를 챙긴다. 생각보다 암굴이 눅눅치 않고 온기가 있다 싶었는데 이유가 있었다.

"아이구, 절에 오면 역시 시주 힘이 최고에요. 그 말 나오자마자 스님이 차 대접을 하시니 진작 말하지 그랬어요."

역시 이병주였다. 바른 소리 빼놓지 않는 그에게 모두 웃음을 보낸다. 일행이 덕담들을 나누며 각자 찻잔을 비우자 만수 도사가 말했다.

"회임은 물론 여러분 모두 좋은 일들 있을 겁니다. 배재학당, 육영공원 가서 신학문은 빨리 배울수록 개인과 나라에 유익하지요. 잊지 마세요. 과거 제도 같은 지난 유물에 연연하지 말아요.

특히 이승만 처사에게는 모처럼 인연 맺은 계정의 혜안을 존중하는 뜻에서 회임 말고도 꼭 한마디 해야 하겠소. '부디 자중하시오. 기회가 옵니다. 나갈 때, 멈출 때, 물러설 때를 가리시오' 자, 여러분, 오늘은 이만 작별합시다. 인연 있으면 또 만나겠지요."

이 말을 끝으로 만수 도사가 순식간에 자리를 털고 나가자 일행은 어안이 벙벙하다. 이럴 수가, 아무리 도사라도 무례한데, 씁쓸한 표정이다. 이승만 혼자만 '부디 자중하시오' 말의 의미를 씹고 또 씹었다.

13.

춘생문 거사

중전 민 왕후의 피살 소식을 이승만은 배재학당에서 들었다. 양력 1895년 10월 8일이다. 그때쯤 그는 학당 수업과 영어 공부, 화이팅 의료 선교사 상대 조선어 교습이 꽤 몸에 배기 시작했다.

이날 학당은 아침나절부터 분위기가 어수선했다. 뭔가 일이 터질 것 같은 예감이 들었다. 아니나 다를까 경복궁에 난리 났다는 소문과 함께 어처구니없는 대 비극이 전해졌다.

1개월 전 부임한 미우라 고로(三浦梧樓) 일본 공사의 은밀한 지휘 아래 120여 명의 일본 낭인과 부랑배가 궁궐에 난입, 민 중전을 살해했다는 것이다. 난도질도 모자라 휘발유 뿌려 화장, 궁중 숲에 묻었다니 잔혹하기이를 데 없었다.

학당은 분노로 가득 찼다. 울분을 토하는 탄식이 요란했다. 배재학당은 1886년 2월 고종이 직접 '培材學堂'이란 교명을 휘호로 써준 한국 최초 근대식 학교다. 미국 감리교 선교사 아펜젤러가 1885년 자기 집 서재에서 의사 지망생 2명에게 영어 수업을 시작한 게 효시다. 1887년 3월 정동에 한국 최초 르네상스 식 벽돌 교사를 완공하자 귀족, 부자 집 자제들이 대거 입학했다.

그럼에도 이승만 입학이 늦었던 것은 서당 공부가 재미있고 과거 합격을 목표 삼았기 때문이다. 아버지 이경선과 어머니 김 씨 부인의 기대를 저버릴 수 없어서다. 하지만 내심 더 큰 이유는 고종에 대한 평소 경멸감이 그가 좋아한다는 배재학당 입학을 고집스럽게 거부했을지 모른다.

자신이 양녕대군 적통 후손인데 방계로 어쩌다 임금 자리에 오른 왕이 통치 능력도 보잘 것 없다고 무시한 것이다. 게다가 아내 박승선은 결혼 전 이화학당에 관심이 컸던 신여성, 남편과 때로 맞서는 과감성이 신식 학당에 억하심정으로 나타날 수도 있다.

그러나 일단 배재학당에 입학한 이승만은 적응이 남 달랐다. 즉각 두각을 나타내 영어 과목은 불과 5, 6개월 사이 다음 학기 초급반 강사를 맡을 수준까지 뛰어 오른 것이다.

학생들 앞에서 연설도 발군이다. 서당 시절 도강에서 줄 곳 장원을 도맡던 실력 아닌가. 맺고 끊고를 강조하는 리듬에다 그동안 갈고 닦은 한시, 언문 시 암송과 해설 솜씨가 뒷받침했다. 이때 터득한 연설 훈련이 그를 후일 만민 공동회 주역으로 만든 것이다.

화이팅 선교사는 또 승만의 조선어 강사 역할에 만족, 넉넉한 급여를 지급했다. 그는 배재학당 스타였다. 왕비 살해 소식에 스타가 화를 내자 학당이 분노했다. 당시 학생 수는 109명인데 이승만이 소집하자 즉시 20여 명이 모였다. 신긍우, 신흥우 형제, 이충구, 윤창렬, 이익채 등이 북치고 장

고치고 분위기를 주도했다.

"여러분, 국모가 이처럼 무참히 살해되었는데 그냥 있을 수 없소. 피 끓는 젊은 학도라면 복수하는 게 마땅하오. 기탄없는 대처 방안 제시를 바랍니다."

비분강개한 이승만의 첫 마디가 떨려나왔다. 분노한 학동들이 이구동성으로 떠들어 댔다. 곧장 일본 공사관으로 몰려가자는 주장이 컸다. 남산 일본인 거주지 왜장대를 습격해 본때를 보여야 한다는 선동도 나왔다. 시간이 지날수록 과격해졌다.

"아니, 우리가 흥분해서 행동하면 어떤 불상사가 벌어질지 몰라요. 조금 가라앉혀서 합리적 방안을 찾읍시다."

역시 연장자인 신긍우가 과열 분위기를 제지하려 했다. 그러나 곧바로 이충구가 큰 소리로 그의 말허리를 꺾어 버린다. "지금 흥분하지 않게 되었소? 나라의 국모가 왜놈들에게 난자당했는데 거기 무슨 합리적 대처를 찾나. 그것도 대낮 궁궐 안에서. 이건 화적떼나 다름없어요. 당장 막대기라도 들고 공사관으로 쳐들어갑시다."

양자 간 논쟁이 격화하려 하자 이승만이 두 손을 버쩍 치켜들고 외쳤다. 순간 좌중이 조용해진다.

"여러분, 우리는 지성인입니다. 신학문을 공부하는 이 나라 지도자들답게 행동해야 합니다. 분하고 원통한 생각 같아서는 당장 미우라 공사를 잡아 죽이고 싶지만 그게 현실적으로 가능한지 우선 생각해야지요.

여기 모인 20여 명 학우들이 떼 지어 공사관에 몰려간다 해도 저들은 눈 하나 깜짝 안할 겁니다. 좀 더 많은 인원이 필요해요. 일단 세 과시를 해야 하니까. 지금부터 사발통문을 돌려 오늘 못 온 학생들을 부르고 길에서 백성 참가자도 모아 봅시다."

격앙된 분위기를 이승만이 진정시키려하자 신긍우가 재빨리 화답했다.

"맞습니다. 맨 손으로 저들을 공격해도 당하고 맙니다. 저들 총구 앞에 우리 무기는 돌팔매, 몽둥이, 쇠스랑 정도 아닌가요. 그걸로 일본군이 총칼로 경계하는 공사관 습격은 어림없습니다. 일단 진정하고 힘을 모으는 게 중요합니다."

이로써 일동은 더 이상 흥분을 자제했다. 다음 소집을 약속하고 모임이 파장 분위기로 돌아갔다. 배재학당 학생들이 대체로 양반집 자제들이라 흥분은 해도 곧 제어할 줄 알았다. 분한 얼굴로 하나, 둘 자리를 뜨자 신긍우가 슬그머니 이승만 소매를 당겼다.

"나 좀 보세."

신긍우와 이승만은 학당을 나와 지금 정동 제1교회 터를 걷기 시작했다. 1897년 12월 27일 아펜젤러 목사가 이 자리에 감리교 예배당을 벽돌집으로 상큼하게 지을 줄 이들이 알 리 없다. 변화는 여울목 물살처럼 빨랐다.

이승만에게 지난 20년은 고인물이었다. 오래된 정원 같이 과거에 묻혀 사는 아버지 이경선, 어머니 김 씨 부인 사랑 속에 서당을 오가며 사서삼경 암송과 한시를 읊는 고루한 시간이었다.

하지만 그가 마지못해 선택한 배재학당은 그에게 벼락처럼 빠른 변화 바람을 일으켰다. 오랑캐 취급하던 코 큰 서양 사람이 문명인이고 이들이 믿는 기독교가 물심양면으로 발전 원동력임을 알게 된 것이다.

민영환의 원격 조정과 부인 박승선의 눈빛 압력, 신긍우의 우정이 성사시킨 그의 배재학당 입학은 한국의 행운이다. 이로써 그는 미국 유학, 기독교 입문, 독립 운동 선구자, 대한민국 건국 대통령, 6·25 한국 전쟁 극복, 미국 의사에 반한 반공 포로 석방, 이결과 한미상호방위조약 체결, 한미 동맹 등 안보 기틀을 마련한 것이다.

또 반만년 가난 극복의 길을 열었다. 세계 10위권 경제 대국, 무역 8대국 토대를 마련했다. 시장경제와 자유민주주의로 북한 공산 독재를 압도하는 토양을 이뤘다. 동시대 이완용, 박영효 등 개화파 거두들이 일제 하 귀족 칭호를 즐기거나 민족 개조론에 숨을 때 그는 하느님 자손 배달민족의 영광된 길을 추구했다.

"보자 했으면 무슨 말이 있어야지. 속에서 지금 열불이 나고 있단 말이네. 민 왕후 비난도 많지만 그녀가 있어 물러빠진 고종이 왕 노릇 한 것 아닌가. 일본 놈들 견제하러 청국, 러시아, 미국과 손잡으려다 무참히 살해된 거야. 오죽 눈엣가시였으면 작전명이 '여우 사냥'일까."

깊은 생각 속에 말없이 걷던 이승만이 이윽고 신긍우에게 말했다. 정동 교회에서 손탁 집 앞까지 완만한 고갯길이다. 웨베르 러시아 공사 처제인 손탁은 1902년 이 자리에 손탁 호텔을 지어 정계 사교장을 만든다. 이승만의 개탄에도 몇 걸음 더 침묵하던 신긍우가 불쑥 편지 한통을 내민다. 승만이 얼떨결에 받는다.

"웬 편지? 말로 하면 되지."

"집에 가서 찬찬히 읽어 보게. 민 대감 편지야. 공신원 명주월 사장이 종업원 시켜 오늘 아침 나에게 보냈네. 자네에게 전해달라고. 밀봉하지 않아 나도 읽어 봤는데 별 얘기 아니야. 혹시 나 모르는 다른 의미가 있으면 나중 말해주게. 편지 전달자로서 내게도 하시는 말씀인 줄 모르니까."

경운궁과 통한다는 러시아 공사관 백색 탑이 손탁 집 위쪽에 우람하게 서있다. 정동의 명물 5백년 회화나무 고목 앞이다. 러시아 공사 웨베르는 마무리 단계 시베리아 철도 공사와 더불어 한국에 영향력 극대화를 시도 중인 유능한 외교관. 당시 이범진, 이완용 등 친 러시아 파와 손잡고 청진, 원산 개항에 집요하다.

"자네도 보았으면 비밀도 아닌 것을 집에 가서 읽나. 그냥 여기서 보지."

열린 봉투에서 속지를 꺼내 읽은 이승만 표정이 잠시 야릇하다. 내용이 너무 간단하고 막내 동생 어르듯 했기 때문이다.

> 경거망동하지 말게. 슬픔은 안으로 삭여야 더 고귀해지는 법, 이런 때 일수록 묵묵히 영어 세계사 과학 지리공부에 매진하면 좋겠네. 중전은 이 미 세상 뜨신 분이야. 桂庭 -

짧은 글 내용보다는 말미에 그려진 싸인, 작은 혈죽 그림이 인상적일 뿐이다. 만수 도사 말과 비슷하지 않은가. 이승만이 허탈하게 웃을 때 신긍우가 돌아서 걷기 시작했다. 경운궁 까마귀가 그들 머리 위에서 깍 깍 깍 작별 인사를 던진다.

다음 날 아침 배재학당은 의외로 조용했다. 폭풍 전야의 고요랄까, 어제 흥분했던 모습과는 판이하다. 착 가라앉은 분위기다. 적어도 이승만에게는 그랬다.

학생이면서 초급 영어 강사를 시작한 승만은 친구 이충구와 함께 선교사 보조 일도 해왔다. 그들의 간단한 통역 일, 서툰 한국 생활을 돕는 것이다. 이 때문에 학생들과 모르는 새 간격이 생겼나 잠시 우려할 정도였다. 그러나 기우였다.

오후 들어 학생들이 부산하게 움직이기 시작했다. 그러니까 어제 신중론을 주장한 신긍우, 이승만 대신 열혈파 이충구, 윤창렬, 이익채 등이 전면에서 행동을 개시한 것이다. 동조 학생은 어제보다 약간 늘어난 30여 명. 이충구가 이들 선두에 서 나가며 이승만을 달랬다.

"이보게, 자네가 말하는 힘은 천천히 모으고 우린 먼저 나갈 테니 나중 힘 부칠 때 지원 좀 생각하게. 하긴 길에 나가면 합류할 백성이 많아. 억장 무너진 사람들 천지거든. 괜한 걱정 했나."

승만은 어안이 벙벙했다. 생전 처음 사람과의 관계가 이처럼 복잡 미묘함을 느끼고 전율했다. 민 대감이 이런 대중 심리를 파악하고 편지 경고를 보냈구나, 부화뇌동하지 말라는 의미의 심상함을 비로소 깨닫는다.

일단의 무리가 학당 밖으로 뛰쳐나간 뒤 선교사들은 이날 수업을 포기했다. 이승만과 신긍우는 올링거 목사가 지난 1888년부터 시작한 삼문출판사 일을 거들기로 했다. 영어 한문 국문 세 나라 글자 책을 낸다고 '三文' 이름을 붙인 이 출판사는 당초 성경과 교재 인쇄가 주류였다.

하지만 전도 사업이 활발해지자 성서 인쇄가 급증하고 일반 주문까지 밀려 바빠진 것이다. 아직 기독교 입문 전인 이승만은 봉사로 그 일을 돕기 시작했으나 가끔 나오는 수고비가 짭짤했다. 화이팅 여사 상대 한국어 강습료에 아내 박승선의 공신원 수입도 괜찮아 그 무렵 이승만 가계는 살만 했다.

그러나 이 때문에 승만이 이날 공사관 습격 대열에 참가하지 않은 것은 아니다. 만일 민영환의 당부 편지가 없었다면 고민 끝에 따라갔으리라. 아니, 편지 내용보다 말미에 그려진 혈죽화가 더 강한 자극을 주었는지 모른다. 붉은 피가 뚝뚝 흐르는 혈죽 사인을 보자마자 가슴에 벅찬 진동이 느껴졌던 것이다.

그게 뭘까. 어디서 오는 기의 흐름일까. 민 대감과 만수 도사도 그 혈죽 그림 한 장으로 마음이 통한다고 하지 않았는가. 과연 만수 도사 설명대로 단군 이래 배달민족 중심들끼리 통하는, 그러니까 신국 비밀결사 암호라도 되는 것일까. 국난 때 홀연 나타나 고난 속 민초를 위해 투쟁하는 의인들이 그렇게 분발하는 것일까.

이승만이 한창 혈죽 사인에 관해 생각하고 있을 때 갑자기 바깥이 소란해진다. 동시에 성서 인쇄물 배달을 나갔던 신긍우가 출판사로 뛰어 들어왔다.

"큰일 났어. 큰일. 우리 학당 친구들을 떼로 일본 군인들이 잡아갔대. 진고개 입구에 미리 포진해 있다가 우리 학우와 시민들이 몰려가자 총질부터 했다는 거야. 누가 죽고 다쳤는지 챙기지도 못하고 다들 도망쳐 왔어."

이승만의 잡념이 일시에 사라졌다. 우려하던 현실이 나타난 것이다. 별 준비 없이 무턱대고 나갔다가 희생자만 냈으니 쫓겨 가는 시위대를 보고 일본군이 얼마나 가소롭게 여겼을까.

"우선 사상자부터 알아보세. 혹 사망자가 있는지 알아보고 부상자들은 제중원 화이팅 여사에게 보내야지. 잡혀간 친구들 명단도 만들고."

이승만 말이 채 끝나기도 전에 이번에는 온몸에 피 칠갑을 한 이충구가 벌컥 문을 열고 들어왔다.

"겁 없이 나갔다가 되게 당했네. 자네 말 안들은 게 잘못이지. 우리 무리가 길에서 합류한 사람들까지 수백 명을 넘어 호기 탕탕 걸어가는데 웬걸 진고개 입구는 벌써 통행금지야. 그걸 무시하고 함성을 지르며 달려가자 전방에 일제히 모습을 드러낸 일본군이 총질을 시작했네.

우리야 오합지졸이지. 그나마 배재학당 친구들이 물러서지 않고 한동안 투석질로 맞섰지만 그게 상대가 되나. 총알 앞에 장사 없어. 처음 몇 번 경고 사격에 이어 이번에는 조준 사격이야. 다행히 무릎 아래라 사망자는 없는 것 같지만 앞선 몇 사람이 푹푹 쓰러지자 너나없이 도망치고 말았네. 부끄럽고 창피해."

허무했다. 본때 있게 국모 살해범을 잡으러 간다고 나섰다가 개망신 당한 셈이다. 이승만 눈가에 어느새 눈물이 비친다. 이를 본 이충구가 이번에는 바닥에 주저앉아 꺼이꺼이 울음을 터뜨렸다. 힘 빠진 맹수 같다.

"진정하게. 진정해. 그래도 자네는 할 일을 한 거야. 다음 기회를 보면 되네. 철저히 준비하고 저들이 저항 못할 수단을 강구한 뒤 다시 행동하지. 승패는 병가지상사라 하지 않나."

신긍우가 통곡하는 학우 어깨를 두드리며 달랜다. 그의 얼굴도 일그러져 있기는 마찬가지다. 그러자 거짓말처럼 울음을 뚝 그친 이충구가 하늘을 보고 단언했다.

"내 반드시 복수할 거야. 일본 놈들을 꼼짝 못하게 혼내 줄 거라고. 국모 죽인 대가를 치르게 할 거야. 이대로 포기할 내가 아니지. 이놈들아, 너희들 사람 잘 못 봤다."

이충구는 그 말을 지켰다. 을미사변을 일으킨 미우라 공사는 자신의 만행을 합리화시키기 위해 민 왕후가 도주한 것으로 위장, 폐서인 시키도록 고종을 협박했다. 여기 필요한 중전의 비리를 부풀리고 날조, 연일 겁박하자 고종은 결국 폐서인 조칙을 내렸다.

이를 본 이승만의 고종에 대한 모멸감은 극에 달했다. 이 조칙은 국제적 압력으로 2년 뒤 1897년 취소되고 명성황후(明星皇后)로 추서되기는 한다. 일본이 조작한 비하 사관에 집착하는 일부 현대 사가들이 재고할 만하다.

제발 찍어 누가 좋을까.

이충구의 복수 다짐은 이른바 춘생문 사건으로 현실화한다. 그는 동학들보다 연배도 위이지만 일찍이 개화에 눈 떠 그쪽 사람들과 교제하며 활동 범위가 넓었다. 서당 공부에 몰두하던 이승만과 는 차원 다른 정치 행동가, 혁명가 기질이 넘쳤다.

"이형, 마침내 때가 왔소. 일단의 우리 동지들이 내일 새벽 거사키로 약조를 맺었소. 대궐로 쳐들어가 고종을 미국 공사관에 옮겨 모시고 국모 살해에 관련된 대신들은 처단키로 말이오."

이충구 눈에 불꽃이 튀고 말은 떨려도 자신감에 차 있었다. 1895년 11월 27일 이충구는 은밀히 이승만을 자신 집으로 초치, 저간의 사정을 설명한다.

당시 국제 동향은 복잡 미묘했다. 청일 전쟁에서 승리한 일본이 시모노세키(下關) 조약에 따라 대만과 요동반도를 할양받았다가 러시아, 프랑스, 독일 3국 압력으로 요동반도는 토해 냈다. 이에따라 기세등등하던 일본이 한 풀 죽은 반면 러시아는 상대적 강세였다. 이를 반영, 국내도 이완용, 이범진 등 친 러시아 파가 실세로 부상한 것이다. 친미파였던 이완용은 이후 또 친일파로 변신, 개인 영달에 매진한다.

여기서 일본은 을미사변을 일으켜 조선 내 사정을 한판 뒤집기 한 것이다. 그러니까 국모 살해라는 충격 요법으로 일거에 조선 정치 판도를 반전시키고 김홍집 박영효 친일 내각을 구성, 정권을 장악해버렸다. 이런 상황을 이충구 등 열혈 왕당파가 두고 볼 수 없다. 아니, 백성들이 용서치 않아 거사한다는 것이다.

작전 계획은 간단했다. 일단의 고종 친위 세력이 신무문과 춘생문을 통해 경복궁에 진입, 역적을 소탕하고 고종을 미국 공사관으로 이어하는 것이다. 춘생문은 고종 거처인 건청궁 쪽문, 궐 밖으로 통하는 신무문과 직결되어 있다. 러시아군 일부가 주변 경비를 맡아 혹시 모르는 일본군 방해에 대비키로 했다.

"그렇다면 그런 중대한 계획에 나를 왜 빼었소? 나도 내일 새벽 거사 장에 가리다. 이형과 나 사이가 이정도 밖에 안 되는 거요? 지난 번 내가 힘을 키워 복수 하자고 한 걸 빈 말로 들었나 봐. 지금 계획과 실력이면 괜찮아 보이오."

이번에는 승만도 많이 화를 냈다. 배재학당 지도자급이라고 자부하던 존심이 상했던 것이다.

"이형, 오해하지 마시오. 이형을 정말 빼놓을 생각이었다면 오늘 말도 꺼내지 않았지. 이번 거사는 목숨 걸고 하는 위험한 일, 어찌 보면 무모한 일이란 말이오. 나는 이형을 내 목숨처럼 아끼는 사람이야. 왜? 당신은 나보다 더 큰 일 할 위인이니까. 사나이 대 사나이로 하는 참말이오."

이충구는 진정이었다. 갑자기 일어나 벽장문을 열고 정종 병을 꺼낸다. 잔 2개도 이미 준비되어 있었다. 가득 술을 채운 뒤 한잔을 건네 건배를 제의한다. '충성! 조선!'

묘한 사람이다. 배재학당 학생이면서 이승만처럼 미국 선교사 상대 조선어 교사 겸직이다. 또 정계 인사들과 관계 깊은 행동가다.

이번 일도 그의 작품임이 분명하다. 그렇다면 더욱 이승만은 물러날 수 없다. 건배 술잔을 높이 들고 단호히 말했다.

"이번 거사 성공을 위해! 하지만 나에 대한 지나친 과찬은 욕일세. 내 목숨은 중하고 이형 목숨은 가볍단 말인가. 한낱 서생인 나보다 활동가로 발

넓고 조직력 있는 당신이야말로 소중한 생명이지. 아무튼 나도 꼭 참가시켜 주시오."

"이형은 6대 독자, 불효하지 말고 이만 참으소. 충정은 충분히 알았어. 거사 성공하면 마무리 작업을 맡게 할 테니까."

"그건 너무 비겁하오. 지난 번 시위 때도 혼자 나가 흠씬 얻어맞고 왔는데 성공한 뒤 보자니 말이 되나. 나도 사나이란 말이오."

"내 솔직한 심정을 말하리다. 이형을 끼우지 않으려는 내 얄팍한 계산 말이오. 다시 말해 내게 무슨 일이 생기면 뒷배를 보아달란 뜻이지."

"무슨 그런 말을. 형 댁은 가계 책임자가 따로 있지 않소. 구태여 내게 부탁할 일이 없지. 나 역시 그런 힘은 없는데 궤변 아닌가."

여기서 이충구가 잠시 뜸을 들인다. 뭔가 생각하더니 결심한 듯 입을 열었다.

"단순한 가계 문제가 아니야. 나는 이번 거사가 잘못되면 사형감이네. 불길한 얘기지만 만일을 위해 보험을 들고 싶단 말이지. 이형 뒷배는 솔직히 민영환 대감이 받쳐주고 있지 않나. 내가 보기에 두 사람은 어떤 동지적 관계 이상인 것 같네. 마치 분신처럼.

그러니까 감히 말하리다. 내게 혹 무슨 변고가 생기면 민 대감에게 간곡히 부탁 좀 해달라는 거야. 요즘 민 대감만큼 국내외 신망과 영향력 있는 인물이 없어. 그가 청을 든다면 사형은 면할 거야. 내게 이런 말까지 하게 하는 자네 좀 심하지 않나."

이충구의 눈에 그렁그렁 눈물이 고인다. 얘기하다 보니 예감이 온 것 같다. 이승만 처지가 그만큼 부러웠는지 모른다. 벌써부터 그는 민영환이 승만에게 갖는 긴 호흡의 연대감을 느끼고 있었다. 보이지 않게, 은밀하게.

당시 정계 마당발로서 이충구는 민영환의 존재를 분명히 깨닫고 있다. 그는 민 문 척족들이 시샘할 만큼 왕실 신임을 받으면서 실용적 처신으로 수구파도, 개혁파도 거부감을 갖지 않았다. 민중과 관료와 왕실 사이를 중재하는 그에게 외국 공사, 선교사들까지 믿음을 주었다. 그런 그가 이승만 후원자라니-

"아이쿠, 충구 형, 내가 너무 떼써서 미안하오. 그런 말까지 나오게 하다니. 나도 더 이상 조르지 않겠소. 하지만 민 대감께 부탁 건은 없던 걸로 합시다. 그 일이라면 민 대감이 부탁 없어도 알아서 할 것이오. 뒷일 걱정 말고 내일 최선을 다해 봐요."

이충구의 사나이 눈물을 보고 이승만은 더 고집피지 않았다. 실제 상황도 잘 모르면서 불쑥 끼어들어 졸이 되는 게 바람직한 일은 아니었다. 일부 자존심이 상한 것도 사실이다.

"우리 준비는 거의 완벽하네. 건청궁 신무문만 장악하면 대궐 후원으로 들어가서 고종을 모시고 동쪽 춘생문으로 빠져 나오는 거야. 곳곳에 병력 배치가 끝나고 안에서 호응하기로 돼있지."

"하지만 임금이 형들을 보고 따라 나올까. 자신을 구할 거사이기보다 납치로 생각하면 거절할 수도 있네."

이승만의 이의 제기에 이충구는 눈물범벅이 된 얼굴로 허허 웃었다. 기가 차다는 표정이다.

"우리가 어린애들도 아니고 그만 대비 없었겠나. 주모자들 면면만 보아도 시종원 시종 임최수, 이재순, 전 훈련 제3대대장 이도철, 전 군부대신 안경수, 외부협판 윤치호 아버지 전 남병사 윤웅렬 등 빵빵하단 말일세."

"내 말은 지도자급 인물도 중요하나 실제 힘을 쓸 행동대원이 충분한지,

또 대궐 내부와 소통은 잘 되는지 등을 말하는 거야."

"그야 염려 놓으시게. 러시아 공사관에서 총과 탄알을 빌려 무장시킨 친위대 등 총 병력이 수백 명이야. 더 든든한 것은 고종이 우리에게 밀지까지 내렸다네. '궁성을 보호하고 역적들을 처단하라'고."

"흥, 그 정도면 이젠 축하주 마실 일만 남았네."

이충구의 자세한 설명에 이승만은 납득하며 그런 대사에 참여 못하는 자신이 아쉬웠다. 두 사람은 비장한 얼굴로 남은 술을 깨끗이 비우고 헤어졌다.

그러나 거사는 실패했다. 대궐 안쪽에서 호응키로 한 친위 대대장 이진호가 배신, 문을 열어주기커녕 거꾸로 총질을 해댄 것이다. 다음 날 아침, 새벽 거사가 궁금해 이충구 집을 찾아갔던 이승만은 대경실색했다.

거사 실패 소식에 놀랐고 그런데도 이충구가 책임지겠다고 집에 남은데 또 놀랐다. 재판 결과는 엄했다. 사건발생 한 달 뒤 열린 특별 재판에서 주모자 임최수, 이도철은 사형, 이충구, 이민굉, 전우기는 제주 종신 유배, 안경수, 이재순, 김재룡은 곤장 1백대에 징역 3년형이 내렸다.

검거 선풍이 불 때 이승만에게도 불똥이 튀었다. 주모자 이충구와 친구이자 함께 선교사 조선 말 강사인 이승만을 의심할 여지는 충분했다. 이날도 화이팅 여사에게 강의 중이던 이승만은 집에서 급히 도피하라는 연락을 받았다. 순검들이 잡으러 왔다 허탕치고 갔다는 것이다.

화이팅은 재빨리 이승만을 제중원 여자 환자 행색으로 꾸며 가마에 태우고 남대문을 통과시켰다. 양화진 소재 그녀 친구 집에서 일박 뒤 그는 곧장 황해도 평산 누이 집으로 피신했다. 이승만이 생 애 첫 정치적 사건에 연루, 도피 생활을 하게 된 것이다.

14. 청계동 안 진사

　석 달 남짓 이승만의 평산 도피 생활은 그에게 새로운 문화적 충격을 주었다. 한적한 시골의 정서적 여유가 좋았지만 근근 이어가는 민초들 생활이 고달팠다. 이대로는 서울이나 시골이나 다 안 되겠다는 생각을 굳힌 것이다.

　사람들 인사법이 '진지 잡수셨습니까?' '밥 먹었니?' 식으로 하루 두 끼때우기가 힘들었다. 실용적 생활 방법, 인사법이라기에는 너무 비참하다. 누이 집도 비슷했다. 잘 해주려 노력은 하지만 입에 풀칠하기 바쁜 일상에 마음만 고마웠다.

　그럴 줄 알고 돈은 좀 갖고 왔다. 그동안 조선어 강습, 삼문출판사 수고비 등 모아 놓은 것에 아내 박승선, 명주월 사장, 화이팅 여사 등이 여비조로 보탠 돈이 꽤 된다. 도착한 날 슬그머니 누이에게 내미니 펄쩍 튀긴했으나 반가운 눈치였다.

이승만의 도피 생활은 단조로웠다. 책 읽고 시 쓰고 주변 산하를 어슬렁 거리다 누촌면 장터를 기웃대며 지루하게 보낼 때 뜻밖의 손님이 찾아 왔다. 같은 군내 세곡면 돌다리, 그러니까 석교촌 서당 민영국 선생이 보낸 서생이었다. 전갈은 간단했다. 서울 민 대감이 일러줘 온 줄 알았으니 한 번 다녀가라는 것이다.

"여기서 이십 리 상관 밖에 안됩니다. 날씨 좋고 길도 험하지 않아 두 시 간이면 충분하지요. 산책 삼아 당장 떠납시다."

"선생님 말씀은 민 대감께 자주 들었습니다만 불쑥 찾아가도 실례 아닐 까요? 뭐 예물도 마땅치 않고."

이승만이 주저할 때 마침 밭에 나갔던 누이가 조카와 함께 삽짝 문 안으로 막 들어서다 반갑게 대꾸한다.

"어머, 손님 오셨네. 우리 동생 와 있으니 손님도 오시고 얼마나 좋아. 잠깐 기다리시면 내가 얼른 칼국수 삶아낼게요."

누이가 신이 나 인사하자 앉았던 툇마루에서 일어나며 서생이 두 손 모으고 공손히 답한다. 동시에 주머니에서 얼른 눈깔사탕 몇 알을 꺼내 조카 애 손에 쥐어 준다.

"저는 세곡면 돌다리 서당 민 선생님 심부름 왔습니다. 멀지 않으니 모셔 오라고요. 거기 며칠 묵으면서 시국담도 나누시고 산천 구경도 하시랍니다."

누이는 부산하게 칼국수를 끓여 내왔다. 이른 점심 뒤 두 사내는 곧 길을 떠났다. 초면이지만 같은 젊음에 호젓한 시골 길을 마냥 걸으며 대화가 그치지 않았다. 이승만은 서울의 정치 정세를, 서생은 황해도까지 밀려왔던 동학군 소요, 단발령 거부 사태 등을 자세히 다룬다. 걷는 길 사이사이

초겨울 산새 소리가 청량히 들려왔다.

"민 선생님은 어떤 분이신가요? 실은 제 처를 중신하신 분인데 아직 인사조차 못 올렸습니다. 어렸을 때 잠시 여기 머물렀던 제 처를 기억하시고 민 대감을 통해 말이 들어왔거든요."

마침내 돌다리 입구가 보이는 지점까지 왔을 때 이승만이 조심스럽게 물었다. 드문드문 얘기를 들었지만 첫 대면 전 인물을 확인하고 싶었다. 솔직히 지금 민 문이라면 누구라도 벼슬이 가능하다. 민 대감과 막역한 사이면 더 그렇다. 그런데도 평산에 묻혀 사는 이유가 뭘까.

"황해도 일대 훈장님들 가운데 학문 인격 모두 빼어난 분이시죠. 저마다 자제들을 맡기고 싶어 안달들 합니다. 쌀가마께나 지고이고 몰려든 때가 엊그제 같은데 지금은 다 접고 저와 동학 몇 만 남아 스승님 일 거들며 시문 공부를 하는 중이죠. 한마디로 유유자적하십니다."

"민 대감과는 그냥 항렬 같은 척족 선후배 사이가 아닌 것 같아서 말입니다. 뭔가 다른 인연이라도….."

"옛날부터 세교가 있는데다 민 대감이 소싯적 이곳에 와서 잠시 함께 지냈다고요. 하지만 그게 다는 아닌 것 같습니다. 뭔가 끈끈한 기운이 두 분 사이에 흐르지 않나 싶은데 도무지 잡히지 않네요. 개인, 가족 관계가 아닌 더 큰 것, 예컨대 국가 또는 민족 간 정기랄까, 면면히 내려오는 목표 지향적 끈적한 무엇의 실체를 저도 못 잡겠습니다."

"그렇다면 민 선생님은 언제 이곳에 정착했나요? 민 씨 본관은 경기도 여흥, 지금 여주인데 평산까지 오게 된 다른 내력이라도 있는지….."

"그것도 실은 아리송해요. 제가 알기로는 2백여 년 전, 1688년 기사환국 때로 들었습니다만. 당시 숙종 비 인현왕후 민 씨 생산이 늦자 궁녀 장옥정, 장희빈에게서 얻은 아들을 세자 책봉 하려다 송시열 등 노론파가 결사반대, 여러 사람이 다쳤지요. 선생님 조상 민정중 집안도 그때 삭탈관직 되고 이리 온 모양입니다."

"그렇지만 그 난리는 6년 뒤 갑술환국으로 뒤집힌 것 아닙니까. 장옥정 일당이 무속 인을 동원, 모함한 게 드러나 인현왕후는 복위하고 장희빈은 사약을 받았습니다. 잘은 모르지만 그때 얼마든지 서울 복귀가 가능했을 텐데요."

"그 점이 특이해요. 세속에 관심 끊고 혹 일부가 벼슬을 나가도 중심은 항상 평산에 남아 범상치 않은 기운을 풍깁니다. 예컨대 국난을 당하면 한 줄기 얼이 이곳에서 전국으로 뻗어나가 누군가 의인, 지사를 통해 작용하지요. 이런 자정 운동이 국가 평정과 우리 역사에 도움 주지 않았나 생각합니다.

비단 평산 뿐 아니라 전국 몇 군데 그런 곳이 더 있다고 해요. 화산처럼 기운이 솟아나는 곳. 어딘지 정확히 모르나 언젠가 찾아보러 나설 겁니다. 제가 신비 사상에 너무 빠진 걸까요?"

한참 자기 말에 취했던 서생이 갑자기 겸손해지자 이승만은 모처럼 소리 내어 크게 웃었다. 불가사의한 자연섭리에 신비론이 떠도는 것은 새삼스럽지 않다. 동학란 배경만 해도 그렇다.

정감록이 출현, 척왜 척양을 내세워 계룡산에 도읍을 정하고 탐관오리 없는 만민 평등의 나라를 건설한다는 게 얼마나 이상적 신비론인가. 자립 자강 국가 건설이 목표라면 더할 나위 없다.

그러나 혁명은 실패했다. 충분한 준비 없이 대중 불만을 터뜨리는 것으로 세상은 바뀌지 않는다. 오히려 개화 시대에 척왜 척양 기치로 외세 개입 빌미를 범했다. 하느님 자손 황웅과 단군왕검이 만든 배달국, 조선의 기운은 동학 쪽에 흐르지 않았다.

아직 때가 아니다. 기다려야 했다. 기운이 찰 때까지 조선 5백년 방만했던 죄과를 속죄하며 시기를 봐야 했다. 적어도 1948년 대한민국이 자유민주국가로 우뚝 설 때까지 충실히 다듬어야 했다.

두 사람은 긴 토론과 한담 끝에 마침내 돌다리 서당에 이르렀다.

"스승님, 저희 지금 도착했습니다."

"어서들 오시게. 먼 길에 수고 많았소."

서생이 사랑채 댓돌 아래 서서 도착 인사를 하자 벌써 인기척을 느낀 민 선생이 문을 열고 나왔다. 백발과 흰 수염이 어울린다. 여느 시골 훈장과 다르다. 첫 인사가 잔잔하다.

"소생 인사 올리지요. 서울 도화동 사는 이승만이라 합니다. 마산면 능내리 누이 집에 와있는데 이처럼 불러주셔서 영광입니다. 오는 길 풍광이 얼마나 좋던지 시간 가는 줄 모르고 왔네요. 또 길 안내 수고하신 동행 분과 시국 얘기하며 많이 배웠습니다."

"천만에, 제가 할 말씀입니다. 시국을 꿰뚫어보며 조리 있게 풀어내는 해설에 제 눈이 확 뜨였지요. 걸음은 또 서울 사람답지 않게 얼마나 시원시원 빠른지 놀랐습니다."

승만과 서생, 두 젊은이는 서로 칭찬하며 스승 따라 방안으로 들어선다. 민 선생이 필묵 향기 나는 아랫목 설렁줄을 잡아당기자 곧 아담한 다과상이 차려져 나왔다.

"승선이 어려서 여기 와 살던 때 모습이 아주 뚜렷이 생각나오. 이석사와 결혼해서 잘 산다니 여간 고맙지 않소이다. 아버지 일찍 여의고 홀어머니 밑에서 자랐지만 야무져서 만사를 흠 없이 처리한다고 칭찬이 자자했었는데 여전한지 궁금하오."

민 선생이 자신 중매로 이뤄진 이승만의 결혼 얘기를 꺼내자 분위기가 단연 부드러워진다. 쑥스러웠으나 승만은 편안히 대답한다.

"완고한 시부모 밑에서 붙임성 있게 살림 잘하고 있습니다. 평소 신여성다운 생각과 처신을 많이 하지만 적응이 빠른 편이지요. 공신원 식당에서 일을 거들며 가계 보탬도 크고요, 다 선생님 덕분인 줄 알고 있습니다. 말씀 낮추십시오. 송구스럽습니다."

"정말 다행이오. 쉬운 중신이 아니었는데 민 대감 수고가 많았소. 그 사람이 이 석사 여기 온 얘기를 편지로 전하며 이유는 굳이 캐묻지 말라 했는데 그래도 궁금하네. 이런 시골에서는 매일이 똑 같으니까. 정 거북하면 말 안 해도 괜찮소."

"아닙니다. 오히려 감추면 무슨 큰 변고에 연루된 걸로 보이기 쉽지요. 제 친구가 민 중전 시해에 분노한 사람들을 모아 친일파 내각 타도에 나섰다 실패, 그 불똥이 튈까 피신한 겁니다. 별일 아니고 시골 누이 집에 휴양차 온 셈 치지요."

"그야 당연한 일 아니오? 감히 대궐까지 침범해 일국의 왕비를 살해했는데. 천하에 무도한 자들 본때를 보여야지. 왜인들이 검소하고 부지런한 민족인 점은 배울 만해도 이런 만행은 결코 용서할 수 없소. 아주 잘한 일인데 실패했다니 참으로 애석하네. 그래, 어디 다친 데는 없소?"

민 선생 걱정에 승만보다 서생이 웃으며 먼저 나선다.

"웬걸요, 제가 쫓아오기 힘들 정도로 걸음이 쌩쌩 했다니까요. 거사 실패로 마음이 불편했다면 몰라도 다른 데는 이상 없어 보였습니다."

이 바람에 손님 주인 할 것 없이 한바탕 웃음이다. 주객 간 거리가 확 줄어든다. 서생과 승만은 어느새 친구가 다 되었다. 멸악산 자락 산골 마을에 저녁 냄새가 짙어간다.

"제가 원래 건강 체질이라 웬만해서는 끄떡없습니다. 심신이 좀 피곤 해도 이런 좋은 곳에 왔으니 금방 회복하지 않겠습니까."

"그건 맞는 말이오. 멸악산 구월산 자락이 원래 충청도 계룡산 능가하는 피난지인데다 뜻밖에 평지가 많아 소출이 많은 곳이지. 대도 임꺽정도 여기 소굴을 두었을 정도니까."

"임꺽정 소굴은 청계동이라고 하던데 그게 근처인 모양이군요. 원래 양주 태생이 이곳에 산채를 두었을 정도면 가히 지세를 알만 합니다."

이승만이 감탄하자 서생이 보충 설명을 한다.

"임꺽정 소굴이 어디 한 두 군데인가요. 관군 눈을 속이려 여기 저기 두었지요. 멸악산 구월산 천봉산 등 험지마다 산채를 만들어 때에 따라 옮겨 다녔답니다. 그런데 청계동 말이 나왔으니 이왕 여기까지 온 김에 진짜 청계동에 한번 다녀오면 어떨까요?"

"진짜 청계동이라니 그럼 가짜도 있나요?"

"임꺽정 소굴이 여러 곳이듯 청계동, 청계리 등 이름 비슷한 촌락이 이곳에 꽤 많습니다. 계곡 물 맑은 곳에 청계 이름 부치기 마련이지만 지금 말하는 천봉산 청계동은 진짜라고 할까요. 입구 바위에 떡하니 '청계동천 (淸溪洞天)' 네 글자를 새겨 놓을 만큼 하늘 물처럼 맑고 아름다운 곳입니다. 거기 사는 사람도 그렇고 가 볼만 해요."

"누가 살 길래요? 신선이라도 삽니까?"

바싹 호기심이 당긴 승만이 묻자 민 선생이 대답한다.

"좋은 제안했네. 청계동천에 안태훈 진사라고 황해도 일대 소문난 부자 선비가 살고 있소. 이 시대 보기 드문 선비다운 선비면서 동시에 재산도 많으니 참 복 받은 분이지. 거기다 자식 농사도 잘 지어 중근, 정근, 공근 아들 3형제가 다 훌륭하게 컸소. 특히 맏아들 중근은 글 잘하고 총 잘 다루는 문무 겸비 장군감이지. 사격 솜씨가 뛰어나 호랑이도 그 앞에 오금을 절인다오. 자네가 그 분 내력을 더 소상히 말해 보게."

스승 격려에 서생은 신이 났다. 그는 안 진사 14대 조인 안 효신이 서울에서 해주로 낙향, 향리 직을 세습한 내력부터 풀어갔다. 증조부 때 아들 4형제가 모두 무과에 급제, 무반 가문으로 명성을 떨치다가 안 진사 부친 안 인수는 정미업으로 큰돈을 벌었다. 조상 후광에 경제력까지 겸비하자 황해 감사도 만만히 보지 못하는 향반이 되었다는 것이다.

반면 시국은 날로 어지러워 갔다. 왜란, 호란 등 끊임없는 외침가운데 조선 탐관오리는 갈수록 기승, 이에 저항하는 민란이 도처에서 일어났다. 백성은 내외로 시달렸다. 서북 사람 차별에 반발한 홍경래란 만해도 그렇다. 함경도 평안도 일대를 주름잡다가 지도력과 준비 부족으로 패망하긴 했어도 한때는 황해도까지 밀고 내려올 기세였다.

이런 난국을 관망하던 안 인수가 좋은 피란처를 찾기 시작했다. 가족 생명과 재산 보호 차원의 자위조치였다. 아들 6형제 중 셋째 안태훈 중심으로 황해도 일대를 섭렵한 결과 찾아낸 곳이 바로 청계동이었다. 이곳 천봉산 골짜기는 원시림으로 낮에도 컴컴할 정도로 숲이 깊었다. 신천군 두 파면 청계동은 원래 의적 정내수(鄭來洙) 근거지로 멸악산 구월산 버금가는 천연 요새였다.

삼면이 험한 산으로 막히고 동쪽으로 트였지만 그 앞에도 망대산(望臺山)

이 가로막아 좌우 목책만 튼튼하면 거의 출입이 어려울 정도다. 안 인수는 이 골짜기를 모두 매입, 대공사를 시작했다. 일가권속 80여 명이 거처할 집과 50여 명 손님을 수용할 사랑채, 그리고 골짜기 평지마다 논밭을 일궈 자급자족 방책을 강구했다.

물론 해주 신천 일대 평야 전답도 가능한 평소 식량 공급원으로 남겨 두었다. 그러니까 청계동은 서구식 장원, 작은 성곽이나 다름없었다. 십여 명의 식객 포수가 늘 사랑채에서 들끓었으니까.

여기서 셋째 안태훈은 공부에 매진, 1880년대 말 진사시에 합격한다. 그의 장남 중근은 글과 사격 솜씨를 연마하며 심신을 단련했다. 인근 산포수들과 사냥에 열중하는가 하면 한학과 서체 다루기도 열심이었다.

이는 나중 안중근이 하얼빈 역에서 일본 이토 히로부미를 사살하고 수감된 뒤 옥중에서 선보인 많은 명필과 명문이 증명하고 남는다. 교수 형 직전 친절했던 친지, 간수, 검사, 판사에게 써준 서체 200여 점이 지금껏 그들의 가보로 보존되고 신적 존경의 대상이 된 것이다. 또 옥중 작품인 논설 '동양 평화론'의 합리성은 아직도 빛을 바래지 않는다.

"그런 훌륭한 분이 근처에 계신다면 만사 제치고 만나 뵙고 싶습니다. 서울 촌사람이 바로 저 같은 경우네요. 도성에 득시글대는 탐관오리는 알면서 시골 인재는 까맣게 몰랐으니 말입니다."

다소 장황한 서생 설명에도 이승만은 지루하지 않았다. 왜 아버지 이경선은 황해도 평산에서 오래 살았으면서 이런 얘기를 전혀 하지 않았는가. 몰랐는가. 아니면 승만이 못난 아비, 조상 탓 할까봐 입을 다물었는가.

이승만의 머릿속이 복잡해진다. 지방의 일개 진사, 잘해야 명예 현감, 조상을 봐도 무반 집안인데 이런 막강한 영향력을 가진 게 놀랍다. 자신은 엄연한 왕의 핏줄 아닌가.

"그렇다면 우리 고장 인물 자랑 좀 더 해야겠네요. 혹시 애기 접주 소문은 들어봤나요? 황해도 일대를 한때 뜨겁게 달군 소년 장수 말입니다."

서생은 신이 났다. 서울 사람이라고 이승만에게 처음 가졌던 외경 감을 털어버린 것 같아 기분이 좋다. 시골도 하기 나름 살만하고 인재 많음을 자랑하고 싶은 것이다.

"제가 아직 일천합니다. 스무 살 무렵까지 서당 공부를 하다 얼마 전 배재학당에 입학, 신학문을 배우느라 여념 없지요. 코큰 서양 사람들과 사귀기 시작한 것도 최근이고요. 그들은 우리가 말하는바 오랑캐가 아니라 훨씬 문명인입니다."

승만도 슬그머니 자존심이 상하는 것 같아 배재학당과 서양인들 얘기를 섞어 본다. 통신 수단이 별로인 시대다. 이들에게는 신기할 것이다. 1884년 우정국 개설 때 벌어진 갑신정변 여파로 우편제도가 여전히 부실하다.

"배재학당은 천주학 가르치는 학교 아닙니까? 만민이 평등하니 하느님 믿으며 서로 사랑하라고. 대원위 대감 시절까지 숨어 지내야 했는데 이제는 버젓이 학교까지 세웠네요."

"여기는 천주교 신부님이 아니라 선교사가 봉사하는 개신교 학교입니다. 영어, 일어와 세계 지리, 역사, 과학 기술 등 신학문을 가르치지요. 하느님과 예수 그리스도를 신으로 모시되 동정녀 마리아에 관해서는 견해차이가 있습니다. 얘기 끝에 제 말이 옆길로 샌 것 같은데 그 애기 접주 얘기를 듣고 싶군요."

"해주에 김창수라는 장사가 살았어요. 기골이 장대하고 힘 좋은 지금 스물 한 두 살쯤 난 총각인데 동학란 직후 충청도 보은으로 교주 최시형을 방문, 군 장교 격인 접주 첩지를 받아 왔습니다. 황해도 접주 20여 명 중 가장 어렸어도 용감하고 재주 많아 여러 전투에서 승리하자 애기 접주 별 칭이 붙었지요. 하지만 해주 성 공격 때 패하고 지금은 뿔뿔이 흩어졌습니 다." 서생의 애조 띤 말이 끝났을 때 민 선생이 묻는다.

"그 사람, 김창수 지금 청계동에 와있지 않은가. 참모 역할 하던 정모라 는 사람이 다리를 놓아 안 진사 댁 사랑채에서 산포수들하고 지낸다는 말 을 들었는데."

"그게 좀 묘합니다. 원래 안 진사는 동학이 탐관오리 징계를 구실로 양 민을 괴롭히고 개화에 역행한다, 또 외세 개입 명분을 주었다고 반대했지 요. 때문에 산포수 수백 명의 토벌대를 만들어 장남 중근이 이끌고 전투도 했었는데 그 적장을 받아들였으니까요.

금도가 넓다고 할까, 하지만 지금은 청계동을 떠났을 겁니다. 김창수가 청계동 서당에서 동양 철학 대가 고능선에게 척양척왜 이론을 배우고 주 장하다 안 진사 노여움을 샀거든요."

"흠, 안진사가 고명한 유학자인 고능선을 자식들 교육 때문에 모셔왔지 만 청국만 숭상하는 위정척사파 골수인 건 몰랐지. 일본, 서양을 다 배척 하자는데 개화파 안진사와 맞을 리 있나. 이 때문에 고능선을 따르던 김창 수가 거기 있기 곤란하겠지. 다른 산포수 식객들도 동학 접주였던 그를 멀 리 했다니 더 그랬을 거야."

민 선생의 자상한 설명에 승만이 다시 묻는다. 김창수, 나중에 김구로 개명, 중국 상해 임시정부에서 만날 인물에 관심이 컸지만 막상 입을 여니 학문에 관한 질문이 앞선다.

"위정척사 말씀을 강조 하시는데 제가 좀 더 공부하고 싶네요. 어느 책을 보면 그 의미를 확실히 알 수 있을까요?"

"아마 주서백선(朱書百選), 그러니까 정조 대왕이 편찬한 그 책이 가장 나을 거요. 중국 유학자 주희(朱熹)가 스승과 제자들에게 보낸 편지들 가운데 백 개를 추린 책이지. 한마디로 중국을 높이고 서양 오랑캐를 물리치자는 거요. 이런 고집불통에서 언제나 벗어나려는지, 참."

"제가 알고 있는 위정척사는 원래 옳고 그른 것을 가리는 정통 유학으로 불교 교리나 양명학 등을 이단시하는 정치 윤리 사상 아닌가요? 그게 이제 서양과 중국 문명 대결로 변질했군요. 김창수란 사람 역시 그런데 쉽게 빠져드는 걸 보니 아주 단순한 인물 같습니다. 청국에 의존, 서양 문명을 배척만 한다면 우리는 영원히 중화 속국 체제를 벗어나지 못하지요."

이승만은 단호히 말했다. 배재학당에서 배운 세계 역사, 지리, 과학 기술, 산수 등 신학문이 이처럼 그를 1년도 안 돼 혁신적으로 바꾼 것이다. 그는 알았다. 중화는 좁고 세계는 넓다. 더욱이 접촉해본 미국인들은 기본이 깨끗하고 거짓말을 싫어했다. 선교사들은 사랑으로 사람을 대했다.

"그러니까 개화파들이 실력을 키워 사대주의자들을 제압해야 하네. 안 진사 같은 눈 뜬 지방 토호가 힘을 합치면 못할 게 없지. 오늘은 긴 여행에다 토론까지 격렬해서 피곤들 할테니 이쯤 쉬고 내일 다시 만나세."

"그럼 청계동 방문 일정은 그때 다시 논의하지요. 날씨만 좋으면 내일 당장 떠나도 괜찮습니다."

민 선생과 서생이 말을 주고받으며 일어서자 이승만도 따라 예를 올리고 밖으로 나온다. 계절은 늦가을인데 이상기온인지 계속 따뜻한 날씨다.

15.
도령 사냥꾼

청계동 나들이는 그로부터 사흘 뒤였다. 방문 다음 날 하루는 늦은 조식에 마을 주변 산야를 서생과 더불어 샅샅이 훑다시피 쏘다녔다. 동구 밖을 돌아가는 여우 꽁지를 보고 쫓다가 풀숲에서 푸드득 날아오르는 장끼에 욕심나 눈길 돌리면 여우는 어느새 흔적 없이 사라지고 없었다.

'여우에 홀렸나?' 이승만이 혼자 중얼거리면 '장끼가 홀렸지요' 서생이 웃으며 놀렸다. 등성이 오르는 산토끼를 승만이 죽자 사자 쫓자 밑으로 내리 몰아야 한다고 요령을 고함치기도 했다. 서생이 얕은 개울에서 날쌘 손놀림으로 고기를 잡아 올릴 때 서울내기 승만은 한숨을 쉬었다. 누촌면 장터 국밥은 왜 그리 맛이 나는지.

민 선생, 이승만, 서생 3인이 대전 형식의 바둑 내기가 또 하루를 간단히 삼켜버렸다. 치수는 민 선생, 서생 순이었지만 몇 점 깔고 대결하니 어깨 너머 배운 승만 실력도 버틸 만 했다. 수담 몇 마디로 나이 차가 스르

녹아버린다. 그 다음 날 승만과 서생은 청계동을 향해 떠났다.

"아니, 저기 보세요. 사슴 한 마리가 우릴 보고 우두커니 서있네요. 겁도 없이, 사람이 그리운 것처럼."

서생이 갑자기 속삭였다. 청계동 근처에 이르러서다. 벌써 주변 경관이 달랐다. 험한 산세가 절정을 이루다가 느닷없이 계곡이 확 넓어지며 산중 평야가 드러난 것이다. 기암괴석 사이를 흐르는 맑은 개울에 울창한 수목이 거울처럼 비치고 물은 들판을 가로질러 협곡을 빠져나갔다. 과연 이상촌다웠다.

놀란 가슴으로 마을 입구 호리병 꼭지 같은 곳을 지나는 순간 서생이 왼편 야산에서 풀을 뜯는 사슴을 발견한 것이다.

"어디지요? 난 아직 못 봤는데. 아, 저기."

이승만이 두리번대다 서생이 가리키는 손끝을 보고 가볍게 탄성을 지른다. 수사슴의 화려한 뿔이 웅장했다. 혹시 무리가 있을지 몰라 주위를 살피는데 갑자기 '꽝'하는 총소리가 났다. 찰나였다.

동시에 수사슴이 푹 쓰러졌다.

멈칫하던 서생이 그 쪽으로 달려갈 즈음 다시 한 번 '꽝' 총소리가 울렸다. 순간 서생 발밑 흙이 튀어 오르며 뽀얀 먼지가 번진다. 서생이 놀라 제자리에 섰을 때 오른쪽 숲에서 한 남자가 모습을 나타냈다. 아직 연기 나는 총을 들고 있다.

"큰일 날뻔했네. 함께 있던 암사슴인줄 알고 쏘았는데 사람이었다니. 이 깊은 산 속에 인기척 없으면 알 도리가 있나. 아무튼 조심해야지."

투박하게 생긴 사냥꾼이 서생을 되레 타박하는 동안 나무 사이로 또 한 사내가 모습을 드러낸다. 곧 사태를 알아챈 그가 먼저 사냥꾼을 나무란다.

"김 씨 아저씨, 오늘 또 사고 칠 뻔했네요. 쏘기 전에 반드시 한 번 더 확인하라는 사냥꾼 규칙 1조, 잊었어요? 아직 동네 근처인데 인적 없다고 마구 쏘아대면 실수하기 십상이지. 아무튼 두 분께는 죄송합니다."

장년의 건장한 먼저 사냥꾼을 주의 주는 나중 사내는 한참 어려 보인다. 체구도 크지 않다. 10대 후반 부자 집 도련님 같다.

"사람 안 다친 건 다행이지만 간 떨어지는 줄 알았소. 보아하니 초보 사냥꾼도 아닌 것 같은데 이게 웬 날벼락이오?"

그제서야 정신 차린 서생이 한마디 했으나 아직 겁에 질려 있다. 가볍게 다리까지 떤다. 보다 못해 이승만이 나선다.

"과실이든 고의든 사고는 사고요. 만일 이분이 어디고 총을 맞았다면 어쩔 뻔했소? 간단히 말로 때울 게 아니라 정식으로 사과하시오."

그러나 총을 오발한 사냥꾼은 오히려 태연하다. 허공에 주먹까지 휘두르며 거칠게 배 째란다.

"죄송하다고 한 번 말했으면 됐지 또 무얼 하란 말이오? 일부러 그런 것도, 다친 것도 아닌데 별나게 구네. 난 더 못하니 마음대로 하시오."

"사고 쳐놓고 되레 큰 소리 치는 것은 어느 나라 법도요? 피해자 입장에서 생각해보시오. 날벼락 아니오? 당신은 실수로 간단히 치부하지만 피해자는 두고두고 심신에 멍이 들지 몰라요. 그러니까 정식 사과해 마음을 달래라는데 그게 잘못 되었소? 사냥꾼 세계에도 나름 규율이 있지 않소?"

이승만이 침착하게 따져들자 도령 사냥꾼이 재빨리 중재에 나선다. 고개를 숙이며 조리 있게 말했다.

"제가 대신 정식으로 사과하지요. 명확한 저희 쪽 오발 사고로 잠시나마 고통을 드린 것을 인정하고 사과합니다. 다행히 상처는 없으니 널리 양해

해주시기 바랍니다."

여기서 타지에 나와 자신 때문에 일이 더 커지는 것을 원치 않는 서생이 웃으며 답했다.

"예, 사과 받겠습니다. 젊은이들끼리 너무 따질 것 없지요. 고의 아닌 게 확실한데 더 이상 문제 삼는다면 그것도 예가 아닙니다. 이제 그만 갈 길 가십시다."

시원스럽게 말을 마친 서생이 먼저 청계동 쪽을 향해 걷기 시작했다. 이 승만도 따라 갈 수밖에 없다. 그때 도령 사냥꾼이 빠른 걸음으로 쫓아와 서생에게 자신 허리춤에 꿰어 찼던 장끼 한 마리를 건넸다.

"놀래신 기념으로 제가 사냥한 꿩 한 마리 선물로 드리지요. 저녁에 요리해 잡숫고 놀란 가슴 진정시키면 고맙겠습니다."

얼떨결에 장끼를 받아든 서생이 미처 돌려줄 새도 없이 도령 사냥꾼은 돌아서 반대 방향 숲으로 달려 가버렸다. 한바탕 소동 끝에 그들은 마침내 마을 입구에 도착했다. 동구 앞 거대한 바위에 '청계동천' 4글자가 새겨져 있다. 마치 신선의 숨겨진 처소 같다.

하긴 '동천'의 의미가 산과 시냇물에 둘러싸인 신선 사는 명승지 아닌 가. 잘도 이름을 지었다고 생각하며 서생과 승만이 입구에 들어서자 양쪽 둔덕에 자리 잡은 감시 초소가 눈에 띈다. 외부 출입자를 한눈에 꿰뚫어 볼 것이다. 으스스 하다.

하지만 곧 마을 전경이 아름답게 들어났다. 산 속의 산이랄까, 납작한 동산이 나타나고 이를 등진 남향 집 수십 채가 옹기종기 모여 있다. 안태 훈 진사 집은 묻지 않아도 금방 눈에 띄었다. 그만큼 큰 규모로 솟을 대문 기와집이 위엄을 자랑했다. 서생이 목청을 가다듬어 '이리 오너라'를 외치자 곧 문이 열리고 하인이 나와 수하를 묻는다.

평산 민 진사 댁에서 왔다니까 두말없이 사랑채로 인도했다. 마당을 오고 가는 장정 여럿이 보인다. 머슴 아닌 산포수 식객들이었다. 평소 많을 때는 수 십 명, 작아도 열 명 남짓은 묵는다고 소문났지만 직접 목격하기는 처음이다.

서생이 그런 말을 귀속 말로 해줄 때까지 이승만은 도무지 영문을 차리기 어렵다. 작은 성채 아닌가. 지방에 이런 가문이 존재한다는 게 신기했다. 하나의 세력이었다. 그러니까 동학군이 황해도에서 기승을 부릴 때 맞서 싸웠을 것이다.

"이처럼 찾아주어 고맙습니다. 민 선생님 댁도 모두 무고하시지요? 시국이 하수상하니 반나절 길도 안 되는 이웃 고장에 살면서 좀처럼 뵙기 힘드는 군요."

객을 맞는 안태훈 진사의 안광은 특별히 빛났다. 힘이 있었다. 6남 3녀 형제자매들 가운데 가장 뛰어났다는 소문 대로라고 서생은 생각했다.

그는 갑신정변이 있던 1884년 개화파 주동자 박영효가 일본 유학을 위해 선발했던 조선 8도 수재 70명에 뽑혔다. 그러나 정변이 사흘 천하로 끝나며 이 계획은 무산됐다. 안태훈의 개화 꿈도 사라졌다. 이후 그는 1891년 진사시에 합격하고 더 이상 벼슬길을 접었다.

"말씀 낮추시지요. 저희 같은 백면서생에게 후학 대접이면 충분합니다."

"산포수 의병들을 모아 국란 진정에 나서시고 많은 장학사업, 구휼사업을 하신다고 들었습니다. 자제분들도 애국심이 빼어나다고요. 그런 분을 뵙는 것 자체가 큰 영광이니 아무쪼록 편하게 대해 주십시오."

서생과 이승만이 번갈아 몸을 낮추어도 안 진사는 웃으며 여전히 공대다. 아주 몸에 밴 자세다. 이승만은 저런 사람이 어떻게 의병을 모아 전투하고 난이 진정된 뒤 적장이었던 애기 접주 김창수, 나중 김구로 개명한 애국지사를 흔연히 집에 받아 숨겼는지 고개를 갸웃해본다.

아니, 그런 분을 부친으로 두었기 때문에 후일 만주 하얼빈에서 한일 합병 주역 이토 히로부미(伊藤博文)를 배달민족의 이름으로 사살한 장남 안중근이 애국과 의협의 사나이로 컸는지 모른다. 안태훈은 김구의 부모까지 모셔와 함께 청계동천에 살게 했다.

이로써 동학군 잔여 세력이 안 씨 일가를 넘보지 못했을 것이다. 또 뒷날 김구가 상해 임시정부 실세일 때 안 진사 둘째 아들 공근을 측근에 두었는가 하면 막내 정근의 딸 안미생을 며느리 삼는 인연으로 이어진다. 탁월한 원려라고 승만은 생각한다.

"두 분이 조금만 일찍 왔으면 아주 훌륭한 청년을 만났을 텐데 유감이네요. 생각이 바르고 애국심이 하늘을 찌르지요. 떠나긴 했지만 언제든 돌아올지 모르니 넉넉히 머물며 기다리는 것도 방법입니다."

안 진사는 찾아 온 손님들이 하루라도 더 머물다 가기를 원하는 진심을 유감없이 보인다. 낚시와 사냥, 바둑 친구가 사랑에 가득 찼으니 원하면 누구건 상대할 수 있다는 것이다.

"지금 말씀하신 청년이 혹 동학 연비 1천여 명을 거느렸다는 해주 성 공격 선봉장 아닙니까? 관군 일본군 청군에다 의병까지 합동작전 벌리는 바람에 궤멸된 후 종적을 감췄다는 애기 접주 김창수…."

"맞아요. 서울서는 잘 몰라도 황해도에서는 영웅 대접을 받았소. 동학군에 가담한 게 탐관오리 징벌과 농민 배곯지 않게 부자 양곡 좀 나눠 쓰자는 것이었으니까. 아무튼 정의감에 불타는 용사입니다. 원래 기운이 장사인데다 부친 향학열로 글공부가 튼실한 문무 겸비 인재지요."

이승만 질문과 안 진사 칭찬이 점입가경일 때 저녁 밥상이 들어 왔다.

간소한 차림새지만 상 한가운데 백숙 꿩 한 마리가 식욕을 돋운다. 거기다 반주가 곁들여 뱃속이 재촉한다.

"마침 두 분이 선물로 가져온 꿩을 백숙으로 삶아 내왔군요. 술안주로 이만한 게 없지요. 멀리 오시느라 시장할 텐데 소찬을 들며 천천히 얘기합시다. 서울은 어떻게 돌아가는지, 친일파 설쳐대는 건 여전한지 걱정입니다. 소식이 캄캄해요. 자, 드십시다."

"이 꿩은 잡거나 산 게 아닙니다. 선물 받았는데 미처 내력을 말씀 안 드렸군요. 사실은 도중에 낯선 사냥꾼이 오발 사고를 내고 사과 의미로 준 겁니다. 저희가 청계동 입구 다 와서 한숨 들일 때 눈앞 숲에서 사슴 한 마리가 총 맞는 것을 보았지요. 신기해서 확인 차 가려는 순간 또 한발 총소리가 나며 제 발 밑 풀 더미와 흙이 튀어 올랐습니다.

아찔했지요. 사냥꾼이 저희 움직임을 또 다른 사슴으로 오인 발사한 건데 하마터면 맞을 번했네요. 때문에 잠시 시비가 붙을 번하다 젊은 사내가 싹싹하게 사과하고 꿩을 선물하며 좋게 헤어졌습니다. 어차피 실수였으니까."

한잔 술이 짜르르 뱃속을 흐르자 기분 좋아진 서생은 당시 상황을 자세히 설명한다. 하긴 세 뼘만 조준이 위로 올라왔어도 생명이 위태로울 번했다.

"정말 큰일 날번했군요. 산속 사냥은 짐승이나 사람 모두에게 위험합니다. 시야가 좋지 않아 늘 조심해야지요. 그래, 사냥꾼들 인상과 복장이 어땠습니까?"

"오발탄을 쏘고도 거칠게 나오던 사내는 키가 크고 어깨 벌어진 장골이었어요. 반면 정중하게 사과하고 허리 춤 꿩을 쑥 뽑아 우리에게 선물한 젊은이는 중키에 안광이 빛나는 도령이었습니다. 첫 사슴을 정확히 맞춘 이도 그인 것 같았지요."

승만은 사냥꾼들 인상을 정확히 설명했다. 싸움 일촉즉발까지 갔다가 젊은 도령 사냥꾼의 싹싹한 중재로 피하게 된 것이 지금 생각해도 다행이다. 타향에서 낯선 이와, 그것도 총 가진 사냥꾼과 시비는 아슬아슬 했다.

"듣고 보니 우리 집 큰애와 함흥서 온 산포수 김 서방인 것 같소. 아침에 구월산으로 사냥 떠났는데 그때까지 청계동 주변을 헤맨 모양인가."

"큰 자제 분이라면?"

이승만의 의문에 서생이 재빨리 토를 단다.

"이 댁에 아들 3형제가 모두 수재로 소문났습니다. 맏이라면 아마 중근 씨 아닐까요."

"원 별 말씀을. 시골 수재가 다 거기서 거기지요. 하지만 첫째 중근이 사격 솜씨 좋고 글을 많이 읽은 건 사실입니다. 직업 사냥꾼들을 지도할 정도니까. 그만큼 학습량이 뒷받침하는 거죠. 열여섯 살 작년에 결혼시켜 집에 좀 붙어 있나 싶었더니 며느리마저 남자 있을 곳은 집 밖이라고 내몬답니다. 타고 난 역마살인지."

이 말에 세 사람이 동시에 크게 웃었다. 그러나 당시 그들은 안중근이 얼마나 거대한 위인이 될지 알지 못했다. 하얼빈 의거 1년 전 그는 국내외 동지들과 혈맹을 맺고 의병 중장 겸 사령관이 된다. 그 뒤 만주 벌판, 간도, 연해주를 돌며 각지에 의병대를 조직했다.

이때 맹약 의미로 단지한 왼손 무명지 핏빛 자국은 지금도 그의 서체 작품 곳곳에 선명한 낙관으로 남아 있다. 그 모양이 민영환과 만수 도사 사이 암호로 통하는 혈죽과 매우 닮았다. 우연일까.

안중근 작품 소지자 또는 그의 『동양평화론』을 읽은 많은 일본인 검사, 재판관, 옥중 간수, 지식인들이 그를 경모하고 제사까지 지냈다. 이 역시 우연인가. 안중근을 신의 경지로 모시는 것이다.

또 신입 신자로서 그는 천주교 선교에 누구보다 탁월한 설득력을 보였다. 예컨대 하느님을 보지 못해 못 믿겠다는 불신자에게 '그렇다면 유복자가 얼굴 본 일 없다고 아버지 존재를 부인할 수 있는가' 또 '봉사가 별을 못 보았으니 별이 없다고 주장해도 되는가'고 통박했다.

이승만은 이날 청계동천 안 진사와 대화하며 뭔가 자신감을 되찾는 기분이다. 복잡한 서울을 떠나 생각하니 인생 정리가 되는 것 같았다. 피신길이었지만 오기를 잘했다는 생각이다.

그렇게 하룻밤을 지낸 다음 날 오후까지 안중근은 집에 돌아오지 않았다. 하인들 말로는 한번 사냥을 나가면 4, 5일 길게는 열흘씩 걸리기 일쑤라는 것이다. 안 진사가 다른 집안 대 소사를 다루는 며칠 동안 이승만과 서생은 청계동천 일대를 답사했다.

마치 지형지물 정찰 나온 정찰병 같이 근처 산야를 헤맸다. 워낙 경치 좋은 탓도 있지만 갈수록 이런 좋은 피란처를 구해 사는 안진사의 안목이 부러웠다. 나흘째 되는 날 초저녁 그들이 어지간히 지쳐 돌아 왔을 때 곧 사랑채에서 보자는 전갈이 왔다. 안 진사는 좀 흥분한 얼굴이었다.

"아무래도 내가 내일쯤 길을 떠나야 할 것 같소. 모처럼 두 분 만나 좋은 얘기 많이 하며 정분 쌓고 또 우리 중근이 돌아오면 인사도 시키고 싶었는데 잘 안되네. 인생 일이 다 그렇지만."

"무슨일 있습니까? 저희야 며칠 새 여기를 충분히 구경하고 환대받고 걱정하실 일 아니고요, 어르신 사정이 궁금하네요."

승만이 공손히 묻자 안 진사는 가만히 한숨 쉬고 말했다.

"동학군 양곡 회수 사건은 재작년에 다 끝난 줄 알았는데 전 선혜청 당상 민영준이 또 꼬투리 잡고 협박을 한답니다. 조만간 해주 감영 관헌이 나를 서울로 압송해 새로 재판을 한다니 일단 몸을 피해야지요."

이 말을 서두로 안 진사가 풀어놓은 사건 진상은 놀라웠다. 그러니까 동학란이 거의 진압될 무렵 안 진사 쪽 의병들이 동학군 양곡 수백 석을 노획했고 이것을 안 진사는 주변 빈민과 의병 가족들에게 모두 배분했다. 동학군이 관청에서 탈취했던 양곡은 결국 다 소진되고 만 것이다.

뒤늦게 이 사실을 안 탁지부 대신 어윤중과 민영준이 양곡 반환을 요구했다. 원래 나라 소유를 동학군이 빼앗아 갔던 것이니 돌려달라는 것이다. 몇 차례 재판에서 그동안 의병 활동 공적과 용도를 분명히 진술해 별 문제 없는 것으로 결말이 나 안심했던 사건이다.

다음 날 이승만과 서생은 평산으로 돌아갔고 안 진사는 급히 근처 천주교 성당에 몸을 피했다. 이때 그의 성당 피신이 안 씨 일가를 정식 영세 받고 가톨릭 신자로 만든 계기가 된다. 하늘나라 섭리는 참으로 오묘하다.

16.
모락모락 연심

청계동에서 평산 누이 집에 돌아오자 반가운 소식이 기다리고 있었다. 서울 제중원 화이팅이 보낸 편지였다. 재판이 끝났으니 속히 귀경하라는 것이다. 편지 말미 그녀 필적 사인과 함께 그려 넣은 하트 표시가 얼핏 민영환의 혈죽 표징을 연상시켜 묘한 감동을 일으켰다.

생각하면 그녀 도움 없이 이 사건을 무사히 벗어날 수 있었는지 의문이다. 우선 긴급 피신을 권한 사람이 그녀였다. 옥사에 말려들면 난세에 어떤 흉한 꼴을 볼지 모른다고 다그쳤다. 심지어 피난길 불심검문에 대비, 여장 환자로 위장시켜 가마에 태워 보내는 기지도 보였다.

여장시킨 승만의 모습에 깔깔 대던 화이팅의 얼굴은 마치 소녀처럼 빛났다. 평산 피신 동안 아내 박승선 얼굴에 그녀 얼굴이 더 많이 겹쳐 떠올랐던 것을 그는 미처 의식하지 못했다.

22세 청년 이승만에게 그녀는 신비했다. 서양 여자로서 그리 크지 않은 몸매, 생글대는 얼굴, 목소리는 은방울 접시 속 구르듯 떠듬떠듬 조선말이 노래 가락 같았다.

두 사람은 서로에게 선생과 학생 신분을 동시에 갖고 있었다. 화이팅에게 이승만은 영어 제자이자 조선 말 선생이었다. 이승만에게는 그 반대다. 그런 설정이 우습지만 그래서 더 재미있었다. 서너 살 나이 차는 그들 관계를 더 편하게 했다. 때로 누나처럼, 동생처럼 지냈으니까.

동글동글 쓰인 그녀 편지를 읽는 동안 이승만 얼굴에 함박꽃이 피었다. 수상한 눈초리의 누이에게는 씩 웃어버리고 급히 행장을 꾸렸다. 걸음을 재촉해 이틀 반 만에 서울에 도착한 이승만은 그 길로 제중원 화이팅을 찾아갔다. 3개월 만에 보는 얼굴이다.

급한 마음에 노크도 없이 사무실문을 열자 화이팅이 화들짝 놀라 의자에서 일어난다. 누구인지 확인한 순간 그녀는 거침없이 승만을 포옹했다. 아니, 눈 깜짝할 새 안겼다. 그리고 속삭였다.

"오, 마이 갓! 이게 누구야. 잘 지냈어요? 보고 싶었어요."

"오, 그래요. 미 투, 미 투! 미 투!"

이승만도 얼떨결에 그녀 등에 팔을 두르고 힘을 주었다. 뭉클 젖가슴 터치가 그를 황홀하게 했다. 무려 석달이나 아내를 보듬지 못했다. 이십대 초, 한창 혈기다. 여인의 육체, 손가락 하나로 건드려도 터질 듯 불뚝할 때 아닌가.

그런데다 서양 여인 체취는 난생 처음이다. 무슨 향수를 뿌렸는지 머리카락과 몸에서 정신을 몽롱케 하는 향기가 진동한다. 전신이 마비되는 기분이다. 그러다 어느 순간 입술이 포개지고 열리고 혀가 오고간다.

제중원 구석진 그녀 방 주변에는 아무도 얼씬대지 않았다. 방문에는 서양식 도어 로크까지 설치돼 있다. 찰카닥, 등 뒤로 손을 뻗어 그녀의 문 잠그는 소리가 들린다. 그들은 누구랄 것 없이 동시에 구석 긴 소파에 엎어졌다. 가쁜 숨, 절체절명의 마지막 순간이 바로 눈앞이다.

그때 이승만의 바지 주머니 웬 물건이 허벅지를 찌른다. 아프지는 않았다. 슬쩍 스친 느낌인데 정신이 확 들었다. 이게 뭔가.

묵주였다. 아내가 평산 피신 길에 무사하라고 애써 만들어 준 것이다. 신부님 축성까지 받은 성물로 팔에 차고 다니면 성모님이 도와주신다고 단언했다.

그러나 개신교 쪽 배재학당 다니며 가톨릭 신자들이 애용하는 묵주 팔찌는 어울리지 않았다. 목사, 선교사가 보아도 민망했다. 때문에 바지 주머니에 넣고 다녔는데 그게 결정적 순간에 존재를 과시한 것이다.

"아, 이건 죄짓는 거야. 그만, 그만."

하지만 이 말은 이승만보다 화이팅이 빨랐다. 먼저 외치고 몸을 일으켰다. 이승만도 동감이다. 묵주가 위기의 순간 경고음을 발한 것이다. 조지아나 책상 위 벽에 걸린 십자가가 잔잔히 빛나고 있었다. 두 젊은이는 나란히 십자가를 향해 무릎을 꿇었다. 아직 이승만은 신자가 아니었으나 심정적 거부 반응은 없을 때다.

"주님, 예수 그리스도님, 저희가 죄를 지었나이다. 반가운 나머지, 너무 오랜만에 만나 반가웠던 나머지 잠시 정신을 잃었나이다. 이제 주님 은총으로 제 자리를 찾았으니 자비를 베풀어 주소서. 주님, 용서하시는 주님, 저희 혈기를 꾸짖되 버리지는 말아 주십시오."

간절한 그녀의 기도가 계속되는 동안 이승만은 눈물을 흘리기 시작했다. 3개월간에 걸친 평산 피신 생활이 주마등처럼 흘러갔다. 연로한 부모님과 아내 박승선, 민영환 대감, 친구 이병주, 신긍우 형제 등 얼굴도 명멸했다. 평산 민영국 선생, 활달했던 여행 친구 서생, 청계동 안태훈 진사, 오발 사고로 스쳤던 젊은 안중근 모습이 필름처럼 지나갔다.

"내가 다음 수업 시간에 와도 될까요? 전적으로 내 탓입니다."

화이팅 선교사의 긴 기도가 눈물 속에 끝났을 때 이승만이 조용히 물었다. 방금 전 자신들의 부적절한 행위에 책임져야 한다고 생각한 것이다.

"무슨 말이죠? 우리 사이 무슨 일 있었나요? 평소대로 하면 되지 달라질 이유가 없잖아요. 그보다 오늘 내가 용기내서 한마디 할 게 있어요. 미스터 리- 이제 단발하세요. 피신 생활도 끝났고 임금님도 잘랐으니 내일이라도 짧은 머리 모습 보고 싶네요. 간수하기도 어렵고 위생상도 그렇고, 꼭 잘랐으면 합니다."

이승만은 아뿔싸, 했다. 청계동에서 안 진사를 만난 뒤 서울 가면 상투를 자르리라 생각했었다. 시골구석 안 진사는 벌써, 그러니까 1895년 12월 30일(음력 11월 15일) 단행한 단발령에 따라 상투를 잘랐다. 편리한 시대 조류에 맞춰야 한다는 것이다.

어머니의 맹렬한 반대는 어차피 넘어야 할 산이었다. 이미 복장도 서양식 양복이 권장되는 시대다. 과거 볼 때와 지금 이승만도 1년 여 사이 많이 달라졌다. 생각이 바뀐 만큼 생활도 달라져야 했다. 그녀의 주마가편 식 응원이 속도전으로 나타났다.

"네, 자르지요. 다만 시간이 좀 필요합니다. 부모님, 특히 어머니를 설득해야 하니까. 어머니는 제 배재학당 입학도 반대하셨어요. 노인 고집이 보통 아닙니다."

"효도하는 방법도 여러 가지입니다. 잘 설득해서 시대에 맞춰 사는 게 바로 효자지요. 조선 신 청년으로서 미스터 리가 모범을 보여야 해요. 가급적 빨리 자르세요."

화이팅은 단호했다. 그 이유를 모르지 않는다. 당시 단발령은 민 왕후 시해 못지않은 반발을 전국적으로 불러 일으켰다. 대원군을 탄핵했던 유학자 최익현(崔益鉉)은 "내 목은 잘라도 두발은 못 자른다."고 상소했다. 그는 끝내 대마도에 유배되어 굶어 죽지만 의병 봉기까지 촉발시킨다. 승만이 이런데 영향 받아서는 곤란한 것이다.

마침내 이승만은 단발을 약속하고 그녀에게 악수를 청했다. 조금 전 열정 대신 우정을 과시한 것이다. 그녀도 그의 뜻을 알아챘다. 생긋 웃으며 손을 잡는다. 눈으로 우리는 영원한 친구라고 깜빡인다. 승만은 다음 날 수업을 약속하고 집으로 돌아 왔다. 역시 석 달 만이다.

그동안 부쩍 쇠약해진 어머니는 반가운 눈물을 펑펑 흘렸다. 네 살 터울 아버지 이경선은 경사에 웬 눈물이냐고 핀잔을 주었다. 6대 독자 아들을 오랜 만에 만나는 표현 방식이 달랐다. 반면 아내 박승선은 덤덤하다. 시부모 앞에서 지나친 반가움을 삼갈지 모르나 승만은 괜히 뜨끔해진다.

여인들 예감이랄까, 뭔가 수상한 눈치를 챈 것 같다. 방에 돌아와서도 어딘가 찬바람이 분다. '죄지은 자여, 그 대 이름은 남편!' 승만이 중얼대며 슬며시 아내 옷고름을 푼다. 질펀한 운우지정을 나누고 나서야 돌아온 아내 온기를 이불 삼아 승만은 겨우 단잠에 빠질 수 있었다.

"어머니, 저 상투 자르겠습니다. 시골 사람들도 잘랐어요. 평산에서 제가 서울 촌사람처럼 살며 얼마나 창피했던지. 시대 뒤처진 물정 모르는 고집쟁이로 말입니다."

다음 날 어머니 기색을 살피던 이승만이 조심스럽게 입을 떼었다. 어차피 건너야 할 강이다. 화이팅과의 약속 때문이 아니라 자신 의지를 확인하고 싶었다. 또 이왕이면 변화의 선구자가 되고 싶었다. 이번에는 어머니가 반대해도 할 수 없었다.

"그런 중요한 일을 네 독단으로 하겠다는 거냐? 아버지께 우선 허락을 받아라. 조상님께 예의도 차려야 하니 서두르지 마라."

그러나 김 씨 부인 말은 힘이 없었다. 이미 아들 결심을 말과 표정에서 읽은 때문이다. 그저 절차를 밟겠다는 체념 비슷했다.

"아버지께 말씀 드리면 역정부터 내실 겁니다. 우선 저지르고 볼 테니 용서하세요. 조상님께는 어제 밤 위패 앞에서 간절히 고했습니다."

이승만은 어머니 손을 한번 쥐었다가 놓고 집을 나섰다. 그 길로 제중원 원장 에비슨을 찾아 갔다. 고종 주치의로서 평소 친절한 그와 특별한 관계를 맺어 두려는 심산이다. 첫 이발의 주역이다.

"잘 결심했소. 임금님 두발도 내가 자르고 손질했으니 당신은 임금과 동격인 셈이오. 일전에 정기 검진 차 궁에 들렀을 때 고종은 자기 머리를 중처럼 만들었다고 농담 하면서도 만족한 얼굴이었지. 실제 아주 말쑥한 서양 신사로 변했단 말이오. 내가 미스터 리도 그렇게 핸섬 보이, 서양 신사처럼 만들 거요."

에비슨은 서랍에서 가위를 꺼내 단번에 상투를 잘랐다. 손질은 나중 일이다. 이승만 마음 변하기 전 속전속결하려는 눈치다. 이때 광경을 나중 그의 전기에서 어떤 이가 잘도 기록했다.

-이윽고 이발이 끝나자 이승만은 잘라 놓은 상투를 헝겊으로 싸서 집에 가져가겠다고 했다. 어머니께 드린다는 것이다. 두 뺨에서 눈물이 흘러

내렸다.-

에비슨은 의료 선교사로 1893년 조선에 와서 1935년까지 머물며 세브란스 의전과 연희전문 교장을 역임했다. 한국 의료 사업과 교육에 전 생애를 바친 사람이다. 이공로를 기려 이승만 초대 대한민국 대통령은 6·25 한국 전쟁 막바지인 1952년 3월 1일 피란지 부산에서 그에게 독립 유공 훈장을 수여했다. 외국인으로는 헐버트에 이어 두 번째다.

이날 이승만은 자른 상투를 반으로 갈라 하나는 어머니께, 또 하나는 화이팅에게 맡겼다. 하나는 조상께 바치는 보관용, 하나는 약속의 징표였다. 어머니는 눈물짓고 아버지는 노발대발, 아내는 살포시 웃고 화이팅은 살짝 머리에 키스했다.

17.
치하포 충격

정국은 1896년 2월 11일 이른바 아관파천으로 어수선했다. 고종이 친일파 내각 틈에서 신변위협을 느끼고 러시아 공사관으로 몸을 피한 것이다. 여기서 개각을 단행, 총리 김홍집과 친일파 처단을 지시하자 군중은 대로에서 총리와 정병하 농상공부 대신을 참살했다.

임금이 일개 공사관에 상주하며 정치 법도와 사회질서를 무너트리자 이승만은 분노했다. 그런 임금 밑에서 벼슬 살겠다고 과거에 집착하던 제 모습이 한심해졌다. 그럴수록 이승만은 배재학당에서 신학문과 협성회보 발간, 삼문 출판사 일에 매달렸다. 이때 화이팅 상대 조선어 교사직도 사퇴, 묘한 관계에 종지부를 찍는다.

그의 실력이 뛰어나고 또 일찍이 단발과 간편복을 입는 진취성 때문에 선교사들 인기는 좋았다. 영어는 그들과 소통하며 부지런히 배웠다. 화이팅은 멀리서 응원 미소를 보냈다. 그렇게 바쁜 일상을 지내는 이승만에게 어느 날 아침 아내 박승선이 말했다.

"명주월 언니가 오늘 점심 때 공신원에 귀한 손님 오신다고 별일 없으면 들리래요."

"귀한 손님? 내게 귀빈이 누구인데?"

"시치미 떼긴. 민 대감이지 누구겠어요? 오늘 점심 자시러 오신다고 기별이 왔는데 당신도 같이 하면 좋겠다는 거지."

"잘 되었네. 뵌 지 오래 됐는데. 그럼 이따 신긍우 형제와 이병주까지 데리고 가지. 피차 궁금한 일들 많을 거야."

"아니, 혼자가 좋을 걸요. 누구 함께 오란 말 없는 것 보면 무슨 비밀 말씀 하실 줄 모르니까."

이승만은 머리를 끄덕였다. 평산 다녀와서 차일피일 하다 오늘 처음 만나는 터라 얘기가 많을 것 같다. 아침 시간을 학당에서 바쁘게 보내고 이승만은 서둘러 공신원으로 갔다. 민영환을 기다리게 하고 싶지 않다. 그동안 무심한 게 죄스럽다.

하지만 영환은 벌써 와 있었다. 이승만이 도착 기척을 내자 그가 늘 찾는 안방 문이 활짝 열리며 반긴다.

"어서 오게. 평산 시골 사람 다 된 줄 알았는데 상투 자르고 양복 입고 서양 신사로 변했네. 그동안 잘 지냈나?"

"대감님도 무탈하셨지요? 진작 찾아뵐 것을 이것저것 뒤처리하다 늦어 죄송합니다. 어디서 오시는 길인가요?"

"음, 러시아 공사관에 가서 폐하 말씀 듣고 오는 길이야. 수심 속에 그나마 용안이 밝아 다행이지. 요즘 잠도 잘 주무시고 커피 맛도 즐기신다니 평상심을 되찾으신 것 같네."

두 사람이 수인사를 하는 동안 명 사장과 박승선이 떡 벌어진 점심상을 차려 내온다.

"손님이 밖에 많은 것 같은데 뭐 일부러 명 사장이 직접 들고 오나, 그냥 누구 시키지."

영환이 인사성으로 말하는데도 명주월 얼굴이 금방 붉어진다. 반가운 듯, 야속한 듯 표정을 읽기 어렵다. 박승선이 그런 모습을 옆에서 안쓰럽게 바라본다. 두 사람도 꽤 격조했던 모양이다.

"승선이 말고도 일 돕는 사람이 네 댓 명 되네요. 대감님 발길이 뜸하자 되레 손님이 많아졌어요. 저 돈 많이 벌라고 그동안 뜸 하셨나봐."

"임자 돈 벌어봤자 다 없는 사람 도와주는데 쓰는 것 아닌가. 주먹밥 봉사에 틈틈이 동네 노인, 고아들도 돌본다면서. 자네는 틀림없이 천국 갈 테니 갈 때 나도 동행하면 안 될까."

명주월의 투정을 민영환이 가볍게 웃으며 받는다. 이뤄질 수 없는 사랑이 아닌데도 굳이 마다하는 두 남녀 관계는 수수께끼 같다. 당시 양반 사회 후실두기는 공공연했다.

그새 바깥채 식당 소란이 더 커진다. 한 무리 손님이라도 왔는가. 박승선이 잽싸게 달려 나간다. 요즘에는 앞마당까지 휘장을 치고 영업하는 중이다. 성업이다. 고기 몇 점 더 넣은 국밥 맛이 입소문을 타면서 멀리서 일부러 오는 경우가 많아 진 것이다.

"그럼 식사하시면서 천천히 얘기 나누세요. 참 오늘 반주로 들여온 알밤 약주가 일품이니 한잔씩들 쭉 드시고요. 조금 지나쳐도 뒤 탈 전혀 없습니다. 안심하시고요."

잘 닦아 황금빛이 도는 두 사람 놋그릇 밥뚜껑을 열어주고 명주월도 엉거주춤 일어선다. 민영환이 그녀를 한마디로 주저앉힌다.

"자네도 앉아 있게. 내가 하는 말 같이 들어두어 나쁠 게 없으니까. 그러지 말고 점심 전이면 아예 밥 한 그릇 더 갖다 함께 하면 어떤가?"

"아뇨, 밖에 일도 많고 나중 따로 할 테니 신경 쓰지 마세요. 음식하며 간보고 맛보고 하느라 이것저것 집어먹었더니 아직 저는 든든해요."

"그렇다면 술이라도 함께 마시던가. 아무튼 특별히 바쁘지 않으면 잠시 앉아 있게. 반주도 둘이 마시면 무슨 맛인가."

영환이 승만 앞에서 내놓고 명주월 손목을 잡아 앉힌다. 그렇게 시작한 민영환의 얘기는 한편의 애국 소설이나 다름없었다. 일컬어 치하포 사건. 주역은 동학군 애기 접주 김창수, 나중 김구로 개명한 독립투사이고 조연은 일본 군 육군 중위 쓰치다 노리스케(土田讓亮)다.

이승만보다 한 살 적은 김구(金九)가 애기 접주로 용명 떨친 얘기는 이미 안태훈 진사에게서 들어 알고 있다. 한때 적이었던 김구와 그의 부모까지 청계동에 받아준 일도 우리 역사 한 페이지를 장식하는 미담이다.

생각하면 이런 일이 범상히 생기지 않았다. 하느님 자손 배달민족 역사에는 보이지 않는 힘이 있다. 한겨레 특유의 기와 맥, 정령이다. 이들이 위기 때마다 지원한다.

이결과 대한민국이 21세기 초 세계 일곱 번째 이른바 '30, 50클럽', 그러니까 1인 국민 소득 3만 달러, 인구 5천만 명 이상 국가 반열에 들어간 것이다. 남북 분단 혼란이 없지 않지만 시정해가면 될 일, 천손 국가로 손색이 없다.

물론 이날 민영환은 이런 사실을 알 리 없다. 뭔가 배경에 든든한 버팀목을 느끼며 후배 이승만에게 또 다른 청정 대나무로 자라주기를 갈망하는 것이다. 김구의 치하포 사건이 그에게 자극이 되기를 바랐다. 영환의 이날 얘기 요약은 다음과 같다.

당시 해주에 살던 김구는 민 왕후 시해와 단발령 시행을 계기로 전국적인 의병활동을 모색한다. 일국의 국모가 서울 궁중 한복판에서 살해되었는데 무심코 넘기는 민족이어서는 싹수가 없다고 생각했다.

그러나 동학군 접주로 한번 실패했던 그는 의병만 갖고는 역부족이라고 느낀다. 결국 외세를 이용해야 하는데 청계동에서 유학자 고능선에게 흠뻑 빠졌던 그는 중국 지원을 받기로 결심한다. 그래서 만주로 건너가 거기 군벌들과 접촉을 시도했다. 1, 2차 두 차례 만주 요로를 헤매다 성과 없이 귀국했을 때 국내서는 단발령 반발 운동이 거세게 일었다.

그렇다면 국내 의병을 일으켜 그동안 얼굴 익힌 만주 군벌과 연계가 가능하리라 보고 3차 만주행 길을 떠났다. 그런데 가는 도중 단발령 철회 소식이 들렸다. 만주 군벌들을 설득할 명분이 사라진 것이다.

결국 안주에서 청국 행을 단념하고 돌아서 오는 길- 사건은 엉뚱하게 치하포 나루터 주막에서 터진다. 안악에서 40리 떨어진 이곳 주막에서 저녁을 먹던 중 옆 자리에 변장한 일본인의 칼끝이 옷자락 사이로 보이자 김구는 그를 일본 공사 미우라 고로나 그 끄나풀 정도로 의심한 것이다. 이때야 말로 국모 살해 대가를 치르게 해야 한다고 생각했다.

시비는 다음 날 아침 식사 도중 벌어졌다. 밥 한 그릇을 서너 숟가락에 뚝딱 해치운 김구는 자신이 천하장사인 양 다시 주인에게 사발 밥 몇인 분을 추가로 시켰다. 주변을 제압하기 위해서다. 우람한 허우대가 그럴 싸했다. 주인이 어처구니없어 할 때 막 식사를 시작한 변장 일본인의 겉옷을 등 뒤에서 잡아 제켰다.

본색이 여지없이 드러났다. 일본군 장교 복장에 큰 칼까지 찬 스치다 노리스케였다. 그는 순간 당황했으나 곧 칼을 빼들어 김구를 내리쳤다. 그러나 싸움꾼으로 성장한 김구가 더 빨랐다. 옆으로 피하며 면상을 주먹으로 치고 팔목을 쳤다. 이어 떨어뜨린 칼을 주워 한숨에 그를 찔러 버렸다. 그리고 외쳤다.

"나는 해주 사는 김구다. 국모 시해한 죄를 물어 오늘 일본인 장교 1명을 조선의 이름으로 처단했다. 지금부터 누구고 내 앞길 막는 사람은 살아남지 못한다. 여기 이자가 갖고 있던 막대한 동전은 이 동네 이장 책임 하에 가난한 사람들에게 나눠주기 바란다. 나는 도망가지 않는다. 집에 가 기다릴 테니 얼마든지 와서 경위를 밝히라고 전하라."

나루터에 난리가 난 것이다. 그러나 마을 사람들은 용감한 김구 처신에 갈채를 보내고 시신을 수습해 관가로 가져갔다. 김구는 당나귀 한 마리를 얻어 타고 일단 집으로 돌아 왔다. 황해도 감사의 장계가 서울로 올라가고 조정은 물론 일본 공사관 사람들이 조사하러 오는 등 사태가 급박하게 돌아가는 중이다.

민영환의 치하포 사건 전말은 여기까지다. 긴 얘기가 끝났을 때 이승만은 앞으로 자신이 가야 할 길을 찾은 것 같다. 이제 더 이상 공론은 접고 큰 행동으로 나서야 할 때다. 평산 피신 길에 스쳐 지났던 안 진사 장남 중근도 자신보다 4살이나 적은 나이에 의병에 참가, 동학란 진압과 국모 시해 복수에 나서지 않았는가.

목숨 걸고 투쟁하는 이들에 비교, 자신은 초라해 보였다. 신학문 핑계로 무례한 일본인을 증오하고 기껏 무능한 임금을 경멸하는데 그쳤다. 이래서는 안 된다. 바야흐로 나도 투쟁할 때다. 두 손 꽉 쥐고 부르르 떠는 이승만을 보며 영환은 오늘 김구 얘기를 잘했다고 생각한다. 글방 도령 이승만이 충격을 받은 것이다.

"나는 확신하네. 자네도 김구도 범상한 인물이 아니라는 것을. 하느님 자손인 단군왕검의 피가 영맥(靈脈)처럼 흐르고 있다는 것을. 만주, 시베리아 벌판에서 일어났던 많은 동이족들 흥망 속에 배달민족이 강대국 틈새에서 살아남은 이유를, 그게 바로 그 영맥 때문이었다는 것을.

그러니까 이승만은 지금부터 새롭게 태어나기 바라네. '자네'의 지금 꽉 다문 입술이 이를 웅변해. 이 나라 이 민족의 빛날 지도자가 되는 거야. 하지만 기억할 것은 지도자로서 반드시 분수를 지켜야 하네. 기회 되면 나중에도 이점 거듭 강조할 걸세."

마치 주술처럼 확신에 찬 영환의 말투가 모처럼 이승만, 명주월 두 사람을 감동시킨다. 특히 승만에게 먼 훗날 꿈을 이룬 다음 당부까지 잘라 말한 것은 개인 아닌 조상 뜻을 전달하는 분위기여서 더 감정이 묘했다. 물 흐르듯 잔잔한 그의 말버릇은 명주월과 드문 정사에서도 감정을 억제하기 일쑤였다.

"새삼스럽게 인물평을 하시네요. 다 아는 일을 갖고서. 오랜 말씀에 피곤하실 테니 반주 한잔 씩 더 드세요."

명주월이 엄숙해진 분위기를 눅이려는 듯 나지막이 말하며 주전자 술을 두 사내 잔에 따른다. 영환이 단숨에 잔을 비운 뒤 담담하게 말을 이었다.

"자, 이제 우리 현실로 돌아오지. 실은 오늘 자네를 만나고자 한 다른 이유도 있어. 나 며칠 내로 긴 외국여행을 떠나네. 목적지는 러시아지만 수많은 나라를 거치는 몇 만리 길이야."

"정말 러시아는 먼 나라인데 무슨 일로 그리 갑자기 가시나요? 화급한 일이 생겼나요?"

이승만이 술잔을 들다 말고 놀라 물었다. 오늘 화제는 충격의 연속이다. 국모 시해 복수 차 일본군 장교를 살해한 김구 얘기에다 민 대감의 러시아 여행이라니.

"지난 3월 11일 자로 러시아 전권공사 서임을 받았네. 니콜라이 대제 2세 즉위식 축하 사절단 대표로 가는 거지. 명분은 그렇지만 고종 황제 특명은 따로 있어. 일본 감시로 외국도 자유롭게 나갈 수 없는 형편에 핑계가 생긴 거야. 하지만 내용은 비밀이네."

"그렇다면 수행원도 결정되었겠네요. 동행이 좋아야 가는 길도 편할 텐데. 누구누구, 몇 사람이나 가나요? 언제 떠나 언제 돌아오시고."

이번에는 명주월 궁금증이 핵심을 찌른다. 사업을 해 본 솜씨다.

"학부협판 윤치호가 수행원 대표, 3품 김득련이 2등 참사관, 외부주사 김도일이 3등 참사관에 임명되었네. 이밖에 내 개인 비서로 손희영, 통역과 여행 중 잡무 담당으로 러시아 공사관 스타인 서기관이 가니까 전부 6명이지. 여비가 만만찮을 거야."

"제가 좀 돕고 싶은데요. 개인 잡비 쓰시라고. 아무래도 수행원들 용돈이나 잡비는 국고에서 쓰기 그렇지 않을까요. 집 떠나면 돈인데."

명주월이 바싹 다가앉으며 말하자 영환이 크게 웃는다. 터무니없지만 듣기 싫지 않다.

"호의는 고마우나 이건 어디까지나 공무일세. 민간인 돈을 받아서는 안 되지. 자네 여유 돈도 거의 구휼 사업과 식당 사업 준비금에 충당되는 것 모르는 바 아니고. 그보다 내가 섭섭한 건 따로 있네."

"뭔데요? 괜히 말 돌리지 말고 제 성의 받아들이세요. 남정네 주머니에

돈 떨어지면 기죽어 일 못해요. 만고진리를 모르시나봐."

"그 얘긴 여기서 끝내게. 내가 돈 없는 사람도 아니고. 이번 일과 관련, 아쉬운 건 승만 군 때문이야. 당초 수행원 명단에 넣을까 생각하고 부단장 격인 윤치호에게 의견을 물었더니 반대하더란 말이지.

과거에 오른 적도, 벼슬 산 적도, 경험도 없는 백면서생 배재학당 학생을 수행원으로 데려갈 경우 출발 전부터 군말이 나온다는 거야. 말은 맞아. 그래 아쉽게 거둬들였는데 지금 후회가 돼. 그때 한 번 더 고집했으면 윤치호가 그 이상 반대는 못했을 텐데."

이 말을 듣는 순간 이승만 가슴이 벌렁 벌렁 뛰었다. 민영환에 대한 고마움과 함께 먼 러시아에 대한 동경이 여름 하늘 뭉게구름처럼 솟아올랐다. 말로만 듣던 예술 도시 상페테츠부르크, 볼가강의 뱃사공, 모스크바 궁전들이 순간 머리 속을 지나갔다.

그러나 깨진 꿈이다. 고작 평산을 다녀오면서도 깊은 여수에 잠겼었는데 머나먼 러시아를 갈 번했다니. 가는 길 중국 일본 유럽 각국 모습은 또 어떨 것인가. 아마 그런 아쉬움이 이승만 표정에 나타났나 보다. 민영환이 달랬다.

"기회는 또 있어. 바야흐로 개방화 시대니까. 다만 평소 준비는 착실해야 하겠지. 일본, 중국어도 중요하지만 특히 영어를 철저히 마스터 해두게. 나도 틈틈이 영어 공부를 하네만 미국 영국인과 자주 접촉 못하니 별 진척이 없어. 그 점 미국 선교사들을 자주 만나는 자네는 행운이지."

"아닙니다. 제가 지금 수행원이 된다 해도 경험 부족으로 폐만 끼치지요. 제게 그런 기회가 있었다는 자체가 소중합니다. 열심히 준비해 또 다른 기회를 보지요."

이승만은 진심으로 말했다. 오늘 민영환과의 만남에서 그는 쑥 성숙해진 느낌을 갖는다. 김구 청년의 애국심과 행동력은 마땅히 본받아야 했다. 상민 출신 등 악조건에 굴하지 않고 실력 향상에 매진, 대의를 앞세워 행동하는 그 사나이가 멋졌다.

거기다 꿈조차 꾸지 못했던 먼 외국 여행이라니, 비록 이뤄지지 않았어도 말만 듣고 반은 다녀온 기분이다. 그만큼 미국 영국 러시아가 그에게 가까이 다가온 것이다. 멀지 않은 이웃으로.

18.
해천 추범(海天 秋帆)

명주월은 장롱 속 깊이 간직한 편지를 꺼냈다. 민영환이 여행 중 보낸 편지다. 그가 출발 6개월 만에 귀국했다. 봄에 갔다 가을에 온 그가 귀국 1주일 지나서야 공신원에 온다는 소식이 잠시 야속했지만 지금은 그저 빨리 보고 싶다. 이승만도 온다니 오기 전에 편지를 한 번 더 읽고 궁금증, 반가움을 일시에 쏟아낼 참이다. 벌써 몇 번이고 읽은 손때 묻은 편지다.

  -명주에게

주월보다 명주로 부르는 게 나는 더 좋소. 양해 바라오. 세상에 이런 산문 편지 쓰기도 처음이거니와 받아보기도 처음일 걸세. 무슨 사연, 무슨 한이 그렇게 많은가, 말할지 몰라도 자네와 나는 알고 있지. 이보다 더 사연 많게 쓰고 읽기 바란다고. 그래 여행 초기 며칠 분 일기를 통째 베껴 보내는 내 마음을 이해해보소.

나는 이번 사행 길을 일기로 기록, '해천추범'이라 제목까지 붙이었지. 공적일로 넓은 세상에 나간다는 뜻이오. 나중 원한다면 전부 읽을 기회가 있을지도 모르겠소. 지금 시각 1896년 5월 6일 오후 9시. 조금 전 미국 뉴욕 월도프호텔에 여장을 풀었다오.

지난 4월 1일 제물포 떠나 한 달 엿새 만에 도착했소. 그나마 증기선과 기차 아니었으면 어림없지. 그 여정에서 내 오감은 춤을 추었소. 모든 게 신기해문화 문명 충격을 그대로 받았으니까. 중국 상해, 일본 나가사키, 도쿄에서놀란 가슴이 캐나다 밴쿠버를 거치며 부풀어 오르다 방금 도착한 뉴욕은 터질듯 광명천지야. 다음 소개하는 며칠 간 요약일기로 짐작해보시오.

<4월 4일> 흐리고 맑음. 오전 10시경 상해 인근 오송강을 지나는데 양안에 춘색이 깊어 서울보다 철이 한 달은 이른 것 같다. 곧 부두에 배를 대니 각국 기선과 화물이 가득 찼고 서양식 가옥은 반공중에 솟아 있다. 참 동양 제일가는 번화한 항구답다. 러시아 인 통역 수행원 스타인이 먼저 하선, 호텔을 잡았다. 중략.

<4월 5일> 비. 이번 여정은 원래 상해서 프랑스 배로 환승, 홍콩을 거쳐 가는 서행 길이었는데 우리가 늦게 도착, 배를 놓쳐 부득이 동쪽 진로의 영국 배를 탔다. 이배는 일본 요코하마에서 태평양을 건너 캐나다 밴쿠버에 상륙하면기차로 미국 뉴욕에 가고 다시 대서양을 횡단, 영국 런던, 폴란드 왈쏘를 지나모스크바에 도착하는 것이다. 오후 4시 레에진 상해 주재 러시아공사가 방문,우리가 탈 영국 배 황후호 예약을 주선했다.

<4월 10일> 맑음. 어제 밤 영국 상선 황후호가 홍콩에서 와 내일 오전 8시경 출항한다 함으로 다시 행장을 수습한다. 오전에 상해 일본 영사 영롱(永瀧)

이 찾아 왔다.

<4월 12일> 흐리고 맑음. 배는 늘 갔다. 배가 커서 어지럽지 않다. 오후 5시 석탄을 실으려고 나가사키에 대었다. 상해서 여기까지가 1천5백 리다. 일본에 들어가는 첫 항구인데 산천이 명미하고 가옥이 즐비하여 상업이 흥왕하니 한번 볼만 하다. 6시경 상륙하여 러시아 태평양 함대 사령관 알렉세이 예브를 방문하고 또 영사 틸노후도 만났다. 9시경 귀선.

<4월 15일> 맑음. 오전 5시경 양식과 채소 구입 차 고베 항에 잠간 정선. 갑판에서 산보하는데 제이슨 미국 선교사와 숙녀가 악수를 청하며 인사한다. 제이슨은 서울 정동 언더우드 집에 3년간, 여자는 구리개(지금 을지로) 제중원에 5년 살다 함께 귀국하는 길이라고. 이승만을 잘 안다고 해 속으로 놀랐다. 제이슨과 서로 명함을 교환했는데 그와는 뭔가 맥이 닿는 느낌이다. 편안한 사람. 오후 1시 요코하마로 출발.

<4월 17일> 맑음. 어제 요코하마에 도착, 기차로 도쿄에 와 우리 공사관을 방문했다. 신임 공사 이하영이 곧 부임 예정이라 만나지 못하고 여기 체류 중인 의화군을 윤치호와 함께 가서 잠간 뵈었다. 공사관 유린(劉璘) 서기가 우리 음식으로 조반을 준비, 잘 먹었다. 동경 도시의 모든 배치가 정밀하고 절묘한 것이 서양 문물을 부지런히 받아들여 소화하고 자기 손으로 건설한 티가 약여했다. 다시 요코하마로 돌아와 배를 탔다.

<4월 30일> 흐림. 어제 오전 일본 출항 13일 만에 캐나다 밴쿠버에 도착, 1박 후 오늘 오후 2시 기차로 미국 뉴욕을 향해 떠났다. 한 시간에 90리 씩 주야로 가는데 객실 의자, 휘장이 화려하고 침대, 주방까지 있어 편리하다. 산에는 수많은 굴과 비게, 강에는 다리에 궤도를 깔고 번개처럼 달리니 연도 풍경이 꿈속 같다.

<5월 7일> 맑음. 어제 오후 9시 뉴욕에 당도하니 모든 설비와 구조가 지난밤 지낸 몬트리올보다 백배는 되어 보여 안목의 황홀함을 말할 수가 없다. 10층 월도프 호텔에 투숙, 엘리베이터의 편리함을 알겠다. 이곳 러시아 총영사 올나롭스키가 오전에 방문, 9일 부인과 함께 센트럴 파크 관광을 약속. 워싱턴 주재 서광범 공사는 내일 오겠다고 전보. 여기는 천기가 온화해 나무 잎이 무성하고 백화가 만발, 우리나라와 비슷하다.

이 일기는 사실 개인 일상의 기록을 넘어선 것이다. 국가적 기록물이나 다름없다. 120여 년 전 조선 말기 전권 공사 자격으로 서양을 첫 경험한 한 고급 관료의 내면을 통해 당시 우리 현실과 선진 국가 수준을 가늠할 수 있기 때문이다.

일기 제목 '해천추범' 의미는 '더 넓은 세상으로 나간다'는 뜻이다. 독자들이 며칠 분이나마 이 일기를 읽으며 당시 암울했던 조선 실정을 반추하고 오늘을 산다면 큰 울림이 될 것이다. 아직은 신화에 머물지만 배달민족은 천손, 전설을 넘어 곧 역사로 굳어지지 않겠는가. 이 하늘의 자손이 왜 5천년 넘게 찌들려 살았을까.

하긴 또 다른 천손 유태인은 2천년 이상 나라 없이 유랑했다. 하느님 노여움을 샀기 때문이다. 뒤늦게 신뢰를 회복한 그들이 욱일승천 기세라면 우리는 지금 더 못지않은 기회다. 대한민국 건국 이후 전개된 산업화, 민주화 실적이 이를 뒷받침 한다.

때문에 이 기록을 남긴 민영환의 공적은 뒷날 그가 순국 자살한 의기를 넘는 불씨로서 대한민국 건국에 큰 공헌을 한 것이다. 사료적 가치는 물론 신단수 아래 태어난 환웅과 곰 족의 결정체인 배달민족에게 나갈 길을 제시하는 까닭이다.

민영환이 보낸 편지와 일기는 여기서 끝이다. 명주월은 그것만으로 잠시 온갖 상상의 나래를 편다. 하지만 그로부터 불과 60여 년 뒤 대한민국이 세계 11위 경제 대국으로 큰다는 생각은 그녀에게 언감생심이다. 가만히 한 숨 한번 쉬고 편지 말미의 추신을 읽을 뿐이다.

명주- 내 소소한 일기가 자네에게 웃음거리가 되지 않았으면 좋겠어. 선진국 문물을 감탄하다 자칫 진정한 내 조국에 환멸을 느낄까 겁이 나네. 문명의 격차를 인정하고 우리도 일본처럼 빨리 배워 따라갈 각오를 다져야지 비탄일색은 자해일 뿐이야.

오늘 날 쇄국주의는 죄악일세. 빗장 닫았다고 바람이 들어오지 못하겠나? 어차피 들어올 것이라면 스스로 선택해서 받아들이는 혜안이 중요하네. 대원군의 1870년대 10년 집권은 가장 중요한 때 우리를 후진시킨 큰 과오였지. 지금도 늦지 않았어.

나는 그 일을 하러 여행 떠난 거야. 최선을 다 하지만 여건이 만만치 않네. 자네의 진정한 후원과 기도가 간절하군. 군사 지원과 과학 기술 도입, 차관을 얻는 게 그리 쉽겠나? 그만큼 대가 치를게 마땅치 않아 고민이지.

다음 소식은 승만 군에게 보내는 편지로 대신하겠네. 소소한 일은 우리 집에 알아봐도 되고. 자네 소개로 맞이한 박수용, 우리 집 새 안사람이 올망졸망 낳아 키우는 아이들과 잘 지내는지 틈틈이 들여다 봐주게. 어머님이 엄하신 분이라 때로 하소연할 게 있을지 몰라. 손주 재미에 그럴 일은 없겠지만 노파심이네. 자네야 친언니처럼 따르니 못할 말 없겠지. 잘 있게. 떠나기 전 자네와 지낸 황홀한 밤을 생각하며. 계정-

편지 마지막 문장에서 명주월은 잠시 눈을 감는다. 그날 밤의 1분 1초를 되살리려 애쓴다. 그러나 지난 것은 역시 희미하다. 낡은 필름이 돌아갈 뿐이다. 순간 고개를 흔들고 명주월은 편지를 곱게 접어 반지 고리에 넣으며 곧 들이닥칠 민영환, 이승만 맞을 채비를 한다. 승선도 남편 승만이 온다니까 진작 출근, 부엌에서 사람들과 식사 준비에 분주하다.

이보다 앞서 이승만도 집에서 민영환 편지 다시 읽기에 열중했다. 오늘 공신원 만찬 모임 때 편지 독후감과 상호 토론이 벌어질 참이다. 영환이 명주월과 이승만에게 이런 과제를 내주고 자신의 여행 마무리를 하고 싶다고 한 때문이다.

　-승만 보게

서울 출발 벌써 두 달이 넘어가네. 그동안 소식은 먼저 명주월에게 보낸 편지를 보여 달라고 하게. 부탁해 놓았어. 고국을 떠나 미국 뉴욕 도착까지 50여 일간 감회와 며칠 분 일기를 따로 써 보냈으니 읽을 만 할 것이네. 대신 이 일기편지는 그 이후 여정을 합쳐 풀어쓴 것으로 명 사장이 읽어도 좋겠지. 내 시간 절약으로 알고 이해하기 바라네.

5월 9일, 뉴욕 항에서 서광범 공사 등 환송 속에 출발, 대서양을 횡단해 영국 리버풀에 상륙하고 런던을 거쳐 화란으로 들어갔어. 거기서부터 길고 긴 기차 여행이지. 독일 베를린에서 환승 기차로 보리가 익어가는 유럽 시골 풍경과 만발한 유채화 들판을 보며 고국 생각에 빠졌던 게 그나마 사치였을까. 얼마 후 도착한 폴란드 옛 수도 왈쏘에서 나는 뜻밖의 감회에 젖었다네.

솔직히 감회라기보다 묵직한 쇳덩이 하나가 가슴을 짓누르는 느낌이었어.

역에 마중 나온 러시아 고급 관료가 내게 무심히 던진 말 한마디 때문이지.

"잘 오셨습니다. 민 공사님 왈쏘에 오신 것을 환영합니다. 폴란드 옛 수도의 슬픈 애수가 꼭 사연 많은 여인처럼 공사님 여행 길 여수를 휘젓지 않기를 바랍니다. 하지만 어느 유럽 도시보다 아름다운 곳이지요."

내가 의아한 눈초리를 보내자 우리 통역관인 김도일 참서 대신 러시아 공사관 스타인이 옆에서 보충 설명을 해주는 거야. 간단히 말해 폴란드는 얼마 전만 해도 동유럽 강국이었는데 학정과 부패로 내란을 거듭하다 그만 프랑스, 오스트리아, 러시아 3국이 침공, 갈라먹고 말았다는군.

결국 위정자 잘못으로 나라가 결딴난 거지. 나는 순간 조선을 생각할 수밖에 없었네. 우리가 그 꼴 되지 말란 법 없지 않나. 청나라는 갔지만 일본, 러시아가 호시탐탐 노리는 중, 이들이 언제, 무슨 흉계로 우리를 분할 또는 통째 먹을지 모르니 말일세.

위정자는 물론 우리 신세대 청년들이 기필코 대오 각성해야 한다고 생각했어. 특히 자네처럼 한학과 신학문을 겸비한 젊은이들이 나서, 국정 쇄신을 해야하네. 그렇다는 것은 진작 미국 행 선상에서 우연히 만난 미국인 남녀 선교사 입에서 자네 이름이 나올 때부터 깨달은 사실이야.

명주월 편지 속 일기에도 잠시 언급했지만 일본 고베 내해를 항해할 때 갑판에서 나눈 대화 요지를 들어 보게. 둘 다 한국말이 유창했어.

"안녕하십니까? 조선 분이시지요? 저는 미국 선교사 제이슨입니다."

제이슨은 내게 악수를 청했어. 외국 배 안에서 미국인을 만나 우리말을 들으니 나도 반가워 얼른 대답했지.

"아, 네 반갑습니다. 저는 민영환이라고 합니다. 러시아 전권 공사 명을 받아 모스크바로 가는 중입니다. 한국말을 무척 잘하시는 군요."

우리 인사말을 옆에서 듣던 미국인 여자 선교사가 역시 웃으며 내게 물었어. 큰 키에 조금 마른 미인이었지. 빠르게 이름을 말했는데 지금 생각이 안 나네.

"오, 마이 갓. 민영환 대감님이셨군요. 개화파로서 우리 기독교를 깊이 이해하신다는 말씀 많이 들었습니다. 또 배재학당 이승만 씨를 후원하신다는 소문도."

나는 깜짝 놀랐지. 이역만리 외국배에서 만난 미국인 입에서 자네 이름이 튀어나오다니. 문수암에서 처음 만날 때 코흘리개가 아닌 어느새 훌쩍 커버린 자네 모습이 순간 떠올랐네.

"여행 떠나기 며칠 전에도 보았습니다만 승만 군을 안다니 정말 반갑네요. 어디 배재학당에서 만났습니까?"

내 물음에 그녀가 냉큼 대답했어. 이승만에 관한 얘기라면 자신 있다는 태도였지.

"미스터 리는 배재학당 명물입니다. 선교사들치고 모르는 이가 없지요. 영어 배운지 6개월 만에 초급 영어 선생이 된 실력파니까요. 또 제 친구 화이팅 선교사는 미스터리에게 조선 말 배우는 대신 영어를 지도, 그에 관한 일이라면 환합니다. 민 대감님이 개화파 충신임을 아는 것처럼."

"허허, 과분한 말씀. 승만 군이야 똑똑하고 반듯해 앞으로 이 나라에 큰 일꾼이 되겠지요. 그럼 두 분 다 그를 지켜보고 계시는 군요."

"그럼요, 저도 떠나기 며칠 전 학당에서 그를 만났지만 요즘 개화파 인사들과 접촉이 잦은 눈치입니다. 그래 노파심에서 또 평산에 피신 갈 일은 하지 말라고 했지요. 요즘 세월은 조심이 최선입니다. 저희 선교사, 의사들도 각별한 주의를 공사관에서 받았어요. 때문에 기한도 되고 저도 귀국하기로 한 겁니다."

그러니까 제이슨은 자네가 춘생문 사건과 관련, 피신했던 일도 알고 있었네. 그만큼 선교사, 외국인 사회에 유명 인사가 되었단 말이지. 한국 대표 인물로서. 그래 아쉬운 마음에 또 물었네.

"그럼 아주 가시려고요? 조선에 더 머물면서 승만 군을 도와주시면 좋겠는데. 모처럼 이 땅에서 박해 시절이 끝나 선교가 막 꽃을 피우기 시작하지 않았습니까?"

"맞습니다. 할 일이 태산 같지만 3년 넘게 있다 보니 집에서 궁금해 하고 저희도 재충전 휴가가 필요해 일단 귀국하는 겁니다. 언젠가 다시 와야지요. 아니, 꼭 올 겁니다. 그런 끌림이 있습니다. 대신 미국에 오시거나 혹 오래 체류하게 되면 저에게 연락 주십시오."

제이슨이 말을 끝내며 나에게 명함을 주었네. 거기 미국 주소, 한국 주소, 기타 연락처가 인쇄돼 있어. 때마침 날씨가 사나워지며 모든 승객은 선실로 돌아가라는 안내 방송이 나와 우리는 헤어졌네. 그들은 요코하마에서 하선, 한 달 쯤 머물다 미국에 간다 했으니 태평양 선상에서 또 만날 일은 없겠지.

하지만 나는 그와 얘기 나눈 짧은 시간 동안 뭔가 기맥이 통하는 감을 느꼈어. 지금 생각하면 남다른 그것이 배달민족의 근원 같은 것, 뿌리를 이루는 유전자 흐름이 아닌가 싶네. 자네는 지금 그 말이 막연하겠지만 언젠가 깨닫는 순간이 올 거야.

다시 폴란드 왈쑈 도착으로 얘기가 돌아가네. 비운의 이도시를 19일 오전 출발 러시아 구도 모스크바에 도착한 것은 5월 20일 오후 3시. 바바알스키야 거리 42번지 임시 공사관에 짐을 풀자마자 나는 곧 우리 국기를 옥상에 게양했어. 펄럭이는 태극기를 보며 나는 서울에서 4만 3천 리 달려온 보람을 만끽

했지.

다음 날 대관식 전에 황제가 거동하는 모습을 나가보니 장관이더군. 거리는 온통 국기와 사람으로 뒤덮이고 총 든 보병과 기병이 나열한 가운데 앞 뒤호위 기병을 거느린 20세 니콜라이황제가 4두 마차에 타고 지날 때 연도 시민들이 일제히 '우라'(만세) 하고 외치는 거야.

고종 친서와 예물은 22일 모스크바 궁으로 가서 황제에게 직접 전달했네. 그 절차가 보통 까다롭지 않았어. 내 인사말을 윤치호가 영어로 말했고 황제는 우리 여정과 모스크바 감상을 물었지. 황제가 서있는 방으로 들어갈 때 국궁 3배, 나올 때 3배하고 간단히 끝났네.

3시경 외부대신 로바로푸를 방문, 우선 안면을 텄지. 재정 차관, 군사 지원, 기술 도입 등 우리 본래 임무는 실무자들과 논의할 참이야. 왈쏘에서부터 수행한 예비역 대장 출신 무관 바쉬코브, 외무관 불란손 등이 돕지만 여기 분위기가 별로 좋지 않아. 러시아 형편도 어렵다는 거야. 아무튼 최대한 노력해보는 수밖에.

대관식은 26일 거행하고 6월 7일까지 무도회, 음악회, 관병식 등 우리가 소화할 일정이 빡빡하네. 그러나 정작 대관식장에 우리와 청나라, 터키, 파키스탄 등 공사는 들어가지 않았어. 탈모하지 않는 복장 때문이지.

식이 끝나 금관 쓴 황제가 나오는데 왼손에는 지구 모형, 오른 손에는 금장을 들고 위엄을 보이며 인근 성당 몇 군데를 돌아 환궁한다고 하네. 다 부귀와 물력을 자랑하는 거야. 저들에게서 과연 우리가 바라는 것을 얻어낼 수 있을까. 모스크바 임시 공관 옥상에 펄럭이는 태극기를 보며 10년만 빨리 왔어도 하는 아쉬움을 금치 못하네.

나머지 얘기는 귀국해서 하지. 긴 편지 읽어줘 고맙네. 계정.-

이승만은 모스크바에서 끝난 편지가 못내 아쉽다. 민영환 귀국길이 바다 아닌 육지, 시베리아를 거쳤다고 들었기 때문이다. 동토 시베리아, 특히 연해주는 우리 조상들의 터전 아니던가. 공신원 모임에서 이 얘기는 듣기로 하고 부지런히 집을 나선다. 약속 시간에 맞춰 들어가니 영환도 방금 도착했다고 한다.

"어서 오세요. 딱 제 시간에 오시네요."

"잘 있었나? 나 여행 중 모친상 당했다는 말 들었네. 조문은 명 사장이 대신했다니 내가 낯이 없게 되었군. 아무튼 상심이 컸겠네. 그래선지 더 어른스러워졌어. 편지는 갖고 왔나?"

명주월과 민영환이 동시에 승만을 맞이한다. 이어 주방에서 일하던 박승선이 불리어 온다. 공신원 안방에 네 사람이 오손도손 앉아 명주월은 승만에게, 승만 내외는 명주월에게 보낸 편지 필사본을 들고 각자 읽기에 들어간다. 일종의 편지 독회다. 민영환 생각이다. 읽기가 끝나자 먼저 명주월이 말했다.

"저는 대감님이 중국 상해서 러시아행 항로를 정반대로 바꿨다는 게 아주 인상적이었습니다. 원래 싱가폴, 아덴만을 거쳐 지중해를 건너는 서쪽 루트였지만 배를 놓치는 바람에 동쪽으로 틀었다고요. 우리 인생은 그렇게 한순간에 정반대 운명으로 바뀌는, 어찌 보면 부평초 같지 않나 겁이 났습니다."

"그래요. 그만큼 철저한 사전준비 아쉬움도 느껴지고요. 만일 서울서 조금 빨리 출발 했더라면 그런 일은 없을 테니까."

박승선이 동의하자 민영환이 대꾸한다.

"그 바람에 본의 아니게 일본 나가사키, 동경과 캐나다 밴쿠버, 미국 뉴욕 등을 한꺼번에 구경한 건 수확 아니오? 물론 준비 소홀은 인정하지. 역시 득이 있으면 잃는 게 있기 마련, 음 양 원리와 비슷하다 할까."

"맞아요. 동쪽으로 갔기 때문에 고베 해상서 제이슨 일행도 만났지요. 승만 씨 얘기를 많이 했다는데 그만큼 친숙한 사이인가요?"

명주월이 묻자 이승만이 즉시 답한다.

"두 분 다 배재학당, 제중원에서 자주 뵈었지요. 한국말을 조선 사람처럼 하려고 노력하는 진짜 친한파 미국인들입니다. 선교사 가운데 일본 물든 사람들이 한국인을 더럽고 배려 없는 민족이라고 탓하면 그들과 격한 논쟁을 불사했어요."

"뭐라 변명하는데요?"

"몰라서 그런다, 예컨대 조선에 까치밥 소리 들어봤느냐, 한겨울 감나무 가지에 대롱대롱 달려있는 한두 개 감이 바로 까치 먹이로 남겨 놓은 것이다, 또 황혼녘 황소가 끌고 가는 빈 달구지와 그 뒤 나뭇단을 지게에 지고 걷는 농부를 보아라, 종일 일한 소를 잠시나마 쉬게 하려는 배려 아니냐, 뭐 그런 식이지요.

더럽다는 건 조선이 백의민족임을 몰라서 그런다, 다만 당파 싸움과 양반 수탈로 가난해 잠시 그럴 뿐이니 두고 보아라, 하면 논쟁 끝입니다."

"그래, 나도 그들이 우리와 인연을 계속하고 싶다는 선의를 느꼈지. 그쯤하고 다음 쟁점이 나올 법 한데. 누구 다른 의견 없나?"

영환이 화제를 돌리자 즉각 박승선이 나선다.

"저는 한 때 강국이었던 폴란드가 못난 지도자 때문에 프랑스 오스트리아 러시아 등 식민지로 전락한 게 못내 아쉽습니다. 우리 역시 비슷한 처지 아닌가 싶어요. 지도자 잘못 만나면 민중이 고달프지요."

"맞아요. 우리도 당파 싸움에 시대 변화를 외면한 조정 대신, 유학자들 때문에 나라가 백척간두에 섰지요. 청국 일본 러시아 등이 침 흘리지 못하게 진작 쇄국 대신 개혁 했다면 나라가 이 꼴이 되지는 않았어요."

명주월의 쇄국정책 비판에 이승만은 머리를 끄덕이다 문득 태극기 얘기를 꺼낸다.

"그런 뜻에서 민 대감님이 모스크바 임시 공관 옥상에 우리 태극기를 게양한 기지가 대단하다고 봅니다. 러시아 수도 한복판에 한국을 알리는 광고 효과는 물론 우리가 자주 독립 국가임을 내외에 천명했으니까요. 저들이 싫어하는 눈치는 안보였습니까?"

"아니, 오히려 펄럭이는 태극 문양을 보며 고상하고 화려한 뜻이 있는 모양이라고 감탄했네. 나는 주역 음양 원리를 들어 설명해 주었지. 저들이 시베리아 곰처럼 엉큼 하나 문명이 발전한 나라라 금방 이해하더군."

"하지만 그 일 때문에 대감님이 추진한 사업에 지장은 없었는지요? 돈과 기술, 군사적 지원을 받으러 온 나라 대표가 뻣뻣하게 나온다든지, 아무튼 덜 공손하다고."

이번에는 박승선 차례다. 남편 발언을 모처럼 지원하는 의미다. 멋쩍은 승만이 민영환 대신 대답한다.

"우리가 엄연한 독립 국가인데 국기 거는 것 같고 시비할 수 없지. 당신 말대로 내심 불쾌해 회담 내용이 좀 삐딱해질지 몰라도 그런 것에 미리 주눅 들어서는 곤란해요. 당당해야지. 아무튼 통쾌한 건 사실입니다. 강대국 수도 한복판에 휘날리는 태극기."

"자네 말이 맞아. 이번에 우리 요구가 관철되지 못한 배경은 태극기 게

양 정도 문제가 아닐세. 근본적으로 러시아 형편이 어려워. 거기도 궁중과 귀족은 사치하고 백성들은 가난해. 더구나 영토적 야심이 커서 돈 쓸 곳이 좀 많은가. 귀로에 이용한 시베리아 횡단 철도는 그야말로 돈을 연결한 거나 마찬가지야. 가도 가도 끝없는 대륙 열차."

"그래서 현장 시찰 겸 귀국길에 미완성 시베리아 열차를 타기로 하셨군요. 아직 깔리지 않은 곳은 배와 마차로 이동하면서까지. 그 고생 얼마나 심했을까."

명주월이 딱한 듯 말하자 영환이 짐짓 엄숙한 얼굴을 만든다.

"물론 철도 건설현장 시찰을 통한 경험이 중요했지만 나는 다른 목적도 있었네. 바로 시베리아에 사는 한국 유민들 모습을 보고 싶었던 거야. 바이칼 호수에서 연어 일종인 오물 잡이로 생계를 유지하는 이르쿠츠크와 아무르강 연안 하바롭스크, 동해 블라디보스토크 등지에 1863년 이후 조선인들이 대거 이주, 어렵게 살지.

하지만 그런 가운데 그들은 한인촌을 조직, 잘 운영하며 조국애에 불타고 있었어. 촌장들이 모처럼 험지를 찾아온 고국 관료를 보러 몰려왔을 때 타지에 살게 해 미안하다고 말했지. 반면 그들은 도리어 가능한 조국을 돕겠다는 거야. 울컥 했지. 우리 민족이 과연 천손이구나, 생각하고 상감께 의견을 올렸네. 빨리 그들과 상부상조할 계획을 세우자고.

내가 촌장에게 금일봉을 내놓자 한사코 그들은 갚으려 했어. 호피, 곰 발바닥 등 고가 선물을 사양하느라 고생했네. 기념으로 싼 것 몇 점 받았지만 이들과 교역 길을 빨리 터야 할 거야. 똑똑한 윤치호가 이를 체험했어야 하는데 아쉬움이 많았네."

"왜 같이 가신 분이 못 보았는데요?"

박승선의 의문. 영환이 피식 웃는다.

"귀국길에 그 사람은 모스크바에서 프랑스 파리로 홀로 떠났소. 이유인 즉 프랑스 말을 배우고 싶다 길래 수락했지만 속셈은 불만일 거요. 대관식 때 우리 옷을 고집한 복장 문제, 차관 도입 실패 책임, 태극기 게양 등 의견이 많이 엇갈렸으니까."

"그 분 처세는 원래 소문난 달인 아닙니까? 혹시 시베리아 육로가 너무 힘하다 생각했는지 모르지요."

명주월이 고개를 내저으며 말한다. 실제 윤치호는 한일 합방 이후 귀족 대우를 받으며 민족진영과 일본 통치 사이를 잘도 살았다. 방대한 일기를 남겨 후세 귀중한 사료 겸 자기변명을 동시에 해결하기도 한다.

"대관식 끝나고 니콜라이 황제가 오른 손에 지구 모형을 들고 나왔다는 게 저에게는 아주 인상 깊었습니다. 그의 끝없는 영토적 야심을 들어낸 셈 이지요. 시베리아 개발도 결국 동아시아와 태평양으로 나가기 위한 수단 아닙니까."

이승만 언급에 영환이 빙긋 동의한다. 정확한 지적이기 때문이다.

"잘 보았소. 러시아 슬라브 족은 천천히, 야금야금 국토를 넓히는 천재 적 재주꾼이오. 지금은 또 바다 욕심을 내고 있지. 태평양이란 얼지 않는 부동항이 필요한 거야. 그게 바로 우리 청진, 원산이라. 이를 구실로 우리 가 3백만 엔 차관 교섭을 하러 간 건데 겨우 궁궐 수비 병력, 군사 교관 몇 사람 오기로 했소. 부동항도 물 건너 간 거지.

설상가상 국제 정세가 우리에게 불리하게만 돌아가네. 미국은 하와이, 필리핀 등 태평양 제도에 관심이 크고 일본은 우리와 만주를 집적대며 상호 협력하는 처지, 우리는 힘 빠진 청국만 상국으로 모시다 곤경에 처했지. 영국 독일 프랑스 등 유럽국가와 다자 외교 필요성을 상감께 상주중이나 늦은 감이 없지 않소.

자, 많이들 얘기했으니 이쯤 내 귀국 보고와 편지 독회를 마칩시다. 떠들고 나면 출출해. 이제부터 한잔하며 소찬을 즐깁시다."

19.
이승만 뜨다

민영환은 조례를 마치자 서둘러 러시아 공사관을 빠져 나온다. 미복 차림이다. 초겨울 바람이 제법 차다. 고종은 지난 봄 이른바 아관파천으로 주거를 러시아 공사관으로 이전, 정무도 거기서 보고 있다. 민 왕후 시해 후 안전을 우려해서다.

1차 사행을 6개월여에 마치고 돌아온 영환은 고종에게 나라꼴이 우습다고 환궁을 요청했으나 허사였다. 오늘도 마찬가지다. 일본 입김에 흔들리는 꼭두각시 내각을 믿기 어렵다는 것이다. 때문에 영환이 모스크바에서 약속받은 러시아 수비 병력이 더 올 때까지 기다리자고 한다. 적어도 몇 달은 더 걸릴 것이다.

그가 이런 생각에 잠겨 경운궁 담을 끼고 걸어갈 때 낯익은 얼굴과 마주쳤다. 승만을 서당에서 배재학당으로 끌어낸 공로자 신긍우다.

"자네 지금 학당 가는 길인가?"

"대감님 여기서 뵈올 줄 미처 생각 못했습니다. 더욱이 양복 차림이라 하마터면 그냥 지나칠 뻔했네요. 귀국 소식은 진작 들었는데 인사 못 올렸습니다."

신긍우가 넙죽 허리 굽혀 절 하자 영환이 얼른 그의 손을 잡아 흔든다. 악수 폼이 어색하지 않다.

"괜찮네. 피차 바쁘지 않은가. 학당에서 배우는 게 많다고 들었네. 영어, 세계지리, 역사, 격물학(과학), 천문학까지 범위가 끝이 없고 선생도 학생도 열의가 대단하다더군. 독립신문에서 배재학당 면학 분위기 칭찬 기사를 가끔 보지."

"그럼 지금 배재학당에 한번 가보시지 않으렵니까? 승만 군도 곧 온다 했습니다."

"음, 그거 좋겠네. 마침 승만 군에게 할 말도 있고. 러시아 공사관과 지척인 배재학당을 아직 못 가봤다면 말이 안 되지. 폐하께서 직접 교명 짓고 쓰셨다는 현판도 보고 싶고. 배재(培材) 이름이 원래 인재배양(人材培養)에서 따온 수재들 학교라며?"

"저는 빼놓고요. 지금 재학생 160명이 모두 날고 기는데 제 경우 서너 살 위 나이가 무색하게 따라가기 급급합니다. 그나마 재미는 있어요."

신긍우는 언제나처럼 겸손하게 말하며 앞장선다. 경운궁에서 서소문 쪽 언덕 초입에 배재학당이 있다. 1887년 개교 2년 만에 한국 최초 르네상스식 벽돌 2층 교사를 지어 장안 명물이 된 것은 미국 감리교 본부가 4천 달러 건축비를 지원한 때문.

민영환이 교장실을 노크하자 아펜젤러는 출타중이고 노블 목사가 때마침 함께 있던 서재필과 반갑게 맞이한다.

"허허, 민 대감님- 귀한 분을 여기서 뵙다니 영광입니다. 조선 앞날에 서광이 비치는 것 같군요. 배재학당 개교 이래 가장 고귀한 손님입니다."

서재필은 과장된 몸짓으로 인사하며 영환과 악수한다. 행동 하나 하나가 미국인과 다르지 않다.

"천만의 말씀, 늦게 왔다는 꾸중 같습니다. 하느님, 예수님 모시는 분들께 정결치 못한 자가 감히 오기 겁나 주저했는데 지금 왔으면 그냥 웃어주시지요. 자비심의 크리스찬 교수님."

영환이 눙치듯 말하자 서재필은 크게 웃었다. 평소 거만하고 음울해보이던 그가 오늘따라 화통하다. 그만큼 반갑다는 뜻이다.

세간에서 그를 건방지고 조국을 버린 배신자라고 비난해도 영환은 나름 이해할 수 있다고 본다. 1884년 갑신정변 때 약관 나이로 병조참판까지 지냈다. 혁명이 사흘 천하로 끝나자 그는 미국으로 망명했지만 역적 가족들은 풍지 박산 되었다. 자살 또는 참형을 받고 아들은 굶어 죽었다.

그는 미국 여인과 재혼, 필립 제이슨이란 미국적으로 살다 박영효 설득에 따라 귀국한 처지다. 사면은 받았어도 앙금이 가셨을 리 없다. 철저하게 미국인으로 살며 조선 개혁에 한발 걸쳐 놓은 상태다. 그에게는 고종도, 조정 관료도 눈에 차지 않는다.

민영환이 그를 이해하는 만큼 서재필도 그에게는 한수 접는다. 특히 영환이 러시아 공사관에 체류 중인 고종 환궁을 강력 주장하며 더욱 그랬다. 임금이란 자가 타국 공사관에서 정사를 본다는 게 혐오스럽다.

"민 대감도 어느새 기독교 입문 하셨나보네요. 자비를 다 찾으시고. 배재학당이 바로 그런 자비와 사랑을 가르치는 곳입니다. 민 대감은 벌써 수표교 근처에서 주먹밥 봉사로 그런 자비심을 실천한다고 들었지만."

두 사람이 덕담을 교환하는 동안 노블 목사가 커피를 끓여 나온다. 진동하는 커피 향이 방안을 따듯이 한다. 영환은 커피 마니아인 고종 곁에서 어느새 동호인이 되었다.

"별 일도 아닌 게 세월 가니 소문만 무성합니다. 그렇게 해서라도 배곯는 사람들 한 끼 식사를 때운다면 행복이라고 이일을 주관하는 공신원 주인이 말하지요. 다 하늘의 뜻, 그보다 서 박사님 명 강의가 장안에 자자합니다. 박학다식에 견문 넓고 강연 솜씨가 뛰어나다고요."

"헤헤, 그게 진짜 헛소문이지요. 보고 듣고 느낀 것을 진솔하게 배재학당에서 풀어놓을 뿐입니다. 과학, 역사, 지리, 영어 이외 현실 문제와 관련한 정치 얘기를 섞다 보면 자연 관심을 끌지요. 요즘 독립신문이 없어 못 팔정도로 인기 있는 것처럼."

"참 독립신문 논설을 서 박사가 쓴다고 해서 나도 열심히 봅니다. 일반이 생각키 어려운 대목을 조목조목 설명하고 해결책을 제시해 여간 고맙지 않군요. 운영이 어렵지는 않습니까?"

독립신문은 1896년 4월 7일 창간, 한국 최초 신문으로 기록된다. 현재 '신문의 날'이 바로 이날을 기념해서다. 서재필은 귀국 즉시 신문 발간을 서둘렀다. 민중 계몽과 정부 감시를 위해 시급하다고 판단한 때문이다.

"정부 시책을 세게 비판하면 꼭 항의가 옵니다. 김홍집 내각이 발간 비용 3천 원을 지원하긴 했지만 독립신문은 정부 신문이 아닙니다. 민간 모금이 더 크니까요. 기본적으로 신문의 정부 비판과 감시, 국민 선도 기능을 어길 수 없습니다."

"1차 사행 때 경험했지만 서양 신문들이 대체로 그런 것 같아요. 황색 신문이 아닌 이상 서 박사 말씀이 옳습니다. 독립적 위치에서 권력기관을 감시하는 까닭에 민주국가 초석인 입법 행정 사법 3부 이외 제4부로 불린다지요. 정말 그만큼 강력합니까?"

"원칙적으로 그렇지요. 국가 체제가 어떤 식인가에 따라 다소 차이는 있지만 언론 역할은 점차 커지는 추세입니다. 특히 국가 권력이 국민에게 있는 민주주의 국가라면 말입니다."

그들 대화가 무르익을 때 노크 소리와 함께 신긍우가 이승만과 함께 들어 왔다. 얼마 전 편지 열독 토론회 이후 처음 본다. 얼굴이 밝다.

"대감님을 여기서 뵙다니 놀랐습니다. 그러지 않아도 한번 모셔야지 생각은 했었는데 직접 오시도록 해 죄송합니다. 오신 김에 강의 한자락 하고 가시는 게 어떨지?"

승만이 모처럼 객담 비슷이 말하자 서재필이 놀라 소리친다.

"아니, 승만 군이 저런 조크도 할 줄 알고 이제는 내가 감당키 어렵네요. 말 나온 김에 정말 학생들에게 조선 정치 개혁 전망이나 여행담이라도 한 시간쯤 들려주시지요."

"오늘은 사양하고 다음에 날잡아하지요. 지나다 그냥 들린 거니까 준비도 부족하고. 승만 군에게 학당 분위기를 대강 들어본 뒤 거기 맞춰볼까 합니다. 나도 서당 경력에 성균관 강의가 전부라 신식은 생소해요."

"대감님께 감히 자랑은 아니나 실제 서당과 학당 수업 방식은 차이가 큽니다. 단순히 읽고 외우고 뜻을 깨치는 정도가 아니라 학생 상호 간, 선생님과 진솔한 토론을 벌이니까요. 자기 의견을 제시하고 남의 말을 경청하면서 익혀가는 겁니다.

또 토론 상대가 잘하면 박수 쳐 격려하는 법, 연설 때 효율성 극대화를 위한 고저장단, 일시 침묵, 대중 상대 질문 등 여러 기법을 서 박사님이 일러 주셨지요."

이승만이 배재학당 내 자기 역할을 추어주자 신이 난 서재필이 보답이라도 하듯 제자 칭찬을 한다.

"그런데 하나를 가르치면 둘을 아는 게 바로 승만 군입니다. 누구보다 뛰어나요. 이번에 학당에서 토론 모임 '협성회'를 조직하고 초대 간사 직을 맡으며 협성회보까지 발간하는 큰 역할을 했지요. 회보는 국내외 주요 뉴스와 토론 내용을 게재, 인기 폭발입니다. 물론 제 감수를 거칩니다만. 저의 미국 식 교수 방법이 배재학당에게 복덩이란 말이지요."

이런 서재필의 자기 과시에 옆에서 노블 목사가 빙긋 웃는다. 훗날 윤치호는 서재필 인물평을 1897년 8월 8일자 일기로 이렇게 기록했다.

-서재필 박사는 지시하기 좋아하는 야심적 사람이다. 정력적이고 단호하고 빈틈없는 한국이 자랑할 인물이다. 그는 대신과 협판(차관)들을 철없는 아이처럼 다룬다. 그럼에도 무례를 탓하지 않는 것은 그가 미국 시민이며 정부와 월 3백 달러에 10년간 고용 계약을 맺었기 때문이다-

"허허, 그랬군요. 승만 군 글, 말솜씨는 원래 탁월합니다. 서당 다닐 때도 도강에서 장원을 도맡았다니까요."

영환과 서재필의 잇단 칭찬에 이승만이 재빨리 화제를 바꾼다.

"다음 협성회 토론 제목을 고민 중에 있습니다. 1회 때 '국한문 섞어 쓰기'와 2회 '학도들은 양복 입는 게 좋다'는 토론 인기가 워낙 좋아 그런 실용적 제목이 어떨까 생각중입니다만."

"물론 실용성을 제일로 따지는 게 좋겠지. 거기서 한발 더 나가 의미와 목적의식까지 갖는다면 금상첨화일세. '국한문 병용'은 문맹 퇴치에다 배달민족의 자주성을 글자에서부터 찾는 의미를 겸해 더 좋은 평가를 받았어. 한문만 숭상하다가는 우리가 중국 예속에서 벗어나지 못하니까."

서재필 말을 영환이 또 받는다.

"그래요. 지난 사행 때 느꼈지만 영어권은 물론 유럽 강국들 거의가 자국 문자를 갖고 있었어요. 그게 문화 발전과 민족 정체성 유지에 크게 기여하나 봅니다. 그런 의미에서 한글 전용 전문학교를 만들자는 토론 제목은 어떨까요?"

"서당 대신 신식 학교 설립은 빠르고 많을수록 좋지요. 직업 학교라면 더욱 그렇습니다. 혹시 민 대감이 설립해 운영할 생각은 없습니까?"

이번에는 모처럼 관망하던 노불 목사가 영환에게 묻는다.

"마음은 굴뚝같지요. 여유 나면 당장 하고 싶지만 무사분주한 제 자신이 부끄럽네요. 아무튼 조만간 꼭 해볼 생각입니다."

"민 대감 바쁘신 거야 다 아는 사실이고. 차라리 비용을 조달하고 사람 시켜 운영하면 어떨까요. 적격자 구하기 쉽지 않지만 찾아보고 안 되면 여기 이승만 군과 신긍우 군이 졸업하고 시작해도 될 겁니다."

서재필이 말 꺼낸 민영환에게 쐐기를 박으려하자 놀란 쪽은 이승만이다. 실제 민영환은 그 뒤 흥화 학교를 세워 최초 교장을 맡았으나 한일합방조약 체결 뒤 일본 압박으로 폐교하고 말았다.

"저는 한참 멀었습니다. 더 배우고 닦아야지요. 아니 여기 신긍우 군이라면 얘기가 좀 다릅니다. 생각할 만하네요."

"이 사람이 누구 욕보이나. 나는 자네 꽁지 서기도 힘겨운데 무슨 말을 그렇게 해. 전혀 농 꺼리도 아닙니다. 대감님, 박사님."

갑자기 목청을 높이는 두 청년 말싸움에 민영환과 서재필이 크게 웃었다. 모처럼 배재학당 교무실에 웃음꽃이 피어난 것이다. 그 여운이 사라지기 전 영환이 자리에서 일어서며 말했다.

"여기 와서 오랜만에 속 시원히 웃어보았네요. 저는 승만 군과 잠시 개인적 얘기를 나누고 돌아가겠습니다. 한번 길을 텄으니 가끔 들리지요. 거절하지 마십시오."

"원 천만의 말씀. 자주 오실수록 배재학당 성가가 높아집니다. 무조건 들러만 주십시오. 대환영입니다."

영환이 서재필, 노불목사, 신긍우에게 인사한 뒤 방을 나가자 승만이 따라 나섰다. 두 사람은 잠시 말없이 경운궁 쪽을 향해 걸었다. 사위는 조용했다. 전형적 삼한사온 날씨의 춥지 않은 겨울 날 궁성 까마귀 소리가 적막을 깬다.

"자네 이번에 나와 함께 유럽에 가보지 않으려나? 지난 번 1차 사행 때 못 데려간 게 자못 한이네. 그때 윤치호 반대 쯤 그냥 밀어붙여야 했어. 그런데 다시 기회가 왔으니 주저하지 말게."

이윽고 민영환이 입을 열었다. 무슨 일인가 궁금하던 이승만이 화들짝 놀란다.

"제가 유럽을 가요? 갑자기 그게 말씀인지…"

"흠, 내가 3월 초에 다시 영국 프랑스 독일을 거쳐 러시아까지 다녀올 참이야. 영국 빅토리아 여왕 즉위 60주 기념식 참석이 주 명분이지만 실은 우리와 수호조약을 맺은 유럽 6개국 지원을 요청하러 가는 길이네.

순회 주재 공사로서 필요한 차관, 투자 계약을 성사시키면 일본에 대한 간접 압력이 되지 않겠나. 이번에 같이 가서 견문을 넓히고 국가에 기여를 하게. 자네만 좋다면 이번에는 꼭 밀어붙이지."

순간 승만은 숨이 막힐 것 같다. 이런 천운이 자기에게 오다니. 저 멀리 문명국을 여행하는 자신 모습이 눈앞에 명멸했다. 해외라면 아직 제주도도 가보지 못했다. 국내도 평산 왕복이 고작 먼 길이다. 만주 벌판을 헤매고 온 김구, 안중근을 내심 부러워하던 처지 아닌가.

이 소식에 흐뭇이 웃을 아버지 이경선, 돌아가신 어머니가 얼마나 대견해 하실까. 태기에 목말라 하는 아내 박승선 역시 한시름 놓을 것이다. 그런데 막상 그의 입은 다른 말을 하고 있었다.

"아뇨. 배려해주신 것 감사하고 이런 기회 다시 오기 어려운 줄 알지만 지금은 어렵습니다. 제 자신 준비 부족에 국내서 할 일이 너무 많아요. 소중한 일부터 먼저 하라는 평소 대감님 말씀대로 당분간 국내 일에 최선을 다 하렵니다. 죄송합니다."

영환은 빙긋이 웃었다. 싸락눈이 내리기 시작한다. 두 사내는 대안문 앞에서 헤어졌다.

　운현궁 분위기가 쌉싸름하다. 낙엽이 구르고 인적은 드물다. 넓고 적막한 마당을 가로지르며 민영환은 새삼 권력 부침을 실감한다. 끈 떨어진 대원군 사저답다. 한 때 이 나라를 주름잡고 호령하던 권력자 집이라고 믿기 어렵다. 말 한마디에 수많은 정적과 천주교 신자 신부들이 죽어갔다.

　그리고 이제 본인도, 부대부인 민 씨도 8순을 눈앞에 두고 생로병사 진리를 실감하는 중이다. 어찌 적막강산을 탓할 손가. 영환이 하인 따라 내실 쪽으로 다가서자 한약 냄새가 물씬 풍겼다. 오늘 그는 고모 부대부인의 부름을 받고 운현궁을 방문한 것이다.

　평소 고모부 대원군과는 데면데면했지만 고모와는 살뜰했다. 바쁜 조카를 자주 부르지는 않으나 때마다 인삼 녹용 등 보약과 진귀한 것을 챙겨주었다. 아들 고종에게 더 잘하라는 뜻이다.

　특히 민 중전이 비명에 간 뒤 고모는 친모 이상으로 영환, 영찬 형제를 돌보았다. 자신에게 엄하고 분수와 겸손을 알라고 우정국 사건 때 죽은 영환 양부이자 자신 남동생 민태호 역할을 대신했다. 인내하는 한국 여인 표상이다.

"바쁜 사람 불러 미안하네. 마침 대원위 대감도 며칠 전 온천 여행을 떠나셔서 호젓이 자네와 얘기 좀 하고 싶어 오라 했지."

중환 소문과 달리 부대부인 혈색은 괜찮아 보였다. 그가 방에 들어가자 누운 자리에서 비스듬히 일어나 앉는다. 온갖 풍파 다 겪어온 여걸 인생답다. 당시로서는 드물게 장수한 셈이다.

"아닙니다. 그러지 않아도 조만간 멀리 외국 다녀올 일이 생겨 찾아뵈려던 참입니다. 아주 잘 되었지요."

"이번에는 또 어딘가, 일본? 중국?"

"아뇨, 더 멀어요. 구라파 6개국 순회 주재 대사로 가니까 영국 프랑스 화란 벨기에 독일을 거쳐 다시 러시아까지 갑니다. 공식 일정은 없지만 미국도 갈 거구요."

"아니, 1차 사행 길 다녀 온지 얼마나 되었다고 또 멀리 내보낼까. 내가 상감께 다른 사람으로 바꾸라고 권할까?"

"아닙니다. 이미 결정된 것을 임금이 쉽게 바꾸면 영이 안서지요. 애당초 간곡히 사양했어야 하는데 마땅한 사람 없다고 재삼 말씀하는 바람에 어쩔 수 없었습니다. 힘들어도 가야 해요."

"정 그러면 도리 없지. 자네 수고롭지만 이 열쇠로 저 벽장문을 열고 거기 있는 궤에서 작은 금고를 꺼내 주게. 내 자네한테 맡길 게 있어."

부대부인이 마침내 결심한 듯 미리 챙겨놓은 열쇠 꾸러미에서 큼직한 걸 하나 뽑아 영환에게 건넨다. 잠시 어리둥절하다 곧 지시대로 움직인다.

과연 벽장 속 금고에 무엇이 들었을까. 집이나 땅 문서? 아니면 패물 등 귀중품? 지레 짐작하며 금고 문을 열자 뜻밖의 것이 나왔다.

물론 상당량의 금괴와 패물이 예상대로 나오기는 했다. 그러나 영환의 눈길을 끈 것은 금고 밑바닥에 깔린 길쭉한 검정 천의 주머니 봉투였다. 낡았지만 중앙에 붉은 실로 수놓은 곰 한 마리가 귀엽다.

그 안에서 꺼낸 것은 곱게 접은 한지. 조심스레 펴보니 붉게 물든 대나무 그림, 바로 혈죽도 아닌가. 자신과 만수 도사도 비슷한 것을 갖고 있다. 의문의 눈초리를 보내자 부대부인은 의기양양한 표정이다.

"이 혈죽화는 단순한 민 문의 가보가 아니야. 배달민족의 영원한 정기와 영력을 지닌 국보 증표로 언제부터 우리 가문이 보관해왔는지 분명치 않아. 그러나 왕자의 난 주역, 태종 즉위를 성사시킨 원경왕후 민 씨 부인이 소장했던 시기까지는 확인되지. 그 이전은 설이 분분해.

아무튼 이 그림의 신통력은 놀랄 만하네. 흥선군이 낙백했던 시절 끼니꺼리를 걱정한 때가 많았지. 당신이야 권문세가를 돌며 눈칫밥을 먹었지만 지금 상감이 철부지로 배고파 징징대는 광경을 상상해보게.

그런데 기적이 일어났어. 치(致) 자 돌림 쓰시는 친정아버지가 돌아가시기 직전 이 그림을 내게 주시며 유언을 남기셨지. 집안 대대 가보인데 분실을 우려, 또 하나 복사본은 진작 영환 애비 겸호에게 주었지만 이게 진짜 원본이니 잘 보관하라고. 그래 벽장 속에 신주단지처럼 모셔두었더니 가끔 이상한 일이 벌어졌네. 양식 떨어지면 대문 앞에 쌀, 돈 꾸러미가 와 있는 거야."

"그럼 혈죽도와 양식 보따리가 관련 있다는 말씀인가요? 저도 한 장 갖고 있지만 별 일 없었는데요."

"그렇지? 그렇다면 진본과 복사본 차이일지 모르지. 여하튼 그 걸 보관하면서부터 우리 집 곤궁이 풀리기 시작하고 급기야 우리 둘째 재황(載晃)이는 상감이 되지 않았나. 범상치 않아."

"고모님 말씀 충분히 이해합니다. 하지만 좋은 일만 있던 것은 아니지요. 그동안 주변에 너무 많은 희생이 있었습니다."

"그래, 알고 있네. 부자간, 시부 며느리 간 권력 투쟁이 그렇고 내 친정 아우들 태호, 승호, 겸호 모두 비명에 갔어. 자네 아버지 형제들이지. 끝내 며느리 왕비까지 일본 낭인들 손에 무참히 시해되고 말았으니.

그러니까 이 그림이 더 의미심장한 거야. 나쁜 생각, 나쁜 행동, 개인적 이익보다 좋은 생각, 선한 행동, 배달 국가 이익 추구를 도모할 때 그림이 영력을 발휘하는 가봐. 그런 사람을 찾아 혈죽도 원본을 넘겨야 한다는 거지."

"글쎄, 그렇긴 하지만 고모님도 친정 댁 유품으로 받은 것일 뿐 그전에는 효능을 모르지 않았나요?"

"그림 가치를 알아주는 사람이 중요하지. 내가 혈죽도를 소중히 간직한 뒤 당장 대원군과 내가 8순 가까이 사는 것만 해도 희귀한 일 아닌가.

더욱이 내가 늙마에 천주님께 귀의한 것은 또 무엇인가. 내 법명이 '마리아'라네. 천주님 어머니 이름을 내게 준 눈 푸른 신부님 뜻을 생각하면 모든 게 아귀가 맞아."

영환은 깜짝 놀란다. 풍문으로 듣던 임금님 모친 천주교인 설을 확인한 것이다. 대원군도 알고 있을까. 1만 명이나 순교자를 낸 박해자 부인이 가톨릭 신자 된 것을.

"그럼 주일마다 미사에도 나가십니까? 천주 기도문, 사도신경, 성모송 같은 것도 암송하시고요?"

영환의 놀란 질문에 부대부인 민 씨는 가볍게 웃었다. 대수롭지 않다는 얼굴이다.

"사람 많이 모이는 성당에 가기보다 근처 작은 공소에서 미사를 보지. 요즘은 대원위 대감 안 계실 때 우리 집에 모이기도 하네. 몸도 아프고 걷기 힘들어서. 그런데 얘기가 한참 빗나갔군.

오늘 자네를 여기 오라고 한 건 이 혈죽도 원본을 맡기고 싶어서야. 자네가 보관하다 또 아들이나 마땅한 후계자에게 넘기면 되네. 그렇게 영속하면 배달신국, 단군 조선, 우리 민족이 활짝 필 때가 반드시 올 거야.

"제가 이 원본을 보관할 자격이 있는지 모르겠네요. 하지만 평소 깊은 의무감은 느끼고 있어요. 역사적으로 우리 조상 동이족은 중국 땅을 서화족인 한족과 교대로 지배해온 게 사실입니다. 요순시절 순제, 하은 시대 은나라, 중국을 최초 통일한 진시황제, 한나라 뒤 당, 송나라 거쳐 원, 명나라 지나 청국 지배 족이 모두 큰 활 잘 쏘던 동이족 지류지요.

중원을 정복한 뒤 그들이 한족에 동화된 건 슬픈 일이지만 반도에 들어온 우리라도 정신 차려 옛 기상을 찾아야 합니다. 이 그림이 거기 기여한다면 맡았다 적임자에게 넘기겠습니다. 다만 제가 곧 2차 사행을 떠나야 하니 갔다 와서 맡으면 어떨까요?"

"아닐세. 1차 때 반년 이상 걸렸는데 그새 내가 어찌 될지 아나. 또 여기 패물, 금붙이, 땅문서 등을 몽땅 자네에게 맡길 테니 나라와 조상 위해 써 주게. 믿을만한 거상들에게 맡겨 불려도 좋겠지. 아참 자네 북한산 문수암 도사 안다고 했지? 전에 무슨 말 끝에 들은 것 같은데."

"만수 도사 말씀입니까?"

뜬금없는 말에 민영환이 되묻는다.

"그래, 바로 그 도통하다는 스님이 지금 인왕산 석굴암 임시 거처에 와 있어. 근일 중에 가서 한번 만나 보게."

이어 한동안 진행된 부대부인과의 대화에서 영환은 새삼스런 사실을 듣고 깜짝 놀랐다. 민 왕후가 시해되기 직전 운현궁을 비밀리에 방문, 시어머니를 만날 때 만수 도사가 동석했다는 것이다. 나라의 안녕과 번영, 고종과 세자 척(坧)의 건강을 부처님께 기원하는 불제 부탁이 명분이었다.

그러나 진짜 내용은 민 왕후 비자금을 해외에 보관시킬 방법 논의였다. 민 왕후는 국가 기반을 반석에 올릴 자강 자금을 모아 왔으나 국내 두기가 불안했다. 신변에 닥칠 위험을 예감한 것이다. 때문에 해외에 안전하게 맡기고 싶었다.

민 왕후는 고종의 친권 행사 이전, 대원군 시절부터 궁중 살림을 깔끔하게 처리, 경비를 최대한 절약하자 왕조 최고 어른인 신정왕후 조대비 신임을 일찍부터 받은 것이다. 심복 거상을 통한 인삼, 건어물 무역과 여주, 이천, 광주 일대 농지를 유능한 마름들에게 맡겨 수입을 올렸다. 전국적인 보부상, 객주를 다루고 종로 상인들 상대 금전 대여업까지 불사했다.

가끔 궁중 굿판을 벌인 것도 실은 이재수단 중 하나다. 창고 그득히 재화를 쌓아놓은 벼슬아치들이 그때마다 소원을 빌어달라고 눈치껏 진상한 까닭이다. 이를 친일파 정보원들은 왕비가 미신에 빠져 국고를 탕진한다고 소문냈다. 그렇게 모인 비자금이다.

이날 만수 도사는 얘기 전말을 듣고 이렇게 말했다고 한다.

"왕비 마마의 충성스런 마음을 우리 조상 환웅께서 알아보시고 그동안 시련은 이제 그만, 앞으로 7, 80년 내 세계 강국 대열에 우리를 세우실 겁니다. 제 귀에 들려오는 저 멀리 희미한 말발굽 소리, 북 소리, 거기 묻혀 오는 위대한 함성을 전합니다.

　-일어나라, 나아가라, 동아시아 초원의 배달족이여, 중원 제패가 모자라 만주, 시베리아, 몽골을 달리다 이제 한반도에 몰려 움츠린지 기천 년인가, 때가 왔노라, 길이 열렸노라, 북으로 대륙이고 남으로 먼 바다다-

　비록 많지 않지만 이 자금은 혈죽회, 배달 강국 재건 결사의 기금으로 쓰일 겁니다. 국가 산업을 일으킬 밑거름이 될 겁니다."

　이런 만수 도사 말을 전해 들은 뒤 민영환은 부대부인과 작별, 그 길로 인왕산 석굴암을 찾아 나섰다. 시간이 별로 없었다. 사행 날짜가 임박한 것이다.

　운현궁에서 북촌 가는 길 왼편으로 돌아서면 곧 경복궁, 이어 광화문을 지나 경회루가 있는 서편 담장을 따라가다 서촌, 지금 옥인동 쪽으로 좌회전, 산을 오르기 시작한다. 바위틈을 흐르는 계곡 물소리가 맑다. 옷을 두툼히 껴입고 부지런히 걸어서인지 별로 춥지는 않다.

　숨이 턱에 차 정상 근처 큰 바위에 이르니 석굴암이 바로 나타났다. 인기척을 내자 동굴 앞 움막 아궁이에 불을 지피던 만수 도사가 홀연 나타난 민영환을 히쭉 웃으며 돌아본다. 올 줄 알았다는 표정이다.

　"이게 누구신가, 민 대감 아니시오? 나 여기 있는 줄 어찌 아시고 엄동에 이 깊은 산을 찾아 오셨습니까. 하긴 북한산 문수암보다야 대처지만."

　"평안하셨지요? 그간 인사도 제대로 못하고 괜히 바쁜 척 살아 미안합니다. 부대부인 문병 갔다가 여기 말씀 듣고 바로 오는 길입니다."

　"그럼 운현궁에서 오시는 길이군요. 부대부인께서 와병 중이라고 들었는데 어떠신지? 워낙 연세가 있으셔서…."

"그리 나빠 보이지는 않았습니다. 앞으로 몇 년은 끄떡없으실 것 같았는데. 아무튼 부대부인 말씀이 왕비 마마 돌아가시기 전 합의했던 일이 잘 진행되고 있는지 알아보라고 하시더군요."

동굴 내부는 꽤 넓었다. 정상 쪽 벽면에 불상이 모셔지고 두어 개 촛대 향불이 가늘게 타는 이외 다른 장식은 거의 보이지 않았다. 바닥은 마루를 깔아 냉기와 습기를 막았다. 화롯불 하나로 훈기가 도는 걸 보면 아늑한 양지에 터를 잘 잡은 셈이다. 거기서 두 사내는 찻잔을 마주 하고 얘기를 계속한다.

"구하는 자에게 복이 있다는 성경 말씀을 하고 싶군요. 작년 봄 귀국한 미국 선교사 친구에게 이런 얘기를 했더니 마침 미국에 돈 맡길 적임자가 있다고 소개했습니다. 일찍 개화해서 일본 가 살다가 성에 안 차 결국 미국까지 가서 자리 잡은 한국인입니다. 이름은 채민수, 은행과 증권 업무에 밝아 꽤 돈을 번 금융 사업가인데 기독교 세례를 받았지만 우리 조상 단군을 숭배하는 약간 영적 인물이기도 하다고요."

"신비한 면이 있군요. 그렇다면 우리와 통하는 인물입니다. 혹시 혈죽과 관계가 있을까요?"

"그럴 가능성이 큽니다. 아직 확인은 안됐지만. 이재수단 뿐 아니라 바둑이 국수 급 고수, 택견, 합기도 등 무술도 능하다니 보통 인물이 아니지요. 거대한 미국인이 몸짓 한 번에 나가떨어지는 것을 몇 번이고 보았대요. 더 좋은 건 혼자가 아니랍니다."

민영환 구미가 바짝 당긴다. 절로 화롯불 앞으로 다가 앉는다.

"그럼 그 말고 또 누가 있군요. 역시 한국 사람인가요?"

"네. 이름이 박창기, 거구에 권투 솜씨가 빼어나고 건설업 도사랍니다.

채민수 와는 일본서 만나 함께 도미, 형제 이상 뭉쳐 지낸다고요."

"정말 우리에게 딱 알맞은 단짝입니다. 뉴욕 주소를 좀 주세요. 이번 사행 길에 미국은 없지만 기회 만들어 들르던지 최소 연락을 취하고 싶습니다. 그 사람들 소개한 선교사는 어떤 분인지?"

"참, 그게 중요하지요. 지난 봄 귀국한 윌리엄 제이슨 목사는 좀 특이한 분입니다. 제중원에 오래 근무한 의료 선교사인데 단순한 기독교 전파자이기 보다 교리 공부에 탁월한 성경학자로 보는 게 타당할지 모르겠네요."

"가만 가만, 작년 봄에 귀국했다면 그게 4월 중순 아닙니까? 내가 일본 고베 연해를 지날 때 선상 갑판에서 만났던 선교사 이름이 제이슨이었어요. 명함까지 받아놓았으니 틀림없을 겁니다."

민영환이 반색하자 만수 도사 역시 맞장구친다.

"시기로 보아 그 사람 제이슨 맞네요. 우연치고 너무 신기합니다. 혹시 파랑새 아리랑 오뉘가 우리 모르게 연결시켰을까요?"

"그런 분을 왕비 마마 건국 비자금 맡길 사람으로 소개 받는 게 보통 인연은 아닙니다. 역시 먼 조상의 영령, 또는 강력한 기운이 돕는다고 생각할 수밖에요. 제이슨과의 인연을 더 듣고 싶네요."

민영환은 흥분을 가라앉히려 찻잔을 들어 한 모금 마신다. 오전 부대부인을 만난 이후 만수 도사를 찾아와서까지 계속 사건의 연속이다. 짜르르 목구멍을 넘어가는 차 맛이 정신을 맑게 한다.

"제이슨은 우리 건국 신화를 듣고 무릎을 쳤답니다. '하느님 아들 환웅이 지상에 살고파 허락 받고 강신하니 거기 대나무 죽순을 즐겨먹는 곰 족 어여쁜 신부가 있는지라, 박달나무 아래서 혼인 잔치하고 단군을 낳아 고조선, 단군왕검 시대가 열렸은즉' 등 하는 설화에서 기독교와 깊은 동질감을 느꼈다는 말이지요.

다시 말해 하느님을 같은 조상, 아버지로 모신다면 배달족 조선인과 기독교 신자는 같은 뿌리 아닙니까? 신화가 전설, 전설이 역사 된 사례는 얼마든지 있습니다. 이를 합리적으로 우리 사회의 불교, 유교 등과 접목시키는 연구를 한 거지요."

"그렇다면 혹시 우리 조상의 전령 파랑새 오뉘가 제이슨에게도 연락하는 게 아닐까요?"

"그건 확인한 바 없습니다. 다만 그와는 무슨 얘기고 잘 통해 구리개 제중원이나 석굴암, 심지어 문수암에서까지 만나 자주 토론을 자주 즐겼지요. 급기야 제이슨이 의형제를 제의, 졸지에 눈 푸른 의료선교사 동생을 두었으니 그게 팔자인 모양입니다. 하하."

"자네 신랑 오는 것 보고 가지. 임신 초기 조심해야겠지만 그래도 신랑이 어떤 손님들 초대했는지 궁금하지 않나."

공신원 주인 명주월이 조금 배가 불룩해진 승만 아내 박승선을 보며 말한다. 민영환 후처가 된 밀양 박 처자까지 세 여인이 내실 마루에 둘러앉아 고사리, 무말랭이, 멸치 등 밑반찬을 다듬는 자리다.

"초산 때 특히 조심해야지요. 자식 낳는 게 여자 숙명이긴 하지만 첫 애 때는 정말 죽는 줄 알았어. 그래도 민 씨 댁 대를 내가 잇는다는 자부심으로 참으니까 다음부터는 좀 수월해지대요."

박 처자가 말하자 승선이 냉큼 받는다.

"언니가 큰 일 했지. 전실 김 씨 부인이 소생 없이 갔잖아. 민 대감님이 첫 아들 보고 기뻐하던 모습은 아직 눈에 선해."

친자매처럼 오순도순 주고받는 두 박 씨 부인 얘기를 빙그레 듣던 명주월이 토를 단다.

"왜 승만 씨가 애 못 갖는다고 구박 많이 했나 봐. 이제 입이 함지박만 해 졌겠네."

"말도 마세요. 특히 혼인하고 애 들지 않은 2, 3년이 견디기 어려웠지요. 시부모님 얼굴 뵙기가 매일 지옥이라 공신원 나오고 구휼 사업 돕고 몰래 여학교도 가보고 밖으로 많이 나돌았으니까."

"그래, 이제 고생 끝이네. 즐길 일만 남았어. 뭐 특별히 먹고 싶은 것은 없나? 말만 하면 내 뭐든지 해줄게."

"아뇨, 지금은 솔직히 안 먹어도 배불러요. 애기 없는 집에 정 안 붙어서 인지, 덕분에 승만 씨 역시 밖으로 돌며 배재학당 일에 매진해 지금은 꽤 유명해지고. 아무튼 좋아요."

사실 이 무렵 이승만은 눈코 뜰 새 없었다. 그는 배재학당을 1897년 7월 8일 졸업했는데 거기서 조선 독립을 주제로 한 그의 영어 스피치는 단연 세간의 인기를 끌었다. 서재필은 독립신문 보도를 통해 이때 그를 이렇게 기술했다.

-이승만은 20세 갓 넘은 젊은이였으나 매우 진지하고 야망에 차있었다. 그는 교육 사업에 관심을 갖고 나의 활동을 지켜보았다. 나는 그에게 교육과 복지 사업을 하고 싶다면 미국이나 유럽 유학을 떠나라고 권유했다-

이승만은 졸업 직전 서재필 지도 아래 만든 토론 모임 협성회를 1896년 11월 30일부터 1898년 7월까지 51회나 개최, 끈질김을 과시했다. 그러니까 이승만은 졸업 후에도 협성회 토론 관리를 통해 학생 활동과 시민 계몽 운동을 주도했던 것이다.

거기다 1898년 1월 1일자 협성회보가 주간으로 창간돼 국내외 뉴스와 논설을 다루자 그의 명성은 급상승했다. 사실상 민간 최초 주간 신문 논설 담당자로서 자유와 평등사상을 역설하는 이승만에게 아펜젤러 목사까지 너무 급진적이면 위험하다고 경고를 보냈다.

실제 이 무렵 독립신문은 정부 압력을 심하게 받았다. 설립 때 정부 지원금을 받은 때문이다. 과격한 비판 논설과 기사는 곧잘 제재 대상이 되었다. 이날 저녁 공신원에서 서재필 송별회 명목으로 윤치호, 이승만 3인이 모인 것도 그런 배경을 논의하기 위해서다.

시국이 어수선했다. 1897년 가을 대한제국을 선포, 청국 속국 체제에서 벗어난 고종은 황제 칭호를 사용하며 각종 개혁 조치를 풀어냈다. 그러나 재정이 문제였다. 때문에 선진 각국에 조차지 할양, 광산 개발, 전신 전화 철도 전차 개설 등 각종 이권을 담보로 한 자금 조달에 몰두했다.

이를 독립신문이 문제 삼고 협성회보가 논설로 비판하자 정부와 일본 공사관이 경고하기 시작한 것이다. 민주 사회에서조차 비판 언론과 권력의 양립은 어려운데 전제 군주정 아래서 불 보듯 뻔 한일 아닌가. 이승만의 위험은 예고된 것이다.

특히 지금은 후원자인 민영환마저 국내에 없다. 영국 빅토리아 여왕 즉위 60주년 축하식 참석차 나간 뒤 가뭄에 콩 나듯 소식이 올 뿐이다.

이날 명주월은 저녁 식사 준비를 하며 24세 이승만 입장이 매우 고달프다고 생각한다. 정인 민영환이 아끼는 청년, 박승선을 중신까지 든 처지니 관심이 갈 수밖에 없다. 묘한 인연들이다.

민영환에게는 또 승선의 단짝 밀양 박 처자를 후처로 자신이 권유했다. 전실 소생이 없어 걱정이던 그 댁 소원대로 즉시 자식까지 보았다. 불임으로 마음고생 하며 문수암 불공까지 드린 박승선의 늦은 임신은 또 얼마나 대견한가. 자매 같은 두 여인이 자기소개로 혼인하고 잘 산다. 그만하면 적공한 셈이다.

명주월에게 가끔 발동하는 신기는 그녀에게 약이자 고통이다. 영환과 정식 부부가 될 수 없다는 점괘는 고통이지만 단순한 정인 정도는 괜찮다 식 예단은 그나마 약이다. 그래서 그 길을 택했다.

이승만의 첫 인상만 해도 그렇다. 총각 승만을 청계천에서 우연히 만났다고 그의 친구들과 함께 영환이 공신원에 데려온 날, 갑자기 가게 안이 환해지는 걸 느꼈다. 그게 약이라면 요즘 승만이 유명 인사로 너무 빨리 출세한다는 박승선의 투정은 고통일까. 생각이 복잡해질 때 귀빈들이 도착하고 저녁상이 차려졌다.

"지난 3월 10일 종로에서 열린 만민공동회는 예상 밖 큰 성공을 거두었소. 이게 다 독립신문, 협성회보, 매일신문 등 언론 지원 없이는 불가능한 일이었지. 군중집회 힘을 과시하고도 남았소."

서재필이 감개무량하게 말했다. 세 사람은 공신원 도착 즉시 내실 깊숙한 방에 좌정했다. 정부 압력으로 서재필이 독립신문을 윤치호에게 넘기고 쫓기듯 미국으로 돌아감을 애석히 여겨 만든 송별 자리다.

"매일신문이야 이 주필이 공동회 열린지 한 달 만에 창간했으니 뒤치다꺼리 한 셈이고 군중집회 개최와 결의 사항을 정부에 전달한 주역은 엄연히 독립신문이지요. 협성회보가 조연이고."

윤치호 응수에 이승만이 얼른 맞장구를 친다.

"맞습니다. 원래 저희 생각은 1천 명만 나와도 성공이라고 했는데 그 열 배는 모였으니까요. 종로 네거리가 꽉 찬 인산인해였지요. 독립신문 예고 기사가 구전으로 전해지면서 대중 분노를 부채질 한 겁니다."

"덕분에 그 집회가 멋진 이름으로 역사에 남게 되었지요. 우리는 모임 명칭을 그냥 '민회'라고만 했는데 군중 수가 1만 명을 훌쩍 넘자 어느덧 '만민공동회' 간판이 붙었어요. 그럴듯하지 않습니까? 그만큼 국책 사업 추진에 외국 특혜는 안 된다는 강한 뜻을 반영한다고 볼 수 있습니다."

"미국인들이 최신 인원 파악 방법으로 집계한 참석 숫자도 8천 명을 넘었답니다. 들고 나는 인원까지 합치면 2만 명이 될지 몰라요."

서재필과 윤치호의 대화가 사뭇 의기양양하다. 그럴 만하다. 당시 서울 인구가 20만 명 남짓이었으니까.

"독립신문이 계속 외국 특혜 철회와 자주 민권을 강조한 대목이 대중에게 먹혀 들어간 것 같아요. 독립신문 1부가 최소 200명 이상에게 돌려가며 읽혔답니다. 무가지로라도 부수를 대폭 늘려야 해요."

이승만의 목소리도 다소 들떠 있다. 서재필이 만족한 듯 술잔을 높이 들고 건배를 외친다.

"자, 우리 한번 거하게 축하해봅시다. 신문 만세, 언론 만세, 이 주필 논설 만세!"

사실 개화파 가운데서도 세 사람은 유독 언론에 관심이 컸다. 서재필과 윤치호는 일찍이 일본과 미국 물을 먹어 그렇다 쳐도 젊고 외국 한번 나가 보지 못한 이승만이 신문 위력에 빠진 것은 특기할 일이다.

그것은 그의 감각이었다. 예리한 정치 감각, 권력과 대중에 다가서는 수단으로 신문이 제격이라는 것을 그는 협성회보 창간호를 발행한 순간 재빨리 깨달았다. 대중을 배경으로 언론을 이용하면 권력이 스스로 찾아온다는 점이 신기했다.

이 때문에 그는 협성회보의 주간 발행에 만족하지 못했다. 그런 참에 배재학당 설립자 아펜젤러가 회보의 지나친 정부 비판을 견제하자 새 탈출구로 매일 신문을 창간한 것이다. 1898년 4월 9일자 매일신문 창간호는 우리나라 첫 일간 신문이다. 앞선 독립신문은 주 3회 발행이었다.

"목청껏 '신문 만세' 건배사를 외쳤지만 신문 때문에 내가 쫓기듯이 미국 가는 게 가슴 아프네. 나야 편해 좋다 해도 이제 독립신문 운영을 맡은 윤공이 고생 좀 하겠소. 그나마 내 10년 고용 계약상 남은 돈 받을 것과 정부의 독립신문 지원금을 상쇄, 민간 기업으로 만들고 가는 게 다행이오."

"펜이 칼보다 강한 곳은 민주주의 국가 얘기지 군주제 국가에서는 터무니없어요. 미국 시민 권자인 서 박사까지 추방하는 마당에 독립신문 험한 길이 뻔합니다. 각오한 바지만 여기 이 주필 도움이 절대적으로 필요해요. 미국 공사관 지원은 물론이고."

"저는 시키는 일도 벅찬 몸입니다. 선교사들을 자주 만나 외국 정보를 빨리 듣고 분석해 전달하는 이외 재주가 없지요. 어떻든 오늘은 서 박사님 송별 자리니까 이제 뒷일은 맡기시고 맘껏 취해보시지요. 제가 한잔씩 따라 올리겠습니다."

윤치호 엄살에 이승만이 딴청을 한다. 나이, 경력, 벼슬로 따져 서재필, 윤치호는 대 선배들이다. 감히 동석할 수 있는 것은 우수한 배재학당 성적, 졸업 후 개화 운동에 적극 참여한 때문이다. 특히 협성회 조직과 협성회보 발간, 매일신문, 제국신문 창간을 주도, 비판적 논설을 게재하며 일약 스타로 큰 것이다.

"아, 오늘 술은 깊은 맛이 있어. 동동주의 한국적 술맛, 이걸 미국 간다고 잊을 수 있겠나? 승만 군 말대로 오늘 우리 흠뻑 취하고 봅시다."

이날의 주인공답게 서재필이 모처럼 호탕하게 나온다. 평소 매사 조심하고 근신하던 모습이 아니다. 거만한 티도 버렸다. 하지만 윤치호는 달랐다. 황급히 손을 저어 말린다.

"아니, 조금만 참으시지요. 실은 오늘 저녁, 제가 또 다른 귀한 손님을 초대했으니 그들 올 때까지 말입니다. 곧 도착할 겁니다."

"다른 분이 또 온다니요? 오늘 서 박사님 송별 자리는 제가 만들었는데 저도 모르는 손님이 오신다니, 얘기가 좀."

뜻밖의 말에 우선 이승만이 볼멘소리를 하자 윤치호가 껄껄 웃으며 다독인다. 어리둥절하기는 서재필도 마찬가지다. 단출하게 셋이 회포를 푸는 줄 알았던 것이다.

"귀띔 정도는 했어야지요. 귀찮은 조정 대신 나부렁이라면 난 일어나겠소. 하수상한 세상에 아무나 어울리기 싫고, 썩어빠진 수구세력, 기회주의 관료들과 상종은 이제 끝이오."

정작 불쾌한 얼굴로 서재필이 자리 뜰 채비를 보이자 윤치호가 얼른 두 손 잡아 앉히며 달랜다.

"말씀드리지요. 괜찮은 사람들이니까 노여움 푸세요. 헐버트 한성사범 학교 교수님과 화이팅 제중원 선교사입니다."

"그럼 진작 말하지. 그 분들이면 나도 개인적으로 뵙고 긴한 얘기 하고 싶었는데. 미국 가서라도 서로 연락하고 지내자고."

서재필이 털썩 자리에 되앉을 때 이승만은 속으로 아차 했다. 회식 장소를 공신원으로 잘못 정했다는 후회다. 아내 박승선을 의식한 것이다. 지금 주방과 좌석을 오가며 지휘 중인 매니저 격 아닌가.

화이팅이 올 줄은 몰랐다. 평산서 귀경 직후 단 한번 그녀와 일어났던 끈끈한 사건은 이미 스쳐간 과거다. 먼발치서 눈길을 마주쳐도 가급적 피했다. 그래도 가슴 한구석에 그날 흔적은 진하게 남아 있다.

"손님들이 오셨습니다."

설왕설래 끝. 명주월 사장의 낭랑한 음성이 방문 밖에서 들린 것이다. 윤치호가 성큼 일어나 문을 열어 제친다.

"웰컴, 웰컴. 어서들 오세요. 모두 학수고대 중입니다."

서재필과 이승만도 따라 일어선다. 취기 때문인지 어스름 저녁 바깥바람이 상큼하다.

"초대해 주셔서 감사합니다. 서 박사님 귀국 막아보려고 각 방으로 애를 썼지만 헛수고하고 미안한 마음뿐이었지요. 5월 14일로 출국 날짜가 잡혔다니 허탈합니다."

헐버트 교수가 화이팅과 함께 방안으로 들어서며 인사하는 가운데 이승만은 흘낏 밖을 내다본다. 손님 안내해온 명 사장 바로 뒤에 박승선이 반쯤 몸을 가린 채 방안을 살핀다. 뜨끔했다. 여인들 직감이 무서운 것이다.

정말 박승선과 눈길이 마주친 순간 가벼운 전율이 왔다. 어머니 김 씨 부인, 아내에게서 많이도 느껴온 외경감이다. 제발 절인 도둑인가, 정면으로 부딪혔다 스르르 피하는 그녀 눈초리가 심상치 않았다.

더욱이 헐버트는 모를세라 화이팅 여사 뒤를 쫓는 눈길이 호기심 정도가 아니다. 적의가 번득인다. 평소 서양 여인들의 활달한 모습을 찬미하던 신여성답지 않다.

당황한 이승만이 손님보다 먼저 털썩 자리에 주저앉는다. 문밖 명주월이 묘하게 웃는 눈으로 그 모습을 본다. 동·서양 세여인들 눈길과 감각이 순간 얽혔다 풀린다.

"미스터 리, 벌써 취했나 봐요."

방안에 들어서며 태연히 던지는 화이팅의 말이 아득하다.

"술에 취한 게 아니라 헐버트 선교사, 사람에 취한 걸 겁니다. 헐버트님이 요즘 선교 일보다 논객으로 더 활약하지 않습니까. 이 주필이 한글 논객이면 헐버트님은 미국신문에 기고하는 영어 논객, 언젠가 이주필도 세계적 필명을 날리고 싶겠지요."

서재필 해석이 그럴 듯하지만 당황한 이승만은 그럴수록 손까지 내저으며 부인한다. 일단 위기는 모면했다.

"아이쿠, 농담이라도 그런 말씀은 안 됩니다. 제가 배재학당에서 스승님으로 모신 분인데 감히 비교가 됩니까. 헐버트 교수님은 영어 논설 뿐 아니라 한글 첫 교과서 '사민필지'와 우리 역사책도 집필하신 분이시죠. 존경하는 사부로서 오직 사모하고 있습니다."

"아직 연륜이 짧아서 그렇지 자신을 과소평가하지 말아요. 이 주필의 비상한 능력은 헐버트 교수님도 몇 번이고 칭찬하는 걸 보았거든. 자, 자리들 잡았으니 우리 새판으로 건배 다시 합시다."

특별 손님 따로 초대한 윤치호가 국면 전환을 시도하며 술잔을 높이 들자 동 서양 신사 숙녀들의 합동 저녁 자리는 무르익어갔다. 이날 송별회는 밤늦게까지 계속됐다. 박승선도 끝까지 남아 뒤처리하다 남편 이승만과 꼭 붙어 귀가했다.

22.
아리랑 오뉘

-아리랑 아리랑 아라리요, 아리랑 고개를 넘어 간다-

문득 들려오는 아리랑 선율에 민영환이 눈을 뜬다. 이 새벽에 영국 런던 한복판에 우리 민요가 흘러 퍼지다니. 잠시 누운 채 동정을 살핀다. 가락만 가늘게 계속될 뿐 사위는 조용하다.

수상하다. 방안에 누가 있는가. 생각 끝에 몸을 일으키는 찰라 곡이 뚝 그치고 낭랑한 우리말이 들린다. 결코 크지 않되 귀에 쏙 들어오는 맑은 소리, 천상의 소리다.

"대감님 깨신 것 알아요. 아리랑 가락이 자명종 역할을 할 줄도. 곧 해가 뜰 테니 그 전에 저희와 얘기 좀 하시지요."

"도대체 너희들, 여기가 어디라고 이국 멀리 타향까지 따라와 새벽부터 부산떠는가. 오늘은 확실히 정체를 따져 볼까."

영환은 침대 시트를 제치고 벌떡 일어났다. 상대가 혹시 괴물로 변해 공격할지 몰라 오른 손에 탁자 위 주전자를 집어 든다.

"호호호, 대감님 병조판서까지 했으면서 겨우 주전자 잡고 뭐 하세요? 저 위험하지 않으니 그냥 창틀 쪽을 보세요. 양쪽 커튼 고리 말입니다."

명랑한 말과 웃음소리가 겹쳐 들린다. 황급히 눈을 돌려보니 과연 거기 파랑새 두 마리가 앉아 있다. 새끼손가락 크기에 날개는 파랗고 가슴은 흰데 깃털 한가운데 진분홍점이 선명하다.

"아니, 너희 존재를 어렴풋이 짐작은 했지만 이렇게 대놓고 직접 보기는 처음이네. 아리랑을 부르고 내게 말을 거는 너희는 정말 새 맞아? 아니면 요괴나 요정인가?"

어안 벙벙해진 민영환이 무색하게 주전자를 내려놓으며 묻자 두 파랑새가 자기소개를 한다.

"정식 인사 올리지요. 저는 '아랑'이라고 해요. 우리는 아리랑 오뉘인데 제가 누이동생이고 저쪽은 '아리' 오빠에요. 아까 부른 아리랑 민요, 듣기 괜찮았죠?"

"응, 잠결에도 거의 울 뻔했다. 얼마나 아름다운 조선 산천, 배달민족의 선율인가. 첫 대목 부를 때 벌써 깨어났지. 아무튼 그런 너희 확실한 정체는 아직 말 안했다. 세상에 말하고 노래하는 새가 있다니 놀랍고 또 굳이 나를 찾은 이유는 뭔가?"

"굳이 말씀드리자면 저희 오뉘는 먼 태곳적 천손의 자손인 환웅과 단군 나라에서 보낸 정령입니다. 고조선 후예 배달민족이 많은 종족들 부침 속에 긴 세월 견뎌온 이유는 국가적 민족적 위기 때마다 인재를 발굴하고 저희를 밀사로 보내 지원한 덕분입니다. 잠시 치욕을 받아도 곧 되살아나는 은근과 끈기, 오뚝이 정신을 주입시키지요."

이번에는 오빠 '아리'가 나섰다. 아랑보다 조금 몸집이 크다. 음성 톤도 굵은 그가 국가 위기를 맞으면 특정 인물에게 발현, 난국을 타개해 왔다는 동화 같은 얘기를 한다.

"뜻은 알겠는데 굳이 나를 이역만리 런던까지 쫓아온 까닭이 뭔가 말이야. 나는 작년 1차 사행 때 소정의 목적을 달성하지 못했고 올해 2차 사행 결과도 시원찮아. 과연 이대로 귀국해도 좋을지 고민 중이지."

"그런 국제적 실패를 경험한 분이라 더 조상님이 원하는바 필요한 인물일 수 있지요. 이미 국내 일로 우여곡절을 겪기도 했고요. 꼭 대감님이 직접 나서라는 게 아닙니다. 언젠가 우리 배달 국 중흥에 필요한 사람을 발탁하고 키우라는 겁니다."

"그런 사람은 조선에 넘치는 것 아닌가. 꼭 내가 아니라도."

"대부분 가짜들이지요. 예컨대 1차 사행 때 고종은 전권 공사로 이완용을 생각했습니다. 대원군과 사돈 관계 친척인데다 일찍이 미국과 일본, 상해 물까지 먹었으니 적격자지요. 하지만 일이 어렵다 판단하고 아버지 시묘 핑계로 사양했습니다. 윤치호는 부대표였으나 성과가 미흡하자 귀국길에 프랑스 파리로 홀로 떠났고요. 책임 회피한 겁니다."

"1차 때도, 2차 때도 국제 정세가 우리에게 불리한 것은 누구 눈에도 분명했으니 그럴 만하지. 누구 탓을 하겠는가."

영환이 탄식하자 아리랑 오뉘가 동시에 힘찬 날개 짓을 한다. 거부 의사 표시다. 얼마나 세게 치는지 주변에 파랑 깃털 몇 개가 팔랑 팔랑 떨어진다. 그럼 이들이 진짜 파랑새? 영환이 놀라 자세히 보니 실루엣 같다.

"그래서 진정한 지도자 육성이 중요하단 말씀입니다. 어떤 환경에도 굴하지 않고 꿋꿋이 민중을 이끌고 나갈 목자를 찾아내야지요. 제 자리 풀만다 먹고 뱅 뱅 도는 꽉 막힌 양떼보다 다른 풀밭을 찾아 이동할 줄 아는 염소 무리 대장을 찾으십시오. 대감님은 선지자 도래를 알린 세례 요한 역할로 충분합니다. 비관하지 마세요. 세월은 가도 충신은 남습니다."

"일단 한 사람을 주목해서 관찰하고 있다네. 그동안 서당 공부에 파묻혀 있다가 과거제 폐지와 더불어 신학문 쪽으로 돌아 요즘에는 언론과 사회 참여에 적극적이야. 너희들이 우리 조상님들 전령이라면 나와 함께 그를 돕지 않겠나?"

"누군지 알아요. 하지만 돕는 방식이 중요합니다. 개인 대 개인보다 국내외적 시스템 지원이 오래 가고 효율적이지요. 이건 단순한 민족 협력체이기보다 범민족적 공화주의적 공동체 형식이 중요해요. 배달민족 범위를 넘는 겁니다."

오빠 아리가 열을 내어 말하자 동생 아랑이 까르르 웃음을 터뜨린다. 분위기 진정제다.

"오빠, 우리 본색을 잊으면 안 돼. 우리는 고조선을 세운 배달민족 조상님이 파견한 파랑새, 민족 공동체 울타리는 항상 염두에 둬야 해. 타민족과 전략적인 협동은 가능하지만."

"아니지. 그건 아리 말이 맞는다. 이제 곧 닥칠 20세기 이후 세계는 민족 개념이 많이 희석될 거야. 19세기 말 지금도 국제 열강들이 민족을 넘어 힘의 이합집산을 계속하지 않는가. 우리 역시 단일 민족을 강조하기보다 때에 따라 타민족과 공동체적 협력을 모색해야 해."

"하긴 이념 다른 동일 민족이 같은 이념의 타민족보다 더 나쁠 수 있어요. 더 잔인하고. 내 생각이 짧았나 봐요. 취소, 취소합니다. 그런데 대감님은 언제 영국을 떠나세요?"

"내일 저녁 영국 외무성 시인 과장이 온다니까 그를 만나고 16일 출발 예정이다. 그는 참 영국신사고 한 달 넘게 우리를 마음으로 도와준 고마운 분이다."

사실 그랬다. 민영환이 대한제국 전권공사로 1897년 6월 5일 런던에 도착, 처음 잡았던 세실호텔이 황궁과 멀자 가까운 지금 켄싱턴 호텔로 바꾸고 전용 마차, 식사 초대 등 편의를 다했다. 각국 사절이 몰려와 복잡하고 북적일 때였다. 그 정성은 한 달 지난 지금까지 여전하다.

"그럼 송별 만찬이 벌어지겠네요. 지성껏 접대하시고 좋은 인상을 남기세요. 앞으로 인연을 이어갈 사람이니까."

아리가 진지하게 말한다. 영환이 머리를 끄덕인다.

"우리 떠난 뒤 곧 런던에서 열강들의 제3차 식민지회의가 열릴 거야. 시인과장이 알려준 좋은 정보지만 대책이 별로 없네. 강대국간 식민지 구획 정리를 하는 회의라는데.

그래도 끝까지 최선을 다 해야겠지. 우리로선 영국이 가능한 많이 조선에 진출하는 게 좋아. 예컨대 한때 점거했다 철수한 거문도를 다시 빌려주던가, 광산, 철도, 항만 투자에 더 성의를 보이라고 청할 셈이야. 일본과 상호 견제하도록 말이지."

"좋은 생각이세요. 되고 안 되고는 하늘의 뜻, '지성이면 감천'이 동서양 어디고 통합니다. 영국 성공회도 가톨릭처럼 하느님 섬기는 나라가 분명해요. 우리 역시 환인 하느님 자손인데 천손 끼리 손잡자고 하세요. 기독교 박해국 일본이 조선을 지배할 때 올 결과를 상기시켜도 좋고요. 종교적 동질성은 강력한 힘입니다."

"그래, 그 점은 청교도가 세운 미국도 같지. 나는 이번에 바로 귀국하지 않고 당분간 미국에 가 머물 거야. 할 일이 많아. 내 아우 영찬을 이미 선발대로 뉴욕에 보냈어. 거기서 민 왕후와 부대부인이 맡긴 유산, 만수 도사 모금, 내 사비 등을 합쳐 배달한국 재건 기금을 만든다. 물론 이를 관리할 재단도 구성해야지.”

아리랑 오뉘는 이 말을 듣고 환성을 지른다.

“짹짹짹- 정말 큰 뜻을 갖고 계시군요. 대감님 새로 봤습니다. 기맥으로 통하면 될 텐데 왜 저희를 굳이 대감께 보냈는지 알겠어요. 반드시 성공, 미구에 우리 대한은 세계에 우뚝 섭니다.

이제 마무리 잘하시면 됩니다. 외무성 시인과장과 내일 만찬을 성의껏 하시고 미국 가면 제이슨 목사는 꼭 찾아보세요. 큰 도움이 될 겁니다. 저희는 그만 작별을 고하지요. 부디 편안한 여행하시기를.”

파랑새 오뉘가 창문을 빠져나가는 동안 영환은 내일 만찬에 시인과장에게 전해 줄 새 명함 한 장을 꺼내 흔들었다. 영문과 한글로 자신의 직책, 이름이 인쇄되고 그 밑에 또 다른 이름이 필기체로 쓰여 있다. 이승만. 'Not forget him', 수선화 영어 꽃 이름에서 따온 소개말이 재미있다.

23.
뉴욕 뿌리 심기

1897년 7월 26일 이른 아침, 배는 미끄러지듯 뉴욕 항구로 들어왔다. 새벽 어스름 사이로 리버티 섬 자유의 여신상이 온화한 얼굴로 맞이하고 있었다. 작년 1차 사행 때 잠시 스쳐간 탓인지 자못 감회가 깊다.

자유, 평등, 박애를 혁명 공약 삼았던 프랑스가 1846년 이 여신상을 제작해 미국에 보낸 진짜 이유가 무엇일까. 미국 민주주의를 이해한다고 자부하는 그였지만 아직 자유의 개념은 생소했다. 갑판에서 하선을 기다리며 새삼 자신 처지를 되살펴본다.

백척간두 조선의 유럽 6개국 전권 공사로서 4개월간 이역만리 타국을 떠돌며 열심히 일했다. 갖은 설움 다 겪었다. 하지만 성과는 보잘 것 없다. 이대로는 국내 조야 대신들 지탄을 면키 어렵다. 자신을 전폭 신임하는 고종조차 역정을 낸다지 않는가.

이제 귀국 명령을 어기고 멋대로 미국에 왔으니 더 할 말이 없다. 묵묵히 계획한 일을 추진해갈 뿐이다. 공개할 수 없는 사명이다. 먼 조상이 보내는 신호음에 따라 알아서 만들어 가는 과정이다. 혈죽회 관련 일을 누구에게 말하겠는가.

찝찝한 생각이 그를 괴롭힐 때 하선 차례가 왔다. 걸음이 무거웠지만 1주 이상 배에서 시달린 탓인지 몸은 땅 밟기를 재촉하고 있다. 마침내 어마어마한 뉴욕 빌딩 숲을 향해 그는 발걸음을 내딛었다.

"형님, 여기에요, 여기."

갑자기 들리는 한국말에 민영환 고개가 절로 돌려진다. 선착장에 수많은 사람이 몰려 제각기 자국 말로 떠들어도 또렷이 들린다. 그만큼 우리말이 그리웠던 것이다. 오랜 외유 후유증이다. 외교관 여권 덕에 신속히 출구를 빠져 나오니 거기 말쑥한 양복 차림 한국인 두 사람이 영찬과 함께 마중 나와 있다.

"응, 이른 아침부터 고생하는 구나. 내가 그냥 호텔로 찾아가면 되는데 이렇게 번거롭게 나왔네."

영환이 아우 손을 잡고 흔들 때 옆에 일행 두 신사가 공손히 허리 굽혀 절한다. 제각기 자기 이름을 대자 영찬이 황급히 그들을 소개했다.

"앞으로 우리와 함께 일할 동지들입니다. 배 도착 시간이 수시로 바뀌는 통에 고생 좀 했어요. 이쪽 검고 키 큰 분은 박창기 씨, 여기 희고 통통하신 분은 채민수 씨. 두 분 다 미국에, 특히 뉴욕에 산지 꽤 되어 여기 사정에 환합니다."

"참으로 용하십니다. 민영환입니다. 말도 서툰 머나 먼 타향 미국까지 와서 이렇게 자리 잡은 모습 보니 절로 울컥하는 심정이네요. 새벽 마중 나오느라 잠들도 설쳤겠는데 앞으로 많은 지도 바랍니다."

영환은 부드럽게 말하며 두 사람을 눈여겨본다. 키 큰 박창기는 어깨도 넓은 장골이다. 반면 채민수는 흰 살결의 귀족 풍, 얼굴이 맑다.

"잠만 못 잔 게 아니라 지난 밤 대감님 뵌다는 설렘으로 과음했더니 숙취까지 있네요. 혹 뱃멀미 따위로 고생하셨으면 어디 가서 해장 술 한잔 하시면 금방 좋아질 겁니다."

"핑계 삼아 아침부터 또 한 잔 생각이 나는 모양인데 어림없소. 바로 엊그제 절주하기로 철석같이 맹세하고 금방 깨버리다니 사나이가 그래서 되겠어? 여러 말 말고 호텔로 대감님 모시고가 짐 풀고 조반부터 해결하세."

박창기의 너스레와 이를 나무라는 채민수가 친구이기보다 다정한 형제 같다. 영찬이 중간에서 보충 설명하고 나선다.

"형님, 이 두 사람은 10대 후반 일본 밀항을 함께 시도한 서울 서대문 영천 골목 친구로 도쿄서 주경야독 공부 끝에 미국 상선에 취업, 막노동 일을 하며 뉴욕에 왔어요. 형제보다 가까운 사이지요. 태껸, 유도 등 무술 고수에 바둑이 국수 급인 채 원장은 좋은 머리로 증권 금융 쪽, 권투가 선수급인 허우대 좋은 박 사장은 건설, 임대업으로 재산을 모아 상당한 자산 가들입니다."

영환은 만수 도사가 소개한 채민수가 말 그대로 역시 범상한 인물이 아니라고 머리를 끄덕인다. 박창기 역시 걸출하다.

"무술 연마한 한국 젊은이들이 돈 벌어 뉴욕에 버젓이 자리 잡았다니 장하고 놀랄 일이오. 그것도 증권과 금융, 건설 임대업 등 신경 쓰는 직업에서 얼마나 힘들었을까. 아우에게서 대충 취지는 들었겠지만 앞으로 대한국 재건과 독립을 위해 우리 합심 노력합시다."

영환은 진심을 말했다. 두 사람 다 척 보는 순간 믿음이 갔다. 호텔이 멀지 않다지만 짐이 있기 때문에 영찬이 마차 하나를 불렀다. 뉴욕 거리는 런던 저리 가라 바쁘게 움직였다. 여기 둥지를 틀고 당분간 자신의 계획을 펼쳐간다 생각하니 지나치는 건물, 가로수, 가로등 각종 광고판 하나하나 가 새삼스럽게 보인다.

이들과 친숙하며 문명의 맛을 흠뻑 즐길 각오다. 그리고 조선의 미래를 차분히 그려볼 것이다. 망국 일보 전 신음하는 조선은 지금 상태로는 회생 가능성이 보이지 않는다. 그렇다면 가지 않은 길을 가야 한다. 길이 없으 면 만들 것이다.

누가 그 무거운 짐을 질 것인가. 영환은 당장 떠오르는 얼굴, 이승만을 생각한다. 총명하고 추진력 있고 신·구 학문 두루 섭렵하고 영어 잘 하고 지도력과 애국심이 누구보다 뛰어나다. 그러나 아직은 익고 있는 중이다.

"형님, 호텔에 다 왔습니다. 일단 짐을 풀고 조찬부터 드시지요. 꼭두새 벽부터 설쳤더니 무척 시장한데요."

갑자기 마차가 서며 아우 영찬이 말을 꺼내자 민영환의 상념도 동시에 멈춘다. 3번로 75번가, 큰 길에서 살짝 벗어난 이면 도로에 현관을 둔 아 담한 코스모스 호텔이다. 작년 1차 사행 때 잠시 묵었던 10층 월도프 호 텔과는 격이 다르다. 하지만 5층 낮은 키에 깨끗하고 조용한 게 마음에 든 다. 이제부터 절약 생활이다.

"그래, 금강산도 식후경이지. 나도 그동안 멀미 때문에 대충 식사를 때 워 왔으니 어디 가서 정식으로 잘 차려 먹자고. 손님 대접도 함겸."

영환이 잔잔하게 아우에게 이른다. 영찬이 미처 대꾸하기 전에 먼저 박 창기가 나섰다.

"천만의 말씀. 여기서는 대감님이 손님, 저희가 주인 격입니다. 아무튼 입맛 깔깔한 지금은 호텔 식사 대신 근처 동양 식당으로 저희가 안내하지요."

"그럼요. 여기가 미국의 중심, 아니 세계의 중심 뉴욕에다 거기 또 중심인 맨해튼 아닙니까. 여기 계신 동안 뉴욕과 미국을 충분히 만끽하려면 당분간 저희 말을 들으셔야 합니다."

선발대로 온 영찬까지 주인 행세를 하는 가운데 채민수는 말없이 짐을 양손에 들고 끌고 5층 방을 찾아 엘리베이터로 간다. 방에서는 뉴욕 명물 센트럴 파크가 환히 보였다. 그 안에 메트로폴리탄 미술관, 오페라 하우스 등을 조만간 가 볼 수 있다는 사실만으로 영환은 충분히 들뜨고 남았다.

짐을 내려놓고 일행은 빠른 걸음으로 근처 식당을 찾아갔다. 이 무렵 뉴욕은 맨해튼 중심으로 브롱크스, 퀸즈, 브루클린, 리치몬드 등 5개 구획 정리를 마치고 인구가 3백40만 명을 넘어서고 있었다. 1789년 조지 워싱턴이 여기서 미합중국 초대 대통령 취임식을 할 때 인구는 3만 3천 명. 21세기 2019년 현재 1천7백만 명, 뉴욕은 만원이다.

이날 영환 일행이 찾아간 곳은 긴자(銀座) 이름의 일식당이었다. 시간이 일러 '영업 준비 중' 팻말이 걸려 있지만 채민수와 박창기 얼굴을 본 여주인 하루코(春子)가 서둘러 그들을 방으로 안내한다. 단골 이상 유대관계를 갖고 있는 모양이다.

"뭡니까, 아직 영업 전인 것 같은데 괜히 폐 끼치는 거 아닌가요? 다른 데로 가지요."

영환이 얼떨떨하게 말했으나 채민수는 빙그레 웃고 박창기는 의자를 꺼내 앉으라고 권한다. 마치 자기 집에 온 것처럼 친숙하다. 실내 분위기가 더할 수 없이 아늑하다.

"그냥 앉으시지요. 어제 미리 말해 두었습니다. 오히려 하루코가 깜빡 게으름 핀 것 같네요. 아마 준비는 다 되어 있을 겁니다."

박창기 말대로 식사는 30분도 채 안 돼 시작되었다. 더 놀란 것은 일식 당에서 한국 음식이 나온 것이다. 김치, 깍두기에 된장국이 기본이고 불고 기, 각종 나물이 입맛을 돋우었다. 거기다 동동주 반주까지 곁들이다니.

"아니, 일본 식당에서 어찌 이리 훌륭한 한국 음식이 나옵니까. 이게 몇 달 만인지 정말 황홀한 맛이군요. 주인이 혹시 한국 사람입니까?"

영환이 약주 한 잔에 연상 감탄사를 연발한다. 그동안 여행 피로, 마음 갈등이 깨끗이 씻겨나가는 기분이다.

"엄연히 일본 국적 사람이지요. 저희와는 오래전 일본에서부터 알던 사 이고요. 이들 돌아가신 선친이 진작 뉴욕에 와서 자리 잡은 덕택에 밀항했 던 우리도 큰 도움을 받았습니다.

하지만 정확히 말해 한국과 관련이 없는 게 아니지요. 이분들 몇 대 조 상이 임진왜란 때 잡혀온 조선 도공들이니까요. 피는 역시 진합니다. 적어 도 이분들에게는."

채민수의 상냥한 설명에 영환이 머리를 끄덕이며 다시 묻는다.

"그럼 자제분들은 일본에 남았다가 나중 선친이 성공한 뒤 합류했군요. 아까 여주인 말고 또 다른 자녀분이 음식점에 있나요?"

이번에는 박창기가 대답한다. 그는 건장한 몸집만큼이나 술이 센지 연 신 술잔을 들었다 놓는다. 채민수가 아침부터 과음 말라 해도 막무가내다.

"이집 음식 맛은 주방에서 나오지요. 여주인 하루코 오빠가 주방장인데 한식 일식 다 같이 요리 솜씨가 빼어납니다. 요시카와 분(吉川 文)이라고 자 그마한 사람이 시 문에도 능하고 바둑, 카드 등 잡기가 귀신 뺨치는 도사

솜씨로 채 형이 놀랄 때가 많아요."

이 말을 어느새 기모노를 한복으로 갈아입고 방에 들어오던 하루코가 들었다. 정식 인사와 함께 박창기를 은근히 나무란다.

"대감님 형제분께 인사 올립니다. 하루코입니다. 오신다는 말씀 듣고 열심히 준비했지만 맛이 어떨지 걱정 되네요. 그런데 저희 오빠가 잡기 도사란 말은 과장되었어요. 채 사장님에게 배운 솜씨인데."

채민수와 박창기는 크게 웃고 영환이 인사를 대신한다.

"아주 훌륭합니다. 일식당에서 이런 고급 한국 음식을 맛볼 줄 상상도 못했지요. 오늘 좀 많이 먹어도 허물하지 마십시오."

이 말에 하루코가 납작 무릎 꿇고 술 한 잔씩을 따라 올릴 때 주방에서 요시카와까지 나와 인사하자 분위기가 확 살아난다. 영환은 식사 중에도 수시로 채민수와 박창기의 인품을 떠보았다. 결론은 만수 도사 말대로였다. 그들 역시 우리 먼 조상으로부터 자신도 모르게 임무를 받고 태어나 자라고 각종 기량을 닦은 뒤 미국에 정착, 역할과 사람을 기다리는 혈죽회 그림자들이었다.

다음 날 영환은 야간열차로 워싱턴에 갔다. 거기 주미 공사관에 들러 소재 신고와 더불어 본국 훈령도 받을 참이다. 하지만 결과는 참담했다. 공사관에 민영환의 전권 공사직 파면 전보가 기다리고 있었기 때문이다.

그는 와병 중인 서광범 공사를 위문하고 곧장 뉴욕으로 되돌아 왔다. 홀가분했다. 지금부터 자신이 기획한 일에 전념키로 마음을 굳힌 것이다. 이는 그에게 비자금을 맡긴 고종의 뜻이기도 했다.

그 뒤 며칠간 민영환은 매일 뉴욕 탐험으로 지샜다. 채민수, 박창기와 더불어 맨해튼은 물론 남쪽으로 리치먼드, 브루클린, 북쪽으로 브롱크스, 서쪽 퀸즈 등 5개 신설 구획 정리 지역을 샅샅이 누볐다. 뭔가 감을 잡기 위해서다.

어디 묻을 것인가. 소중한 건국 비자금이다. 배달 한국 재건 대계를 도모하는 건국 씨앗이다. 영환이 2차 사행 끝난 뒤 귀국하지 않고 미국에 온 것은 물론 만수 도사 권유 때문이다.

하지만 결심을 굳힌 배경에 런던 켄싱턴 호텔에서 만난 파랑새 아리랑 오뉘의 권고가 큰 역할을 했다. 앞으로 세계는 미국 중심으로 돌아갈 테니 거기 돈을 묻고 운용하라는 것이다. 돈이 자유와 민주주의, 자본주의 장점을 절로 배운다는 말에 빠져버렸다.

사실 오래전 건국 비자금 조성 계획을 추진하면서 고민은 시작됐었다.

첫 아이디어가 임오군란 때 아버지 민겸호의 변을 보고 떠올랐다면 그 뒤 구체화는 민 왕후가 몇 차례에 걸쳐 쾌척한 기금 때문이리라. 임오군란 당시 장호원에 피신한 민 왕후는 찾아간 영환에게 구국자금이라고 쓴 금일봉 봉투를 건넸었다.

서울로 환궁, 10년 남짓 더 왕비 자리를 지키며 일제 간섭에 저항하던 그녀는 을미사변으로 돌아가기까지 민영환에게 쌈짓돈을 이따금 잊을 만하면 내놓았다. 그럴 때마다 간곡하게 배달민족 대한국을 일으킬 인재 육성 기금으로 키워달라고 당부했다.

여기 고종까지 가세했다. 민 왕후 시해 뒤 아관파천 직전이다. 은밀히 민영환을 불러 묵직한 금괴와 독일 국채 상당 액수를 내놓으며 이렇게 말했었다.

"나라 운명이 풍전등화다. 일본이 왕비까지 궁궐에서 시해하는 마당에 나라고 안전하겠는가. 뒷날을 생각해 이 돈을 맡기니 잘 간수해서 국가 자강자금으로 요긴하게 써주기 바란다. 되도록 나라 밖 보관이 좋겠지."

그제서야 영환은 자신이 사행단 대표로 나가게 된 또 다른 이유를 깨달았다. 만수 도사와 상의하니 자신은 예부터 전해진 단군 조선 혈죽회 비자금 일부도 관리하고 있다고 말했다. 많지 않아도 상징적 의미로 국내외에 분산 관리하고 있다는 것이다.

국내 경우 좀 따분한 말을 하기도 했다. 대체로 논밭 임야에 묻지만 상인들에게 빌려준 경우 조바심이 인다고 했다. 큰돈은 떼일 걱정, 작은 돈은 이문이 별로 없다는 설명에 고소를 지은 것이다.

얼마 전 경기도 광주 사는 족제 민영완(閔泳完)이 인사차 찾아와 전한 말이 생각나서다. 그가 수년 전 해남 군수로 부임하며 수하에 박 씨 청년을 데려가 돈을 번 얘기다. 막상 현지에 도착하니 고을 일보다는 이 청년이 엉뚱한, 상재를 보여 관가 수입을 크게 올려 주더라는 것이다.

원래 민영완은 밀양 박 씨 문회(文會)라는 인물에게 경기도 광주 위토 15마지기를 소작 짓게 했다. 그는 신용 있고 성실했다. 그의 아들 5형제 가운데 셋째 승직(承稷)이 특히 뛰어났다. 시야가 넓고 계산이 정확했다.

이를 눈여겨 본 민영완이 박승직을 전라도 임지로 데리고 간다. 그는 날개 달린 듯 활동에 나서 곧 해남 강진 등 지역 상권과 서울 송파 나루 중앙 상권을 잇는 고리 역할로 부상한다. 신진 상인 지도자 탄생이다. 이로써 해남 고을 수입 증대는 물론 본인도 몇 백석지기 상당 큰돈을 번 것이다.

만수 도사가 진작 이런 인물을 알고 약간의 혈죽회 비자금이라도 빌려 주었으면 증식에 도움 되지 않았을까. 뒷날 돌이켜 보면 충분히 가능한 추론이다. 1895년 당시 종로 4가 배오개서 문을 연 박승직 상점이 오늘의 두산그룹 모체인 까닭이다. 하지만 떡잎 알아보기는 쉽지 않다.

4대 120여 년에 걸친 국내 최장수 그룹에 건국 비자금이 숨 쉬었다고 생각해보라. 반만년 배달민족의 정령이 존재함을 느낄 게 아닌가. 21세기 초 한국이 반도체, 자동차, 철강, 중공업, 조선 분야를 누비고 필라가 패션을, K팝이 세계 청소년을 열광시킨다. 이는 사상과 이념을 넘어선, 천손에게 이어진 필연에 틀림없다.

20세기 후반 가난과 굴종, 당쟁 역사에 찌든 한국을 부활시킨 삼성, 현대, SK, LG, 대우, 두산 등 재벌 그룹도 그냥 생긴 게 아니다. 정주영, 이병철, 최종현, 박두병, 김우중을 보라. 단군 조상 음덕이 대한민국 건국과 더불어 드디어 모습을 드러낸 것이다. 시장경제 바탕의 정교한 분배 장치로 더 잘 가꿀 뿐이다.

이를 가능케 한 이승만 건국 대통령, 박정희 산업 대통령의 평가는 역사의 몫이다. 흠만 트집 잡는 이념적 무조건 폄하는 배달민족의 수치이며 공정하지도 않다. 오늘의 한반도 상황이 이를 웅변한다.

민영환의 기금 관련 회상은 이쯤 끝나고 장면은 다시 뉴욕이다. 그는 지금 아우 영찬과 함께 맨해튼 북동부 할렘강가 작은 빌딩 3층 후지(富士)기원에 들어서고 있다.

"기원에 손님이 별로 없네. 이래서야 어디 집세나 내겠나? 버티고 있는 게 용하군."

영환이 혼자 말처럼 중얼댈 때 바둑판에 코를 박고 있던 긴자 주방장 요시카와가 고개를 든다. 동시에 그의 상대 채민수가 얼른 자리에서 일어나 인사한다.

"이제 뉴요커 다 되셨나 봅니다. 형제분이 주소만 갖고 여기 찾아오신 걸 보니 신기하네요."

"여기는 바둑판처럼 구획 정리가 잘 돼 주소 갖고 찾아오기는 일도 아닙니다. 저도 뉴욕생활 한 달 넘지 않았습니까. 이제 눈칫밥 먹을 때는 지난 것 같은데."

아우 영찬이 가볍게 말대꾸를 할 때 영환은 반갑게 채민수와 악수한다. 동시에 일어난 요시카와가 바둑알 쥐었던 손을 바지에 쓱 닦고 또 손을 내민다.

기원은 작고 아담했다. 바둑판 수가 10여 개 남짓, 하지만 뉴욕에 기원이 있다는 게 신기했다. 아직 일러 기원에 다른 손님은 없다.

"오후 되면 일없는 중국 일본 등 동양계 바둑 애호가들이 드문드문 찾아오고 휴일에는 때에 따라 빈자리가 없는 날도 있어요. 뭐 영업한다기보다 저와 박창기 사장, 여기 요시카와님의 연락 사무실로 보면 됩니다. 부담 없는 사랑방쯤이라고 할까요."

"그거 안성맞춤이네. 우리도 그래 이리 오라 한 거군요"

"맞습니다. 오늘 여기서 대충 뉴욕 지리를 도상으로 익히고 오후에 시내 몇 군데 둘러보시지요. 관광 겸 투자처도 알아볼 셈입니다. 모든 게 발품 팔수록 돈이 되거든요."

민영환, 채민수에 이어 요시카와가 말을 잇는다.

"원래 이 기원 주인 이시하라 무라다(石原村田) 회장님 역시 임란 때 조선에서 끌려간 서예가 후예입니다. 집안 대대 바둑 고수로서 투자회사를 설립, 돈을 벌자 즉시 이 기원을 차릴 만큼 얘기가 이지요. 그런데 이 양반이 좀 돈키호테 같아 어느 날 갑자기 내기 바둑을 선언했어요.

자기를 이기는 고수에게 무조건 기원 소유권을 넘기겠다는 겁니다. 그때만 해도 뉴욕에 바둑 애호가 자체가 적었던 시절이라 큰소리친 건데 돌연 채사장이 나타났지요. 도전장을 내밀자 학수고대 이시하라 회장님이 좋아 죽는다고 받았습니다. 감히 자기에게 맞서다니 불경스럽다고.

결국 5판 3승제 경기가 여러 증인 앞에서 열립니다. 결과는 보나마나 채 사장 압승이네요. 2연패하고 세 번째 판에서 대세가 기울자 이시하라 회장님이 돌을 던진 겁니다.

기원이 채 사장에게 넘어간 것은 물론 두 사람은 이때부터 세상 누구보다 가까워져 이시하라 회장의 금융 투자 비법도 그대로 전수됩니다. 여기에 채 사장의 갬블러 식 명석한 두뇌까지 가세하니 돈을 쓸어 모을 수밖에요. 상생효과가 나타난 겁니다."

"정말 통 큰, 일본 말로 기마에가 대단한 인물입니다. 그 분 피에 한국 조상 피가 흘러 그런 걸까요?"

민영찬의 감탄에 요시카와가 핀잔 비슷이 입을 열었다.

"허허, 그 건 조선 피와 상관없어요. 일본인이 모두 째째한 건 아닙니다. 명나라 치겠다고 조선에서 임진왜란 일으킨 거나 청일 전쟁 후 대만을 삼킨 것, 요즘에는 만주를 넘어 아예 중국 대륙 통째 먹을 꿈에 탈 아시아를 부르짖는 배포 아닌가요."

"앞으로도 해양 세력이 세계를 좌우할 것은 틀림없어요. 하지만 임란 때 일본이 겁 없이 우리 거북선에 덤비다 혼난 사실은 분명합니다. 그래서 말인데 이순신 장군이 왜 이름을 거북선이라고 지었을까요?"

요시카와가 어리둥절하자 영찬이 크게 웃으며 자문자답이다.

"아실 리가 없지요. 왜군이 거북선을 만나면 '거북'해서 싸울 수 없게 하는 작전 일환이랍니다. 이름만 듣고 도망가라 식 한국 말 농담."

"아니, 지금 그런 한가한 얘기할 때가 아닐세. 일본인들 잔인성, 침략성이야 익히 알려진 사실이나 반면 애국심, 공중 예의, 배려 정신은 우리가 배울 좋은 점이네. 한쪽만 보고 평가하면 곤란해. 그런데 박창기 사장이 좀 늦네요."

영환이 객담을 끊으려 말머리를 돌릴 때 채민수 원장이 문 쪽을 가리키며 말한다.

"제 말하면 오는 호랑인가, 박 사장 저기 들어오네요. 신용 하나로 큰 사람이 약속 시간 어길 리가 없지요. 이 바닥에서 당연한 일이지만."

"어서 오시오. 오늘은 박 사장이 뉴욕 탐험 대장이라 모두 기다리고 있었지. 마땅한 예비 물건들 많이 갖고 왔소?"

영환이 반가워하자 박 사장이 덩치답지 않게 수줍어한다.

"웬걸요, 금융, 건물 투자 귀재이신 이시하라 회장님께 많이 배웠지만 아직 물건 보는 눈이 하수입니다. 덩어리 큰 것은 역시 이시하라 회장님 눈도장이 필요하지요. 오늘은 다른 약속이 있고 조만간 대감님께 인사 올리겠다고 하셨습니다."

"그런 훌륭한 분을 내가 먼저 찾아뵈어야 하는데 늑장 부린 것 같아 불안하오. 오늘이라도 방문하면 안 될까 몰라."

영환의 걱정을 채민수가 무마시킨다.

"그러지 않아도 벌써 저희가 민 대감님 오신 말씀을 드려 잘 알고 계십니다. 일정 땜에 그러니까 하루 이틀 우리끼리 일보다 천천히 뵙지요."

영환은 이 말에 만족했다. 뉴욕에서 만난 사람들이 다 괜찮았다. 채민수, 박창기의 됨됨이는 만수 도사에게 들어 대강 짐작했으나 이들과 얽힌 일본인들마저 지극히 양질인 것은 수확이었다. 긴자 일식집 하루코 사장, 오빠 주방장 요시카와, 성공한 사업가로 채, 박 사장 사부 역의 이시하라까지 다 그랬다.

많지 않은 건국 비자금을 키우고 운영할 사람들이다. 신중하고 또 신중해야 한다. 약간의 영기가 없지 않은 영환은 이들을 보는 순간 턱 마음이 놓이는 것을 느꼈다. 이만하면 불원천리 미국까지 와서 고종, 민 왕후, 부대부인, 자신과 만수 도사 쌈짓돈 등 기금을 맡길 적격자라고 생각한 것이다.

"조선 피가 흐르는 일본 사람으로 몇 대를 지나며 이시하라 회장도 느낌이 있었겠지. 그 사회에서 아무리 애를 써도 더 오르지 못할 천장이 있다는 생각이 들 때 인간 좌절은 당연해요. 특히 어떤 계기가 있었다면.

결국 미국에 왔고 잠재한 사업가 재능을 마음껏 발휘한 게 아니겠소. 성공한 뒤 자기처럼 욕망과 사명에 굶주린 조상 나라의 청년 돕는 것을 희망으로 삼았다면, 바로 그 거요, 그 시점에 채 원장과 박 사장이 나타났기 십상이오. 우리에게 아주 다행이지만."

영환의 감회어린 분석에 일동은 잠시 침묵했다. 채민수가 말을 받는다.

"우린 그 생각까지는 못했습니다. 선량한 일본인이 만리타향 미국에서 고생하는 동양 사람을 돕는 정도 여겼지요. 이제 대감님 설명을 듣고 이해가 갑니다. 그에게 조선 피가 강하게 흐르고 그 때문에 일본 사회에 완전 적응이 어려웠다는 것을. 그런 좌절과 분노가 탈 일본, 죽기 살기 축재의 계기가 되었다는 것을."

"좌우간 오늘은 우리가 점찍은 뉴욕 부동산을 보기로 했으니까 일단 나가면서 얘기 합시다. 박 사장이 마땅한 물건을 찾았다니 놓치면 아깝지. 좋은 물건은 내가 미국 있는 동안 확실히 보고 잡아 두고 싶소. 물론 결정과 운영은 여기 계신 분들이 하겠지만."

"센트럴 파크 주변 5번로 57번가에 아담한 5층 사무실 건물이 나와 있답니다. 또 그랜드 센트럴 역 근처 42번가, 3번로 75번가 등 몇 군데 볼 곳이 있고요. 하지만 꼼꼼히 따지려면 오늘 하루 다 보기 힘들어요. 가까운 곳부터 가십시다."

박창기가 앞장 서 나가며 하는 말에 요시카와가 한마디 거든다.

"아무래도 맨해튼 쪽은 비싼데 퀸즈나 브루클린 쪽은 중심과 가까우면서 의외로 싼 물건이 많은 것 같소. 몇 년 전 제가 긴자 자리를 찾아 헤맬 때 경험입니다만."

그러자 채민수가 결론짓듯 말했다.

"당장 가격보다 앞날을 봐야 해요. 매매 차익이 목적은 아니니까. 주변

상권, 환경, 개발 전망 등을 종합적으로 봐야지요. 그 쪽은 전문가인 박 사장을 믿고 오늘은 5번로에 먼저 갑시다. 뉴욕은 세계 최고로 발전하는 도시입니다. 목 좋은 곳 사두면 틀림없어요."

한치 앞을 못 보는 인생이다. 하물며 백년, 2백년을 말해 무엇 하랴. 때로는 지독한 우연이 행운과 불운을 가른다. 지금 뉴욕의 민영환 일행이 건국 비자금 투자처를 찾아 가보려는 5번로나 3번로, 그랜드 센트럴 역과 파크 애비뉴 지역 42번가가 그런 예에 해당한다.

1백여 년 뒤 5번로 57번가에 트럼프 타워, 42번가에 뉴욕 그랜드 호텔이 지어질 만큼 핵심 지역으로 부상할지 누가 알았겠는가. 거기서 돈 번 청년 트럼프가 대통령까지 될 줄이야 더 더욱 알 리 없다.

"그렇다면 비싼 뉴욕시에 꼭 한정하지 않아도 되겠네요. 인근 뉴저지 주에 다리 하나 건너가면 투자 가치 있는 저렴한 땅이 수두룩하니까. 자본주의 미국이란 나라 자체가 번영을 약속하는 기회의 땅입니다.

기회를 잡기 위해 목숨 걸고 서부로, 서부로 밀려가는 군중들을 보세요. 목축 농장 광산 제조업 무역 증권 카지노 사업 등 돈 나올 업종이 널려 있어요. 특히 채 원장님은 숫자에 밝은 증권 금융 카지노 도박 같은 데 특출나니 땅만 갖고 매달릴 게 아니라는 생각도 듭니다."

영찬이 빠지지 않는다. 그동안 미국 공부를 꽤 한 것 같다. 그는 조만간 귀국할 예정이다.

"아니, 범위를 너무 넓히면 안 돼. 많지 않은 돈 갖고 잘 선택해야지. 우리 능력이 닿는 잘 하는 분야에 집중하는 게 좋아. 오늘은 채 원장 말을 따릅시다."

일단 아우 영찬 말을 견제했지만 민영환 역시 미국이란 무한대 나라에 외경심을 갖는다.

　미국은 신비한 탐구 대상이었다. 특히 소문난 미국 서부 유타, 애리조나 일대와 세도나 지역의 강렬한 땅기운을 직접 몸으로 느끼고 싶다. 거기 인디언에게서 우리 조상 단군왕검의 정령을 느낀다면 어떤 기분일까. 그는 영적 신념의 소유자였다.

　민영환이 민주주의와 시장경제 초석 국가인 미국에 건국 비자금을 묻기로 한 이유는 이로써 분명해진다. 장래 신한국 정치체제를 이미 정한 것이다. 때문에 귀국하면 이승만을 비롯해 싹수 보이는 인재들을 가능한 빨리, 많이 미국에 보낼 작정이다.

25.
관리자 선정

센트럴 파크의 늦가을 단풍을 민영환 형제가 모처럼 만끽하며 걷고 있다. 사흘 뒤 아우 영찬은 귀국한다. 형에게 할 말이 많다.

"귀국하면 제일 먼저 어머니 건강부터 챙겨 드려. 노친 네가 우리 형제 출국 뒤 꽤나 쓸쓸하셨을 거야. 네 새 형수가 어련히 잘 모시겠지만 그래도 늘 마음에 걸린다."

영환이 아우에게 말 할 기회를 열어 준다.

"형님, 그건 당연한 얘기고 나는 형님 건강이 더 걱정입니다. 천상 약골이신데 이렇게 오래 집 떠나 있으니 속으로 얼마나 골병이 들었을까. 고기 많이 잡숫고 미제 비타민 빼먹지 말아요. 국가 인재 키우려면 형님이 먼저 건강해야 합니다."

"나는 집 떠나 되레 호강하는 편이야. 잘 먹고 잘 자고, 공무에 시달리지 않고. 지금 묵고 있는 아파트가 또 마음에 들어. 창 너머 센트럴 파크 전경이 너무 좋고 집 나와 모퉁이 돌아서면 아메리카 애비뉴가 훤히 뚫려 교통도 좋아. 무엇보다 여기 와서 마음 안정을 찾았으니 내 걱정은 말게."

"그럼 아예 지금 아파트 사버리지 그래요. 어차피 투자 수단인데. 다른 물건 고르는 발품도 줄이고."

"흠, 그건 천천히 더 생각하고. 그런데 일전에 인사한 이시하라 투자회사 회장님은 어떤 사람 같아? 나는 썩 인상이 좋던데. 겸손하면서 품위가 돋보였어."

"잘 보셨어요. 제가 몇 차례 접촉했지만 그만한 인물 찾기 힘듭니다. 5판 3승 바둑내기 한방에 기원을 넘겨 준 통 큰 이미지를 떠나 본인은 평소 검소하기 칼 같았어요. 그러면서 큰 돈 투자하는 데는 주저하지 않아 사업을 성공시켰지요. 사심 없이 채민수 원장과 박창기 사장을 키운 것만 보아도 더 말할 게 없습니다."

민영찬의 극찬에 영환은 적이 마음을 놓는다. 하나, 둘 기금 관리 위원들을 선정하는 중이다. 채 원장, 박 사장, 하루코 오뉘는 이미 대상에 들어왔다. 이시하라 회장이 입회하면 5명을 확보한 셈이다. 앞으로 한국을 사랑하는 미국인 위원도 추가, 명실 공히 탄탄한 혈죽 기금 재단 관리위원회를 만들 것이다.

"내가 주목한 점은 이시하라 회장의 재물관이야. 벌만큼 벌었으면 사회에 환원할 줄 알아야 한다는 거지. 그러니까 미국인들도 좋아하나 봐. 이야 말로 우리가 원한 인물 아닌가. 풍부한 경륜으로 기금 관리에 힘쓴다면 그것처럼 좋은 일은 없지."

"그만큼 재단이 튼튼해진다는 뜻이기도 하고요. 채 원장, 박 사장, 하루코 오뉘에다 이시하라 회장까지 만난 것은 형님 복입니다. 게다가 또 하나, 형님 아직 눈치 채지 못하신 것 같은데….” 형제 대화 중 갑자기 영찬이 묘한 웃음과 함께 말꼬리를 흐리자 영환은 걸음을 멈춘다. 좀 놀란 것 같다. 전나무 숲길에서 다람쥐 한 쌍이 열매를 까먹다 말고 두 사람을 말끄러미 쳐다본다.

“무슨 얘기인가? 뜸들이지 말고 말해. 아무럼 내게 말 안하고 귀국할 얘기 거리가 남아 있었나?”

“그냥 좋은 일이니까 심심풀이로 들으세요. 제가 어쩌다 알게 된 건데 채민수 원장하고 긴자 하루코 사장이 연인 사이인 것 같아요. 두 사람 다 시치미 떼고 있지만 그게 혹시 기금 관리에 영향은 없을까 해서.”

이 말에 영환은 풀썩 웃음을 터뜨린다. 모처럼 부담 없이 크게 웃었다. 놀란 다람쥐가 다시 올려다본다.

“남녀는 하룻밤에도 만리장성을 쌓는다지 않나. 독신인 두 사람이 만난 지 몇 년 된다면서 그동안 정분나지 않았다면 그게 이상하지. 주변에서 무심했던 탓이야.

확실하다면 내가 중신아비 서겠네. 이승만 부부 만든 경력도 있고. 자네도 귀국하기 전 좋은 일 하는 셈 치고 오늘 저녁이라도 사람들을 모아 봐. 이왕이면 하루코 네 식당 긴자가 좋겠지.”

이날 형제 간 대화로 한 일 간 부부 한 쌍이 공식 태어난다. 은밀한 연인 채 원장과 하루코 사이가 영찬에 의해 물위로 떠오른 것이다. 영환 지시에 의해 그날 저녁 바로 모임을 소집한 때문이다. 기금 관계자로 민 씨 형제, 하루코 오뉘, 박 사장, 채 원장, 이시하라 투자 회사 회장이 다 모였다. 7명 중 4명이 조선인, 3명이 조선 피를 지닌 일본 국적이다.

다소 이상한 조합인데 민 씨 형제 둘이 귀국하고 나면 순 조선인은 2명

밖에 남지 않는다. 어차피 현재 5인 모두 미 국적자이긴하나 이건 좀 문제라고 영환은 생각했다. 그런 와중에 채 원장과 하루코의 결합은 가뭄 끝 단비와 같다. 이제 푸른 눈의 적격자를 몇 명 추가 영입하면 고민 끝이다.

"대감이 모으신 혈죽회 건국 기금도 상당하지만 재단 관리 위원으로서 저희도 일정액 보태겠습니다. 지금 액수의 약 절반, 49% 정도면 안 되겠습니까? 저희도 출연했다는 의무감이 있어야 관리를 보다 신중하고 책임 있게 할 것 같아 그렇습니다."

긴급 소집된 긴자 저녁 모임. 채민수 원장과 하루코의 결혼식 날짜가 잡힌 뒤 축하주를 드는 동안 이시하라 회장이 진지하게 제의했다. 민 씨 형제 이외 모든 이가 고개를 끄덕인다.

"아닙니다. 말씀은 고맙지만 이 기금은 조선의 자강 독립을 위해 쓰일 겁니다. 요즘 노골화하는 일본 내정 간섭, 열강의 식민지 쟁탈전 등 추세를 보면 언제 조국 운명이 바뀔지 모르지요. 이를 막아내되 혹 불행한 일이 생기면 재기 독립자금으로 쓰일 겁니다.

목적이 뚜렷한 만큼 기금 조성도 분명한 게 좋지요. 여기 저기 도움은 삼갈 생각입니다. 이시하라 회장님은 이 기금 관리에 참여해서 낭비를 막고 유지 또는 증식, 보호하는 역할로 충분합니다. 뒷날 자금이 부족할 때 도와주시면 더 고맙고요."

"뭐 좋을 대로 하시지요. 하지만 좀 서운합니다. 이 모임에서 아직 제가 완전 신임 받는 처지가 아닌지 자괴감이 드네요. 조선 사랑하는 마음이 누구보다 앞선다고 확신합니다만. 아무튼 앞으로 행보가 중요하겠지요."

이시하라가 뒷머리를 긁을 때 술 한 잔 걸친 영찬이 용감하게 나선다.

"형님, 좀 답답하네요. 돈의 꼬리표 달린 것도 아니고 모처럼 한 마음,

한 가족으로 출연하신다는 데 끝내 사양하는 건 예의가 아닙니다. 재산의 사회 환원은 괜찮고 조국 위해 쓰면 덧납니까."

"그래요. 이시하라 회장님은 진작 일본과 결별한 사이입니다. 조상을 납치해 일본 사람 만들고 예능 기술만 착취한 채 후손들은 설움 속에 살게 했다는 포한이 크지요. 오죽하면 진작 일본을 떠나 아메리카에 자리 잡고 반쪽 일본인인 우리 남매와 여기 채 원장, 박 사장을 도와 오늘을 있게 했을까요."

주방장 요시카와까지 이렇게 분연히 나서자 채 원장이 맑게 웃으며 한마디 결정타를 날린다.

"민 대감님이 쇄국주의 조선에서 일본 낭인들에게 당하며 살다 보니 왜인 조심성을 좀체 버리기 힘든 줄 압니다. 하지만 이번 일은 저와 하루코 결혼 축의금으로 생각하고 그 걸 기부하는 것으로 하면 안 될까요? 저와 박 사장도 얼마씩 출연하겠습니다."

"좋습니다. 저는 이시하라 회장님, 아니 스승님의 절반 정도 내겠습니다. 그것도 안 된다고 하지 마세요. 부디."

박창기 사장까지 자리에서 벌떡 일어나며 두 주먹 불끈 쥐는 것을 보고 영환은 마침내 소리 높여 웃었다.

"허허, 이시하라 회장님 인기를 알만 하네요. 채 원장과 곧 일심동체가 될 하루코 님 의견도 같습니까? 동의하시면 여기 모인 모든 분 만장일치로 이시하라 회장님 뜻을 받겠습니다. 그 정도 눈치 없음을 사과하는 의미로 오늘 저녁 값은 제가 내지요."

이날 모임에서 정관, 임원 선임, 1차 기금 총액 등 기금 관리 재단법인으로서 법적 요건이 모두 마련됐다. 위원장은 채민수 원장, 감사 이시하라, 하루코가 선임될 찰라 그녀는 강력히 사양했다. 수입 지출에 밝은 요식업 사장 경력으로 감사 적임자라는 지적에 남편이 위원장인데 합당치 않다는 것이다.

결국 귀국하는 영찬이 서류 상 제2 감사직을 맡았다. 나머지는 모두 이사 겸 운영위원이다.

"저는 감사를 사양했지만 서울 계시는 영찬 감사님께 갈 보고서는 직접 챙기고 누구보다 엄밀히 따지고 싶네요. 여기 계신 분 모두 양심적 인사들인 줄 알지만 행여 실수를 막기 위해섭니다. 그러니까 공식은 아니지만 사실 상 감사역을 맡는 셈인데 민 대감님 안 될까요?"

하루코의 돌출 발언에 방안이 잠시 웃음꽃을 피운다. 영환이 손뼉 쳐 환영 뜻을 밝히자 이시하라 회장이 건배 제의를 한다.

"대한국의 자강 독립을 위하여, 건배!"

"혈죽 기금 재단 발전을 위하여, 건배!"

26.
도시의 속살

　재단 발족이 끝난 며칠 뒤 민 영찬은 한껏 고무된 기분으로 귀국했다. 그는 뉴욕 센트럴 역에서 밴쿠버 행 기차를 타고 북상, 캐나다를 횡단해 태평양을 건널 참이다.

　이날 하루코 오뉘는 역에 배웅하지 못했다. 때마침 뉴욕 시청 간부들 떼거리가 일본 음식을 즐기겠다고 갑자기 긴자 예약을 한 것이다. 그들에게 밉보여 좋은 게 없다.

　때문에 역에는 민영환, 채민수, 박창기, 이시하라 등 4명이 나왔다. 출발 시간은 저녁 6시. 마침내 사나이들의 이별 의식이 끝나고 기차는 떠났다. 몇 달간 동고동락한 일행은 허탈했다.

　그때 이시하라 투자자문사 회장이 이색 제의를 했다. 역 구내 식당에서 위스키 한잔씩 겻 들여 저녁 식사를 마친 뒤였다. 얼큰한 기분이다.

　"민 대감께 오늘 진짜 미국을 보여 드리고 싶습니다. 사양하지 마십시오. 이번 아니면 못할 아주 희귀한 경험이 될 테니까요. 남자로서 한두 번 경험은 나쁘지 않다고 생각합니다.”

말을 던진 뒤 이시하라 회장은 동의 따위는 필요 없다는 듯 선 듯 앞장서 나갔다. 단호한 자세. 일행은 따라가기 바빴다.

역 밖으로 빠져 나오자 이시하라는 곧장 마차를 불렀다. 거리는 퇴근 시간이라 부산했다. 마부와 흥정이 끝나자 네 사람은 마차에 오른다. 영환은 이색체험이라니까 더 묻지 않았다. 속으로 진짜 미국을 보고 싶은 마음이 없지 않았다.

역마살 탓인지 작년 3월부터 올해 저물녘까지 중간 몇 달을 빼고 그는 줄곧 해외로 떠돌았다. 1, 2차 사행이 겹친 때문이다. 미국 캐나다는 물론 러시아, 독일, 프랑스, 영국 등 유럽 각국, 이웃 일본과 중국은 오가며 수시로 보았다. 이제 선진 외국을 알 만큼 안다고 자부하던 터다.

하지만 막상 그들의 속살은 까막눈이었다. 외교관으로서 정중한 대접을 받으며 수박 겉핥기 식 여행을 한 것이 전부다. 선진국 가정, 인간관계, 사회 풍속 등 사는 모습은 깜깜했다. 이래갖고 과연 보았다고 할 수 있는가. 사행 단장 역할을 충분히 한 것인가.

“우리 지금 가는 동네가 좀 험한 데이긴 합니다. 하지만 그만큼 더 자세히 미국 이면을 들여다 볼 이점도 있지요. 뭐 별 일 있겠습니까. 여기 택견, 합기도, 유도 등 다 합쳐 15단인 채 원장과 권투 챔피언 급 박창기 사장이 있는데요. 허허.”

이시하라 회장 격려에 채민수가 싱긋 웃으며 중얼댄다.

“웬걸요. 여기는 몸동작 갖고 호신하는 나라가 아닙니다. 마피아 같은 갱단은 물론 개인도 나름 총잡이들이 활개 치는 세상이니까요. 인디언 정복과 서부 개척도 그래서 가능했겠지요."

"갱단끼리 세력 싸움을 하면 여러 사람 죽어나갑니다. 시내 한복판에서 총격전을 벌이기도 하지요. 그런데도 판사 변호사 경찰 지역 유지들까지 얽혀 교묘히 법망을 빠져나가는 걸 보면 미국은 참 신기합니다."

박창기까지 나서 맞장구를 치자 민영환은 슬그머니 겁이 난다. 그만 돌아가자고 말할 즈음 이시하라가 껄 껄 웃으며 두 사람을 나무란다.

"그런 새가슴 갖고 그동안 잘도 투자를 해왔소. 증권 금융 건물 투자가 다 겁쟁이는 못하는 것 아니오? 채 원장이 백전백승하는 카지노 게임은 한 탕에 재산 모두 날리기도 하는데. 분명히 말하지만 내가 그리 가리키지 않았소. 이제 거의 다 와 갑니다."

말이 끝나기 무섭게 마차가 덜컹 하며 멈췄다. 목적지에 도착한 모양이다. 작은 창으로 밖을 살핀 박창기 사장이 중얼댄다.

"여기는 할렘 가 근처 아닌가. 어쩐지 으스스 하네요."

날은 완전히 어두웠다. 출발 때까지만 해도 어스름 저녁이었는데 밤의 가스등이 어느새 행인과 가로수 그림자를 만들고 있었다. 백색과 오렌지 색 엇갈린 불빛에 비친 초저녁 거리가 조금은 음산하다.

"할렘 초입 맞아요. 걸어서 10여 분 거리에 명문 컬럼비아 대학 캠퍼스가 자리 잡고 좀 더 가면 신흥 주택지 브롱크스가 나오지. 그러니까 맨해튼 끝자락쯤 될까."

대답과 함께 마차에서 내린 이시하라 회장이 앞장 서 성큼 성큼 걷자 나머지 세 사람은 수굿이 뒤따른다. 이시하라는 곧 간선 도로를 벗어나 골목으로 들어선다. 큰 길 가스등이 골목 입구로 희미하게 비쳐 든다.

몇 발자국 안가 잠시 주변을 살핀 그가 느닷없이 야트막한 3층 건물 외벽 네모나게 뚫린 편지함 비슷한 곳에 달린 고리를 몇 번이고 잡아 당겼다. 달그락 달그락, 제법 소리가 크다. 일종의 초인종 역할이다. 잠시 침묵이 흘렀다.

이어 건물 안쪽에서 인기척이 났다. 이시하라가 잽싸게 편지함 고리를 옆으로 당겨 생긴 작은 구멍에 명함 크기 카드를 보인 뒤 자신의 두 눈을 갖다 댄다. 안에서 확인 절차가 끝났는가, 벽으로 보이던 편지함 달린 몸체가 큰 철문이 되어 스르르 열린다.

그야말로 '열려라, 참깨'다. 이시하라가 뒤돌아서 민영환 등을 밀어 문 안쪽으로 밀어 넣는다. 다음 박 사장, 채 원장, 이시하라 순으로 네 사람은 순식간에 건물 안으로 사라진다.

그리고 별천지가 전개됐다. 적어도 민영환의 경우 그랬다. 뉴욕의 늦가을인데 실내 온도는 27, 28도 쯤 될까, 군데군데 열대목이 긴 잎새를 드린 가운데 넓은 풀장에서 미녀 10여 명이 폼 나게 헤엄치며 추파를 보내고 있었다. 아슬아슬한 수영복차림의 팔등신들.

"여기가 바로 서양식 파라다이스입니다. 동양식 극락과는 다른 풍경이지요. 은둔의 미보다 개방 미를 강조하는 문화 차이라고 할까요. 여기 앉아 술 한 잔 하며 마음에 드는 파트너를 골라 방으로 가는 겁니다.

민 대감님, 세계를 제대로 알려면 이런 별 세상 존재도 체험해야 하지요. 단순 쾌락을 위해서만이 아닙니다. 일종의 문명 충격이 사고의 변화를 가져오면 다방면에 응용 여지가 생기지 않겠습니까? 실용 학문으로 생각하세요."

실내 뜻밖의 광경에 얼굴빛이 변하는 민영환을 보고 이시하라가 서둘러 달래듯 말한다. 박창기가 곧 맞장구를 친다.

"그럼요, 조선과 일본서는 꿈도 못 꿀 경험이네요. 아니, 뉴욕 생활 몇 년 된 저도 처음 와 봅니다. 도대체 어떤 사람들이 여기는 옵니까?"

"말하자면 철저한 멤버십 클럽입니다. 아무나 생각나면 돈 갖고 와서 즐기는 데가 아니란 말이지요. 가격도 고가이지만 그보다 회원들 사회적 위치, 인품, 종교, 국적, 재력 등을 감안해 회원증을 발급하는 클로즈 숍 제도라 할까. 아무튼 회원 관리에 꽤 엄격한 고급 사교장입니다."

"다 민 대감님 덕분입니다. 그동안 저희에게는 여기 대해 입도 꿈쩍하지 않으셨다니까요. 오래 뉴욕에 계셔야 저희가 진짜 뉴요커가 됩니다."

"자네들 호사시키려 민 대감님 여기 오신 건 아니지. 하지만 잘 모셔야 오래 계시고 자네들도 덕 보는 건 틀림없네."

이시하라와 박창기 사장이 입씨름 하는 동안 영환과 채 원장은 여전히 얼빠진 시선을 굴리고 있었다. 풀장의 미인들이 끊임없이 추파를 던지는 것이다. 파랑, 갈색, 회색, 까만 눈에 심지어 빨강 눈까지, 거기다 피부 색도 각가지다.

인종 전시장 같다. 그런 미인들이 물속에서 들락날락 하다 생각나면 가끔씩 그들을 향해 눈짓, 손짓 키스를 보낸다. 입장하면서 내내 입을 열지 않던 영환이 마침내 한마디 한다.

"아니, 이 여인들이 지금 우리를 고르는 것 아닙니까? 누군가 찍히면 바로 풀장에 따라 들어가 수영해야 하는. 하긴 내 수영 실력은 서울 한강 정도 왕복이 가능하지만 여기서 뽐내긴 만만치 않겠는데요."

이 말에 이시하라 회장이 푹 웃음을 터뜨린다.

"그 실력이면 허드슨 강이나 뉴욕 앞바다 대서양 해변에 가셔야지 여긴 아닙니다. 그게 아니고 지금은 대감님 마음에 드는 수영복 여인 한사람을 골라 천국에 가야지요."

"저기 야자수 그늘 아래 새침하게 앉아있는 흑갈색 피부의 아담한 처자가 좋겠네요. 민 대감님 취향을 잘 모르지만 인상이 꼭 맞을 것 같은데,"

박 사장이 아예 인선까지 담당할 태세다. 힐끗 그 쪽을 건너다 본 이시하라 회장도 고개를 가만히 끄덕인다. 다음 채민수 차례. 박 사장이 눈으로 신호를 보냈으나 그는 난감한 표정이다.

"저는 오늘 빠지겠습니다. 결혼식 날 받아 두고 딴 짓하면 신부 하루코에 대한 예의가 아니지요."

마지못해 채 원장이 거부 의사를 밝혔으나 이시하라가 한마디로 뭉갠다. 사부가 제자 대하듯 준엄하다.

"자네, 내가 그리 가르치지 않았지. 오늘 주빈이 민 대감님인 걸 모르나? 대감님 방문 앞을 지켜야 할 사람이 어디 먼저 사양하는 법이 있는가. 끝까지 총대 매야지. 그리고 하루코는 일본 여인이야. 사내 외도에 크게 신경 쓰지 않네. 일본서도 꽤 살아본 사람이 어째 그걸 모르나."

이렇게 해서 채 원장 짝으로는 푸른 눈의 유럽계, 이날 간택 권을 자처한 박 사장은 검은 눈동자의 아랍계, 이시하라는 단골인 듯 일본계 여인을 불렀다. 마침내 사태 파악을 끝낸 영환의 사양은 위력이 없었다.

이시하라가 마지막까지 남아 각자 방을 지정했다. 영환은 푸에르코 여인과 수영장이 환히 보이는 2층 방에 들어가고 나머지는 모두 3층이라고 했다. 일류 호텔 스위트룸이 부럽지 않은 아늑한 실내 침대에 눕자마자 퍼지는 잔잔한 클래식 선율은 천상의 소리 같다.

갑자기 졸음이 쏟아진다. 아름다운 여인을 앞에 두고 이게 무슨 망발인가. 반년 이상 운우지정에 굶주린 육체가 본능을 아예 잊어 버렸는가. 외교적 수사와 행동으로 일관했던 몸이 사태 급변에 저항하는가. 영환은 클래식과 여인의 아름다운 손길을 느끼며 깊은 잠이 들고 말았다.

"코까지 골았어요. 음악 소리에 맞춰 아주 리드미컬하게. 내가 깨우려 했지만 가여운 생각 들었어요. 어떤 환경에서 살았기에 여기 와서 잠을 자는가, 물어 봐도 될까요?"

영환이 한 시간 쯤 잔 뒤 눈을 떴을 때 여인은 줄 곳 들여다보고 있었던 듯 방그레 웃으며 물었다. 그리고 벗은 몸을 밀착해왔다. 그의 심볼이 당장 함성을 지르기 시작한다.

"아니, 나 지금 수영하고 싶다. 트랙 왕복하기 너랑 시합하고 싶다. 아까 보니 솜씨가 보통 아니던데 나도 그만큼은 하거든. 자, 풀장으로 나가자."

영환이 몸을 일으키자 여인이 수줍게 옷을 챙겨 준다. 그러나 입을 필요조차 없다. 수영복 차림으로 1층 대기실로 가니 거기 벌써 채민수가 파트너와 앉아 맥주를 마시고 있었다.

"일찍 나오셨네요. 다른 분들 아직 한 시간 쯤 더 있을 거라 했는데."

"자네, 꽤 도덕적이군. 하루코 때문에 방에서 바로 나왔나?"

"대감님 얼굴에도 쓰여 있네요. 잠만 주무시고 나왔다고. 그나저나 이런 곳 경험했으면 됐지 꼭 일을 치러야하나요? 아가씨 얼굴에 섭섭함과 존경심이 가득합니다."

영환은 채민수 말에 잠시 머리가 혼란해진다. 그것은 명주월과 관계를 맺고 났을 때 그녀 얼굴에 떠오르던 기쁨의 표정이 떠올랐기 때문이다. 오르가즘 순간 뿐 아니라 명주월은 관계 전 후 자체를 즐겼다. 연인과 한 몸이 되었다는 사실을 만끽하는 것이다.

그렇다면 지금 이 푸에르토리코 아가씨 표정은 무엇인가. 여기 오는 손님답지 않은데 대한 감정 표시인가. 내가 이곳 예의를 어긴 것인가. 도덕 군자처럼 실례한 것인가.

하지만 영환은 관계를 통한 육체적 쾌락이 활력을 주기보다 짐스러워져서는 곤란하다고 생각한다. 활력은 개인 뿐 아니라 종족 번영에도 기여한다. 때문에 그는 인구 증가에 기여한 조선의 오랜 첩실 제도 역시 나쁘다고만 생각지 않는다. 정작 본인은 명주월을 극구 사양했으면서.

"그래, 나는 잠이라도 자고 나왔지만 자넨 더 맹탕 아닌가. 여인에 대한 예의가 그런 게 아닌데."

영환은 이 말과 함께 순간의 잡념과 궁색한 처지를 모면이라도 하듯 풍덩 풀장 안으로 뛰어든다. 뒤따라 푸에르토리코 아가씨가 길게 다이빙하면서 속도 경쟁이 치열하다. 마치 남녀 육체관계를 못한데 대한 분풀이인 양 누구도 양보 기색이 없다.

그러나 승부는 오래 가지 않았다. 나이 많고 운동 부족인 영환의 페이스가 곧 처지기 시작하며 아가씨가 저 앞에서 손을 흔들고 있는 것이다. 채민수와 그의 파트너는 풀 밖에서 영환을 향해 박수를 쳤다. 뜻밖의 쇼를 진행한 보답이다.

그들이 맥주를 마시며 한담하고 있는 동안 이윽고 박창기 사장이 벌건 얼굴로 계단을 내려 왔다. 두 손을 높이 들고 요란하게 아는 체를 한다.

"뭐야, 마치 개선장군 같은 표정이지 않나. 어디 전쟁터에라도 갔다 온 얼굴이네."

채민수가 웃는 얼굴로 허물없이 쥐어박자 박창기도 지지 않는다. 옆에 파트너를 의식한 듯 한국말이다.

"아무렴, 큰 전쟁 치르고 왔지요. 히잡 쓰는 아랍 여인이라 마냥 부끄러워할 줄 알았더니 영 딴 판이야. 몇 번이고 달려드는데 난 죽는 줄 알았다니까. 양고기 많이 먹어서인지, 원래 체질인지, 아무튼 여자장수였어요. 내 권투 원 투 스트레이트 실력은 씨도 안 먹혔다오."

"그나마 패잔병 모습 보는 것보다야 훨씬 낫지. 열심히 싸웠다니 감투상이라도 줄까? 그런데 이시하라 회장님이 제일 늦네."

"역전의 용사니까 당연한 것 아닌가. 더구나 파트너가 일본 계 단골 아가씨 다마꼬(玉子)라고 좋아 하시던데. 내가 가서 방문 좀 두드려볼까요."

"아서 게. 자네 신방 꾸렸을 때 내가 새벽부터 방문 두드리면 좋겠나? 지금 상황이 어떤지 모르니 좀 참고 기다리세."

"흥, 바로 형님, 자기 말 하고 있네. 곧 하루코와 결혼할 처지인 것 세상이 다 아니까 너무 걱정 말아요. 신방 근처에도 안 갈 테니."

채민수와 박창기가 투덕대는 모습을 영환은 느긋이 즐긴다. 부모는 일 나가고 남은 어린 사내 형제가 사이좋게 노는 광경이다. 마침내 계단에 이시하라가 환한 얼굴을 드러낸다. 그 역시 두 손을 하늘 높이 들어 흔든다. 이게 이른바 뉴욕 파라다이스 인사법인 모양이다.

"어이구, 모두 성질이 급하신 건가, 몸이 급하신 건가, 벌써 일 끝내고 나와 맥주를 마시다니. 우리 동양 사람들 체면, 제일 연장자인 내가 겨우 지켜낸 꼴입니다. 큰 소리 칠 일은 아니지만."

그때까지 팔짱을 풀지 않는 이시하라와 다마꼬는 매우 친숙해 보였다. 박창기가 또 가만있지 않는다.

"우리도 단골 아가씨라면 회장님보다 한 시간은 더 끌다 나올 수 있어요. 다음에는 내기라도 할까요?"

이 말에 모두 한바탕 웃는다. 다마꼬가 뜻밖에 영어에 '회장님'이란 한국말을 더듬더듬 섞어 일행을 다독인다.

"'회장님'보다 늦게 나오면 실례니까 먼저들 나오신 거겠지요. 그 걸 자축하는 의미로 '회장님'이 한턱 쏘실 테니 자, 우리 모두 바에 가서 이별주, 아니 해후 주 한잔씩 어때요?"

재치 있는 다마꼬 제의에 모두 오케이. 이시하라 입이 더 벌어진다. 자기가 하고 싶은 말을 대신해 주는 것이다. 특히 잠자리에서 몇 마디 가르쳐 준 한국말을 이처럼 적절히 잘 쓸 줄은 생각도 못했다. 일행은 다마꼬를 제외한 다른 파트너들을 돌려보내고 곧 건물 안쪽 바로 이동했다.

바의 분위기는 고즈넉했다. 두어 손님이 앉아 있으나 일행은 개의치 않고 풀장이 내다보이는 창가에 자리 잡고 각자 취향대로 주문한다. 잠시 잡담이 오고 가는 사이 영환은 뱃속을 짜르르 진동시키는 위스키 언더 록 액체를 음미했다. 어느새 독주 체질이 되었는가. 고소를 짓는 동안 갑자기 다마꼬가 흘린 한마디에 민영환 목구멍이 탁 걸린다.

"요즘 가게가 좀 한산해요. 왜 그런지 주인이 조사해보니 말도 안 돼, 글쎄 이 지역 밤거리 지배권을 둘러싸고 갱단끼리 전쟁 일보 직전이래요. 우리 가게 경비원들도 총기 손질하고 주변 동태 살피기에 여념 없어요."

"갱단 구역 싸움은 한동안 뜸했는데 또 시작했나보네. 저희끼리 다투는 건 좋지만 애꿎은 시민들이 다치니 문제지. 이런 업소는 특히 그런데 민감할 수밖에 없어요. 우리야 손님인데 별 일 없습니다."

이시하라가 가볍게 받아 넘기자 박창기가 불쑥 나선다.

"아하, 어쩐지 손님이 없다 했어요. 고급 시설이 아깝더군요."

"어떻든 여기 오래 있는 게 별로 좋을 것 같지 않습니다. 뉴욕의 별난 곳을 관광한 보람도 있지만 위험 부담이 큰 것 같네요. 자, 이쯤해서 여기를 나갑시다."

영환이 결단을 내린다. 내심 좀 더 머물며 한담을 주고받고 싶었다. 툭 터놓고 나누는 이들 대화가 재미있고 유익했다. 채민수, 박창수, 이시하라의 과거를 자연스럽게 들여다 볼 수 있었다. 이런데 아니면 격식 차린 자리에서 흘러나올 얘기가 아니다.

그러나 여기는 뉴욕 빈민가, 가난한 흑인 밀집 지역이다. 할렘가라면 술과 마약, 여인, 이색적 환락 업소로 벌써 명성을 얻고 있다. 깜빡 잊고 있었지만 사실 영환은 지금 신분도 애매하다. 뉴욕 도착 즉시 워싱턴 공사관을 방문, 일시 체류 비자를 얻었으나 과거 외교관 지위는 분명 아니다.

와병 중 서광범 공사는 좀 난처하다고 했다. 본국에서 파면 통지가 와 있으니 당연한 일이다. 귀국 명령어긴 처지에 할 말도 없다. 대리 공사 김윤정이 임시 비자 내주며 재주껏 솜씨를 부렸다고 생색내던 게 눈에 훤하다. 그는 현지 특채 케이스다.

김윤정은 그에게 지나치게 깍듯했다. 워싱턴에 묵는 동안 최고 일류 호텔을 예약했다. 중심가 메이플라워 호텔로 틈틈이 외국 원수들도 머무는 곳이다. 매일같이 호텔 정문 깃대에 바꿔 꽂히는 세계만방 국기들만 보아도 금방 안다.

영환이 묵은 첫날 태극기가 걸렸다. 기분은 좋았지만 다음 날 그는 국기를 떼라고 했다. 자신은 이제 나라를 대표하는 전권 공사가 아닌 것이다. 귀국할 때까지 철저히 야인 신분으로 보낼 참이다. 또 김윤정의 과잉 친절이 마음에 걸렸다. 차기 공사 직을 바라는 눈치다.

거기다 민영환이 보기에 그의 관상이 별로였다. 살갑게 굴수록 소름이 돋았다. 뒷날 그는 결정적 시기에 대한제국을 등졌다. 이승만이 민영환,

한규설 등의 지원으로 도미, 시어도어 루스벨트 대통령을 비롯한 요인들에게 대한의 핍박받는 처지를 설득할 때 철저히 방해한 것이다. 일본 입김을 받아서다.

일본 하수인이 되어 조국을 배반할 사람, 얼굴에 쓰여 있지는 않았다. 그러나 영적 감각이 풍부한 영환에게 그는 검은 이미지였다. 뉴욕 할렘가, 비밀 쾌락업소에도 이미 그런 기운이 돌기 시작했다. 왜 이럴 때 파랑새 오뉘가 나타나지 않을까. 잠시 갸웃했으나 직접 출현 대신 벌써 이미지로 그를 유도하는 낌새다.

"그렇게 서두르지 않아도 되지만 정 불편하면 나가시지요. 제가 계산하고 올 동안 잠시만 계세요."

영환의 단호한 태도에 느긋하던 이시하라도 묵직한 엉덩이를 들었다. 다마꼬가 옆에서 잽싸게 부축한다.

"아니오. 실례인지 모르나 계산은 아까 방에서 나오는 길로 내가 했습니다. 좋은 구경 시켜 주셨는데 답례가 될지 모르겠네요. 이시하라 회장님 회원권 덕분에 할인까지 받고 감사합니다."

영환이 따라 일어서며 말하자 이시하라가 깜짝 놀란다.

"엣! 그건 경우가 아닌데요. 제가 모시기로 하지 않았습니까. 취소하고 새로 계산할 테니 잠시만 기다려 주십시오."

"천만에. 오늘 안내만으로 충분합니다. 그리고 앞으로도 우리 대한국 부흥 기금 재단 이사로 계속 힘쓰실 분인데 이런 대접 제가 한번쯤 하는 게 도리 아니겠습니까. 앞으로 여기 다시 올 일 없으니 더 그렇지요."

"그 게 아니라 여긴 내 단골로 회원 카드 아니면 결제가 불가능해 하는 말씀입니다. 공사님이 계산했어도 무효라는 뜻이지요. 그런데 계산했다는 게 이상해서 그럽니다. 나중 내게 또 청구하면 헛돈 쓸 이유가 없지요."

두 사람이 싱 갱이 하는 동안 덩치 큰 백인 가드가 그들에게 다가왔다. 나갈 거냐고 물었다. 박창기가 고개를 끄덕이자 빨리 따라오라고 한다.

백인 가드는 그들이 처음 들어올 때처럼 우편함 뚜껑을 열고 머리를 내밀어 주변을 살폈다. 사위가 조용하자 재빨리 문을 열고 일행을 내보낸다. 골목에 나와 보니 세 사람 뿐이다. 이시하라 회장이 계산 수정을 위해 카운터로 간 모양이다.

"형님, 여기서 기다립시다. 회장님 고집이 보통 아니어서 먼저 낸 돈 찾아야 나오실 텐데."

"경우가 바른 분이라 어쩔 수 없어. 그나저나 여기는 파라다이스 업소 바로 문 앞인데 일단 큰 길로 나가 골목 입구에서 기다리는 게 낫겠네. 남 보기도 그렇고."

말을 주고받은 박창기와 채민수가 영환 얼굴을 본다. 고개를 끄덕이자 앞장 서 큰 길 쪽을 향해 걸어 나갔다.

1백미터 쯤 골목을 벗어나 큰 길로 나서니 주변에 산재한 7, 8층 짜리 낡은 아파트들이 괴물 성곽처럼 겹겹이 길게 늘어 서있다. 우중충하다. 베란다에 난잡하게 널어놓은 빨래 조각들은 색이 바란 채 바람에 울긋불긋 휘날린다. 비로소 여기가 할렘이라는 사실을 상기시킨다.

그때 눈이 빠른 채민수가 '앗!' 하고 낮게 비명을 지른다. 일종의 경고음이다. 그러지 않아도 분위기에 위축돼있던 박창기가 '왜 그래요?' 하고 속삭여 묻는다.

"저기 11시 방향 페인트 낙서가 심한 7층 아파트 보이지? 그 앞길대로 횡단보도에 서있는 세 사람, 흑인 둘에 키 작은 쪽 또 하나는 히스패닉 같은데 우리를 보며 뭔가 지껄이고 있어. 각자 손에 길쭉한 것들을 수건으로 둘둘 말아 갖고 있는데 총인지, 칼인지, 몽둥인지 알 수가 없네."

"그 길은 컬럼비아 대학 가는 대로요. 학생과 불량배가 늘 뒤섞여 있는 거리지. 흔히 볼 수 있는 모양 아닌가. 무기라면 간단한 권총으로 다 되는데 뭐 저렇게 거추장스럽게 갖고 다닐까요."

"무기도 주인 따라 달라지는 거야. 돈 많은 마피아 정도 갱단이라면 최신 총기를 쓰겠지만 그냥 불량배 따위는 손에 잡히는 게 무기지."

두 사람이 속삭이는 가운데 이시하라 회장이 용무를 다 끝냈는지 싱긋이 웃으며 파라다이스 문을 나서는 게 보인다. 철커덕 소리와 함께 그의 등 뒤로 철문이 닫혔다.

골목 안 이시하라 회장이 큰 길로 나오고 있는 동안 채민수가 경계했던 횡단보도 쪽 불량배 3인도 길을 건너 빠른 걸음으로 일행에게 다가 왔다. 그러니까 이시하라 회장과 불량배들은 거의 동시에 민영환 일행에게 도착한 것이다.

"'니하오' '곤방와'! 좋은 구경에 재미들 많이 보고 나왔나 얼굴들이 환하시군. 그렇다면 그 값을 내야지. 여기는 우리 구역인데 파라다이스 입장할 때 우리에게 따로 자릿세 안냈으니 지금이라도 내라고."

불량배 셋이 일행을 빙 둘러 선채 키 작은 히스패닉이 중국말, 일본 말로 채민수에게 인사를 건네며 위협했다. 동양계라 중국인, 아니면 일본인으로 본 것이다. 다부지지만 살결이 희고 귀공자풍인 그가 만만하고 돈 좀 있게 판단한 모양이다.

"우리 중국, 일본 사람 아니오. 미국 시민권자 들이지. 당신네가 누구인지 모르나 자릿세라니 듣도 보도 못한 말, 그거 아프리카 세금이오?"

채민수가 가슴을 내밀며 대답 겸 질문 한다.

"생뚱맞게 아프리카 세금이냐고? 여기가 뉴욕인데 당연히 미국 세금이지. 미국 온지 얼마 안 돼 모른다면 뉴욕 뒷골목, 아니 할렘 가 세금이라 할까. 아무튼 한사람에 1달러씩 내시오."

이번에는 심한 곱슬머리에 덩치 큰 흑인이 손에 든 길쭉한 뭉치를 위협적으로 흔들며 굵은 바리톤을 쏟아냈다. 여차하면 휘두를 태세다. 지켜보던 이시하라가 즉각 반박한다.

"여기 파라다이스 손님 치고 지금까지 개별적인 자릿세 낸 일이 없소. 이 구역 마피아가 철저히 관리해온 때문이지. 당신들 이러다가 큰 봉변당할 거요. 내가 여기 정회원이거든."

"아이쿠, 더 잘 됐네. 정회원님이면 돈도 많고 사정도 더 잘 아시겠지. 이 지역 관할권을 두고 갱단끼리 전쟁 직전이라 지금은 주인 없는 상태거든. 무주공산을 두고 볼 수 없어 당분간 할렘 골목 조직이 맡기로 했으니 다치기 전에 빨리 세금 내고 가는 게 좋을 거요."

"당신들은 모르는 모양인데 파라다이스 경비원이 건물 안쪽에서 지금 우리를 지켜보고 있을 거요. 적어도 이 골목 벗어나기 전까지 불상사가 일어나서는 체면 문제 거든. 앞으로 손님 유치에 큰 지장을 받을 텐데 당신들 내버려 둘 줄 아오?"

이시하라가 여전히 뻗대자 불량배들은 곧 행동으로 나섰다. 벼락같이 곱슬머리 흑인 거한이 선 듯 이시하라 목 줄기를 잡아들어 올린다. 즉시 솥뚜껑 같은 주먹으로 내려 칠 자세. 대롱대롱 매달린 이시하라 얼굴은 피가 통하지 못해 파랗게 질리는 찰라, 갑자기 거한 흑인이 고목나무 쓰러지듯 옆으로 나가떨어진다.

채민수의 태권 발차기가 어느새 흑인 거한 턱에서 작렬했기 때문이다. 그러나 상대 역시 만만치 않다. 옆 동작의 채민수를 향해 내지른 히스패닉 계의 긴 칼이 빗나가며 공중에 뜬 이시하라 회장 넓적다리를 스친 것이다.

비명과 함께 붉은 핏덩이가 사방으로 튀었다. 거의 동시에 또 다른 곱슬 머리 흑인이 민영환을 보호하듯 가로막고 있는 박창기를 총 개머리 판으로 공격했다. 겨누어 발사하기에는 시간이 촉박하다고 여긴 듯- 박창기 권투는 이미 준비하고 있었다. 오른 손, 왼 손 스트레이트와 혹 한방에 개머리판은 공중에 던져진 채 공격자는 길거리에 네 활개로 뻗고 말았다.

덩치 큰 흑인 깡패 둘이 모두 쓰러지자 잠시 칼을 잡고 대련 자세를 취하던 히스패닉 졸개는 순식간에 등을 보이고 줄행랑을 쳤다. 이 모든 동작 시간은 불과 2, 3분. 뒤에서 지켜보던 영환에게는 그야말로 활동사진 몇 컷을 본 기분이었다. 등에 땀이 고였다.

"아, 이런 이시하라 회장님 상처에서 피가 멈추지 않네요. 어서 병원으로 모십시다. 회장님, 정신은 드세요?"

영환이 쓰러져 신음하는 이시하라를 안아 일으키자 박창기가 손수건을 꺼내 상처 부위를 꽁꽁 싸맨다. 지혈을 끝내자 등을 뒤로 돌린다. 업히라는 시늉이다.

"이 쓰러진 놈들은 어쩔까요? 경찰에 고발해서 배후를 밝히던지, 법적 조치를 취하게 할까요?"

박창기가 이시하라를 업고 일어나며 영환에게 물었다. 채민수는 그새 두 흑인의 몸수색을 하고 있다.

"글쎄, 일단 이 친구들 신원은 확보해두고 오늘은 그냥 갑시다. 무엇보다 병원 가서 회장님 치료가 급하니까. 위험한 것 같지는 않지만 만일을 생각해서 빨리 움직입시다."

영환 생각에 오늘 일을 확대시킬 필요는 없었다. 떳떳한 장소에서의 사고가 아니다. 특히 전직 대한제국 외교관 신분이다. 빨리 현장을 뜨는 게 상책이다.

"맞습니다. 이자들은 저희가 슬쩍 만져주었을 뿐이니까요. 잠시 기절했지만 아마 곧 털고 일어날 겁니다. 그런데 찾아도 신원 관계 증명서 따위는 보이지 않네요. 불법 체류자 들 같은데 건드릴수록 손해 아닐까요?"

채민수 답변을 끝으로 일행은 급히 지나던 마차를 불러 타고 병원으로 향했다. 다행히 이시하라 상처는 깊지 않았다. 재빠른 지혈과 병원을 빨리 찾은 덕분이라고 했다. 의사는 사흘 뒤 퇴원을 약속했다.

27.
뜻밖의 호신술

뉴욕 파라다이스 경험과 이시하라 피습 사건은 민영환을 초조하게 만들었다. 빠른 시일 내 계획된 사람들을 만나야 했다. 이시하라 회장이 퇴원하는 날 그는 아예 여행용 가방을 들고 병원을 찾았다. 거기서 인사하고 바로 길을 떠날 참이었다.

"아니, 병원에 퇴원 마중 오시면서 웬 여행용 백입니까? 어디 멀리 떠나시는 것 같네요. 아니면 혹시 입원하실 일이라도?"

병실에 들어서자 아직 환자복인 채 소파에 앉아 담소하던 이시하라 회장이 농담을 던진다. 여행 차림의 영환을 보고 박 사장, 채 원장, 다른 일행도 일제히 의문의 눈길을 보낸다.

"예, 회장님 퇴원 기념으로 오늘부터 미국 속으로 한번 깊이 들어가 보려 합니다. 보스턴, 필라델피아 등 청교도들이 처음 발붙인 동부 지역과 멀리 시카고, 미주리 컬럼비아, 가능하면 금이 쏟아지는 서부까지 가보고 싶네요. 한국과 인연 깊은 유지들을 찾아 상의할 게 많습니다."

"그동안 별 말씀 없다 갑자기 이러시니까 겁나네요. 혹 저희가 모르는 새 불경한 일이라도 저질렀는지?"

영환과 채 원장 대화가 시원찮은 듯 하루코가 나섰다. 한마디로 원인과 결론을 단정 짓는다.

"그동안 소홀한 게 좀 많았으면 저러실까. 요새 채 원장님은 결혼 준비 핑계로 매일 긴자에 들러 소일하고 박 사장님도 현장 답사에 바쁘다 보니 그예 사단을 만들었네요. 두 분 어서 사과하고 여행 가방 맡아 두세요. 미국이 얼마나 넓고 험한 땅인데 홀로 떠나게 두실 겁니까. 나중 날 잡아 채 원장, 박 사장님 두 분이 함께 가는 걸로 하세요."

"옳거니, 그게 좋네요. 혼자 가시면 도중 무슨 일이 벌어질지 모릅니다. 채 원장은 혼인 준비로 바쁘고 제가 수행하는 걸로 하지요. 하루코님 정말 좋은 의견입니다."

이렇게 박창기 사장까지 동조하고 나서자 정작 놀란 쪽은 영환이다. 너무 단순하게 생각했던 걸까. 할렘 가 뒷골목 사건 이후 초조하게 며칠 지내고 벼락같이 내린 결정이긴 했다.

"제 짐작에 파라다이스 방문 때문에 기분이 좀 상하신 것 같은데 정말 그렇다면 정식으로 사과드립니다. 민 공사님이 가능하면 많이 미국 경험을 하시도록 마음 쓴 걸로 이해해주십시오."

이 말과 함께 갑자기 이시하라 회장이 입원 환자답지 않게 세차게 민영환 가방을 자기 앞으로 잡아챈다. 결코 혼자 못 보낸다는 의사 표시다. 하루코가 가볍게 박수를 친다.

"역시 연세 잡수신 회장님 결단이 빨라요. 여러분 위해 상처 입고 입원

하셨던 분이 이렇게까지 하는데 민 대감님도 그만 참으세요. 지금 저희 긴
자에서 요시카와 오라버니의 퇴원 축하연 준비가 한창 인데 빨리 가서 맛
있는 식사들 하시고."

영환은 가만히 한숨을 내쉬었다. 솔직히 이렇게 서둔 이유가 파라다이
스 방문 때문 아닌가. 이시하라 회장이 이를 콕 찍어 말하니 오히려 성급
히 결정한 자신이 민망해진다.

선의를 악의로 받아서는 안 된다. 이들과는 평생, 아니 죽어서까지 연면
히 이어나가야 할 동지 관계, 그 이상이다. 기분대로 가볍게 처신해선 곤
란하다.

"허허, 잘 알았습니다. 제가 여러분들 기분을 헤아리지 못하고 너무 서
둘렀던 것 같군요. 일단 운은 떼었으니 충분히 상의해서 여행 일정을 다시
잡겠습니다. 회장님 퇴원 기념 여행 하려다 무색하게 되었네요."

영환이 물러서자 방안 분위기는 곧 화색이 돌았다. 채민수는 재빨리 퇴
원 수속하러 가고 박창기는 마차를 부른다고 쫓아나갔다. 병실에 남은 하
루코가 차분하게 이시하라 짐을 쌌다.

"내가 상처한지 꽤 되었습니다. 두 아이들은 이제 독립해서 멀리 시카
고, 샌트 루이스 등에 나가 살고 혼자 있다 보니 가끔 파라다이스에 들렸
지요. 하지만 이제 참한 여자 있으면 재혼할까 생각은 하고 있습니다."

"저도 상처하고 재혼한 몸입니다. 원래 전처는 소생이 없었는데 후처가
아이들을 쑥 쑥 나으며 집안에 화기가 돌기 시작했지요. 빠를수록 좋지 않
겠습니까."

이시하라와 민영환이 나누는 대화를 듣고 하루코가 배시시 웃으며 한마
디 한다.

"제가 좋은 사람 소개한다고 할 때는 지금까지 흘가분해 좋다고 내치 더니 마음 바뀌셨나 봐요. 병실에 홀로 누워 생각이 많으셨지요? 입원이 전화위복 된 거 축하드립니다."

"고맙네. 하루코 말대로야. 내가 집에 정 줄 데가 없으니 밖으로 나돌았는데 더 이상 밖으로만 돌아서는 안 될 것 같아. 내자가 있어야 매사 행동에 조심하지 않겠나. 물론 사람 나름이겠지만."

"그럼 내일이라도 찾아볼게요. 제 친구 중에 참한 여자 많아요.

"하루코 상이 추천하면 무조건 OK이니까 가능한 빠른 시일 내 만나 보세. 내 중매 턱은 톡톡히 내지. 왜 일본 속담에 '공짜처럼 비싼 점심은 없다'는 말 있지 않나."

두 남녀의 격의 없는 대화를 들으며 영환은 그새 며칠간 우울했던 마음이 활짝 가시는 것을 느낀다. 좋은 사람들, 모두 든든하고 착하다. 한마디 안할 수 없다.

"참, 이시하라 회장님은 부상당해 입원하시고도 뭐 하나는 반드시 건지시는군요. 그것도 일생 반려를 병실 대화로 간단히 찾는다니 놀랍습니다. 아예 미팅을 서둘러 채 원장 하루코 커플과 합동 결혼식 하면 어떨까요?"

"에이, 대감님도, 욕심이 과하면 체하기 마련, 행여나 제가 어찌 감히 처녀 총각 결혼에 끼어들겠습니까. 저는 혼인하더라도 조용한 만찬과 함께 반지 교환하는 것으로 때울까 합니다."

"저는 좋은데요. 회장님과 합동 결혼하면 못생긴 젊은 저희가 그나마 돈보일 것 아닙니까. 회장님은 들러리 생겨서 좋고, 모두 원-원 게임이네요."

이시하라의 겸손과 하루코의 재치가 한창 무르익는데 채민수와 박창기가 동시에 병실 문을 열고 들어선다. 수속이 끝나고 마차도 도착했다는 것이다. 일행은 곧 하루코 일식집 긴자로 향했다.

"오늘 요리는 역시 조선식 위주로 준비했습니다. 이시하라 회장님 퇴원 축하 의미로 그 식성에 맞췄는데 괜찮겠지요. 민 대감님 식성도 비슷하시고. 하지만 사시미도 생선 별로 듬뿍 나오니까 무난할 겁니다."

"자네 솜씨라면 무슨 음식이던 걱정 안해. 나오는 대로 다 먹고 배탈 걱정을 한두 번 해봤나. 아무튼 내 식성에 맞췄다니 고맙군. 가끔 칼침 맞고 입원도 할 만 하네."

긴자에 도착한 이시하라 회장은 원기 왕성했다. 주방장 요시카와에게 덕담 해가며 민영환을 안내, 방으로 들어서자 상석에 앉힌다. 그리고 귀속말로 요시카와에게 무언가 지시했다. 곧이어 요리와 사계 술이 나오고 취기가 돌 때 쯤 박 사장이 정색하고 민영환에게 청을 넣는다.

"대감님, 아까 병원서도 잠시 말씀드렸지만 이번 여행에 저를 꼭 동행시켜 주십시오. 미국이란 나라가 워낙 잡다한 인종들이 모인 곳이라 무슨 일이 벌어질지 모릅니다. 특히 체구 작은 동양 사람들 안전은 담보 못해요."

"그건 그래요. 대도시 밖으로 한발자국만 나가도 허허벌판, 첩첩산중, 망망대해가 펼쳐집니다. 사람보기 힘든 곳이 많아요. 주로 기차 여행이겠지만 역과 역 사이가 너무 멀고 인종 차별로 망신 주는 데가 허다합니다. 이번 이시하라 회장님 피습은 대도시 뒷골목에서 버젓이 벌어져도 경찰 보기 힘들지 않았습니까. 당하면 허망해요."

채민수 원장도 재빨리 동조한다. 병원에서의 토론이 재연될 조짐이다. 영환이 난처해서 이시하라 회장을 돌아보자 그는 의외로 태평하다.

"두 분 말이 맞지만 좀 과장된 측면도 있어요. 도시보다 시골 치안이 낫고 뉴욕서도 이번 경우는 예외적 사고입니다. 사람 보기 힘든 시골에서는 되레 사람 그리울 때가 많지요. 또 총기 소유를 허용하는 나라라 도시에서는 서로 조심도 하고."

"그러니까 더 위험할 수 있지요. 인적 드문 곳에서 홀로 덩치 큰 불량배들과 마주치면 감당이 되겠습니까? 총은 예외로 처도."

마침 추가 요리를 갖고 오던 주방장 요시카와까지 문 밖에서 얘기를 들었는지 한마디 보탠다. 이제 영화의 단독 여행은 물 건너 간 분위기다. 그 때 조용히 술시중을 들던 하루코가 또 대안을 제시했다.

"제 생각에 이번 여행에서 공사님은 번거롭지 않게 몇 몇 중요한 사람들을 만나시려는 것 같아요. 안전 면에서 누군가 수행하는 게 좋겠지만 일의 성질 상 어렵다면 다른 방법도 있는데."

"대안이라면? 무슨 좋은 생각이 있소?"

채민수가 대견한 얼굴로 하루코에게 묻는다. 자기 신붓감이 결정적일 때 곧잘 묘안을 내는 게 기특한 모양이다.

"좋은 생각인지, 아닌지는 들어보고 판단하세요. 그러니까 여행 일정을 한두 달 늦추고 그동안 대감님께 간단한 호신술을 익혀 드리는 겁니다. 최소한 자위 내지 불량배 제압 조치 말입니다. 채 원장과 박 사장이 다 무술 고수인데 집중 훈련하면 안 될 게 없지요. 기본 기술만이라도."

"맞아, 맞아. 왜 진작 그 생각을 못했을까. 전문적 폭력배나 갱단 아닌 평범한 깡패 정도만 따돌릴 수 있어도 훨씬 낫지. 괜한 시비는 흔히 조무래기들이 하거든. 역시 하루코 상은 머리가 좋아. 채 원장 훌륭한 신부 맞는 것 거듭 축하해요."

이시하라 회장이 감탄하자 채민수는 얼굴을 붉히고 방안 모두 화색이 돈다.

"간단한 호신술은 보름이면 충분해요. 한 달이면 더 좋고. 제가 합기도와 태권 쪽을 맡고 박 사장이 권투 기본을 교수하면 됩니다."

"제 복싱은 치고 빠지는 간단한 기술을 반복하는 겁니다. 꾼을 만나지 않는다면 그것만으로 현장 위기는 피할 수 있어요."

채민수와 박창수의 잇단 호응에 영환도 적잖이 마음이 동한다. 얼굴이 슬그머니 붉어지는 게 딱히 술 몇 잔 때문이 아니리라. 평생 모른 무술 공부를 졸지에 하다니 얼떨떨한 표정이다.

"내가 책상물림인데 감히 무술을 배운다니 약간은 흥분 됩니다. 그래도 가망이 있다면 제가 과거 시험 병과에 합격한 사실이지요. 덕분에 병조판서까지 지냈으니 생판 문외한은 아닙니다."

"아뇨, 막상 시작하면 무술도 머리 좋은 사람이 더 빠르게 배웁니다. 잘할 수 있다는 뜻이지요. 그래도 최악의 경우 고수들이 쓰는 신묘한 방법이 있으니까 염려 놓으세요."

"그게 뭡니까? 고수들의 최종 무기까지 내가 배운다는 말인가요? 그것도 제한된 기간 내 말입니다."

영환은 간절한 표정으로 채민수에게 고수의 마지막 처방을 묻는다. 그는 대답 대신 웃기만 했다. 영환이 눈으로 재촉하자 마침내 입을 연다.

"합기도의 경우 보통 명예 9단증까지 고수들이 받습니다. 바둑으로 치면 9단은 입신 경지지요. 그런데 합기도는 9단 넘어 10단이 있어요. 누구일까요?"

"글쎄, 역시 신의 경지를 넘어선 사람이겠지. 무술 달인, 아니 무술 도사인 10단은 마지막 어떤 무술을 쓸까요?"

영환의 순진한 물음. 옆에서 답을 아는 박창기는 싱글벙글 이다. 채민수가 점잖게 말했다.

"참을 인(忍)자를 세 번 외우는 겁니다. 10단 경지에 들면 아예 처음부터 무술 쓸 기회를 봉쇄, 또는 참는 거지요. 은인자중파라고 할까, 상대방이 때려도 맞고 맙니다."

"에이, 그게 무슨 10단? 그럼 애당초 배우지 않은 사람과 차이가 없지 않소? 10단이 아니라 초급자지."

영환이 핀잔을 주자 이번에는 박창기가 한술 더 떴다.

"아니 그건 약과이고, 10단 넘어 11단까지 있는 건 모르지요? 정말 고수 중 고수."

"아마 그 사람은 참을 '인'자를 세 번 아닌 다섯 번 쯤 외우겠지요."

민영환도 이제는 농으로 받는다. 어차피 이시하라 회장 퇴원 기념 만찬, 기분 좋게 취해 가는 밤이다. 그것도 세계 제1 도시 뉴욕 한복판에서 배달 민족 후예들이 모여서다.

"빙고! 거의 맞추셨습니다. 11단 고수는 최후에 날쌘 뺑소니를 말해요. 위기 현장 탈출 기술입니다. 손자병법의 삼십육계 줄행랑, 바로 그거에 요."

모두 한바탕 웃고 났을 때 이시하라 회장이 요시카와 주방장에게 뜬금 없이 물었다.

"일전에 말한 물건, 내 사무실에서 도착했나요? 왔으면 지금 좀 갖고 오시지."

"진작 왔는데 말씀 안 계셔서 기다리고 있었습니다. 내용은 확인하지 않았고요."

잠시 후 요시카와가 가져온 상자를 이시하라가 조심스럽게 열었다. 내부 물건이 들어나는 순간 일동은 '앗' 소리를 동시에 내질렀다. 그 안에서 권총 한 자루가 나온 것이다. 6연발 소형 리볼버. 손잡이에 번쩍이는 금빛으로 보아 꽤 고급인 듯하다.

"내가 파라다이스 뒷골목에서 변을 당한 이후 사무실에 고이 모셔 둔 호신용 권총 생각을 했어요. 언제, 무슨 일이 벌어질지 모르는 광활한 개척지에서 이런 것 한 자루 몸에 지니는 것도 괜찮다 싶었습니다. 때마침 공사님이 긴 여행을 떠나신다니 제가 선물하지요. 조작이 간편해서 한나절만 연습하시면 충분합니다."

일동은 일제히 박수를 쳤다. 영환은 또 감동했다. 이들의 친절, 배려가 몸에 사무친다. '혈죽회 한국 재건 기금' 관리 위원들의 충심을 새삼 확인한다. 입원 중에 이런 생각까지 한 이시하라 회장이 참으로 고맙다.

"참을 '忍'자 3개의 10단, 삼십육계 줄행랑의 11단 등 합기도 최고 무술을 익히고 이런 멋진 권총까지 지녀 든든합니다. 여러분 격려에 미국에서 내 임무는 벌써 성공한 거나 다름없네요. 감사합니다. 자, 우리 힘차게 배달 한국 재건 술잔을 높이 듭시다."

영환은 목메어 건배를 외쳤다. '배달 한국을 위해 건배! 대한국 재건을 위해 건배! 건배!"

– 제번하옵고 작년 여름 귀국한 2차 사행단원들로부터 미국에 가신다는 말씀 듣고 급히 소식 올린 이후 해를 넘겼습니다. 무심한 점 용서를 빕니다. 괜한 일로 분주했다면 변명이겠지요.

국내 사정은 나날이 나빠집니다. 일본 야욕은 갈수록 뻗치고 덩달아 친일파 간신배 발호가 더 심해지는군요. 1894년 청일전쟁 패배, 1896년 3월 고종의 아관파천과 1897년 2월 경운궁 환어를 계기로 10월에 국호를 대한제국으로 선포, 독립국임을 애써 내세웠으나 성과는 미약합니다.

아시다시피 서재필 박사가 독립신문을 통해 정론을 펼치다가 정부 압력으로 물러나고 윤치호 대감에게 운영권을 넘긴 뒤 사정이 매우 좋지 않습니다. 그 분은 개화 선각자이지만 너무 이기적이고 영리하지요. 개인 영달에 관심 큰 사람이 정론을 펼 수 있을까요.

저는 요즘 배재학당 주관의 협성회보와 독립신문, 제가 창간한 매일신문 등에 논설과 시국 풍자시를 쓰며 바쁘게 지냅니다. 특히 「고목가」 제목의 시는 조선 현실을 늙은 나무로 비유, 일본 러시아 등과의 부당한 조약 체결을 비판해 관심을 끌었지요. 이를 기회로 조만간 대대적 민중 집회를 열고 우유부단한 정부의 개혁 정책을 성토할 작정입니다.

사족이지만 귀국 전 혹 틈내셔서 시카고 소재 제중원 화이팅 의료 선교사 친가를 한번 방문하시면 어떨까요. 목회 집안으로 친절하고 발이 넓다니 대감님 추진 일에 반드시 도움이 될 겁니다. 건강하시고 속히 뵙기 바랍니다.

1898년 정초 이승만 올림 -

민영환은 편지를 두 번, 세 번 거듭 읽었다. 1897년 3월 조선을 떠나 거의 1년이 다 된 지금 나라 사정은 악화일로다. 절로 한숨이 나오는 가운데 편지를 쉽게 손에 떼지 않는 것은 이승만에 대한 반가움 때문이다. 특히 그의 독특하고 예쁜 필체가 마음에 들었다. 이승만은 글씨를 잘 썼다.

영환도 글씨에 일가견이 있다. 당대 소문난 명필인 사촌형 운니 민영익이 인정한 정도니까. 사실 민영익은 1883년 한국 첫 보빙사 정사로 부사 홍영식 등 대표단을 이끌고 일본과 미국을 방문했던 1세대 개화파다.

그러나 지나치게 청국 쪽에 기울었다가 갑신정변 때 박영효 등 개화파의 칼침을 맞아 중상을 입었다. 그때 미국의 알렌 의료 선교사가 즉시 치료하지 않았다면 죽은 목숨이다. 평소 그의 붓글씨에 매료되었던 알렌이 혼신의 힘을 다해 살려낸 것이다.

이승만도 글씨 잘 써 목숨을 보전할 날이 올까, 나도 글씨로 덕 볼 날 있을까, 이런 생각을 하다 영환은 픽 웃음을 흘린다. 객쩍은 생각인데다 지금 이승만 편지가 한글로 쓰였기 때문이다. 한문 편지만 주로 보던 그에게 가는 세필로 쓴 한글 편지는 미술 작품 뺨치게 돋보였다.

명필은 한문체를 기준 삼는 게 당연하다 싶었던 평소 그의 생각이 여지 없이 무너진 것이다. 한글 붓글씨가 이처럼 예쁠 줄은 미처 몰랐다. 크기, 굵고 가늘기, 배열 등 한자와 또 다른 의미의 예술성이 두드러졌다.

"뭘 보시며 그렇게 혼자 웃으십니까? 오랜만에 뵙는 환한 얼굴이네요."

문득 인기척에 등을 돌리니 채민수와 박창기가 나란히 거실로 들어서고 있었다. 이들과는 평소 거주 아파트 열쇠를 공유하고 있다. 어차피 영환이 떠나고 나면 이들이 관리할 집이다.

"음, 서울에서 온 편지를 보고 기분이 좋아졌소. 한 달 가까이 걸려 워싱턴 공사관을 거쳐 온 오래 된 소식이 암담하지만 그래도 반가운 사람이 보낸 거라 기쁜 거지. 게다가 한글 편지 글씨가 이렇게 예쁠 수 있다는 게 믿겨지지 않아요. 나도 배워볼까 욕심도 나고."

"보낸 분이 사모님이신 모양이지요? 아니면 귀여운 자녀분들? 혹시 숨겨두신 정인이라도 되시나요?"

"에끼, 박 사장 농담이 너무 나갔어. 부처님 같은 분에게 어디 정인을 갖다 부치나. 파라다이스 가서 보고도 그런 소리 하나?"

두 침입자가 웃으며 멋대로 치고받는 게 영환은 나쁘지 않다. 그만큼 허물이 없어진 것이다. 믿고 맡기는 사이가 지나치게 엄숙해서 좋을 게 없다. 속을 비우고 무슨 말을 하고 들어도 수용하는 자세가 좋다. 물론 기본적 예의는 상식이다.

"채 원장이 바로 맞췄소. 앞으로 두 분과도 인연 깊은 사이가 될 테니 편지를 한번 보는 게 좋겠네. 읽고 난 소감을 듣고 싶기도 하고."

영환이 빙그레 웃으며 편지를 내밀자 박 사장이 재빨리 받아 챙긴다. 머리 쓰는 차분한 채 원장과 달리 다혈질이고 몸이 먼저 움직이는 행동파다. 두 사람의 조합은 이상적이다.

"일본의 조선 지배 압박이 갈수록 심해지는 모양이네요. 러시아 욕심도 커지고. 거기다 개혁이란 명분으로 친일파가 득세하면 화염에 기름 붓는 꼴이지요. 개혁은 해야겠고 그러면 일본 침략과 러시아 욕심을 돕는 꼴이니 진퇴양난입니다."

"그나마 미국이 나은 편인데 이 사람들은 조선에 선교 이외 별 뜻이 없어요. 조선, 중국에 대한 관심보다 바야흐로 하와이와 괌을 병합하고 필리핀까지 식민지 만들 욕심으로 스페인과 전쟁을 하는 처지니 우리 독립과 개혁은 눈 밖입니다."

편지를 다 읽고 난 채민수, 박창기가 번갈아 말하자 영환 얼굴도 수심에 잠긴다. 한글 글씨의 아름다움에 취했던 순간은 사라지고 현실로 돌아온 것이다.

"그래서 앞으로 우리 일이 더 중요하고 화급해진 거요. 아무리 국제 정세가 나빠도 우리는 대한국 재건에 최선을 다 해야지. 특히 이 편지를 보낸 이승만이란 청년을 눈여겨 두시오. 불과 2, 3년 전까지 서당 공부로 과거 시험에 열중했으나 지금은 배재학당에서 신학문을 배워 초급 영어는 가르치기까지 해요. 나아가 학당에서 발간하는 협성회보, 기타 신문 논설을 통해 일약 전국적 우국 논객이 되었소. 친일파와 정부에 가시 같은 존재로 말이오."

"편지에는 독립신문과 서재필 박사 걱정을 많이 했던데요. 그 양반이 조정 압력 받고 강제 추방당한 모양이지요?"

"서 박사야 미국 시민 권자니까 여기 오면 그만이지만 독립신문 장래가 문제요. 압박에 못 이겨 폐간하거나 계속 발행해도 이승만 논설 같은 정부 비판 글을 싣지 못한다면 있으나마나지. 백성들 눈과 귀를 가리고 무슨 개혁을 한단 말이오?"

"그래도 국호를 대한제국으로, 왕이 황제가 되는 등 변화를 추구하지 않았나요. 이로써 조선이 청국 속국 체제에서 벗어나고 일본과도 상관없다는 뜻을 만방에 과시했으니까."

박창기 말에 영환은 쓴 웃음을 지었다. 작년 3월 2차 사절단을 이끌고 조선을 떠나기 전 그는 한규설과 논의했던 대한제국 반포를 고종에게 진언했었다. 실익이 없어도 대내외 독립과 자강에 대한 결의를 보이자고 한 것이다. 특히 사대를 이념처럼 생각하는 고루한 선비 세상에 경종을 울리자고 했다.

임금은 주춤했었다. 청국을 의식해서다. 조선왕조 5백년 사대체제를 허물기 겁났던 것이다. 하지만 왕이 황제가 된다는 말에 기분이 좋아졌다. 러시아도 수긍하고 일본도 반대하지 않을 것이란 예측에 솔깃했다.

그래서 이뤄진 대한제국이다. 실질적 망국 직전 국호 변경이 무슨 의미가 있는가. 고종은 경술국치를 당하기 전까지 약 13년간 황제 칭호를 받으며 나름 애를 썼다. 그러나 기둥뿌리가 이미 썩을 대로 썩은 국운은 되돌리기 어려웠다. 이제 최후를 생각하고 그 이후 복원 계획을 면밀히 세울 때다.

"환웅 조선 이래 우리는 어떤 시련에도 명맥을 유지해왔소. 거대한 만주, 시베리아 바이칼 호수 일대는 물론 한족의 본고장 중원을 넘나들던 판도가 비록 반도로 졸아 들면서도 우리는 견뎠던 거요.

그러나 이제 불이 꺼지기 직전 위기요. 배달한국 재건 위원인 우리들 어깨가 한층 무거워진 겁니다. 우리는 환인 하느님 자손 나라를 지키는 뿌리 요원들로서, 이른바 형체 없는 혈죽회 지하활동을 지원해야 합니다.

채 사장, 박 사장 두 분은 물론 이시하라 회장, 하루코 상, 요시카와 주 방장, 기타 미국에서 더 합류할 몇 사람이 확실한 행동대원으로 배달한국 재건을 밀고 끌어가야 합니다. 임무는 이심전심 알아서 수행하지. 그래도 보이지 않는 종합 사령탑에 의해 언젠가 목적을 이루고 말거요."

영환이 처연하게 말을 맺자 두 사람이 눈시울을 씻고 코를 훌쩍인다. 나라 운명이 서러워서다. 경각 즈음에 자신들을 발탁한 민영환이 고마워서다. 한낱 미국 소수 인종 시민인 그들에게 조국 재건 임무를 맡긴 게 감격스러워서다. 사심은 저리 가라, 내 한번 손짓, 걸음마다 의미가 있다.

"그런데 꼭 미국에다 혈죽의 씨를 뿌리는 특별한 이유라도 있습니까? 만수 도사가 저희를 추천했다지만 미국은 태평양 너머 먼 나라인데요. 조선에 큰 관심도 없고."

박창수가 여전히 코를 훌쩍이며 묻는다. 그답지 않게 사뭇 감상적 논리적이다.

"그러니까 안성맞춤이오. 무관심이면 간섭도 덜하지. 중요한 것은 미국이 기독교 국가라는 것입니다. 종교 핵심이 '사랑' 과 '평등'이고 체제는 자유민주주의로서 나라 주인이 백성인 점은 미래 배달 한국의 지향할 바지."

영환이 선 듯 대답했다. 이때 그의 말은 적중했다. 우여곡절을 겪었지만 이승만은 50년 뒤 1948년 남북한 총선을 반대하는 북한을 제외한 채 민주주의 대한민국을 건국했다. 또 1961년 군사 쿠데타에 성공한 박정희는 자유 시장경제를 채택, 원조받던 나라를 주는 나라로 성장시킨 것이다.

"맞습니다. 미국은 청교도가 세운 국가답게 정직과 공정, 자유를 신봉하며 번영하고 있지요. 자본주의 폐해가 있지만 공정거래와 복지 차원에서 치료하면 되고요. 미국 모델은 큰 틀에서 닮을 만합니다. 이제 대감님 호신술, 총 솜씨가 수준급인데 출발 날자는 정하시었습니까?"

갑자기 채민수가 가슴을 펴며 물었다. 그동안 매일 거르지 않고 수련시킨 결과에 자부심을 갖는 것 같다. 대답하는 영환 얼굴이 밝아졌다.

"허허, 두 분 열성 결과지요. 쑥스럽지만 내 평생 처음 이렇게 호된 육체적 훈련을 견뎌낸 게 스스로 대견합니다. 모래쯤 출발 예정인데 미처 말을 못했소. 행선지 선후 혼선 때문이었으나 모두 끝났지."

"미국이 워낙 광대해서 큰 도시 아니면 주소로 찾기 쉽지 않습니다. 지금도 영토 확장에 혈안이지요. 멕시코와 전쟁을 벌여 텍사스, 뉴멕시코, 캘리포니아 지역을 합병하자 샌프란시스코에 금광이 터져 서부개발 붐이 요란합니다. 대농장주, 목장주, 금광꾼에 총잡이들까지 설치는데 거기까지 가시는 건 아니지요?"

채민수 걱정이 크다. 호신술 정도로 총잡이 상대는 어림없다.

"가고 싶지만 서부까지는 시간이 없어요. 역시 동부 중심이고 시카고나 미주리 컬럼비아 등 중부와 형편 따라 혹 남부까지 갈지 모릅니다. 사정 봐서 해야지요."

영환이 미주리를 거론하자 박창기가 화들짝 놀란다. 거기는 너무 멀다. 그렇다면 자신들이 수행한다 해도 통하지 않을까, 핑계 삼아 재빨리 의견을 말한다.

"동부는 몰라도 중부, 남부는 멀고 험한 곳이 많아요. 저희 중 한명이 동행하는 게 역시 좋겠습니다."

이들의 진정어린 제안에 영환이 마침내 내심 한 자락을 실토했다. 사뭇 엉뚱하다. 그럴듯한 미국 연고 지인들을 방문, '배달 한국 재건 기금' 참가 독려가 이번 여행 목적 아닌가. 가능하면 혈죽회 가입까지 권할 것이다.

"내가 실은 영어를 본고장에서 정식으로 배워보고 싶소. 이번 여행 끝자락에 미주리 대학 영어 연수 반에 등록, 한 학기만 정식 코스를 밟으려는 거지. 그런데 누구와 같이 가다니. 성의는 고맙지만 내가 부담되네요."

이 말에 채, 박 두 사람은 할 말을 잊었다. 배움에 나이가 없구나, 조선 권문세가 대감이 영어 연수 반에 입학하겠다니 입이 딱 벌어진다. 자신들은 생활 속에서 터득한 영어로 일상을 무리 없이 지나지 않는가.

사실 그랬다. 카지노에서 돈을 땄고 증권, 금융 투자로, 건물 임대, 매매로 돈을 벌었다. 작은 돈이 큰돈을 만드는데 영어가 필수는 아니었다. 좋은 머리로 확률을 계산하고 발로 뛰고 이시하라 같은 투자 귀재를 만난 행운 때문이지 영어 불편은 생각지도 않았다.

"그렇다고 하필이면 먼 미주리 대학입니까? 동부에도 대학은 넘쳐나는데요. 뉴욕에도 있고."

"물론 동부 쪽 명문 대학들도 알아 봤소. 하지만 시간과 커리큘럼이 나와 맞지 않았지. 중요한 건 내 일정에 차질 없어야 합니다. 그 중 미주리 컬럼비아 대학 연수 코스가 제일 맞았어요. 게다가 내 경력을 인정해 연구 교수로 장학금과 연구실을 준다니 얼마나 고맙소."

채민수와 박창기 입이 떡 벌어진다. 도대체 이 사람 배움 욕심은 끝이 없구나, 언제 이런 세밀한 조사까지 했는지 놀란 것이다. 결국 동행은 불가능하다고 결론, 화제를 돌린다.

"이번 여행에서 어떤 분들을, 몇 분이나 만나는지요? 예비지식이 있어야 나중에 그 사람들과 인사해도 어색하지 않을 겁니다. 무엇보다 대감님

행선지와 소재지를 파악할 수 있고요."

"대여섯 분 쯤 생각하고 있소. 편지로 방문 계획은 일러두었지만 사람 따라 꼭 만난다는 보장은 없어요. 동부에서는 호머 헐버트 선교사와 화이팅 여의사 선교사 가족을 찾아 뵐 겁니다."

영환은 호머.B 헐버트란 이름을 언급하는 순간 온 몸이 찌르르 하는 전율을 느낀다. 그는 대한제국, 아니 배달 한국의 은인으로 죽어서도 미국 아닌 이 땅에 묻혔다. 지금 서울 양화진에 가면 그의 묘지가 있다.

헐버트는 1863년 1월 미국 버몬트 주 뉴헤이븐에서 태어났다. 목회자인 아버지는 대학 총장, 어머니는 명문 다트머스 대학 창립자 증손녀다. 그역시 다트머스 대학을 거쳐 유니온 신학대 2년 재학 중 조선에 왔다.

당시 고종은 민영환 등의 신학문 교육기관 설립 건의를 받아 육영공원을 세웠는데 거기 교사로 지원한 것이다. 그는 2년 임기를 끝내고 귀국했다 다시 조선에 재입국하는 등 조선과 고종을 위해 살았다.

경복궁 춘생 문 거사 때는 직접 권총 차고 고종 경호를 했는가하면 뒷날 상해은행에 맡겼던 고종 내탕금 찾는 일까지 맡았었다. 이 거사는 명성황후 시해에 협조한 친일 관료 제거를 위해 벌렸으나 실패했다. 이승만도 이에 연루, 황해도로 피신한바 있다.

뿐만 아니라 헐버트는 조선 독립 필요성과 일본의 야심을 비판하는 기사 및 칼럼을 끊임 없이 미국 언론에 기고했다. 또 실패했지만 네덜란드 헤이그에서 열린 만국평화회의에 이준 열사와 동시 참석, 고종의 밀사 역을 충실히 해냈다.

이에 따른 신변 위협은 불가피했다. 보다 못한 누이동생 메리가 고향에서 대학 총장직을 교섭해놓고 귀국을 종용해도 헐버트는 요지부동이었다.

'인격이 승리보다 중요하다'는 가훈을 그는 누구보다 충실히 지켰다.

뒷날 대한민국 초대 대통령 이승만이 그에게 건국훈장을 추서한 것은 당연했다. 1945년 8월 15일 독립기념일에 초청했으나 부인 간병 때문에 다음 해 방한 중 83세 고령의 긴 여행 후유증으로 도착 일주일 만에 숨졌다. 그는 평소 소원대로 한국 땅에 영면, 배달 한국의 독립과 빛나는 산업화, 민주화 과정을 한강변에서 흐뭇이 지켜 보고 있다.

그가 1907년 12월 22일자 뉴욕 타임스에 소개한 두 사람 인물평이 매우 대조적이다. 을사보호조약 체결 때 이의 철회를 주장하며 자결한 민영환과 왕을 겁박, 체결을 주도한 이완용에 관해서다.

-민영환은 동양에서 가장 식견 높고 공명정대한 인물이다. 그의 위대한 죽음은 한국인 가슴 속에 영원히 남아 있다. 비방자가 뭐라 하던 애국자의 영광을 보였다. 그는 영어, 불어에 능통한 교육 중시 자였다-

-이완용은 미국과 일본을 섭렵한 조선에서 특혜 받은 지성인이다. 그는 똑똑하나 기회주의 자 임에 틀림없다. 갖은 명분, 핑계에도 불구하고 그는 결국 대역적(arch traitor)이 되고 말았다-

홀로 여행은 외롭다. 반면 자유가 있다. 대화 상대 없는 고독과 동행 눈을 벗어난 편안 가운데 선택은 순전히 개인 문제다.

민영환의 경우 전자가 좋다. 고독이 깊어져 쓸쓸하다 싶으면 누군가 도와준다는 신념을 가졌기 때문이다. 지난 7월 런던서 뉴욕 행 대서양 항로 배를 혼자 일주일 이상 타고 올 때 실감했다.

그건 특히 파랑새 아리랑 오뉘 덕분이다. 배달 한국 먼 조상 나라 정령을 자칭한 그 작은 새들은 켄싱턴 호텔 방에 느닷없이 나타나 격려와 조언을 아끼지 않았었다. 외롭고 마음이 흔들릴 때 그들을 떠올리면 든든했다. 다음 사례는 당장 도움이 됐다.

-런던에 살고 있는 미국인 제임스 블록과 어빈 형제를 만나보세요. 그들은 지금 미국 정계 샛별처럼 반짝이는 야심찬 시어도어 루스벨트 청년 정치가의 외삼촌인데 남북 전쟁 때 남부 쪽에 섰다가 패전하자 영국으로

망명했지요.

반면 시어도어는 북부 링컨 대통령 편에 섰던 아버지 덕에 좋은 교육, 좋은 인맥을 업고 승승장구하고 있습니다. 대감님이 미국 가시면 아무쪼록 그를 찾아가 안면을 트세요. 도움이 클 거 에요. 그러자면 여기서 그의 외삼촌 소개장을 갖고 가는 게 좋습니다. 시어도어는 평소 해군이 곧 국력이라는 신념을 갖고 남부 해군 장군 출신 외삼촌들을 존경해 왔거든요."

이 말을 듣고 영환은 즉시 외무성 시인과장에게 의뢰, 이들을 캔싱톤 호텔 식당으로 초대해 식사 대접을 했었다. 결과는 좋았다. 전쟁 패배자 설움을 안고 있는 그들은 약소국 조선 입장을 이해하고 쾌히 소개장을 써준 것이다.

지극히 내면적 성격인 동시에 어느 순간 이를 깨고 나올 수 있는 능력은 민영환의 장점이다. 사고적인가하면 어느새 행동파 기질이다. 이로써 그의 미국 내 방문 처는 만수 도사 의형제 윌리엄 제이슨, 제중원 조지아나 화이팅 친가, 육영공원 헐버트 선교사 가족 외 시어도어 루스벨트까지 한 곳이 더 늘었다.

"가시는 지역마다 전보는 치세요. 소재 파악이 되니까요."

"아무튼 건강이 첫째이고 신변 안전은 필수입니다. 대도시 역 주변은 늘 조심하고 밤늦게 홀로 외출은 삼가세요. 우범 지역은 어디나 있기 마련, 피하는 게 상수입니다. 가급적 빨리 돌아오세요. 미국도 지방 의료 체계는 아직 멀었습니다."

뉴욕 센트럴 역. 보스턴 행 기차가 서서히 움직이기 시작하자 차창 밖에서 채민수와 박창기가 따라 오며 당부하는 말이다. 민영환은 가슴이 뭉클해진다. 머나먼 이국 기차역에서 헤어지는 맛을 처음 느낀다. 몇 달 같이 지낸 소회가 만만찮은 것이다.

기차가 속력을 낸다. 두 사나이는 뛰기 시작한다. 마침내 긴 기적 소리와 함께 기차는 앞에서, 두 사내는 뒤에서 제각기 사라져간다. 안개처럼, 흩어지는 구름처럼.

보스턴에 도착한 영환은 곧장 헨리 헐버트가 목회하는 교회를 찾아간다. 그는 한국에 온 호머 헐버트의 형이다. 일찍이 아버지 헐버트가 미국 정부 교육위원장 이튼에게서 조선에 갈 선교사 파견 요청을 받고 먼저 제안했던 인물이다. 그러나 그는 따로 할 일이 있다고 정중히 사절, 동생 호머가 가게 된 것이다.

"웰컴 웰컴. 잘 오셨습니다. 아우 호머가 편지로 알려 진작 기다렸는데 이제야 뵙는군요. 뉴욕 일이 바쁘셨던 모양입니다."

헨리 목사는 훌쩍 큰 키에 호인 형 얼굴이다. 호머 선교사, 아니 두 번째 방한 이후 삼문출판사 사장까지 맡은 동생의 이지적 느낌과 좀 다르다. 이런 인물이 한국에 더 맞을지 모른다는 생각이 순간 들 정도다.

"굳이 변명하자면 귀한 분 뵙는데 뉴욕에서 서툰 영어 한마디라도 더 배우고 싶어서라고 할까요. 아무튼 기다리셨다니 죄송합니다. 미국은 가만히 있어도 바쁜 나라더군요. 모든 게 신기해 시간이 어떻게 갔는지 모릅니다. 미국인은 안 그런가요?"

"웬걸요, 저희도 부산하긴 마찬가집니다. 다만 공사님은 뉴욕에 계셔 더 그런 느낌을 받았겠네요. 거긴 모든 사람들이 바빠요. 너무 크고 인구, 물건 많고, 높은 빌딩 천지이고 정신없지요. 여긴 좀 나으니까 교회에서 내 설교 들으시며 푹 쉬다 가십시오."

"아직 영세는 받지 않았지만 저는 사실 가톨릭 쪽에 더 관심이 많습니다. 조선에 파란 눈의 신부님 첫 입국이 1780년대니까 벌써 1백년을 넘었네요. 그동안 많은 순교자를 보며 왜 그리 죽기 불사하고 신앙을 지키는지 궁금했습니다. 반면 개신교 선교사는 1885년 첫 발을 딛고 동생 분 호머 선교사는 이듬해 입국, 개척자나 다름없지요."

"하느님, 예수님을 믿고 따르는데 천주교, 개신교가 무슨 큰 차이가 있겠습니까. 말씀대로 살면 다 같이 천국에 드는 겁니다. 조선에서 아우 역할이 크다니 제가 갈 걸, 뒤늦게 후회되네요."

"종교 뿐 아니라 헐버트 선교사는 조선 개화와 자강을 위해 헌신하고 있지요. 특히 교육 문화 활동에서 단연 두각을 보입니다. 지금은 삼문 출판사 사장으로 좋은 한글 책, 성경을 발간하고 신문에 기고도 많이 하지요. 경우에 따라 임금님 경호 실장 역할도 맡는 등 대단하지 않습니까."

"아니, 조선 왕과 그렇게 가까이 지냅니까? 선교사가 임금 경호를 맡다니, 측근 시위들은 다 어디 가고."

"경비 병력이 있긴 한데 국력이 약해 일본군 손에 놀아나기 일쑤입니다. 3년 전에는 서울 한복판 궁궐에 일본 낭인들이 침입, 반일 왕비를 잔인하게 살해했지요. 이에 일부 투사들이 춘생문 거사를 일으켰을 때 호머 선교사는 권총 차고 임금 옆에서 밤새 지켰습니다. 혁명은 불발로 끝났지만 매우 위험했지요."

민영환 설명에 헨리 목사는 깜짝 놀란다. 금수강산 조선 정국이 그처럼 불안한지 몰랐던 것이다.

"그런 험지인 줄 알았다면 작년에 제 또 다른 아우 아치 헐버트가 조선에 간다고 했을 때 극력 말렸지요. 호머가 편지로 조선은 아름다운 금수강산이다, 정치 안정만 되면 기회의 나라가 틀림없다고 하는 바람에 보냈는데 실수했나 봅니다."

헐버트의 동생이 조선에 갔다는 말은 처음 들었다. 아마 영환이 사행 길 떠난 뒤 일인 모양이다.

"허허, 이건 참 보통 인연이 아닙니다. 3남 1녀 형제 가운데 두 분이 서울에서 사역하신다니 얼마나 고마운 일입니까. 조선 국왕을 대신해서 전직 공사 자격으로 심심한 치하를 드립니다.

조선은 생각만큼 위험하지 않아요. 한때 정국이 불안해서 그랬지만 지금은 많이 안정되고 특히 외국인에게 친절합니다. 미국인은 더욱 대접 받고요. 걱정하지 않아도 됩니다."

두 사람 대화는 차 한 잔, 쿠키 몇 조각 놓고 족히 한 시간 이상 계속 되었다. 세계의 정치 흐름, 군사력 대세, 종교 자유 등 화제는 만발했다. 때로 영환이 민주주의 체제, 국민의 기본권에 관해 묻는가 하면 헨리 목사는 아시아와 유럽 각국의 종교적 현황에 대해 듣고자 했다.

토론을 거치며 영환은 헨리 목사를 믿고 조선의 운명을 함께 논의해도 좋을 사람으로 판단한다. 헨리 목사 역시 동양 작은 나라 전권 공사가 의외로 박학다식하고 조국을 사랑하는 마음이 깊은데 놀란다. 두 사람은 의기 상통했다.

"마침 내일 저녁 제 여동생 메리가 자신의 생일 파티를 집에서 조촐한 식사로 대신한다고 하니 함께 가셨으면 합니다. 메리는 조선에 간 호머를 무척 따르지요. 조선에서 오신 분이면 무조건 환영이고 공사님은 더 그럴 겁니다."

긴 얘기 끝에 그만 영환이 물러날 뜻을 밝히자 헨리 목사가 황급히 제안했다. 아쉬운 마음에 다시 만날 건수를 발견했다는 간절함이 배어 나온다.

그 역시 그날 목회 준비 때문에 더 시간 끌기는 곤란했다.

"초면에 초대받지 않은 손님이 갑자기 가면 당황하지 않을까요? 목사님과 긴히 논의할 일이 남았으니 차라리 제가 두 분을 시내 음식점에 초대하는 게 좋겠습니다. 내일, 모레 아무 때나 편리하신대로 따르지요. 저는 오늘 저녁도 괜찮습니다."

영환의 역 제의에 헨리 목사가 시원스럽게 웃는다. 긍정의 표시다.

"좋아요. 공사님 초청 식사는 이틀 뒤 모레, 그것대로 하고, 내일 저녁 메리 생일 만찬도 참석하시고, 그럼 우리 매일 만나는 꼴이네요. 하지만 오늘 저녁 회식은 빨라요. 메리 사정도 있으니까. 그 대신 글피나 그글피쯤 내가 또 한 턱 내면 우리 앞으로 아주 바쁜 나날이 되겠습니다."

두 사람은 폭소와 함께 악수를 하고 이날 면담을 끝낸다. 마치 10년 지기 같다. 물론 조선에 간 호머 헐버트를 매개로 한 사이지만 이상하게 궁합이 맞았다.

다음 날 낮에 영환은 홀로 보스턴 시내 관광을 즐겼다. 영국 청교도들이 신대륙에서 최초로 자리 잡은 오랜 전통 흔적이 곳곳에 널려 있다. 1635년 세워진 미국 첫 퍼블릭 스쿨인 보스턴 라틴어 학교, 다음 해 문을 연 하버드 대학과 렉싱턴, 콩코드, 벙커힐 등 독립전쟁 사적지가 볼만했다.

독립전쟁 불씨인 이른바 티 파티의 고장- 막강한 본국, 영국과 전쟁하며 많이도 죽었다. 고통 없이 기쁨도 없다는 시 구절의 산 증거나 다름없다. 그런 가운데 그들은 세계 최대 강국을 만들어 가고 있다. 이들을 배우고 싶다. 조선을 어둠에서 광명으로 끌어내고 싶다.

무엇을 배우나. 첫째 실용학문이다. 과학과 기능 우대가 문명을 만들어 냈다. 그러나 이보다 더 중요한 게 있다. 정치 체제다. 국민이 국가의 주인이라는 의식, 권력을 행정, 입법, 사법 3권으로 나눠 상호 견제하는 공공의 정의, 민주공화주의 체제가 필요하다.

그게 어렵다면 왕과 국민이 타협한 입헌 군주제도 족하다. 의회 정치의 산실, 영국은 좋은 본보기 아닌가. 일본이 그 아류로 국력을 키웠다. 자신이 사행 길 떠나기 전 은밀히 제안했던 대한제국은 민의 대변 역할로 중추원이 있지만 껍데기일 뿐이다. 조선은 여전히 양반의 나라다.

"생일 축하합니다. 깜짝 방문으로 폐 끼치는 게 아닌지 걱정이군요."

이튿날 저녁 시간에 맞춰 방문한 메리의 집은 보스턴 교외 캠브리지에 있었다. 구획 정리가 잘된 조촐한 주택가. 마을 전체가 공원처럼 쾌적하고 푸르렀다. 이른 봄꽃이 곳곳에 엷게 얼굴을 내밀고 있다. 특히 미국 최고 대학이자 최초인 하버드 대학에서 풍기는 학문의 향기마저 마을을 흠뻑 적시는데 손색이 없었다.

할로윈 축제 때 걸어놓은 현관 화훼 꽃 걸이가 아직 남아 마치 생화 같은 싱싱한 자태를 자랑한다. 집 내부는 생각보다 단순해 보인다. 1층은 아담한 거실, 식당 겸 부엌, 침실, 화장실 겸 목욕탕이 전부고 2층으로 가는 계단이 궁금증을 일으킨다.

민영환이 생일 축하 꽃다발을 건네자 메리는 환하게 웃으며 반긴다. 구면처럼 친숙하다.

"호머 오빠가 편지로 거듭 부탁했어요. 공사님 오시면 자기 보듯 반겨달라고요. 실제 뵈니 오빠 같네요. 언제 오시나 기다렸는데 마침 생일 날 맞춰 오시니 큰 선물 받은 것 같습니다."

"호머 성격이 원래 살가운 편이 아니라 좀처럼 그런 말 안하는 줄 잘 아는데 메리가 아마 놀랐던 것 같습니다. 어떤 분이 길래 그런 간곡한 부탁을 하나 여겼겠지요. 아무튼 미국 가정 방문은 흔하지 않은 경험일 테니 부디 편하게 살피고 느껴 보세요. 문화적 차이가 클 겁니다."

헨리 목사가 메리의 말을 받으며 영환을 거실 소파로 안내한다. 따뜻한 가정 분위기가 오랜 객지 생활의 피곤을 씻어 주는 느낌이다. 인근 하노버 시 소재 다트머스 대학 강사인 메리 남편은 학교 일로 유럽 여행 중이고 다른 친지들은 점심 파티로 이미 때워 이날 저녁 식사는 세 사람의 단출한 자리였다.

아무래도 영환이 여러 사람과 상대하는 게 불편할 것을 고려한 조치인 것 같다. 헨리 목사 남매의 배려가 새삼 고맙다. 아울러 영환이 구상 중인 대한국, 아니 배달 한국 재건 재단 문제를 논의하기 위해서도 번잡한 자리는 피해야 했다.

"여기서는 어땠는지 모르나 호머 선교사 성격이 살갑지 않은 것은 아니라고 봅니다. 오히려 활달하고 말도 많지요. 조선 상류층 양반은 보통 과묵한데 호머 씨는 개의치 않아요. 거침없이 말하고 행동합니다."

"선교 사역을 하려면 그럴 수밖에 없겠지요. 그런데 조선말은 잘 통하나요? 오빠가 원래 어학 소질에 음악 재능까지 다재다능한 건 알고 있지만 그래도 영어와는 계통이 다르니 어려울 거 에요."

메리 걱정에 영환은 고개를 저었다.

"아니요. 조선 온지 석 달쯤 되니까 벌써 말은 통하고 1년 지나자 조선 글자 한글을 익혀 영한사전을 편찬했습니다. 2년 계약이 끝나 일시 귀국할 무렵에는 '사민필지'라는 한글 교과서를 만들었지요. 세계 역사와 지리, 과학 기술을 소개해 한국 사람들 개화에 큰 도움을 주었습니다."

"내가 안가고 호머가 가길 천만다행입니다. 아버지가 맨 먼저 나에게 의

향을 물었을 때 마침 학교 일이 걸려 있었거든요. 다 하느님 뜻이지요."

헨리가 가슴을 쓸어내리며 말했다. 영환이 내친 김에 한술 더 뜬다.

"음악에도 재능을 발휘해 조선 대표적 민요인 '아리랑'을 지역별로 채집하고 악보로 수록했어요. 그때까지 정식 악보 없이 구전으로 내려왔거든요. 때문에 외국인들까지 손쉽게 부를 수 있게 된 겁니다."

"오빠가 정말 큰 일 했네요. 그 민요 꼭 듣고 싶어요. 혹시 악보를 갖고 오셨는지, 그렇다면 제가 피아노 반주를 하겠습니다."

메리의 주문에 영환이 흔연히 승낙했다. 한국 홍보에 필요할 것 같아 악보 몇 장을 출국 때 갖고 온 것이다. 식사가 끝나고 포도주 잔을 든 채 거실로 나오자 메리가 곧 피아노 앞에 앉는다. 영환이 옆에 서서 모처럼 포즈를 잡았다.

이윽고 아리랑 선율이 피아노를 타고 실내를 흐른다. 영환은 단전에 힘을 주고 가능한 저음으로 노래를 부르기 시작했다. 구성진 가락이 제법 가사의 진미를 풍긴다. 한국말을 몰라도 애절한 정을 느끼게 한다.

-아리랑 아리랑, 아라리요, 아리랑 고개를 넘어 간다

나를 버리고 가시는 님은 십리도 못가서 발병난다-

1절이 끝나고 2절로 넘어갈 때 영환은 이상한 현상을 보고 하마터면 노래를 멈출 번했다. 피아노를 치는 메리 눈에서 그렁그렁 눈물이 흐르기 시작한 것이다. 선율은 갈수록 애잔해졌다. 피아노 건반 위 메리 손길은 잘도 악보를 쫓아갔다. 머지않아 노래가 끝났다.

"참 놀라운 일이군요. 가사 내용도 잘 모르는 생전 처음 악보를 연주하며 메리가 눈물을 흘리다니. 이 민요, 이 선율에는 아마도 눈물샘을 자극하는 뭔가가 있는 모양입니다. 아니면 호머 동생 영혼이 악보에 스며들었는지, 그것도 아니면 우리 메리가 한국과 전생에 무슨 인연이 있던지, 아무튼 신기합니다."

헨리 목사 역시 감동어린 소리로 말했다. 영환이 곧 사태를 정리한다.

"아리랑, 이 가락에 한국인의 한과 정기가 서려 있는 것은 사실입니다. 호머 선교사가 그것을 악보에 너무 잘 옮겨 놓았는가 싶어요. 하지만 말씀처럼 메리 여사 유전자에 우리 한민족 정서가 태생 때부터 깃들어 있는지 모르겠습니다.

아니, 어쩌면 헐버트 가문 전체에 그게 퍼져 있는지 몰라요. 호머 씨 역시 조선 땅에 첫 발을 디딜 때, 또 아리랑 선율을 처음 들었을 때 왈칵 눈물이 쏟아졌다고 했거든요. 헨리 목사님은 어땠습니까?"

"저 역시 가슴이 찡 했습니다. 애잔한 바람이 가슴에 휘몰아치고."

헐버트 남매는 잠시 숙연했다. 영환 해석에 동의한다는 표시다. 특히 메리의 경우 한국사랑은 뒷날 여실히 증명된다.

고종이 중국 상해 독일 계 덕화은행에 예치한 내탕금을 일본 몰래 찾으려 한 1909년 10월 얘기다. 그때 고종 지시를 받고 먼저 중국 대련으로 간 헐버트가 일본 감시를 피해 메리에게 서류 반출을 부탁했던 것이다.

물론 메리는 심부름을 잘 해냈지만 일이 성사되지는 못했다. 일본이 상해 독일 영사에게 영향력을 행사, 돈을 미리 빼갔던 때문이다. 국제법상 불법이나 을사 늑약으로 외교권을 박탈당한 뒤라 속수무책이었다.

"너무 조선을 좋아하다 본연의 선교사 일에 등한할까 걱정이 되기도 합니다. 얼마 전 셋째 아치 편지에 의하면 요즘 호머 아우가 한성사범학교를 세우고 운영하는데 진력한다는 군요. 조선 개화에 보다 대중적인 교육 기관이 필요하다고 왕을 설득, 새로 만든 학교랍니다. 출판사에, 학교에, 언제 선교는 합니까?"

헨리 목사의 걱정을 기우로 치부하는 영환은 빙긋 웃었다. 대화 틈틈이 미국 내 '배달한국 건국 지원 기금 및 재단' 설립 취지를 설명, 이사로서 참여를 승낙 받은 상태라 여유가 생겼다. 파란 눈의 이사 제1호. 앞으로 몇 호까지 나올까.

"호머 선교사가 장기 자랑하다 얼음판 엉덩방아 찧은 일 모르시죠? 어느 겨울 날 경복궁 연못 빙판에서 고종 임금이 스케이트 시범 대회를 열었습니다. 공사관 직원, 선교사 등 여러 선수들이 열전을 벌였는데 경기 도중 호머 씨가 갑자기 얼음판에 벌렁 나자빠진 겁니다.

멋진 회전 기술을 뽐내다 그만 발이 엇갈렸지요. 문제는 천천히 일어나 다시 타면 될 것을 왕이 보고 있다 생각하고 황급히 일어서다 또 미끄러지고, 넘어지고, 그러기를 몇 번이나 반복한 겁니다. 마침내 안타까운 고종이 자리에서 벌떡 일어나 주변에 도와주라 지시를 했다니까요.

마침 그날 빙판 사고 위로 만찬을 제가 주재했습니다. 왕과 대신 몇 사람이 참석했는데 옆방에서 민 왕후가 발을 드리우고 그 사이로 호머 씨를 지켜본 것을 본인은 몰랐겠죠. 그만큼 고종 내외분 신임이 컸습니다."

"왕의 신임과 선교는 다릅니다. 오히려 나태하기 쉽지요. 작년에 간 막내 아치마저 그러면 큰일인데 빨리 귀국시켜야 하겠습니다."

"임금과 친해질수록 선교는 쉬워집니다. 그런 사이 알게 모르게 왕실 주변에 기독교가 퍼져 나가니까요. 왕의 친모인 부대부인께서 어느새 천주교인이 된 것을 작년 사행 길 떠나기 직전 알고 얼마나 놀랐던지. 아직 제사 문제가 확실하지 않아 약간의 지장은 받고 있지만."

"그건 당시 천주교 북경 교구 대주교의 잘못 판단으로 벌어진 비극입니다. 제사를 우상 숭배라고 단정한 결과 수많은 순교자가 나왔다지요. 일본 역시 마찬가지입니다.

하지만 개신교 쪽은 진작 이에 대해 포용적입니다. 조상을 모시는 것은 사회질서의 기본인 '효도'지 우상 숭배가 아니라고요."

이날 영환과 헨리 목사, 여동생 메리 여사의 화제는 백화만발이었다. 동서양 정치, 사회제도, 문화, 종교 등을 망라했다. 동시에 허약한 대한제국 운명, 이를 도울 미국 내 공익재단 창설과 운영에 관한 논의가 펼쳐졌다. 그들의 동참 선언은 미국 동북부 청교도 고장에 든든한 지지자 확보를 의미한다.

다트머스 대학 설립자 후손이자 총장 아버지를 둔 이가문의 파급력은 막강한 것이다. 후일 이승만의 도미를 예비, 영환이 이들에게 그의 명함을 건넨 처사 역시 탁월했다. 보스턴 방문을 성공적으로 마친 민영환은 다음 행선지 워싱턴을 향하며 먼 조상 나라 정령을 떠올렸다.

시어도어 루스벨트, 그는 야심찬 바다 사나이다. 바다를 제패하는 게 곧 국력 증강이라고 믿는 현직 해군 차관이다. 1880년 하버드 대학 졸업 논문 '1812년 해전'에서 그는 미국과 영국 간 해전을 치밀히 분석했다.

원래 네덜란드 출신 부유한 상인 아버지를 두고 보수적 공화당 활동을 하며 역사가인 상원의원 헨리 롯지와 사귀는데 그에게서 25대 대통령 후보 윌리엄 맥킨리를 소개 받는다. 운 좋게 그가 당선하자 루스벨트는 롯지를 통해 해군 차관 직을 섭외했다.

우여곡절이 있었으나 결과는 성공. 38세 젊은 차관은 패기 있게 평소 지론인 해군력 증강에 나선다. 당시 미국은 남미는 물론 동남아 필리핀 등 식민지를 둘러싸고 스페인과 일촉즉발 상태였으며 신흥 일본 해군력도 경계 대상이었다.

그는 취임 즉시 전함 6척 신조를 결정하고 추가로 순양함 건조와 기존 전함의 설비 현대화를 서둘렀다. 또 워싱턴 초대 대통령의 '전쟁 대비가 곧 평화'라는 잊혀 진 금언을 여러 차례 강연에서 강조했다.

그는 운도 따랐다. 1898년 1월 루스벨트는 해군 장관이 휴가 간 사이 미국 해군을 스페인과 전쟁 상태로 전진 배치 시켰다. 차관 단독 결정이지만 결과적으로 벌어진 전쟁을 승리로 이끈다.

반면 민영환에게 이때는 불운한 시기였다. 워싱턴 해군 청사로 그를 방문했으나 루스벨트가 자리에 있을 틈이 없었던 것이다. 그는 연안 해군과 조선소, 무기 제조창을 둘러보기에 바빴다. 전쟁 준비와 장관 휴가 중 내린 차관 단독 결정에 대한 반발을 무마하느라 동분서주 했다.

그런 처지에 한가하게 청사 사무실에 앉아 외삼촌 소개장을 들고 나타난 영환을 만날 겨를은 없었다. 아무리 그가 좋아하는 남부군 해군 장성 출신 외삼촌이라도 그렇다. 보스턴의 순조와 달리 워싱턴의 악운, 이 역시 하늘 뜻이라고 영환은 체념했다.

결국 루스벨트의 집까지 방문, 여동생 안나에게 외삼촌 소개장과 편지 한통, 간단한 조선 예물을 전달하는 것으로 두 번째 일정을 마감한다. 불운. 이어 루스벨트 역시 단독 플레이 후유증에 시달리다 사임했다.

하지만 루스벨트는 1900년 11월 맥킨리 대선 후보와 러닝 메이트 부통령 후보로 출마, 당선한다. 행운. 다음 해 1901년 9월, 25대 맥킨리 대통령이 돌연 암살되면서 부통령인 그가 대통령직에 오른다. 기적. 그는 이로써 미국 최연소 대통령을 기록한다.

역사에 '만일'이 있다 치고 민영환이 이때 예정대로 루스벨트를 만났으면 우리 운명이 달라졌을까. 일본 침략을 막고 대한제국을 잘 개혁해 현재 대한민국 토대를 이룩했을까. 세계 10위권 경제 강국이 되었을까. 분단국가가 되지도 않았을까.

대답은 '아니 오'로 기운다. 루스벨트는 장관이 자리 비운 새 차관 전결로 전쟁을 도발하고 승리하고, 이에 책임지고 물러나자 곧 미군 대령으로 쿠바 전투에 자원 참전, 승전고를 올린 투쟁적 정치적 미국 이익 위주 음험한 사나이다.

그 사실은 나중 이승만이 도미, 루스벨트 대통령을 어렵게 만났을 때 일본과 이미 '가쓰라-태프트 협정'(필리핀은 미국 식민지, 조선은 일본 보호령)을 맺어 놓고 딴청을 부린 것만 봐도 분명하다. 민영환은 노력했지만 운이 따르지 않았다. 아니 아직 50년은 더 기다려야 한다는 하늘의 뜻을 거스르지 못했다.

30.
리틀 록 인연

"갓 뎀, 여기가 어디라고 함부로 들어 와. 다시 한 번 얼씬거리면 머리통 박살나니 얼른 꺼지라고."

작은 도시에 표 나게 고급스런 레스토랑 문이 벌컥 열리며 깨끗한 입성의 한 인디언 노인이 길 바닥에 처참하게 나가떨어진다. 그 뒤에 건장한 백인 종업원이 욕설을 퍼붓고 있다. 살벌하다.

문밖 바로 옆 '핫 스프링' 상호의 음식점 광고판 메뉴를 살피던 민영환이 깜짝 놀라 달려가 노인을 일으켜 세운다. 주먹으로 맞은 입술에 피가 배어 나온다. 손수건을 꺼내 노인에게 준 영환은 곧장 식당 문을 열고 안으로 들어갔다. 뒤에서 노인이 소리친다.

"어어, 거기 들어가면 안돼요. 백인 전용 식당이래요."

영환은 그 말을 듣지 못했다. 대신 눈앞에 아까 그 종업원이 떡 버티고 선 것을 보았다. 그는 나지막하게 으르렁 소리를 냈다.

"이건 또 뭐야. 너도 영어 읽을 줄 몰라? 좋은 말 할 때 빨리 나가라고. 아까처럼 맞지 말고."

영환은 재빨리 음식점 내부를 살폈다. 몇몇 테이블에 점잖게 정장한 백인들이 식사를 하고 있다. 그 외 빈 자리는 많았다.

"나도 식사 주문을 하고 싶소. 좋은 좌석을 안내해 주겠소?"

대한제국 전권 공사답게, 격식 있게 한껏 목소리 깔아 말해 본다. 말쑥이 정장한 영환의 끼가 순간 발동한 것이다. 내성적인 그가 이따금 내비치는 이런 장난 끼를 고종은 좋아 했다. 아니, 정인 명주월 공신원 사장은 더 좋아 했다.

"이런 어디서 굴러먹다 온 뼈다귀야. 도대체 여기가 어디라고. 넥타이 매면 아무나 들어오라고 누가 그랬어? 당장 꺼져."

여기는 미국 남부 아칸소주 주도인 리틀 록. 인종 차별 극심한 남북 전쟁 당시 노예제 철회 반대 주들 모임인 컨페더레이션(남부 연맹)의 중심 도시 아닌가. 유색 인디언 닮은 영환의 식사 주문 쯤 허공을 나는 민들레 홀씨 신세나 다름없다. 종업원 목소리가 높아지며 당장이라도 칠 기세다.

예정과 달리 이리 오게 된 경위부터 야릇하다. 루스벨트 방문 실패 후 들른 주미 공사관에서 귀중한 소식을 얻었다. 서울의 의료 선교사 화이팅 양이 보낸 전보다. 자기 아버지 헌터 화이팅 목사가 시카고에서 리틀 록 교회로 자리를 옮겨 갔다는 내용. 때문에 행선지를 바꿔 달려 왔는데 첫날부터 불상사가 심상치 않은 것이다.

"내 영어가 서툰가, 아니면 당신 귀가 멍청한가. 다시 말하지만 나 지금 식사하겠다고 자리 안내를 부탁했지. 당신 여기 종업원 맞소?"

영환의 말이 채 끝나기 전에 억센 가드의 주먹이 날라 왔다. 그러나 대비는 돼 있었다. 슬쩍 피하며 재빨리 그의 팔목을 꺾어 뒤로 제키니 천하장사도 별 수 없다. 에 그 그 비명이 높다.

순간 실내에 박수 소리가 터져 나왔다. 작은 중년의 동양 신사가 건장한 백인 청년을 눈 깜짝할 새 제압하는 게 신기했던 것이다. 어느 틈에 인디언 노인도 등 뒤에 들어와 있었다. 뉴욕에서 익힌 호신술이 톡톡히 효과를 낸 것이다. 고맙소, 채민수, 박창기.

"손님, 참으로 실례 많았습니다. 우리 직원이 과잉 접대를 한 모양이군요. 식당 분위기에 맞는 손님 우선이라고 했는데 이 지경을 만들었습니다. 제가 좌석에 안내하지요."

사태가 의외로 크게 번지는데 당황한 지배인이 어디선가 나타나 수습을 시도했다. 박수는 여전하고 간혹 음악회에서 듣는 브라보, 외침도 터진다. 이때 한 신사가 다가와 말했다.

"아니, 자리 안내는 제가 하지요. 혼자인 것 같은데 손님이 괜찮다면 제 테이블로 모시고 싶습니다. 다른 주에서 여행 온 친구와 둘이 식사하기로 했지만 아직 도착 안했군요. 신학교 후배로 허물없는 사이라 합석을 반가워할 겁니다. 자, 저리 가시지요."

구석진 테이블에 홀로 앉아 자초지종을 꿰뚫고 있던 말쑥한 백인 초로의 신사가 어느새 지배인 옆에 와서 양해를 구하는 것이다. 사태 급반전에 영환이 얼떨떨해진다. 지배인은 멈칫하고 영환이 대답한다.

"저야 영광이지요. 그런데 저는 저기 봉변당한 노인 분과 함께 했으면 합니다만 괜찮을까요? 많이 놀라셨을 텐데."

"아, 미처 그 생각 못했네요. 그럼 더욱 좋지요. 위로 겸 사과 겸."

몇 번 사양하던 인디언 노인이 진정으로 권하는 백인 신사와 영환 제의를 받아들인다. 백인 신사도, 인디언 노인도 왠지 범상치 않은 분위기다. 마침내 3인 합석이 이뤄졌다.

"인사부터 나누지요. 저는 이곳 리틀 록 교회 목사로 새로 부임한 헌터 화이팅이라고 합니다. 시카고에서 온지 얼마 안 돼 이처럼 심한 인종 차별 지역인지 상상도 못했군요. 남북전쟁은 벌써 끝났는데 아직도 남부군 사령관 리 장군 후예들이 설쳐대 링컨 대통령에게 면목 없습니다."

헌터 목사의 자기소개에 영환이 소스라치게 놀란다. 바로 자신이 만나려는 제중원 선교사 화이팅의 아버지 아닌가. 우연 치곤 굉장하다. 루스벨트 해군성 차관 면담이 불발로 끝난 악운 대신 이런 행운도 따라 주는구나. 그래도 확인 차 묻는다.

"그렇다면 혹시 따님이 조선 서울에서 의료 선교사로 봉사하는 화이팅 여사 아닙니까? 아버님이 이리 옮기셨다는 전보 받고 마침 찾아뵈려던 길입니다."

"그럼 선생님이 조선의 민영환 공사시군요. 딸한테 진작 편지 받았습니다. 조만간 방문하시면 모든 일에 협조해달라고요."

헌터 목사도 놀라 황급히 영환에게 악수를 청하며 대답한다. 인디언 노인이 영문을 모른 채 두리번대자 이번에는 영환이 그에게 손을 내밀어 자기소개를 한다.

"아, 참 실례했습니다. 우리끼리 인사하느라고 제 소개가 늦었네요. 저는 조선에서 온 민영환이라 합니다. 세계 일주를 하는 중 당분간 미국에 체류하고 있지요."

"저는 문 라이트 울프입니다. '달빛 늑대'라는 인디언식 이름이지요. 애리조나 주 세도나에 살며 기 센터를 운영하는데 평판이 좋습니다. 황토 사막 한가운데 숲과 샘이 있는 오아시스 같은 곳이지요. 이곳에 집중된 지구 기운을 느끼면 심신이 편안해집니다. 한번 들리면 정성껏 모시지요. 아무튼 아까 제 봉변을 수습해주셔서 감사합니다."

인디언 노인은 반쯤 허리 숙여 영환과 화이팅 목사에게 번갈아 악수한다. 뜻밖에 손아귀 힘이 꽉 찼다. 정작 덤비기로 하면 종업원한테 당할 처지만은 아닌 것 같다.

"남부에는 아직 백인 우월주의 상징인 KKK단 행패가 남아 있습니다. 이 레스토랑 입구에 작게 붙여진 백인 전용 팻말도 그들이 붙였거나 한패인 종업원이 임의로 그랬는지 몰라요. 지배인은 우리 교회 신자로 제가 좀 알거든요."

헌터 목사 말이 맞았는가. 미소 띤 지배인이 메뉴판과 함께 포도주 병을 가져다 세 사람 테이블에 놓았다.

"우리 가게 종업원 무례를 사과하는 뜻으로 포도주 한 병 제가 서비스하겠습니다. 목사님 주일 설교 듣고 평소 대접하고 싶던 차라 잘 되었네요. 모자라면 더 가져오겠습니다."

식탁 분위기가 금방 부드러워진다. 땡큐 소리 연발과 함께 세 사람은 건배 잔을 마주치고 얘기꽃이 만발한다.

특히 문 울프의 고향 세도나 스토리가 영환에게 인상 깊었다. 꼭 가보고 싶다는 욕망이 무럭무럭 일었다. 황토로 뒤덮인 열사의 고장. 지구 기운이 꿈틀 꿈틀 용트림하며 대지를 감싼다는 곳. 가만히 명상에 잠기면 몸 속에너지가 서서히 불붙는 활력의 땅.

"세도나에는 4개의 볼텍스가 있습니다. 볼텍스는 하나의 중심축을 중심으로 물체가 나선형으로 회전하는 현상이지요. 소용돌이 또는 토네이도 비슷한데 거기서 강력한 기운이 뿜어져 나옵니다.

인디언들은 그 기운을 지구 어머니가 주는 강력한 생명 또는 사랑이라고 믿고 세도나 지역을 신성하게 여기지요, 실제 거기서 많은 사람들이 기도와 명상으로 병을 고치기도 합니다."

문 울프의 자신 있는 말에 영환이 고개를 끄덕여 화답한다. 북한산 만수도사를 생각하고 공감이 갔기 때문이다.

"조선에도 그런 명당이 몇 군데 있습니다. 제가 아는 스님도 그런 곳을 찾아 토굴이나 암자를 짓고 명상하며 영험을 얻는다고 하더군요. 먼 조상의 메시지를 받기도 하고. 하지만 넓은 지역 전체가 지구 기운에 빠져있다는 말은 별로 듣지 못했네요."

"세도나는 다릅니다. 광대한 지역 전체가 에너지로 충만해요. 오크 크리크 강에서 좀 떨어진 곳에 겨우 선인장 정도 자랄 척박한 땅인데 강력한 기운은 어디보다 세게 뿜어져 나옵니다."

"그 느낌이 사람 따라 다른 것 아닙니까? 감수성이 강하거나 영적인 사람과 그렇지 않은 경우 차이가 크겠지요. 우리 목회자 가운데서도 하늘 기운, 성령을 받는 강도는 천차만별입니다. 또 지구 기운보다는 역시 하늘의 기가 더 깊겠지요. 종교적 해석이 아니라도 광활한 우주 깊은 곳과 그 안에 좁쌀 같은 지구 기운은 비교하기 어렵습니다."

헌터 목사는 회의적이다. 지구 에너지가 하늘을 능가할 수 없는 것이다. 그렇다면 세도나에는 이 두 기운이 합쳐져 있는가. 인디언 노인이 조용히 웃었다. 현자의 모습이다.

"땅과 하늘 기운은 구별되지 않아요. 같습니다. 우주 만물의 궁극적 기초 단위를 동양에서는 '기(氣)', 서양 물리학에서는 '에너지' 또는 '물질'이라고 하는데 이름만 다르지 똑같은 겁니다. 조물주는 여기에 사랑을 듬뿍 심어놓았지요. 그러니까 '기' 또는 '에너지' 본질은 사랑입니다.

이 기가 내부에서 움직이는 물건은 생물이고 멈춰 있으면 무생물이지요. 창조주는 동물, 식물, 인간이란 생물 가운데 유독 사람에게만 영혼을 주셨습니다. 그러니까 사람은 영혼을 통해 사랑의 에너지를 받아 음기와 양기로 나눠 몸속에 순환시킴으로써 건강, 수명, 출세를 도모하게 돼요.

그럼 어떤 사람이 좋은 기, 에너지를 많이 받을까요. 간단해요. 하느님이 인간에게 베푼 것처럼 배려하고 사랑하는 사람에게 많이 옵니다. 거기다 명상, 기도, 단전호흡 등 심신 훈련을 하면 더 많이 받겠지요."

민영환과 헌터 목사는 잠시 침묵한다. 인디언 노인 말에 어떤 질문도 사양하는 무게가 실려 있었다. 특히 헌터에게 기, 또는 기운, 에너지, 물질이란 말은 생소했다. 이게 온 우주를 가득 채운 기본 단위라는 것도 종교인으로서 낯설다.

좌중이 어리벙벙한 상태일 때 마침 손님이 찾아 왔다. 헌터와 식사하기로 한 신학교 후배다. 말랐지만 단단한 근육질 소유자다.

"선배님, 늦어 죄송합니다. 혼자 계시면 어쩌나 했는데 일행이 계셔 다행이네요. 워낙 먼데서 와 피곤했던지 숙소에서 깜빡 졸다 늦었습니다."

손님은 변명과 함께 허리 굽혀 헌터에게 큰 절을 한다. 자못 한국식이다. 까만 눈, 회색 머리카락, 낯설지 않다. 헌터 목사가 급히 자리에서 일어나 답례한다.

"원 천만의 말씀, 어제 저녁 늦게 미주리 벽촌 제임스포트 마을에서 여기까지 왔으니 피곤한 건 당연한 일. 좀 느긋이 시간 잡을 걸 촉박했나 봅니다. 우선 여기 두 분과 인사부터 하지요."

헌터 소개로 영환과 문 울프가 동시에 자리에서 일어난다. 통성명을 하다 말고 영환이 흠칫 놀란다. 바로 제이슨 목사 아닌가. 만수 도사와 의형제 맺고 조선의 후원자를 자처하는 사나이. 리틀 록 다음 행선지가 제임스 포트 마을 제이슨 목사 농장이었다.

과연 우연이 우연을 낳는가. 헌터 목사를 핫 스프링 식당에서 절로 만나고 또 거기서 다음 차례 제이슨 목사를 만난 것이다. 이제 먼 미주리 시골 길을 갈 수고가 덜어졌다.

"이게 누구신가요? 민 공사님 아닙니까. 작년에 일본 고베 인근 선상에서 조우하고 여기서 뵙다니 정말 의외입니다. 그러지 않아도 찾아올 거라고 만수 도사에게 연락은 받고 있었지요."

영환에 앞서 제이슨 목사가 속사포처럼 쏘아댄다. 헌터와 문 울프도 덩달아 놀란 얼굴, 그리고 영문을 묻는다.

"우리는 구면입니다. 제이슨 목사님은 또 제가 형님으로 모시는 서울 북한산 만수 도사와 의형제 사이니까 우리도 형제간 다름없지요. 작년 고베 앞바다 선상에서 우연히 만났었는데 오늘 다시 뜻밖에 마주치니 이건 우연이 아닙니다. 여기 일 끝나면 찾아 갈 참이었거든요."

영환이 짧게 설명했으나 헌터 목사는 대뜸 속내를 알아챈다.

"아하, 제이슨 목사님이 마당발 조선 선교사로 다년간 근무한 사실을 내가 깜빡했군요. 그런 분이 조선 왕 친척이자 고위 관료인 민 대감을 모를 리 없지요. 그래도 여기서 만난 것은 분명 성령의 임재입니다.

성령께서 만나기 어려운 사람들을 동시에 이 핫 스프링 식당에 모아 주셨으니. 특히 이분, 문 라이트 울프님은 대단한 현인입니다. 하늘과 땅, 인간관계를 기, 또는 에너지로서 아주 쉽게 풀이하는 게 종교인 입장으로서도 감명 깊었어요."

"과찬이십니다. 그냥 다른 사람보다 천(天), 지(地), 인(人) 삼극 관계를 우리 몸과 관련해 좀 더 생각했을 뿐인데요."

문 라이트가 짧게 겸양하자 제이슨이 되묻는다.

"재미있을 것 같네요. 무슨 말씀인지."

"그러니까 우리가 흔히 쓰는 '기운이 없다'는 말은 몸에 우주의 근원인 '기'의 배분이 잘 안 된다는 표시지요. 기분이 나빠도 그렇습니다.

몸은 '기'와 피의 순환으로 유지됩니다. 피가 혈관으로 영양을, 기는 경락으로 사랑의 에너지, 곧 생명력을 배급하고요. 이 결과 피는 육체를, 기는 정신을 맑고 건강하게 만듭니다."

인디언 노인 설명에 제이슨 목사가 반색하고 나선다.

"'기'에 관한 학습이라면 저도 관심이 많습니다. 조선에서 만수 도사로부터 합기도와 단전호흡법을 배운 뒤 미국 와서도 계속했거든요. 건강은 물론 마음의 평정심 때문이지요. 제 농장에 만든 도장 겸 명상센터에 수련자가 점점 늘고 있습니다. 기가 충만할 때 만사 오케이라는 확실한 증거 아닐까요?"

"맞습니다. 기운이 솟구치면 자신이 시공을 초월한 영원한 존재라는 느낌을 받습니다. 자신만만해집니다. 평화가 찾아옵니다. 이런 상태에서 불안 초조 공포 따위가 발붙일 곳은 없지요."

제이슨은 점점 문 라이트 울프, 인디언 노인이 마음에 든다. 그를 조만간 자신 농장의 명상센터에 한번 초대하고 싶다.

"그렇다면 기를 많이 받는 방법을 공부해야겠네요. 예컨대 기도, 명상, 심신훈련, 단전호흡 가운데 어느 게 가장 좋을까요? 만수 도사님은 명상을 제일로 쳤지만 저는 단전호흡이 낫다고 봅니다만."

이때 제이슨의 질문을 헌터 목사가 가로챈다. 얼굴은 웃고 있지만 말은 뾰족하다.

"제이슨님, 너무 나가는 것 아닌가요? 선교사로 일했던 사람이 어떻게 하느님과의 대화인 기도보다 단전호흡이 낫다고 말 합니까? 그건 동양 선도에 빠진 사람들이 할 얘기지."

"집중하는 효율 면에서 그럴 수 있지 않을까요. 기도는 아주 간절하지 않은 경우 흐트러 질 때가 많아요. 반면 단전에 힘주는 호흡은 생각보다 어렵지 않습니다. 또 기도는 흔히 건강, 부귀 추구의 기복 신앙으로 흐르기 쉽고요. 인류 보편적 정의나 행복은 겉돌기 마련, 그렇다면 이와 무관한 호흡법이 낫다고 한 거지요."

영환이 겸손하게 제이슨을 엄호했지만 헌터는 끄떡하지 않는다.

"아니, 민 공사는 자비의 창조주 하느님을 잘 몰라서 그래요. 기복 신앙, 청원기도가 꼭 나쁜 게 아닙니다. 본질은 그러기 위해 하느님을 믿고 따르는 거니까. 공동체는 물론 자신을 위해 열심히 기도하면 우주 궁극적 존재인 기운이 물밀 듯 몸속에 들이닥칩니다. 명상, 심신 훈련으로 받는 정도가 아닌 그야말로 해일처럼."

기 관련 토론은 이후에도 꽤 오래 이어졌다. 문 라이트 울프는 만만한 인디언 노인이 아니었다. 아파치 족 추장 직계 후예 철학 박사로 한때 대학에서 천, 지, 인, 즉 하늘 땅 인간의 삼태극 관계를 강의했다. 토론 끝자락에 자신이 몽골 반점 소유자라고 밝혔다. 그렇다면 배달민족과 무관하지 않다.

헌터 목사는 딸 화이팅을 설득해 한국에 선교사로 보낸 친한파 신앙인.

일본 중국보다 한국이 유독 끌렸다고 했다. 수도사 출신 제이슨도 비슷한 이유로 한국 선교사 일을 맡았었다. 가서 보니 고향 비슷한 향수를 느꼈다고 한다. 말도 풍습도 낯설지 않았다.

선친 돌아가시고 농장을 물려 받기위해 귀국했지만 만수 도사가 부탁한 조선의 자강, 독립을 도울 작정이다. 명상 센터도 그래서 만들었다. 그러나 혼자 힘은 미약하다.

이때 민영환이 돌연 나타난 것이다. 헌터 목사와 인디언 노인까지 대동했다. 이어 영환의 신비한 혈죽회 설명과 미국 내 그룹으로 일단의 뉴욕 인사 및 버지니아 헐버트 목사 남매가 참여했다는 말은 제이슨의 고민을 싹 풀어준 청량제였다.

영환은 이들과 리틀 록에서 일주일을 함께 보냈다. 그리고 영환은 어학 연수를 위해 미주리 컬럼비아로, 제이슨은 고향 제임스 포트로, 문 라이트 울프는 세도나로 각자 길을 떠났다.

31.
조용한 귀국

민영환은 1898년 초가을 귀국했다. 이른 아침, 옅은 안개 속 제물포는 서해 바람을 맞고도 아직 여름 끝자락이 걸려 있다. 거의 1년 반 만에 밟는 조선 땅이다. 감회는 깊지 않았다. 2차 사행 길 마침표가 덤덤하다.

아무도 마중 나온 이가 없다. 주위를 두리번거릴 이유도 없다. 왜? 누구에게도 알리지 않았으니까. 조용한 귀국이다.

1차 사행을 마치고 돌아 왔을 때는 제물포에도, 중간 역참인 부평, 소사, 성 밖 마포에까지 환영객이 나왔다. 이사람 저사람 그의 손을 잡았다. 무사 귀국해 천지신명이 도왔다고 덕담했다.

그러나 1년이나 더 오래 머물다 온 지금은 홀로 터벅터벅 서울 길을 걷는다. 힘들면 노새 한 마리 역참에서 빌려 탈 것이다. 경인철도는 내년 준공 목표로 한창 공사 중이다. 걷다 지치면 주막에서 국밥, 막걸리 한잔을 들이킬 것이다. 그렇게 지금은 걷고 싶다. 조국 땅 냄새를 맡으며.

미주리 컬럼비아 대학 봄 학기 연수를 끝내자 그는 곧바로 귀국을 서둘렀다. 워싱턴 공사관 김윤정이 그에게 사면령을 알려 준 것이다. 그건 일종의 통과 의례였다.

고종과 영환은 출국 전 밀약을 했었기 때문이다. 전권 공사 일 이외 그는 해외, 특히 미국에 친 한파 사람들을 심어 놓는 과업을 맡았다. 한국 독립과 자강을 도울 막후 인물들이다. 드러난 로비스트, 장학생 아닌 진정한 친구들로 재단을 만든다.

이들에게 비자금을 맡겨 키우고 관리하는 것이다. 건설 임대, 금융 주식 투자, 요식업 등 각종 수익사업으로 영속 하는 것이다. 뉴욕의 채민수, 박창기, 이시하라 회장, 긴자 하루코 오뉘, 버지니아 헐버트 목사 남매, 제임스포트 농장주 제이슨, 리틀 록의 헌트 목사, 세도나의 문 라이트 울프 등 미국 울타리는 이미 처졌다.

시인 영국 외무성 과장, 망명객 시어도어 루스벨트의 해군 출신 외삼촌들은 런던에서 심금을 통했다. 야심찬 시어도어 해군 차관은 워싱턴에서 만나지 못했어도 그의 누이 안나는 조선 처지를 잘 이해했다. 앞으로 그 인맥은 더 늘어날 것이다.

1년 남짓 기간에 그만하면 큰 성과다. 그냥 귀국해도 별 일 없을 텐데 사면령이 내렸다면 더 망설일 까닭이 없다. 영환은 워싱턴 공사관의 언질을 듣자마자 샌프란시스코에서 태평양 항로로 일본 나고야를 거쳐 이날 제물포에 도착한 것이다.

떠나기 전 전보로 아우 민영찬에게는 알릴까 했었다. 하지만 번거로웠다. 조용히 입국해 일단 국내 동정을 살필 작정이다.

저녁 어스름에 그는 서쪽 성문 돈의문을 통과했다. 중간에 빌려 탄 역마가 제법 빨랐다. 안산과 인왕산 사이 무악재와 독립문을 비켜보며 정동 마루를 넘는다. 감회가 새롭다. 오른쪽을 돌면 러시아대사관, 아펜젤러의 정동 교회, 그 옆에 배재학당이 있다. 광화문에서 그는 청계천변을 따라 곧장 공신원으로 갔다.

"잘 있었나?"

"어머나, 대감님!"

익선동 공신원 앞마당에서 비질하던 명주월이 민영환과 외마디 인사를 주고받는다. 갑작스런 해후다. 이날따라 음식점은 한산했다. 종업원도 주방 일을 하는지 마당에는 두 남녀만 놀란 얼굴로 마주 서있다. 1분, 2분 침묵이 흐른다. 다시 터진 외마디.

"당신 맞아요?"

이 말에 민영환이 퍼뜩 정신을 차린다. 명주월 입에서 '당신' 소리는 어쩌다 잠자리에서 급할 때뿐이다. 그런데 지금 그 호칭이 나오다니. 아, 내가 서울에 오긴 왔구나, 정황을 실감한다. 언제나 차분했던 여인.

"맞소. 나 계정 민영환, 당신의 영원한 정인이오."

그 역시 진심이 터진다. 대감이란 가면을 벗어 던진다. 박절했던 첫 사랑에 대한 예다. 공공연히 받아들여도 될 그녀를 애써 내쳤던 허세에 대한 반성이다. 그녀만 보면 푸근해지는 감성에 대한 존경이다.

왜 갑자기 이럴까. 세월 때문이다. 못보고 지낸 1년여 동안 많이 그리웠다. 터놓고 말할 상대가 아쉬웠다. 아무 말이라도 소화해주는 여인. 그리 생각하면 또 속죄하고 싶었다. 서로 죽도록 좋아하면서 일방통행처럼 꾸몄던 위선들. 내가 가증스럽구나.

"우선 안으로 드세요. 장승처럼 서있지 말고. 남의 집에 처음 온 사람 같아요."

역시 이번에도 명주월이 길을 튼다. 팔소매를 잡아 집안으로 들인다. 매양 이런 꼴이다. 사랑채를 지나 안채로 들어서면 완전 딴 세상이다. 절간이다. 민영환 손님 이외 받지 않는 밀실이다.

안채에도 꽤 큰 뜰이 있다. 오동나무 한그루가 담 벽에 붙어 듬직한데 은은한 향기는 아무래도 그 옆에 줄 선 백리향 탓이리라. 긴 여행 중 영환이 사무치게 그리워한 향기, 그 사이로 다소곳이 오가는 명주월의 날렵한 몸매 아니었던가. 그게 지금 한 묶음으로 눈앞에 펼쳐져 있는 것이다.

"일단 얼굴, 손발만 가볍게 씻고 방에서 쉬세요. 금방 가게 문 닫고 사람들 보내고 저녁 상 차려올 게요."

지금 영환은 말이 필요 없다. 생각도 필요 없다. 그냥 시키는 대로 하면 된다. 반주 겻 들여 식사하며 명주월에게서 요즘 조선 세상 얘기 듣고 잠자고 여독을 푼 뒤 내일부터 판단할 것이다. 언제, 누구를, 어떻게 만날지 우선순위를 정할 것이다.

조촐한 저녁상이 들어왔다. 흰 쌀밥, 진한 된장국에 잘 구운 조기, 불고기 몇 점, 푹 익은 김치, 동치미 국물, 강된장 등 익숙한 밥상이 입맛을 당긴다. 식전 청주 한잔이 짜르르 위장을 쓰다듬을 때 더 이상 천국이 있을까 싶다.

"되었어요. 저녁 식사는 적게, 소식이 좋아요. 대신 내일 아침은 임금님 수라상처럼 차려 드릴 게 이만 멈추세요."

밥 한 그릇 뚝딱 해치운 영환이 입맛을 당기자 명주월이 제법 엄한 얼굴로 만류한다.

"이런 조선 밥상이 얼마나 그리웠는지 모르오. 특히 자네 손맛을 생각하며 때로 질리기도 했던 서양 음식을 그냥 입에서 넘긴 게 한 두 번이 아니었지. 한공기만 더 줄 수 없소?"

"알아요. 그럴수록 자제가 필요해요. 식곤증이 가실 때까지 우리 얘기나 해요. 개혁한다고 조선이 대한 제국을 선포하고 중국 손바닥에서 벗어난 것은 좋지만 빛 좋은 개살구 격입니다. 대신 일본이 설치니까요.

지금 우리 처지를 꼭 프랑스 혁명 전야 같다고 말하는 손님들도 있어요. 무능한 정부가 일본, 러시아의 국익 침해에 속수무책이고 이에 항의하는 집회가 매일처럼 종로 거리에 넘칩니다. 과격한 발언과 폭력 테러, 때로 암살까지 벌어져요."

"그럼 궁궐도 불안하겠네. 민 왕후 시해 때처럼 어떤 폭력 집단이 습격할지 모르지 않나. 민중들은 자고로 흥분하기 쉬워."

"그런데 참 묘한 게 대감님이 애지중지 하는 이승만, 그 젊은이입니다. 요즘 대중 집회 스타로 시중 여론 조성은 물론 폭력 사태까지 예방하고 진정시킨다는 소문이지요. 논리 정연한 설득력이 어디서 쏟아지는지, 아무튼 대감 사람 보는 눈은 놀랍습니다."

이 말에 영환은 구미가 바싹 당긴다. 벽에 기댔던 몸을 당겨 과일 깎는 명주월 손을 덤 석 잡는다. 그녀가 밉지 않게 손을 뺀다.

"편하게 앉아 계세요. 얘기가 기니까. 다 듣고 싶지 않은가봐."

영환이 머쓱해서 물러난다. 심지가 다 타 가는지 남포 불이 순간 가물댄다. 어둠에 익숙해진 그들은 개의치 않는다.

"승만 씨는 크게 두 가지 활동을 하고 있어요. 하나는 논객, 또 하나는 연사로서 입니다. 배재학당 시절 협성회보와 매일신문, 독립신문, 제국신문에 논설을 쓰고 만민 공동회 같은 대중 집회 단골 연사인 것은 아시는

바 여전히 인기 만점입니다.

요는 그런 예리한 분석과 날카로운 풍자, 정부 비판 자료를 어디서 구해 정확히 인용하고 갈채를 받는 가에요. 물론 선교사, 외국 신문 잡지, 공관원들과 접촉하며 얻겠지만 이를 적절히 구사, 흠 잡을 데 없는 게 놀라운 겁니다. 불과 얼마 전까지 일개 서생이던 총각이 황제가 주목하는 중추원 의관까지 되고요."

그녀 얘기가 길어질수록 민영환 가슴은 만족감에 차오른다. 역시 사람을 잘못 보지 않았다는 안도감과 승만이 너무 급하지 않은가 불안감이 교차한다. 담담히 이어가는 명주월 얘기를 요약하면 이렇다.

이승만이 기명 발표한 첫 논설은 1898년 3월 19일자 협성회보 12호에 실렸다. 러시아가 부산 절영도를 부당하게 조차, 국익을 해쳤으니 되돌리라는 내용이다. 책임자 처벌도 요구했다.

이에 앞서 독립협회는 3월 10일 오후 2시 종로에서 대한제국, 아니 배달 한국 5천년 역사 최초 대규모 대중 집회를 열었다. 사람들이 벌떼처럼 모였다. 당시 서울 인구 19만 6천 명 가운데 1만 명이 참가, '만민 공동회' 이름이 붙여졌다. 이승만은 여기서 열변을 토했다.

이승만이 매일신문을 창간한 것은 한 달쯤 뒤인 4월 9일, 창간사가 멋졌다. 비평과 고발, 대안 제시로 국민 계도, 통합을 시도한다는 것이다. 근대 언론 기능 모두를 망라했다.

뒷날 이승만은 대한민국 건국 대통령으로 취임해서도 두고두고 이 신문 창간을 자랑했다. 일부 사가들 역시 매일신문이 새 한국 건설에 실질 산파였다고 평가한다. 당시 열강의 무리한 요구를 거침없이 밝히고 시정을 요구했던 때문이다.

그 중 특기 사항이 한국 최초 '국민의 알 권리와 국가 기밀' 논쟁이다. 1898년 5월 16일자 매일신문은 프랑스와 러시아가 한국 정부에 무리한 요구를 한 외교 문서를 폭로했다. 프랑스는 경의선 철도 부설에 필요한 평양 석탄광산 개발을, 러시아는 목포, 진남포 조차지 인근 10리 땅을 수시 매입해도 좋다는 것이다.

이때 이승만 논설 요지는 주권국가로서 국토 관련 요구를 너무 쉽게 들어줄 경우 나중에 나라까지 빌려 달라면 어쩔 것인가, 하는 힐문이다. 바로 망국론이다. 아픈데 찔린 조정이 발끈했다.

국가 기밀을 보도했다고 필자인 이승만을 소환, 해명을 요구했다. 하지만 이승만은 당당했다. 국가 대사를 외국과 비밀 처리하면 위기 시 백성 협조를 받을 수 없다고 반격했다. 국토관리는 백성과 직결된 일로 기밀이 될 수 없다는 것이다.

"결국 국민의 알 권리가 승리한 셈이네. 언제 그가 언론학을 공부해서 그런 정치철학을 숙지했을까. 민주 국가에서도 논쟁거리인데 하물며 군주국에서 놀라운 일이군."

영환은 탄식했다. 소문난 미주리대 언론학부에서 귀동냥한 지식이다. 대한제국에 아직 희망이 있다. 이런 젊은이들이 활개 치는 세상이 분명히 올 것이다.

"논지도 분명하지만 승만 씨 배경이 더 겁나지 않았을까요. 지난 1년간 협성 회장과 독립협회 총대 의원 등으로 활동하며 부쩍 성숙했습니다. 논설과 대중 연설이란 칼을 양손에 들고 잘 휘두른 결과지요. 미국 선교사들도 열심히 언론 일을 돕고 있답니다."

영환에게 당초 언론 역할은 그릇된 정부 조치의 시정을 사헌부, 사간원이 임금께 간언하는 정도였다. 이제 유럽과 미국을 돌아보니 민간 언론이 주도, 국정 모든 분야의 시정은 물론 대안 제시도 가능함을 알았다. 백성의 알 권리는 당연했다.

"찍는 부수가 적어도 한 신문을 열 사람, 스무 사람이 돌려 보면 수만 명이 보게 되지. 그럼 소식은 금방 퍼지고 부당한 처사를 규탄하는 힘도 절로 커지네. 서구 문명국은 언론이 발달했어. 그게 어느새 대한까지 온 셈이군."

영환의 만족한 반응에 그녀는 더 신이 난다. 그동안 머릿속에 정리해둔 시국 얘기들을 누에치듯 잘도 풀어 간다. 고맙다. 독립협회 회장이자 독립신문 창간인 서재필의 추방 사실은 이승만 편지로 진작 알았으나 세부 사정까지 듣기는 처음이다.

하지만 우리 의병에게 살해된 일본인 배상 요구의 부당성을 신랄히 지적한 이승만 논설과 일본에게 넘긴 경부선 부설권 비판 등이 친일파를 궁지에 몰고 있다는 대목이 꺼림직 했다. 특히 갈수록 과격한 군중집회는 어떤 반발을 초래할지 모른다. 일본 공사관이 엎드려만 있을 것인가.

과연 황제 양위 음모 사건이 터졌다. 독립협회 초대 회장 안경수가 일찍이 춘생문 사건 주역이던 이승만 친구 이충구와 더불어 고종을 퇴위시키고 5남 의화군 이강(李堈) 옹립을 추진한 것이다.

그 배후에 역시 철종의 부마 박영효가 있었다. 갑신정변 주역인 그는 무자비한 살육 끝에 사흘천하로 혁명에 실패하고 일본에 망명했다. 이후 1894년, 사면을 받고 10년 만에 귀국, 내부대신이 되자 갑오개혁을 밀어붙였다. 그러나 이듬 해 명성왕후 시해에 연루, 일본에 다시 망명하고 현지에서 양위 음모를 꾸미다 적발된 것이다.

이어 외국인 용병 수입 및 독차 사건이 터진다. 신변 불안을 느낀 고종이 외국인 30명으로 경비대를 고용하자 독립협회는 이승만을 앞세워 반대 투쟁에 나섰다. 연일 항의 집회를 열고 매일신문, 제국신문에 장문의 비판 논설을 썼다. 용병이 왕을 경비하다니 '상하가 다 부끄러운 야만국 행위'라고 규탄했다.

김홍륙의 독차 사건은 더 한심하다. 러시아 통역 출신으로 아관파천 때 고종 옆에 붙어 온갖 농간을 부리다 흑산도 유배형을 받자 심복을 시켜 아편 탄 커피로 고종을 살해하려 한 것이다. 고종은 무사했으나 황태자는 인사불성에 빠졌다.

그야말로 사건의 연속, 사건이 사건을 만드는 형국이다. 이를 수사한다고 나륙법과 연좌제 부활을 중추원이 건의한 게 바로 그 예다. 나륙법은 참형한 시체를 조각내 각 지방에 전시하는 것이고 연좌제는 역적의 친인척 모두를 처벌하는 악법, 이미 폐지한 걸 되살리자는 것이다.

"시대를 거꾸로 가자는 건가. 중추원에서 어떻게 그런 결의가 나올까. 명색이 선진국 국회를 모방한 백성 대표 기관이라면서. 더 이상한 건 승만 군도 중추원 의관 지내지 않았나."

영환이 혼자 말처럼 중얼대자 명주월이 얼른 토를 단다. 긴 시국 설명을 했음에도 지친 기색 없이 그의 변호에 나선다.

"글쎄, 등잔 밑이 어두웠을까, 승만 씨는 논설, 집회 연사, 독립협회 총대 하랴, 몸이 열 개 있어도 모자랍니다. 중추원 의관직을 한 달 남짓에 끝냈으니 없을 때 처리했을 가능성이 커요. 더욱이 승만 씨는 종 9품 의관에 불과, 거의 나가지도 않았답니다."

"말단 의관보다 대외 투쟁이 승만 군에게 더 중요하겠지. 그래도 의관

직을 맡았다면 정보 수집 차원일 거야. 아무튼 오늘 여기 오는 길이 어수선했던 게 그런 집회 여파였나. 경운궁 앞과 종로 보신각 쪽에서 계속 함성이 들려 왔네."

"마치 전쟁 터 같아요. 독립협회 집회가 매일 정부를 성토하는데 그 중심이 승만 씨라 요즘 얼굴조차 보기 힘들어요. 저러다 무슨 탈나지 않을까 걱정입니다. 천천히 가야 멀리 간다고 대감님이 좀 타일러 보세요."

영환은 고개를 끄덕이며 가만히 하품을 한다. 시국 설명이 재미있고 중요해도 오늘 하루 노독이 만만치 않다. 제물포에서 1백리 서울 길 아닌가. 걷다가 말을 타긴 했지만 긴 항해 길 피곤이 누적된 때문이리라.

"어머나, 말씀에 열중해서 대감님 고단하신 걸 잊었어요. 간단히 멱 물하고 주무시면 내일 아침 몸이 가벼울 겁니다. 일어나세요. 우물가에 준비 다 해놓았어요."

밖은 어둠이 한껏 밀려와 있었다. 검은 하늘에 총총히 박힌 수많은 별들이 칠흑같은 조선 땅의 밤을 증명한다. 아, 드디어 서울에 왔구나, 내가 나고 자란 곳. 아내가 있고 아이들이 있고 정인이 있는 곳. 여기 몸과 마음 다 바쳐 지켜야 할 대한제국이 있다.

천천히 구석구석을 씻고 방에 돌아오니 얌전히 원앙 이불 한 채가 펼쳐져 있다. 명주월도 씻으러 갔는지 보이지 않는다. 머리 맡 작은 소반 위에 동동주 담은 작은 은주전자와 은잔 두 개, 약과, 쇠고기 포가 담긴 난초 무늬 백자 접시가 술맛을 당긴다.

그 뒤 무엇이 올지는 뻔하다. 일단 한잔 마시고 보자. 목젖을 넘어가는 동동주 액체가 부드럽다. 그래, 바로 이 맛이야. 여행 중 뭔가 항상 부족한 것 같던 느낌이 이제야 풀린다.

"저도 한 잔 주세요. 오랜 시간 그리던 '임과 함께 한잔을'의 꿈이 오늘 밤 비로소 이뤄집니다. 얼마나 기다리던 순간인지 당신은 몰라요."

어느새 명주월이 나타나 '당신' 소리와 함께 민영환 옆에 살포시 앉는다. 백리향 향기가 은은하다. 주변 백리를 향기로 물들인다는 일명 쥐똥나무 하얀 꽃은 작은 꽃잎 하나하나가 강한 향을 뿜어낸다. 그래서 천리향으로 불리기도. 지금 영환에게는 강한 성욕제로 작용한다.

"임자를 이처럼 다시 품을 수 있으리라고는 제물포 항을 두 번 떠나며 두 번 다 체념했었지. 그러나 첫 번째도, 지금도 나는 다시 돌아와 이 자리에 있네. 그건 단순한 남녀 간 사랑 때문만이 아닐세. 우리에게는 특별한 유전자가 춤추고 있어.

까마득한 단군 조선 이래 내려 온 사명, 바로 배달 대한국 재건 책무지. 나는 런던에서도 조상님이 보낸 정령을 만났네. 파랑새 아리랑 남매가 동북아는 물론 때로 중국까지 지배했던 해처럼 밝은 배달국 재건 시기가 도래했다고 격려했네.

임자와 나는 지금 특별한 의식을 치를 거야. 반드시 과업을 수행할 것이며 우리 아니면 다음 세대가 이룰 수 있도록 기반을 닦겠다는 각오 의식이지. 자, 이제 내게 다가오게."

두 사람은 각 각 은잔을 들고 눈을 맞춘다. 일단 한 모금씩 마시고 명주월이 입을 벌리자 민영환이 두 번째 모금을 그녀 입술에 포개 흘려 넣는다. 특별한 이들만의 성애 방식이 전혀 어색하지 않다. 점잖은 민 대감, 새침 떼기 명주월이 이 순간을 즐긴다.

댔다 떼었다 오고 가는 입술 잔이 그윽하기 짝이 없다. 성스런 의식 같다. 하지만 몸은 서서히 달아오른다. 참고 아꼈던 분출의 시간을 향해 나간다. 응집한 덩어리가 활화산처럼 터지는 날 배달 대한국은 만세를 부르리라. 모든 종족을 사랑으로 포용하리라.

펄럭 창문 틈으로 새어든 한줄기 바람이 하얀 명주월의 고쟁이를 들춘다. 순간 드러난 하얀 엉덩이, 두 남녀의 엄숙했던 의식은 끝나고 숨소리 가쁘게 눕고 엎어진다.

-길은 외줄기, 남도 삼백 리

술 익는 마을마다 타는 저녁 놀-

한 시인의 외길 따라 그들은 정점을 향해 오직 가고 갈 뿐이다.

32.
우남과 우룡(雩龍)

다음 날 정오 무렵 민영환은 전동 본가로 갔다. 밀양 박 씨 부인(수용)은 단정하게 남편을 맞이했다. 마치 이웃 나들이 하고 온 기분이다. 이른 아침 명주월이 사람을 보내 그의 귀국과 공신원 숙박을 미리 일러준 것이다.

민영환의 후처로 오기 전 그녀는 이승만 아내 박승선과 함께 공신원 음식점 일을 많이 거들었다. 그게 인연이 되어 혼사가 이뤄졌다. 명주월이 중신 든 셈이다. 처음에는 일자리제공, 나중에는 대갓집 마님으로 만든 고마운 언니로 치부한다.

같이 일하며 명주월의 깨끗한 성품을 알고는 더욱 그랬다. 그녀가 눈치 없어서는 아니다. 여자 직감으로 두 사람 관계를 진작 알았다.

거기다 영환 친모는 물론 대원위 대감 부대부인까지 둘 사이를 엮으려 했다는 사실을 알고는 아예 마음속으로 인정해버렸다. 공식 소실은 아니다. 그러나 그 몇 배 가깝다 해도 남편을 위해 필요한 여자라면 투기는 금물이다.

"무탈하게 돌아오셔서 기쁩니다. 아이들도 잘 자라고 집안 모두 평안했어요. 귀국 소식을 전보로 알았지만 언제인지 몰라 마중 못나갔네요."

대청마루에 올라서는 남편에게 그녀는 깍듯이 머리 숙여 절한다. 지난밤을 어디서 보냈는지 따위 관심 없다. 대갓집 마님답다. 되레 영환이 미안해진다.

소생 없이 떠난 전처 김 씨와 달리 처녀장가 든 후처가 곧 첫 아들을 낳았을 때 자신은 물론 어머니 기뻐하던 모습은 상상을 넘었다. 자연히 곰살맞지 않을 수 없었다. 이만한 처자를 어디서 후처로 구한단 말인가.

그런데 귀국 첫 밤을 다른 데서 진하게 보내고 오다니. 게다가 질투 내색조차 안한다. 겁날 정도다. 자연히 손이 뒷머리로 갈 수밖에 없다.

"국내 사정 파악 위해 공신원에 먼저 들렀소. 가내 모두 평안하다니 고맙구려. 부인이 애 많이 썼소. 어머니 모시고 아이들과 씨름하며 집안 대소사 처리하느라 등골은 휘지 않았는지 걱정이네. 이따 밤에 자세히 점검합시다. 아직 해가 길어서 기다리다 지칠 줄 모르지만."

평소 근엄한 영환이 이런 농담까지 하는 걸 보면 지난 밤 일이 꽤 걸리는 모양이다. 하지만 그녀는 안다. 때로 그가 매우 흥취 있는 인간이라는 것을. 명주월과의 관계마저 공식을 피해 은근슬쩍 유지하려는 것을. 그래야 모두 편하다는 것을.

대저 인간관계가 공적이기만 해서는 살벌하다. 잡음 나기 쉽다. 쓴 웃음, 헛웃음으로 슬쩍 넘어가는 경우가 필요한 이유다. 유머는 윤활유다. 남에게 피해를 주지 않는 한 그렇다.

"제 등골보다 대감님 허리가 온전하신지요? 해가 아무리 길어도 밤은 오기 마련인데 괜한 걱정 접어 두십시오. 피곤하시면 일러두실 말 미리 해놓고 사랑방에서 낮잠 한숨 주무세요. 밤에 지칠 걱정 마시고."

그녀 입가에 웃음이 번진다. 남편의 미안스런 모습이 재미있고 또 밤을 예약하는 정성이 고맙다. 하지만 한편 염려스럽다. 지난 밤 과용했을 텐데 연이어 정실까지 돌보기 벅차지 않을까. 새털처럼 많은 날에 오늘 밤은 건너뛸까. 나는 마나님이다.

"부인 말솜씨는 더 은근하고 속이 깊어졌소. 말대로 따르지. 점심 먹고 한숨 잔 뒤 성상께 인사 올리러 갈 테니 의관이랑 준비해주시오. 참 한규설 대감과 승만 군에게도 내 귀국을 알리고 조만간 만나자고 전해주오."

이날 이후 영환의 서울 살이는 매우 바빠졌다. 힘 빠진 나라 전권공사로 유럽과 미국에서 받던 냉대가 그리울 정도로 여기 저기 불려 다녔다. 그만큼 국내 사정은 악화일로였다. 특히 일본세가 약진, 조정은 온통 친일파로 붐볐다.

이게 보기 싫어 고종이 힘겹게 수구파를 기용해도 이들은 무능하거나 탐욕스러웠다. 개인 영달이 친일파 못지않았다. 때문에 민중은 개혁을 더 강력히 요구하고 이는 곧 일본세가 판치는 배경이 됐다. 악순환이다.

이 와중에 한때 독립협회 회장을 지낸 이완용이 마각을 드러내기 시작했다. 윤치호 등 해외파 대부분도 일본 쪽에 돌아섰다. 명분은 대세와 불가피론이다. 먼저 개화한 일본을 이용한다는 것이다. 백주 왕궁에서 왕비를 살해한 나라 힘을 빌리자는 것이다. 그 결과는 모른 체 했다.

그렇게 바쁜 며칠이 순식간에 지나갔다. 부인과 명주월의 극진한 보신책으로 영환이 꽤 몸을 추슬렀을 때 이승만이 불쑥 집으로 찾아 왔다. 조반을 막 물린 이른 아침이다.

"무지하게 바쁜 모양인데 용케 시간을 내었구먼. 1년 이상 못 본새 헌헌 장부가 되었네. 하긴 지난 7월 아들까지 보았다니 당연하지. 얼마나 기쁜가. 자네 어머니가 살아계셨다면 매일 춤이라도 추셨을 터, 그게 좀 아쉽군. 그래 이름이 뭔가?"

영환은 긴 인사 제쳐놓고 엊그제 본 사람처럼 덤덤히 말한다. 출산 경험 있는 아내가 친구 같은, 동생 같은 승만 부인 박승선을 수시로 찾아 돕는 걸 알아서인지 인사 첫말이 그렇게 나온다. 두 여인은 처녀 시대 단짝, 남산 복사골 줄넘기 동무 아닌가.

"어이구, 대감님 존안 뵈니 미국, 유럽 버터 맛이 좋긴 좋으나 보네요. 얼굴이 훤하게 빛나십니다. 고생 많이 하셨다는데 와전인 가요."

"아니 아들 자랑 좀 하라고 했지 누가 버터 얘기하라고 했나? 입만 열면 6대 독자 타령하다 7대 손 보았으면 막걸리 한잔이라도 내야지 이건 인사가 아니네."

"말씀 전에 벌써 공신원에 늦은 오찬 예약을 해놓았습니다. 자식 턱보다 제가 한번쯤 대접하고 싶어 미리 말씀 안 드렸네요. 결례는 아니지요?"

"음, 아들 이름 가르쳐 주고 빠른 시일 내 얼굴 보여준다면 당연히 가지. 자네 닮았나, 부인 닮았나? 아니면 조부모님인가?"

"클 '太', 묏 '山', 태산이라고 아버님이 지어오셨지요. 작명가에게 꽤 돈을 주고받았다는데 어째 썩 튼실하지 않아 걱정입니다. 아직 호적에 올리지도 않았어요. 더 두고 보려고."

"자네 닮았으면 어렵하겠는가. 늦게 본 소생이라 건강해도 지레 약해 보이기 쉽지. 아무튼 호적에는 빨리 올리게. 불길한 생각 말고. 그런데 오늘 점심에 혹 한규설 대감을 합석시키면 어떨까? 시간이 된다면 말이지. 충심이 깊고 나와 생각도 비슷한 몇 사람 중 한분이야."

"저야 좋지요. 하지만 제가 요즘 독립협회와 신문사 논설, 대중강연 등을 많이 하는데 거북하게 생각지 않을까요?"

"그건 염려 말게. 소탈한 사람으로 자네를 평소 좋게 보고 있으니까. 내가 사람을 보내 공신원으로 오라 하지."

"그렇다면 이왕 말 나온 김에 만수 도사님까지 모시면 어떨까요. 며칠 전 경복궁 근처 서촌에서 탁발하고 계신 것을 뵈었습니다. 지금 인왕산 석굴암에 계신다니 바로 연락하면 시간은 충분해요."

이승만의 돌발 제의에 영환이 반색한다. 그러지 않아도 곧 만나 미국에 만들어 놓은 그림자 혈죽회, 이른바 배달 대한국 건설 지원 기금 얘기를 하고 싶은 터이다. 채민수, 박창기, 제이슨 선교사 등이 주요 참여 인사라고 하면 당신이 맡긴 비자금의 운명을 만족해 할 것이다. 이후 모금도 더 활발할지 모른다.

"듣던 중 반가운 말이네. 어디 계신지 몰라 조만간 북한산 문수암까지 찾아 가야 하나 생각 중이었어. 석굴암이라면 여기서 엎드려 코 닿을 데, 바로 사람을 보내지."

이렇게 해서 민영환 귀국 환영 오찬모임이 급조됐다. 오후 2시경 늦은 점심이다. 다행히 만수 도사도, 한규설도 다른 약속이 없어 흔연히 이뤄진 것이다.

바빠진 쪽은 공신원 명주월이다. 예상치 못한 특별 모임에 이승만의 장모, 그러니까 음식 솜씨 좋은 박승선의 모친 이 씨 부인까지 긴급 동원되는 등 비상이 걸렸다. 마침 다음 날이 수표교 구휼 날이어서 재료는 충분했다.

약속 시간보다 한 시간 쯤 일찍 공신원에 도착한 영환은 바깥 채 영업장 뒤에 있는, 평소 닫아 놓는 쪽문을 열어 놓게 했다. 막다른 골목으로 통해 인적이 드물기 때문이다. 한규설과 이승만을 의식해서다. 조정 대신과 독립협회 간부의 만남이 이목을 끌어 좋을 게 없는 것이다.

얼추 시간에 맞춰 미복 차림의 영환이 골목길 주변을 서성거릴 때 만수 도사가 가장 먼저 나타났다. 바랑 멘 걸 보니 탁발이라도 하다 왔을까. 두 사람의 반가운 해후를 곧이어 도착한 한규설이 방해한다.

"북한산 골짜기 스님과 광명천지 유람하고 온 멋쟁이 신사가 길거리에서 무슨 속 깊은 얘기들을 그리 하시나? 한 폭 그림 같습니다 그려. 나무아미타불."

"모든 사물에 대칭 구도야 말로 균형과 발전의 기본이란 걸 한 대감님처럼 알고 있다면 나라가 조용할 텐데 그게 안 된단 말씀입니다. 평안하시지요? 한 대감님. 관세음보살."

받아넘기는 만수 도사와 시비 건 한규설은 구면이다. 두 사람이 동시에 합장하며 인사하는 걸 급히 영환이 쪽문을 통해 안채 식사 자리로 안내할 때 이승만이 바깥 채 정문으로 헐레벌떡 들어온다.

"제가 먼저 왔어야 하는데 그만 늦었네요. 협회 사무실에서 오다 흥분한 군중 한 떼를 만나 잡혔지요. 경운궁 앞에 가서 상소 드린다고 함께 가자는 겁니다. 용케 빠져 나왔지만 정말 죄송합니다."

"이 주필 바쁜 거야 세상이 다 아는 일, 너무 미안해하지 마시오. 특히 집회 군중 떼거리를 만났으면 도리가 없지. 잘 왔네."

한규설이 자신 옆 자리를 권하며 위로한다. 만수 도사가 말을 이었다.

대견한 표정이다. 문수암과 인연 깊은 청년 아닌가.

"우리 임금과 조정 대신들이 승만 군처럼 바르고 용기 있다면 나라가 이 꼴로 돌아가지는 않겠지. 자랄수록 자당 김 씨 부인께서 잘 키우셨다는 생각이 들어. 지금 살아계시면 기다리던 손자에 훌륭한 아들까지 정말 흐뭇하실 텐데. 아쉽군, 아쉬워."

"일전에 경복궁 근처에서 잠간 뵈었을 때는 쌀쌀맞게 가시더니 오늘은 비행기 막 태우시네요. 대감님들 앞이라고 너무 달라지신 것 아닙니까?"

"허어, 내가 언제 사람 가려 말하는 것 보았나. 진실을 진실로 받아들이지 못하면 그 것도 병일세. 그건 그렇고 생각난 김에 이 자리에서 두 분 대감께 제의할 일이 있소이다."

이승만과 농 섞인 인사를 주고받던 만수 도사가 음식이 들어오는 것을 보며 정색하고 말을 바꾼다. 자못 엄숙하다.

"좋지요. 하지만 금강산도 식후경이라고 일단 목부터 추기고 천천히 갑시다. 뱃속이 느긋해야 판단도 긍정적이 되기 쉬우니까."

민영환이 말하며 상 위 작은 주전자를 들어 각자 잔에 7부 능선까지 따른다. 빈속에 한 잔이 취기를 빨리 가져올수록 오늘 화제는 풍부할 것이다. 그러니까 오늘 영환은 마음 맞는 지인들과 흠뻑 취해 외유 기간 중 뜸했던 국내 소식을 여과 없이 듣고 싶다. 명주월 여인의 보고와는 또 색깔이 다를 것이다.

"스님 주량은 일반인들보다 훨씬 세다고 들었습니다. 스님이 술을 곡주차라며 많이 마시지만 평소 절밥 식사만으로 그걸 어찌 버틸 수 있는지 궁금했거든요. 비결이 있습니까?"

술이 한 순배 돌고 났을 때 이승만이 정말 궁금한 듯 묻는다. 그는 술이

약하다. 아버지 이경선과는 체질이 다르다. 한잔만 마셔도 얼굴이 붉어진다. 그래서 더 총기 있고 사리판단이 빠른지 모른다. 만수 도사 웃음이 터진다.

"하하하, 내가 땡 중인지 모르시나? 계집 말고 곡주, 고기는 없어 못 먹지. 그렇지만 자고로 불심이 깊거나 도가 통할수록 세속 금기에서 자유롭다는 속설과는 다르네. 내 경우 무슨 일이 있어도 본질에서 벗어나지 않을 자신 때문이라고 할까. 아무튼 속박 은 질색이야."

"본질이 뭔데요? 제각기 다르게 태어난 사람들은 저마다 느끼는 본질도 차이가 있지 않겠습니까. 자기 편한 대로지요."

"그런 본질은 진짜가 아니지. 인류 공통의 것이 아니면 안 되네. 이를테면 인간으로서 타락하지 않는 기본 같은 것, 신이 인간을 창조할 때 준 양심 따위 말이야. 이는 남녀노소, 양반 상민 가릴 것 없네.

한마디로 우주 만물의 섭리에 벗어나지 않게, 이를 해치지 않게 살라는 걸세. 공동체 일원이라면 지켜야 할 덕목이지. 이 세상 존재하는 것은 모두 연결돼있지 않나. 그 질서를 깨지 않는 게 바로 양심이고 본질 아닐까."

이승만과 만수 도사의 갑작스런 본질 논쟁이 길어질 조짐에 한규설이 제동을 걸고 나선다. 그는 영환의 여행담은 물론 이승만과 더불어 더 많은 시국 얘기를 하고 싶다.

"모처럼 계정 대감을 만나 오랜 외유 위로 겸 회포 푸는 자리가 너무 심각해진 것 같소. 우선 귀국 환영 축배 다시 한 잔씩 죽 들고 미국, 유럽 등 선진국 최신 견문을 들어 봅시다. 이 주필한테서 요즘 백성들 생각도 듣고 싶고. 오늘 귀 호강 좀 시켜 줍시다."

"견문은 차차 얘기하고 좀 전에 도사님이 말씀한 의논할 일이 무언지,

백성들 생각은 어떤지 먼저 듣지요. 혹 문수암 증개축 자금이 필요하십니까? 그 거라면 저도 내겠지만 거기서 치성 덕 본 장본인도 있는데."

영환이 웃으며 슬쩍 이승만의 얼굴을 돌아보자 만수 도사가 폭소를 터뜨린다. 이승만과 아들 태산 모두 문수암 백일기도 덕 아닌가.

"증개축은 주지 스님 일이고 내 얘기는 여기 이 주필에 관한 겁니다. 한마디로 이 주필을 재야 투사로만 둘 게 아니라 관직을 주어 실질적 국가 근대화 작업에 참여시키자는 겁니다. 말 많은 대신들보다 훨씬 낫지요. 두 분 대감 힘쓰면 안 될 것 없잖습니까?"

툭 던지는 만수 도사 말에 이승만이 펄쩍 놀란다. 벼슬 목표로 과거 시험공부에 열중했던 게 엊그제 같다. 몇 번 낙방하고 과거제 폐지로 이제 관직 꿈은 접은 지 오래다. 새삼스럽다.

"제가 무슨 조정 일을. 자격도 없거니와 설사 시켜도 안합니다. 괜히 그런 소문나면 논설 쓰고 강연하는데 곤란하지요. 저는 사양합니다."

"아니, 괜찮은 생각 같은데 조정이라면 어디가 좋을까요? 경력 없는 사람이 갑자기 참판, 판서를 맡을 수는 없고. 대신들 반대가 심하면 유능해도 등용하지 못하는 게 우리 관직 폐단입니다."

"그렇다면 역시 경험 있는 중추원 고위직을 주는 겁니다. 말발 서는 자리에서 중추원을 휘어잡고 각종 개혁을 추진, 조정에 시행토록 하는 겁니다. 개혁이 조정 파벌 싸움으로 지지부진한데 선진국 국회 형식의 중추원이 제역할 한다면 반발도 적을 테지요."

"옳거니, 그 건 가능하겠네요. 그러지 않아도 정부가 중추원을 개편, 50명 정원 가운데 독립협회에 25명 선발권을 준다고 들었습니다. 민의 반영 차원에서. 차제에 이 주필을 고위직 의관으로 추천하면 됩니다."

"그래서 말을 꺼낸 겁니다. 종구품직 말단 의관으로 못한 개혁 을 걸 맞는 품계를 받아 앞장서라는 얘기지요. 정삼품 또는 종삼품 정도면 좋지만 두 대감 생각이 중요합니다."

만수 도사가 민영환을 보고 말하자 비로소 그가 입을 연다.

"기발한 생각이나 중추원이 개편되면 과연 개혁을 제대로 할까요? 중추원이 선진국 의회 역할을 하려면 민의가 제대로 반영되어야 하는데 조정이 임명한 의관들로는 불가능한 일입니다. 설혹 독립협회가 일부 추천한다 해도 조정 관리 역할에 그칠 겁니다. 결과가 보이는데 억지 애를 써야할지 의문이군요. 물론 본인 생각이 중요하지만."

"민 대감님 말씀이 옳습니다. 저는 정부의 형식적 기구에서 일 하기보다 대외 투쟁이 좋아요. 스님 심려는 고맙지만 이제 와서 벼슬 따위 생각 없어요. 개혁성과 없이 이용만 당합니다."

이승만은 단호했다. 종구품 의관직 추천 때도 정보 수집 차원에서 관망했던 것이다. 이제 민영환 말을 듣고 나니 더 부질없다고 느낀다.

"노파심에서 해본 말인데 듣고 보니 이 주필 생각이 옳습니다. 새삼 이 썩은 정부에 발 담가 몸 버릴 이유가 없지요. 한 가지 더 이 산중 도사가 물정 모르는 제안해도 될까요?"

만수 도사가 갑자기 풀죽은 소리를 하자 일동이 웃음을 터뜨린다. 항상 쾌활하고 용감한 사나이 아닌가.

"무슨 말씀을 해도 이번에는 '지당 합니다' 니까 마음 놓고 하시지요. 다 이 나라와 이 주필 건투때문에 하신 말씀 아닙니까. 괘념치 마세요."

영환이 달래듯 말한다. 만수 도사와는 멀리 배달 한국 꿈을 지켜가는 혈죽회 그림자로 심통하는 사이, 그의 의형제 미국 제이슨 선교사 얼굴까지 어른거린다. 배달민족은 인종에 상관 않는 포용성을 자랑한다.

"솔직히 저나 계정 민 대감이나 승만 군을 어렸을 때부터 보아 그런지 호칭을 좀 쉽게 대한 감이 없지 않습니다. 요즘 '이 주필'로 통하긴 하지만 무심히 이름 부른 게 엊그제 같네요. 그런데 지금은 민중과 국가 대사를 휘어잡는 명사가 되었지요. 뭔가 걸맞게 호칭을 바꾸고 싶습니다."

"탁견입니다. 왜 그 생각을 못했는지 민망하네요. 이름이 한 인간의 운명도 바꾼다지 않습니까. 큰 인물 이름은 나라 장래와도 관계가 깊지요."

영환이 즉각 무릎을 친다. 한규설도 '그렇지' 후렴 소리와 함께 만수 도사에게 작명을 청한다.

"사실 저도 불편했습니다. 친근하면서 존중하는, 뭐 적당한 호칭이 없을까요. 작명 값은 제가 톡톡히 내겠습니다. 스님."

이때 이승만이 나선다.

"어이구, 세 분들 너무 하십니다. 이름은 부르라고 있는 것, 승만이 어때서 그럽니까. 나이 차로 보아도 민 대감님은 14년, 만수 도사님은 20년이 넘는데 자꾸 그러시면 몸 둘 바를 모르겠네요."

이승만이 애써 화제를 바꾸려 했지만 만수 도사는 질기다. 무릎을 당겨 앉으며 목소리를 높였다.

"지난번 경복궁 옆 서촌 길에서 자네를 만났을 때 내가 좀 쌀쌀 맞게 지나친 이유를 말하지. 장안이 온통 군중집회로 시끄러운 가운데 우뚝 선 자네 모습을 보니까 자부심이 일더군. 평생 옆에서 지켜본 내가 그런 인물을 대접하지 않으면 누가 하겠나. 그 생각에 잠겨 황급히 자리를 피하다 그리 되었네. 아무튼 말 나온 김에 당장 의논들 해봅시다."

"그럼 내가 운을 뗄까요. 승만 군은 원래 아명이 승룡이었습니다. 이을

'承'자 항렬에 용 '龍'자를 썼지요. 나중 부친께서 작명가에 부탁해 지금 이름으로 바꿨답니다.

그런데 실은 내가 북한산 문수암에서 승만 군을 처음 만났을 때 어머니가 '승룡아 집에 가자' 부르던 이름이 아주 듣기 좋았거든요. 뭔가 산뜻하게 날아오르는 느낌이 '龍' 글자 때문 아니었나 생각입니다. 그 걸 다시 살리면 어떨까 합니다만."

영환이 조심조심 말하자 만수 도사 입이 길게 찢어진다. 마치 기다렸다는 표정이다.

"어찌 저와 생각이 똑같습니까. 내 속 들여다 본 사람처럼 말씀하네요."

"괜히 두 분이 미리 짜고 저는 들러리 세우는 것 같군요. 이 주필 아명이 '승룡'인 것을 처음 알았지만 무조건 찬성입니다. 뭐든지 말씀하세요."

한규설도 말은 서운하다면서 표정은 마냥 즐겁다. 식사 반주로 이승만 호 짓기가 안성맞춤 아닌가.

"제 관상으로 승만 군은 대한의 큰 인물이 될 게 분명해요. 24세 나이에 벌써 이 땅의 개혁 시대 기라성으로 떠올랐으니. 그래서 말인데 귀인 호칭인 '용공자(龍公子)'는 어떻습니까? 세 글자가 때로 더 품위 있고 '용'자도 들어가고. 이율곡 선생 모친 신'사임당'처럼 말입니다."

"아, 대단한 발상이지만 군중집회에서 백성 상대로 연설하는 소박한 민초 모습과는 좀 멀지 않습니까. 거리감 느껴지고."

영환이 머리를 기웃하자 한규설이 재빨리 받아 넘긴다. 그는 만수 도사 작명이 마음에 든다.

"이 주필은 원래 양녕대군 16대 직계 후손입니다. 태종 당시 3남인 충녕대군, 그러니까 세종대왕께 세자 자리를 양보하지 않았다면 상황이 전혀 달라졌을 왕손이지요. 따라서 '용공자' 호칭은 엉뚱한 게 아닙니다. 다만 청나라 3대 강희대제가 미복 차림 외출 때 수행원들이 '용 공자'로 부른 사실이 걸리긴 합니다."

이 말에 가장 놀란 사람은 조용히 귀추를 보던 이승만이었다. 자기도 모르게 큰 소리가 나온다. 두 손까지 휘젓는다.

"너무들 하십니다. 제 아명이 '용이'였다고 용 공자는 턱도 없는 호칭이지요. 그 말씀은 듣지 못한 것으로 하겠습니다."

"정 그렇다면 타협안으로 '용 공자' 대신 '용공' 어떻습니까? '용'을 성씨처럼 쓰는 거지요. 여기 민 대감을 내가 사석에서 가끔 '민 공'이라고 부르는 것처럼 말입니다."

"역시 한 대감 머리 회전은 빨라요. '용 공'이라면 '용 공자' 이미지를 90% 이상 수용하면서 부르기도, 남 보기도 괜찮습니다. 내가 글자 하나 빼는 통 큰 양보로 결말 집시다."

한규설의 타협안에 만수 도사가 즉시 호응했으나 아직 다 끝나지 않았다. 돌연 나온 민영환의 수정 제의 때문이다. 얘기가 길어질수록 이승만 본인은 안주 감 비슷해 곤혹스럽다.

"두 분 의견 저도 찬성입니다만 주흥 돋우는 뜻으로 발상 전환을 한 번 해보겠습니다. 방금 떠오른 건데 우룡(雩龍)은 어떨까요. 이 주필이 사는 동네가 남산 우수 현(雩守峴) 아닙니까. 바로 임금이 기우제 지내던 남산 마루터기지요. 우수 현에서 자란 용, 다시 말해 우룡이란 말입니다."

만수 도사와 한규설은 말이 끝나기 무섭게 박수로 환호한다. 모두 적당히 취한 상태, 키우고 싶은 청년에게 아낌없는 사랑 표시다.

"아니, 그런 좋은 생각을 여직 왜 담고만 있었습니까. 왈가왈부 다 끝내고 '우룡'으로 합시다. 이 주필이 받던 안 받던, 우리는 그렇게 부르지요. 가뭄에 단 비 몰아오는 용, 나라와 백성을 해갈시킬 큰 인물로서 의무를 지우는 겁니다. 자, 그런 뜻의 축배를 듭시다. 우룡, 우룡, 우룡."

한규설 건배 제의에 모두 술잔을 든다. 본인의 수용 여부와 관계없이 그들은 일방적으로 정해버린 것이다. 뒷날 이승만은 미국에서 이를 우남 (雩南)으로 고쳐 공식적으로 사용한다. 만일 그가 용 '龍' 글자를 그대로 썼다면 말년 '4. 19의거'를 피해 갔을까.

별호 짓기 입담이 끝나자 이후는 거침없는 시국 얘기다. 이승만은 이날 나라가 어지러운 제일 요인으로 고종의 우유부단을 들었다. 오늘은 수구파, 내일은 개혁파로 중심을 잡지 못해 일본, 러시아, 미국, 청국 잔존 세력이 저마다 이빨을 보인다는 것이다.

숨겨둔 내탕금과 땅 부자 양반, 고위 관료 들 성금을 털어 친위대 몇 천 명만 양성해도 왕권 확립과 개혁이 가능한데 그럴 뱃장이 없다고 한탄했다. 한마디로 무능하다. 개혁 정책과 인사는 조령모개였다. 1898년 겨울은 춥고 음습하게 저물어 갔다. 군중 열기만 뜨거웠다.

33.
고삐가 풀렸다

'주사 한 대 맞고 아스피린 몇 알 드릴 테니 식후 30분에 드세요. 과로와 갑작스런 추위로 걸린 감기니까 푹 쉬고 쌍화탕 같은 것 끓여 드셔도 좋아요."

화이팅 의료 선교사의 눈은 맑다. 거기다 푸른 눈, 마치 깊은 호수 같다. 문득 명주월이 말한 경포 호수 달 얘기가 생각난다. 거기 쪽배 띄어 놓고 정인과 술잔을 기울이노라면 달이 다섯 개나 떠있다는 것이다. 지극히 정겨운 밤 아닌가.

그녀 설명은 이렇다. 하늘에 뜬 달, 경포 호수와 바로 옆 바다에 비친 달 2개, 술잔과 그대 눈동자 속에 떠있는 달 또 2개를 합치면 5개다. 멋진 비유다. 그때 민영환은 멋없이 숫자를 정정해주었다. 두 남녀면 술잔이 두 개니까 6개가 맞는다는 것이다. 명주월은 픽 웃었다. 그렇게 정감 없이 따져든다면 남녀 한 쌍 눈동자는 4개이므로 9개라고 쏘아댔다. 시적 분위기

대신 산술 공부냐고 웃었던 것이다.

"아침에 팔 팔 끓는 콩나물국에 고춧가루 확 뿌려 먹어서인지 열은 많이 내렸습니다. 전통적 식이요법인데 중증은 잘 듣지 않아요. 역시 감기에는 아스피린이 좋은 것 같습니다."

치료를 마친 화이팅에게 영환은 사무적 인사말을 건넨다. 귀국 후 처음 만나는 자리라 아버지 헌터 화이팅 안부를 즉시 물을 줄 알았는데 예상이 빗나갔다. 일단 하회를 기다리기로 한다.

"아스피린은 명약이지요. 수명을 크게 늘린 인류 최대 발명품 중 하나입니다. 그런 명약을 흔해빠진 은행나무 잎으로 만들었다면 다 놀라겠지요. 뜨거운 콩나물국에 매운 고춧가루라, 이것도 잘 연구하면 조선의 대단한 특허 약이 될지 모릅니다. 이미 임상 실험은 끝났으니까."

그녀는 여전히 한가하다. 크지 않은 날렵한 몸매가 매력적이다. 후진국 백성에게 기독교를 알리고 돕고 싶은 봉사 정신은 이해한다. 그러나 조선에서 몇 년씩 체류 기한을 연장해가며 불편한 생활을 감내하는 진짜 이유가 뭘까.

이를 따지기 전에 급한 것은 조지아나 화이팅이 기민하게 워싱턴 한국 공사관에 보낸 전보에 대한 감사 인사다. 그녀 아버지 헌터 화이팅 목사가 시카고에서 리틀 록 교회로 자리를 옮긴 사실을 즉각 알려주지 않았다면 헛걸음 수고가 컸기 때문이다.

또 거기서 제이슨과 만남은 뜻밖의 수확이다. 영환이 그의 집을 찾아 미주리 벽촌 제임스 포트에 갈 필요가 없어졌기 때문이다. 이어 인디언 노인 문 울프까지 알게 되었다.

그의 우주 생명력, 기에 관한 강의는 영환이 갖고 있던 먼 조상 나라에 대한 일말의 의구심마저 깨끗이 쓸어 주었다. 아리랑 남매가 배달 한국 정령으로 자신을 찾아오는 게 얼마든지 가능한 것을 알게 된 것이다. 이게 다 그녀 전보 덕분이다.

"정말 좋은 아버님을 모셨더군요. 기민하게 보낸 전보 한 장으로 내가 여행 수고를 덜고 인간애 가득한 헌터 목사를 만난 순간 진짜 미국 신사라고 기뻤습니다. 그 따님에 그 아버지랄까, 조선에 대한 애정이 각별하셨지요. 내가 원한 일 모두를 동의하고 우리는 동지로 뭉쳤습니다. 정말 고맙습니다."

결국 영환이 먼저 리틀 록 얘기를 꺼내 감사 인사를 한다. 화이팅은 가볍게 딴청을 부린다.

"미스터 리가 몇 번이고 당부했지요. 하지만 대감께 그리 지극정성이면서 정작 자신에게 닥칠 위험은 모르는 것 같아요. 요즘 그 사람은 군중집회 인기 연사이면서 제국, 매일, 독립신문 등에 매서운 논설을 계속 집필, 조정이 골치를 앓는대요. 일본 공사관도 매의 눈으로 감시 중이고. 이러다 큰 일 당할까 걱정입니다."

영환은 이 말을 듣고 속으로 앗 차 했다. 이 여자 머리는 지금 온통 이승만으로 가득 차 있는 것이다. 이게 단순한 쌍방 사제 사이일까. 돌이켜보니 춘생문 사건 때 승만을 여장시켜 탈출시킨 열성파다.

"나도 귀국해서 몇 번 못 보았습니다. 워낙 바쁜 것 같아 스스로 만나자고 하기 전에는 연락을 삼가지요. 일 많기는 관직에 있는 내가 부끄러울 정도입니다."

"호호, 정말 그래요. 하지만 종로 보신각이나 경운궁 대안문 앞에 가면 금방 눈에 띌 겁니다. 만민 공동회 성공 이후 군중집회 스타 연사로 붕 떠

있으니까요. 거기다 고종과 조정 대신들이 주목하니까 흠뻑 재미 붙였어요. 대감님 제동이 필요합니다."

"시대에 맞는 올바른 말을 하기 때문입니다. 백성이 원하는 바를 짚어내니까 열광하는 거지요. 젊은 혈기로만 치부할 수 없어요."

영환이 짐짓 태평한 반응을 보이자 그녀가 더 흥분한다. 말소리가 높아지고 떨리기까지 한다.

"아무리 옳은 말도 자리 봐가며 정도껏 해야지요. 넘치면 화를 부릅니다. 막말로 누군가에 이용당할지도 모르잖아요. 속도 조절을 못하다 다치면 그건 어리석은 겁니다."

"나는 지난 9월 귀국해서 거리 군중집회가 얼마나 치열한지 감을 못 잡고 있습니다. 솔직히 나륙법(참형 뒤 시체를 조각내 각 지방에 분산)과 연고 죄 같은 악법 부활은 비판해야 하지 않습니까. 이 주필 반대 운동을 나무라기보다 지원할 일이지요."

"대감님은 수혜자 입장에서 그런 말씀을 하지만 당사자는 위험천만 하거든요. 백성이 지지하는 개혁파 대표시기도 하고."

"그게 무슨 말씀인지? 내가 군중집회 수혜자라니. 또 개혁파 대표 관료도 아닙니다. 군중집회에 가본 일도 없고요."

"지난 10월 10일자 개각에서 수구파 7 대신이 면직되고 대신 독립협회가 신임하는 개혁파 관료 몇 사람이 입각했지요. 박정양 대감이 서리 의정 사무로 내각을 총괄하고 민 대감님은 군부대신에 중용 되셨었어요. 그게 수혜 아니고 뭡니까."

그녀 말은 사실이었다. 9월부터 과격해진 군중집회가 10월 들어 12일 동안 매일처럼 계속됐다. 경운궁을 둘러싼 철야 시위에 마침내 고종이 독립협회 요구 사항을 전격 수용한 것이다. 미국 공사 알렌은 이를 조선 최초의 평화적 혁명이라고 본국에 타전했다.

"나는 몇 번이고 사양했소. 1년 반이나 나라 밖에 나가 있어 물정도 어두운데다 제일 몸이 피곤했던 탓이오. 하지만 상감께서 독립협회 요구라고 듣지 않아 어쩔 수 없었어요. 내 의사와는 상관없습니다."

"그건 압니다. 하지만 결과가 그러니 어쩝니까. 문제는 그 뒤에도 독립협회 요구가 거칠게 이어지고 그 선봉에 승만 씨가 있단 말이지요. 예컨대 군중집회를 정부가 허용한 곳 이외에서 벌였다고 비난하자 그렇다면 그 죄를 받겠다고 한 이른바 '대죄투쟁'을 보세요.

칙명 어긴 죄를 받겠다는 명분의 또 다른 집회를 열고 그 자리에서 언론과 집회 자유를 요구한 대죄 투쟁을 벌인 거지요. 그리고 '한명 죽으면 열명, 열명 죽으면 백명이 투쟁 한다'는 협박을 불사했습니다."

"그러니까 꼬투리 잡아 집회를 계속 열고 대 정부 투쟁을 멈추지 않겠다는 뜻이군요. 투쟁을 위한 투쟁은 사실 위험합니다."

영환도 한숨을 내쉬었다. 화이팅의 걱정이 계속된다.

"바로 그래요. 외국 상인들의 불법 영업, 토지 매입 등 통상 조약 위반 사례도 낱낱이 조사, 시정하라고 몰아 부칩니다. 황국중앙 총상회가 독립협회에 위탁한 일이지만 상대는 일본과 러시아 입니다. 공사관에 무력 동원 빌미를 주면 곤란해요.

한때 경복궁까지 점령했던 야만적 일본군인데 무슨 짓은 못할까요. 핍박에 몰린 조정이 칼을 뺄 경우 독립협회 총대 위원으로 맹활약 중인 승만 씨가 다칠 수밖에 없습니다. 대감님이 고삐를 잡아야 해요."

영환은 그녀의 긴 설명을 들으며 새삼 감탄한다. 귀국 이후 국내 사정

파악을 위해 동분서주한 그가 이런 정황을 모르지는 않았다. 그러나 파란 눈의 서양 여인이 느끼는 시국의 무거움은 또 다른 색깔로 다가왔다. 또 승만에 대한 애정, 또는 충심이 절로 느껴진 것이다.

"바로 그겁니다. 지혜로운 처신은 본인 안위만 걸린 게 아니지요. 지금 크게는 수구파, 개혁파로 나뉘고 개혁파만 해도 그 안에 수많은 갈래가 있습니다. 예컨대 독립협회 안에도 자강파, 친일, 친러 등 파벌이 많은데 최대 세력인 친일파 주장대로 개혁할 경우 결과는 예측 불허입니다.

이 주필이 과연 거기까지 염두에 두었을까요? 혹시 그들에게 이용당한다면 해악이 큽니다. 일본의 조선 지배를 돕는 꼴이 되니까요."

"이제야 민 대감님과 제 걱정이 일치점을 찾았네요. 독립협회와 만민공동회, 그리고 거기 인기 연사 승만 씨는 일본 측에 이용당할 수도 있는 것을 모르고 투쟁 일변도입니다. 대한제국 정부를 궁지까지 몰면 무슨 사태가 벌어질지 몰라요.

혼란을 초래, 외세 간섭의 빌미가 될 수 있습니다. 일본 망명 중인 갑신정변, 갑오개혁 주동자들 술수가 훤히 보여요. 손안대고 코 풀려는 거지요. 승만 씨를 하루바삐 거기서 빼내야 합니다."

감기 치료 핑계로 화이팅 선교사 의중을 떠보려 제중원을 방문한 영환은 그녀 생각과 걱정이 깊은데 놀랐다. 자신이 승만 안위를 걱정하는 것 이상 아닌가. 진작 서당 친구 이병주, 신긍우 등에게 그녀 설득을 부탁했던 게 적중 했나 기뻤다.

시국은 급하게 돌아갔다.

이때 독립협회의 1차 목표는 의회 설립이었다. 영국, 일본식 입헌군주제로 왕권을 제한하면서 국정 근대화를 꾀하자는 것이다. 특히 일본식 상원제가 모범 답안이다. 왕권은 유지하되 일부 대의정치를 실험한다는 뜻이다. 독립협회 초대 회장이 이완용, 당시 3대 회장이 친일, 친미 계 윤치호라 가능한 발상이다.

고종도 이정도면 괜찮다고 생각했다. 그래서 갑오개혁 때 정부 자문기관으로 설치했다 유명무실해진 중추원을 상원 역할로 삼으려 한 것이다. 문제는 50명 의관 가운데 25명을 독립협회가 추천케 하면서 발생한다.

황국협회도 자기 몫을 달라고 요구한 때문이다. 황국협회는 고종 주변 수구파가 1898년 6월 30일 독립협회에 맞서 급조한 단체다. 이들은 아예 민선 하원까지 만들자고 제안했다. 안될 것 알고 깽판을 놓자는 수작이다.

고종은 우리 민도가 아직 낮다고 이를 거부했으나 덕분에 중추원 의관 자리는 이들도 나눠 받게 된 것이다. 1차 목적은 달성한 셈. 당연히 독립협회는 이를 수용치 않고 투쟁을 계속키로 한다. 도깨비 단체와 함께 할 수 없다는 이유다.

결전 시기가 시시각각 다가오고 있었다. 영환이 제중원에서 감기 치료를 받은 직후 1898년 10월 29일 조선 최초의 '관민공동회'가 열렸다. 관료와 백성이 공동 집회를 연 것이다. 박정양 의정부 참정 등 조정 대신 다수가 군중집회에 참석했다.

이 자리에서 역사적인 '헌의 6조'가 채택된다. 주요 내용은 전제 황권은 공고히 하되 조약 체결 시 각부 대신의 합동 날인 및 재정 결산을 공개한다는 것이다. 아울러 중범죄도 반드시 공판을 거치고 제정한 법률은 반드시 시행하기로 했다.

고종은 여기에 조직 5조를 덧붙여 중추원 역할을 제고하고 언로를 확대한다고 약속했다. 일단 만민공동회가 그동안 요구해온 사항 거의가 들어

간 셈이다. 군중은 환호했다.

하지만 이승만은 달랐다. 대신들이 사인하고 군중들이 열광했으나 그는 다시 공동 집회 연단에 뛰어올라 고함을 질렀다.

"여러분, 감언이설에 속지 마십시오. 조칙 5조 어디에도 언제부터 시행한다는 구체적 날자가 없습니다. 지금까지 정부는 많은 조칙을 발표하면서 당장 시행한다고 했으나 약속을 지킨 일이 없어요. 구체적 날 자를 밝히라고 합시다."

승만의 외침에 군중이 잠잠해졌다. 듣고 보니 과연 그랬다. 정부는 군중 해산이 당면 목표였다. 농성 투쟁은 계속됐다. 헌의 6조의 즉각 실시를 요구하며 독립협회는 승만 등 총대위원 3명을 선정, 정부에 촉구서한을 전달토록 했다.

팽팽한 대립은 오래 가지 않았다. 사태가 심각해지자 정부는 11월 2일 중추원 신 관제를 실시한다고 공포한 것이다. 이로써 중추원이 법률과 칙령의 제정 폐지, 의정부 안건의 심사 의결을 맡는 근대 국회 모습을 갖춘다. 괄목할 진전이다.

윤치호, 최정덕, 이승만 등 독립협회 간부들이 쟁취한 작은 승리에 취해 있을 때 반작용 움직임 역시 심상치 않았다. 대한제국은 조선 5백년 기반을 가진 뿌리 깊은 나라다. 큰 뿌리가 많이 상해 시들었지만 병든 잔뿌리는 아직 무성했다.

중추원 신 관제가 발표된 날 밤 수구파 두목인 조병식 의정부 찬정이 유기환 군부대신 서리, 법부협판이자 황국협회 회장 이기동과 밀모를 꾸몄다. 개혁파와 만민공동회에 치명적 타격을 가할 역적 음해 모의였다. 고종은 흔들리는 쪽배였다.

34.
대동국 음모

이승만은 결심했다. 지금 바로 이 순간이 자신 운명을 걸 한판이라고 판단했다. 그동안 너무 피동적으로 살아 왔다. 어려서는 어머니 김 씨, 철들자 아버지 이경선의 6대 독자 등쌀에 떠밀렸다.

과거 시험은 그에게 피할 수 없는 멍에였다. 낙백한 양녕대군 직계 왕손으로서 가문과 자신을 일으킬 유일한 길이라고 생각했다. 또 공정한 시험이라면 자신의 합격은 무리하지 않았다.

하지만 세상은 탁했다. 아무리 승만이 영특하고 다닌 서당마다 1등을 자랑해도 그가 급제할 전망은 아득했다. 16세에 첫 응시했으나 20세까지 번번이 낙방이다.

아내 승선이 눈치를 보일 무렵 과거제가 폐지됐다. 후련함과 실망감이 교차했으나 정작 살아갈 일은 막연했다. 그때 친구 신긍우가 강력히 배재학당 입학을 권유했다. 거기서 아름다운 의료선교사 화이팅을 만나 운세가 피기 시작한다.

입학 1년 만에 배재학당 초급영어 강사로 성장하고 협성회보 발간과 논설 집필자로 주목을 받았다. 거기다 군중집회 강연 솜씨는 발군이다. 때로는 웅변조로, 때로는 잔잔하게 대중을 사로잡는 개혁 투사로 변신하자 사방에 적이 생긴 것이다.

"이 주필, 당분간 어디 안전한 곳에 피신하는 게 좋겠소. 나도 피할 테니. 간밤에 윤치호, 내 이름을 도용해 황국협회 매국노들이 그런 어처구니없는 격문을 내다 붙일 줄 누가 알았겠소."

정동 아펜젤러 집에서 윤치호는 친구 양흥묵과 함께 찾아간 이승만의 손을 잡고 부르르 떨었다. 1898년 11월 5일 서울 장안은 벌집 쑤신 듯이 살벌했다. 야릇한 익명 공고문이 밤새 주요 거리 담장마다 큼직하게 내걸렸기 때문이다. 요지는 간단했다.

-만민공동회는 쇠퇴한 조선 왕조의 연장인 대한제국에서 왕 대신 윤치호를 대통령으로 뽑아 개명 천지 나라로 바꿀 것이다-

만민공동회와 개혁파를 타도할 음모였다. 일단의 명단도 들어있었다. 중추원 개편에서 의관 추천권을 빼앗긴 황국협회 소행이다. 수구파 두목 조병식은 이 공고문을 고종에게 바치며 독립협회가 곧 국체를 공화정으로 바꿔 대통령 박정양, 부통령 윤치호, 조정 대신에 독립협회 간부들을 임명할 계획이라고 보고했다. 고종은 대노했다.

즉각 독립협회 간부 20명 중 17명을 체포했다. 다행히 새벽녘 자기 집 주위를 순검들이 빙 둘러싸는 것을 보고 윤치호는 재빠르게 뒷문으로 빠져 아펜젤러 집에 피신한 것이다.

"저야 거명된 간부 명단에 끼지 않았는데 별일 있겠습니까. 다만 쑥대

밭 된 독립협회와 체포된 간부들 뒤처리가 걱정입니다. 이제 남은 저희가 결사코 나설 차례이군요."

"아닐세. 자네도 이미 연설 일꾼으로 널리 알려졌고 정부 측과 교섭한 총대위원 아닌가. 안심할 수 없네. 수구파들은 벌써부터 이 주필을 회장급 요원으로 보고 적대시 해왔어."

"하긴 독립신문과 제국신문 쪽에도 이미 손을 썼겠습니다. 여기서 이 주필이 논설로 비판하면 공사관들이 개입하고 다시 만민공동회가 열릴 테니까요. 아무튼 저희도 조심해야 합니다."

동반한 양흥묵이 윤치호 걱정에 동조했다. 그는 승만과 매일신문 경영권 다툼으로 한때 소원했으나 만민공동회 집회 준비를 하며 화해한 사이다. 지금은 누구보다 가까운 동지 관계다.

"그러니까 피하기보다 오늘 저는 배재학당 사무실에 가서 긴박한 논설을 쓰겠습니다. 수구파 모함이 분명한 익명서 몇 장 때문에 독립협회 해산과 간부들 체포라니 말이 아니지요. 사실 확인도 않고 벌인 이런 추태는 투쟁으로 되돌려야 합니다. 만민공동회 힘을 이럴 때 여실히 보여야지요."

윤치호와 양흥묵은 승만의 결연한 말에 다시 기운을 차렸다. 서둘러 대규모 군중집회에 필요한 각자 역할을 분담했다.

다음 날 승만은 논설 집필과 함께 배재학당 학생 동원에 나섰다. 이어 학생들이 군중을 동원하고 양흥묵은 중앙 총상회와 부인회 일꾼들을 통해 사람들을 모았다. 수 천 명이 모이자 군중들은 17명을 감금한 경무청 앞에 몰려가 시위를 시작했다.

경찰이 해산을 종용했으나 군중은 끄떡도 하지 않았다. 이미 내성이 생긴 것이다. 밤이 되자 화톳불을 피우고 독지가들이 보낸 장국밥과 간식을 먹으며 사기를 북돋았다.

승만은 밤새 구호와 연설을 외치다 보니 목이 다 쉬었다. 그러나 그는 젊었다. 한 두 시간 꼭지 잠을 자고도 여전히 군중 사기를 돋우며 다녔다.

그렇게 혼란한 며칠이 흘렀다. 군중은 흩어지지 않았다. 체포된 간부들이 재판을 받기 위해 고등 재판소로 옮겨가자 시위대도 따라갔다.

이를 신문들이 연일 보도했다. 독립신문, 황성신문, 제국신문, 매일신문 등이 불티나게 팔렸다. 이를 막으려 경찰력이 동원되었지만 속수무책이었다. 한때 논의된 군대 동원은 외국 공사들의 완강한 반대로 무산됐다.

역사는 경험 때문에 반복되는가. 인간의 한계인가. 이로부터 62년 뒤 1960년 4·19 학생 의거로 이승만 건국대통령이 하야 성명을 발표한다. 독립 쟁취와 북한 남침의 한국동란을 극복, 12년을 집권하며 대한민국 초석을 다진 이승만 자신이 말년 자유당 독재 불명예로 물러난 것이다.

하지만 그는 미국 민주주의가 몸에 밴 인물, 하야 선택을 함으로써 배달 민족 중흥의 기폭제를 이룬다. 박정희 산업국가 탄생을 예고한 때문이다. 이어 집권한 민주당 정권 혼란에 쿠데타 정권이 등장, 18년 독재 대가로 한국을 산업화 시킨다.

2019년 대한민국은 이른바 '30-50 클럽', 인구 5천만 이상, 1인당 소득 3만 달러이상 세계 7번째 국가로 도약한 것이다. 미국 영국 프랑스 독일 이탈리아 일본 다음이다.

다시 대한제국 얘기로 돌아가 혼란 상태가 악화되자 고종은 물러선다. 구금한 독립협회 인사들을 전격 석방한 것이다. 익명서가 나붙고 닷새만인 11월 10일 오후 5시경이다. 그 감격을 이승만은 후일 자서전 초록에서 이렇게 기록했다.

-체포된 17명이 석방되었다. 이날 밤 나는 의기충천했다. 민주주의 대의를 위한 위대한 승리가 달성된 것이다-

그러나 반작용이 의외로 크고 강했다. 석방 1주 뒤 전국 각도에서 모여든 보부상패 2천여 명이 과천군수 길영수(吉永洙)를 도반수로, 상해에서 김옥균을 암살한 홍종우(洪鍾宇)를 두목으로 삼고 20일부터 행동에 나선 것이다. 집결지인 동대문 밖에서 종로로 진출한 후 21일 인화문 앞에서 집회중인 만민공동회를 습격했다.

아수라장이었다. 세 사람이 그 자리에서 보부상패 몽둥이에 맞아 죽었다. 이승만도 그 자리에 있었으나 무사했다. 급작스런 습격으로 군중이 너무 쉽게 무너져 급히 피하는 무리 속에 떠밀려 간 결과일 수 있다.

아니면 연단이 군중 한가운데 있어 첫 공격을 피했기 때문인지 모른다. 공격 자체가 엉성한 탓도 있을 것이다. 하지만 반격을 지휘할 틈은 없었다. 소리 질러 봤자 들리지도 않았다. 이때 정황을 승만은 배재학당으로 안부가 궁금해 찾아온 민영환과 만수 도사에게 나중 이렇게 말했다.

"이상하긴 했어요. 그런 아수라장에서 내가 상처 하나 없이 무사했다니. 더구나 무리 속에서 도반수 길영수를 만나 '나부터 죽여라' 외치며 그의 가슴팍을 들이받기까지 했는데. 내 얼굴을 몰랐는지 히쭉 웃더니 다른 데로 좌충우돌하더군요."

그 말에 영환은 픽 웃었다.

"그럴 수 있지. 보부상 하다 갑자기 과천군수 자리를 돈 주고 산 길 영수가 행여 우리 우룡을 알겠는가. 신문 사진도 안 볼 텐데 어찌 '가뭄의 단비' 얼굴을 알까. 우룡은 얼굴보다 이승만, 그 이름이 더 알려졌네. 앞으로 별호 덕을 볼 때가 올 걸세."

만수 도사가 맞장구친다. 아예 껄껄 웃어 제킨다.

"그럼요, 우룡은 하늘이 돕는 사람입니다. 애국하는 동안은 누구도 위해를 가할 수 없어요. 장담컨대 하늘과 조상 은덕, 모두 받을 겁니다."

"두 분께 크게 감사드립니다. 말씀만으로 용기백배하네요. 과장이 아니라 실제 고함 소리, 비명이 진동하는 전쟁터 비슷한 습격 현장에서 무언가 끊임 없이 저를 격려하는 속삭임을 들었어요.

'이리 가요, 저리 가요' 제가 빠져나갈 길을 가르쳐 주기도 하고요. 귓가에 맴도는 그 말 따라 무의식중에 발길을 옮기면 안전한 곳에 와 있었지요. 아귀 같은 보부상 패가 험상궂게 달려들다 갑자기 사라지기도 했습니다. 이상했어요."

이 대목에서 영환과 만수 도사는 슬쩍 얼굴을 돌아보며 보일락 말락 미소를 지었다. 아마 '아랑'과 '아리', 배달 신국의 영매인 파랑새 오뉘가 다녀간 모양이다. 이제 승만에게도 그들이 계속 나타난다면 좋은 일이다. 반갑고 고맙다.

그만큼 영환과 만수 도사 일이 덜어지는 것이다. 혈죽회의 존재를 영환은 여행 중 런던에서 비로소 확신했다. 배달 신국 환웅조선의 부활과 재건을 위한 그림자 모임, 메신저는 파랑새 아리랑 오뉘였다. 진작 만수 도사와 교감이 이뤄진 것도 그들 덕 아닌가.

보부상패가 만민공동회를 습격, 한판 붙은 날 만수 도사도 현장에 있었다. 뭔가 꿈틀거려 경운궁 주변으로 나가라고 밀어낸 것이다. 쌀장수로 변장, 줄 곳 연단 주변 승만 앞 뒤 옆에서 지켰다.

난장판을 헤집고 나가는 승만 뒤를 슬금슬금 쫓으며 그를 공격하는 자들을 남모르게 제압했다. 택견, 합기도, 국술 등 압도적 각종 무술로 떼어

놓았다. 승만이 무사했던 이유 중 하나다.

"더 이상 이런 사태가 계속되는 것은 위험하네. 언제 불의의 습격이나 폭탄 소포를 받을지 몰라. 당분간 자제하는 게 좋겠네. 그래서 생각한 건데 차제에 아예 방향을 전환, 학교 사업을 한번 해보지 않겠나?

내가 생각한 게 있네. 흥화학교를 전국 단위로 세워 조선을 교육으로 개혁하고 개명시키는 거야. 배재학당보다 규모가 크지. 내 출자금에 명망가 기부를 받으면 어렵지 않을 것 같네. 혹 화이팅 선교사로부터 비슷한 얘기 못 들었나?"

이때서야 민영환은 방문 요지를 말했었다. 승만을 현재 위험 상태로 더 두고 볼 수 없다고 판단한 것이다. 만수 도사도 옆에서 권했다. 하지만 승만은 시간을 달라고 우회적으로 거부했다.

"저도 교육 사업은 하고 싶습니다. 언젠가 부탁드려서라도 꼭 하고 싶어요. 배재학당 이상 학교라면 더 말할 나위 없지요. 하지만 지금은 아닙니다. 군중집회 강연, 논설 집필이 보다 시급해요. 아무리 위험해도 해야 할 과제입니다. 죄송하지만 어쩔 수 없네요."

만일 이때 승만이 교육 사업에 투신했다면 대한의 운명은 또 달라졌을지 모른다. 민영환 제의를 거부한 그날 이후 그의 행적은 투쟁 일변도였기 때문이다. 회장 윤치호마저 그를 말리지 못했다. 그는 만민공동회 이론적 지주이자 행동대장으로 성큼 떠올랐다.

그만큼 신변 위험도 높아진 것이다. 공방을 거듭하던 만민공동회와 보부상패 대결은 12월 들어 절정을 달렸다. 수습 잘못 탓에 사흘걸이로 대신과 한성 판윤이 경질되었다.

고종은 시위가 날로 과격해지자 무마책으로 중추원을 12월 15일 개원

한다고 선언했다. 개원 날 자를 박은 것이다. 동시에 윤치호를 부의장에 선출하고 정부 대신 11명을 독립협회가 추천하라는 파격적 제안을 했다. 이에 협회는 투표로 곧 당대 신망 있는 인사 11명을 선출했으나 그 명단이 또 화근이었다.

득표순으로 민영준, 민영환, 이중하, 박정양, 한규설, 윤치호, 김종한, 박영효, 서재필, 최익현, 윤용구 등이 뽑혔다. 이를 받아본 고종은 대노했다. 갑신정변 주역 대역죄인 박영효와 웃돈 주어 독립신문을 포기시키고 추방한 서재필의 임용 천거는 무모했다.

이사태의 주동 인물이 최정덕과 이승만이다. 당시 정세는 청일전쟁에 승리한 일본세가 물밑에서 작용, 호시탐탐 귀국 기회를 노리는 박영효 일당이 독립협회 젊은 회원들을 포섭 중이었다. 승만도 당연히 대상에 포함됐다.

"박영효 재임용 추진은 현 실정에서 무리야. 협회와 만민공동회가 그를 추천한 것은 군중 심리에 따른 것 일뿐 개인적으로 불만 있는 사람이 아직 많아. 갑신정변 때 너무 피를 보았거든."

군중심리로 박영효 귀국과 대신 천거 결의가 집회에서 일사천리로 통과되었을 때 서당 친구 신긍우는 은밀하게 승만에게 주의를 주었다. 하지만 그는 태평했다.

"그건 기우야. 일단 능력 있는 개혁가가 일할 수 있게 명석을 깔아줘야지. 우리가 언제까지 과거에 발이 묶여 있어야 하는가."

"하지만 박영효는 명백한 친일파야. 개혁 명분으로 일본 앞잡이가 되어 종국에 나라까지 받치면 어쩔 것인가. 더욱이 고종이 대역 죄인으로 선언한 이상 그의 귀국은 섶에 불 지른 것과 같네."

"그럼 무능한 왕을 둘러싼 수구파가 그대로 집권하면 나라가 잘 되나? 하루가 다르게 백성 삶은 피폐해지고 국제 여건도 달라지는데. 구더기 무서워 장 못 담글 수는 없지."

"일전에 민 대감한테서 들은 책 얘기 기억하나? 일본 다루이 도오키치(尊井藤吉)가 쓴 '대동 합방론'이란 해괴한 책이 그럴듯하게 젊은 지식인들을 유혹하고 있다고. 내용이 뭔지 자네도 알고 있지? 거기 부화뇌동하면 나라 거덜 나네."

"응, 그래. 먼저 일본과 한국이 대등하게 합병, 대동국을 만들고 이어 청국과 손잡아 아시아 동맹국가로서 유럽 제국주의에 대항하자는 거지. 대포를 앞세운 코쟁이들이 중국 대륙을 석권하는 현실에 동양 3국 사람들이 생각할 만 해. 중국 양계초(梁啓超) 같은 지식인도 찬성한다고 들었네."

"그게 듣기 좋아 대등한 합병이지, 실제 일본이 조선을 먹자는 도둑 놈 수작이야. 다루이 도오키치가 누구인가. 중국 침략을 그럴듯 포장하는 대륙 낭인의 선구자야. 임란 때 우리에게 길 빌려달라는 식이지."

"충고는 충분히 알았네. 자네 우려는 윤치호 회장 걱정과 비슷해. 조선 정부 최초 내각 보좌관을 지낸 쓰네야 모리후쿠(恒屋盛服)를 일전에 만났는데 그가 박영효 귀국을 부탁했다는 거야. 거액으로 유혹했대. 그자가 바로 민 왕후 시해 주범 아닌가. 한마디로 거절했는데 박이 대신 후보 명단에 끼었으니 아리송하군."

이때 이승만이 고민한 흔적은 뒷날 전기 등 여러 기록에 나타난다. 당시 자신이 어리고 천진난만해 망명객과 친일파들이 마구 쓰는 돈의 출처를 몰랐는데 그게 바로 조선 지도자 포섭자금으로 일본정부에서 나왔다는 것이다. 대동국 추진론자들과 때로 만난 사실도 고백했다.

신긍우는 이런 승만과의 대화를 그대로 민영환에게 전했다. 이미 시중에는 흉흉한 소문이 퍼지기 시작할 때다. 박영효가 남몰래 귀국, 일본 거류지에 머물면서 황제를 폐위하고 자신이 대통령이 되려한다는 것이다.

이는 종래 입헌군주제 개혁 주장을 훨씬 앞지른 것이다. 프랑스 식 대혁명이나 다름없다. 고종은 다시 칼을 빼들었다. 무디지만 칼은 칼이다.

12월 21일 추위가 몰아친 날 박영효 귀국과 재임용을 상소한 전 내부주사 이석렬 등 30여 인의 체포를 지시했다. 동시에 국외 도피자 사면은 영원히 없다는 조칙을 내렸다. 이어 23일 군대를 동원, 만민공동회 해산과 독립협회 사무실도 폐쇄한다.

군중 저항은 의외로 잠잠했다. 연일 계속된 과격 집회에 대한 반작용, 피로감 때문이다. 외국 공사관 반응도 조용했다. 여기 언론까지 가세했다. 독립신문은 문답 형식 기사를 통해 공동회의 그동안 지나침을 나무랐다.

황성신문은 화합 촉구를 제국신문은 박영효 귀국을 주장한 주동자들을 정부와 백성의 죄인이라고 질타했다. 또 매일신문은 독립협회가 대신 후보자 11명을 잘못 추천, 국민 자유권이 남용됐다고 주장했다.

군주제 폐지는 시기상조였다. 과격파로 지목된 이승만에게 어두운 그림자가 서서히 다가오고 있었다.

35.
감옥 가는 길

민영환이 이른 아침상을 물리고 났을 때 공신원에서 낯익은 심부름꾼이 왔다. 점심께 오실 수 없느냐는 전갈이다. 승만 서당 친구 신긍우 신흥우 형제, 이병주가 점심 식사 겸 뵙기를 청한다는 것이다. 의료선교사 화이팅도 온다고 했다.

마침 입궐해도 일이 별로 없었다. 비번인데다 고종은 요즘 수구파 대신들과 시국 수습 논의에 바빴다.

그렇다면 공신원 점심 자리에 만수 도사까지 합석시키는 게 좋을 것 같았다. 저자 거리 소식이 풍부한 그의 입과 영력을 가진 머리야말로 지금 가장 필요하지 않은가. 마침 한겨울 추위를 피해 그는 암자를 벗어나 경희궁 주변 민가에 기숙하고 있었다. 사람을 보낼까 하다가 영환은 직접 찾아나서기로 했다.

지난 며칠간 공동회와 보부상패가 서로 쫓고 쫓긴 거리 현장을 돌아보고 싶었다. 종로에서 광화문 육조 거리를 직진하면 바로 인왕산 줄기 정동 고개가 나온다. 경희궁 근처 돈의문 일대까지 번진 몽둥이와 투석전 현장 이 어떤 모습인지 살펴볼 예정이다.

신기료장수 김덕구가 여기서 맞아 죽자 공동회는 그의 장례식을 성대히 치러주었다. 요즘 같은 세상 어느 고관대작이 죽었다고 그만큼 떠들썩할 까. 장안에 요령 소리가 가득했었다. 그는 살아서 설음을 죽어서 갚았다.

"아니, 계정이 여기까지 웬 일이오? 혼자서 어슬렁거리다니 마치 태평 세월 같구려. 지금은 비상시국, 누가 코 베어가도 모를 세상인데. 보부상 패들이 민 대감인줄 알면 그냥 놔두겠소?"

문득 걸걸한 말소리에 생각에서 깨어나니 바로 찾아가는 만수 도사 아 닌가. 새문에서 경희궁 담을 끼고 올라가는 길이다.

"이것 참, 하늘이 도왔네요. 방금 스님 찾아가며 날씨가 워낙 푸근해 외 출하셨으면 어쩌나 걱정했는데 허탕은 면했네. 천만다행이지."

영환은 한편 놀라고 한편 안도한다. 산책삼아 직접 나온 게 다행이다 싶 었다. 두 사람은 몇 발자국 더 걸어 흥화문을 지나 경희궁에 들어선다. 문 지기 포졸이 흘깃 보았으나 두 사람 입성이 깨끗해서인지, 영환을 알아봐 서인지 제지하지 않는다.

확실히 궁궐터는 달랐다. 지관이 어련히 알아 터를 잘 골라잡았을까만, 여기는 들어설 때마다 포근함을 느끼는 곳이다. 아무리 추워도 경내에 들 어서는 순간 온기가 돌았다. 그래서 명당인가.

"나도 실은 이심전심 대감 찾아뵈려 나선 참입니다. 요즘 꿈자리가 사나 워요. 문수암 면벽 수행을 일주일쯤 해봐도 뒤숭숭하고. 내 일로 그럴 리 없는데 나랏일 때문인지, 계정 때문인지 알다가도 모를 일입니다."

"스님은 항상 국사나 타인 걱정에 사시는 분, 뭔가 큰 일 터질까 근심입니다. 시중 소문도 흉흉하고요."

"또 무슨 역적 음모가 발각되었다지요? 허약한 나라가 임금 바꿔 뾰족수가 없는데 아들 이강(李堈)을 허수아비 황제로 세우거나 황제 대신 대통령이 들어서거나 자기 잇속 챙기기 바쁘지. 다 개인 탐욕 때문입니다."

만수 도사도 소문을 알고 있었다. 이번에는 남대문안 상동 청년회 명의로 장안 곳곳에 괴문서가 나붙은 것이다. 내용은 간단했다. 지금 황제가 나이 들어 암울하니 아들에게 양위하라는 요구였다.

오늘 신긍우 일행이 만나자고 한 것도 필시 그 일 때문일 것이다. 영환은 그 사건에 상동 청년회와 친한 승만이 개입했을 것이라고 짐작한다.

"오늘 공신원에서 같이 점심 식사 하시지요. 신긍우 형제와 이병주 군이 갑자기 만나자는데 아마 그 일이지 싶습니다. 이 주필 연루가 걱정되는지 화이팅 선교사도 온다는 군요."

"당연히 가야지요. 그런데 근래 아리랑 오뉘가 혹 대감께 다녀가지 않았나요? 나라가 어수선할 때 한 번씩 나타나더니 이번에 통 기척이 없습니다. 내 영력 약발이 다 떨어졌나 봐요."

역시 만수 도사가 핵심을 짚는다. 영환은 지난 새벽 잠결에 '아리 아리' '아랑 아랑'하는 파랑새 소리를 가냘프게 들었다. 런던에서 들었던 낯익은 노래 가락이다.

돌이켜보면 당시 2차 유럽 사절단 결과는 초라했다. 실패나 다름없다. 때문에 런던 켄싱턴 호텔에서 즉시 귀국 명령전보를 받고 고민할 때 일단 미국에 가서 혈죽회 뿌리를 내리라는 파랑새 조언을 들었던 것이다. 결국 미국행을 결심, 현지에 단단한 배달한국 지원 그룹을 구성했던 것이다. 새

벽에 나눈 대화가 생생하다.

"아리랑 오뉘, 너희들 참 오랜만에 보네. 다 잘들 있었나. 내가 그동안 많이 보고 싶었는데 왜 안 왔지?"

"저희도 마찬가지에요. 자주 뵙고 싶지만 오는데 너무 힘이 들어요. 오랜 시간 거슬러 나는 시공간비행은 아무리 영물일지라도 에너지 소모가 큽니다. 대감님도 안녕하셨지요?"

"너희는 우주의 기, 사랑의 생명력으로 뭉쳐진 영물인데 무슨 힘이 든다고 엄살인가. 더욱이 먼 조상님 심부름 오면서 생색내는 건 좀 그렇지."

"아마 미안해서 그런가 봐요. 대감님 힘드시데 모른 체 해서요. 그래도 거룩한 배달민족의 시조인 환웅님의 고조선, 신국을 지키려는 파수꾼, 혈죽 회원이면 그 정도는 참아야합니다."

영환 한마디에 파랑새 아리랑 오뉘는 번갈아 뾰족한 부리로 두 마디씩 지저귄다. 듣는 순간 아늑해진다. 편안한 기를 넣어 주는 것이다. 자신이 언제, 어떻게 혈죽 회원이 되었는지 딱히 짚이는 바 없으나 아무튼 이렇게 포근할 수가 없다.

"아네, 잘 아네. 내가 영광된 자리를 과분하게 누린다는 것을 잘 아네. 행여 선민의식에 빠질까 경계하며 최선을 다 하지만 때로는 내 능력 밖인 게 너무 많아. 너희들이 자주 와서 정보와 방향을 일러줘야지."

"그렇게 말씀하시니 저희도 보람을 느낍니다. 하지만 결국은 대감님 판단이 중요하지요. 작년 여름 런던에서 영국 외무성 시인 과장과 돈독한 관계를 맺은 것이나 거기서 귀국하지 않고 미국을 방문, 혈죽 재단을 만든 것은 탁월한 선택이었습니다."

"흠, 그때는 정말 생각대로 술술 풀렸던 것 같아. 헨리 헐버트, 헌터 화이팅, 윌리엄 제이슨, 문 라이프 울푸를 그룹으로 엮어냈으니까. 그게 다 너희 덕분 아닌가."

"아뇨, 저희 역할은 그저 운만 뗄 정도입니다. 나머지는 대감님 판단이 지요. 결과가 좋았으니 잘하신 겁니다."

"너희가 기를 넣어준 덕이야. 꿈틀꿈틀 생명력, 그게 필요해. 나라가 존 망지추인데 나마저 기운 빠지면 안 돼."

"그래서 저희가 급히 왔습니다. 지금 대화중에도 우주의 강한 생명력이 대감님 몸속에 주입되고 있어요. 저희가 돌아갈 여력만 빼고 다 드릴 테니 여유분은 만수 도사 주세요. 그 분은 자체 충전도 하지만 여하튼 빨리 만 나보세요. 뭔가 의견이 있을 겁니다."

아련히 들리는 그 말끝에 민영환은 다시 깊은 잠에 빠졌다. 아리랑 오뉘 의 기 덕분이다. 그리고 다음 날 늘어진 조반을 들고 났을 때 공신원에서 전갈이 온 것이다. 급히 만수 도사를 찾아 나섰고 새문 앞길에서 우연찮게 만나 경희궁 경내를 거니는 중이다.

"그러니까 파랑새는 먼저 만수 도사님 의견을 들어보라고 했습니다. 잠 결이긴 하지만 그 말은 생생해요."

경희궁 서쪽 담 아래 작은 옹달샘이 있다. 주변은 한겨울인데도 훈훈했 다. 샘물에서 김이 모락모락 솟았다. 쪽박으로 떠서 만수 도사에게 권하며 영환은 지난 밤 꿈 얘기를 마친다. 만수 도사가 시원스레 몇 모금 마신 뒤 대답했다.

"우룡, 이승만을 보호하라는 말 아닙니까. 지금 너무 나서고 있어요. 자 신은 때가 왔다고 판단했는지 모르나 아직 위험합니다. 수구파들이 벌써 수배령을 내린 모양인데 피신은 잘했는지 걱정입니다."

"독립협회 간부 일제 단속 령이 내리고 나서 어딘가 숨었다는 말을 듣긴 했어요. 누구 선교사 집에 가있는 줄 압니다만."

"그럼 다행이나 이번 황제 양위 격문만 해도 이승만 중심의 상동교회 청년회 짓이라고 합니다. 본인은 교인도 아니면서 만민회서 사귄 全德基, 朴容萬, 鄭淳萬 등 교회 과격파 사주를 받아 격문을 직접 썼다지요."

"격문 집필자로 지목되면 주범 급으로 보통 문제가 아닙니다. 들고 날 때를 가려야 하는데 우룡은 늘 앞장서는 성격이라 위험부담이 커요. 대책을 세워야지 이러다 일 나겠습니다."

그들은 걱정을 주고받으며 경희궁을 나서 익선동 공신원을 향해 걸었다. 천천히 청계천 변을 따라 걷다 보니 꽤 시간 걸려 도착했다. 기척을 내자 명주월이 버선발로 뛰어 나온다.

"어서들 오세요. 방금 전에 모두 와서 기다리고 있습니다. 도사님 오시는 줄 알았으면 비린 음식을 내지 않을 걸 오늘은 그냥 가려 잡수세요. 알아서 잘 하시니 걱정할 일은 아니지만."

"내가 언제 음식 골라 먹었습니까? 평생 땡 중인데 고기면 고기, 술이면 술, 없어 걱정, 없어 못 먹지요. 저는 염려 마시고 보고 싶은 정인이나 잘 챙기고 수발하세요."

명주월과 만수 도사 대화는 언제나 재치 만발이다. 가히 선수 급이다. 치고받는데 가시가 없다. 영환이 빙긋 웃으며 손님방을 열자 방안이 그득하다. 신금우 신흥우 형제, 이병주 사이에 화이팅 선교사가 그를 보고 일제히 자리에서 일어난다.

"어이구, 이거 조선 식 인사 치례 때문에 사람 골병들겠습니다. 그냥들 앉으세요. 번거롭습니다."

일행은 방안에 들어서자 각자 비어있는 자리에 앉는다. 자연스레 영환이 안쪽 상좌에, 문 쪽으로 만수 도사가 마주보고 앉는다. 왼쪽 신긍우 형제, 오른쪽에 화이팅과 이병주가 자리 잡았다.

"그래도 여기는 명 사장님 기지로 둥근 상을 준비했군요. 모두 둘러앉으니 상하가 없는 셈이지요. 각자 주빈이니 얼마나 민주적인가요."

화이팅 선교사의 애교 있는 발언이 미소를 자아낸다. 남녀 유별시대 조선에서 여인이 함부로 나서는 것은 금물, 그러나 그녀는 미국인이다. 20대 후반 푸른 눈, 꽃 미녀의 거침없는 말이 신비할 정도다.

"그거 칭찬이지요. 선교사님 오신다고 둥근 상 준비를 했는데 잘했나 봐요. 하지만 원탁에도 주빈 석은 있다고 들었습니다. 출입문 마주 보는 쪽이 상석이고 그 양 옆으로 순서가 매겨진다나요."

명주월이 문가에 서 있다가 한마디 보탠다. 문 쪽에 앉았던 만수 도사가 가만있지 않았다.

"아니, 거꾸로 말하시네요. 출입구 자리가 상석이고 맞은쪽은 호위 무사가 불시에 습격할지 모를 자객을 감시하는 자리, 그러니까 지금 내 자리가 상석이란 말입니다."

이런 객담이 오고 간 뒤 화제는 서서히 시국담으로 옮겨 갔다. 황제 양위 괴문서 사건과 검거 선풍에 대한 우려가 컸다.

"일본이 박영효 등 친일파를 시켜 끊임 없이 대한제국을 흔듭니다. 각종 음모와 술수로 개혁은 일본식을 닮아야한다고 공공연히 주장하다 이제 황제까지 갈아치울 단계에 왔어요. 그야말로 난세입니다."

신긍우의 짧은 개탄이 좌중을 무겁게 덮는다.

"명분이 그럴 듯 하고 대안은 없으니까 꾐에 빠지는 사람들이 많아요.

그 중 과격분자들은 물불을 가리지 못합니다. 독립협회 청년 간부, 상동교회 신자들이 특히 심하지요."

아우 신흥우가 형의 말에 동조하자 이병주가 한숨을 푹 내쉰다.

"요즘 승만군 행동이 이상해요. 미국인 의료 선교단지 내 에비슨 제중원 원장 집에 피신해 있으면서 박영효 추종자인 이규완, 황철, 윤세용 등과 자주 만난답니다. 불순한 음모이기 십상이지요."

"제가 에비슨 원장님께 미스터 리의 행동을 자제시켜 달라고 부탁했지만 그의 말조차 듣지 않는답니다. 너희가 여우같은 일본 패거리에게 속아 황제 폐위를 추진하지만 나중 후회한다 해도 픽 웃고 만대요. 대한제국개혁을 위해 불가피한 일이라고. 심지어 일본 황실은 옛 백제 유민 후손인데 나쁘게만 보지 말라고요. 뭔가 결단을.."

화이팅 선교사는 흥분에 겨워 말을 맺지 못한다. 그녀 말은 충격적이다. 승만이 이만큼 버틴 것은 아펜젤러, 에비슨, 벙커 등 선교사 덕분 아닌가. 그들에게 영어를 배우고 각종 국제 지식을 습득해온 것이다.

"이미 주모자 윤세용 일당은 체포되었소. 이들은 친위대 정위 신창희와 부위 이민직을 포섭해 병졸 150명, 자객 30명을 동원, 고종을 경복궁에 감금한 뒤 박영효를 수반으로 한 새 정부 구성의 청사진까지 자백했습니다.

또 평양 천도 계획도 세웠는데 경무사 이근용의 옛 부하인 신 정위와 이 부위 변심으로 탄로가 난 거지요. 친위대마저 믿을 수 없는 세상, 우룡을 이들로부터 빨리 격리시켜야 합니다."

민영환이 잔잔하게 상황 설명을 하자 방안 분위기는 더 가라앉았다. 식사에 골몰하던 만수 도사가 이윽고 숟가락을 내려놓으며 화이팅을 향해 말했다.

"선교사님 좀 전에 무슨 말을 꺼내려다 주춤했지요. 결단 운운하던 말, 그게 혹시.."

만수 도사 역시 차마 말을 맺지 못하고 뜸을 들인다. 살짝 얼굴을 붉힌 화이팅이 또 의문의 말을 날린다.

"그렇다면 스님도 저와 같은 생각이신가요? 최선은 아니지만 차선, 아니 최악을 면키 위해 어쩔 수 없는 대안 말입니다."

"짐작이 갑니다만 그럼 선교사님 생각을 지금 털어놓으세요. 주저할 시간이 없습니다. 일단 여러분 중론을 들어봐야 하니까요."

"아니, 스님께서 말씀하시는 게 나을 것 같아요. 조선에서 아녀자가 나서면 좀 그렇잖아요."

"서양 여자는 다르다고 들었습니다. 물론 사람 나름이지만 자기 의견을 거침없이 얘기한다고요. 사양하지 마세요. 레이디 퍼스트란 말은 나도 진작 들어봤거든요."

만수 도사와 화이팅 선교사의 수수께끼 같은 실랑이가 계속되자 일동은 어리둥절해진다. 마침내 이들 속내를 눈치 챈 영환이 한마디로 종지부를 찍었다.

"보내자는 것 아닙니까? 그리로."

더 어리둥절한 이병주가 다시 묻는다.

"어디로 보내요? 외국에, 아니면 시골 평산에 춘생문 사건 때처럼 피신 보내나요? 어이구 답답합니다. 시원히 말씀하세요. 스무고개 수수께끼도 아니고."

"감옥에, 감옥에 보냅시다."

이번에는 영환, 만수 도사, 화이팅이 동시에 말했다. 조용히 하회를 지켜보던 신긍우가 놀라 소리친다. 청천벽력 같은 얘기다.

"무슨 그런 괴이한 말씀들을 하시나요. 깊숙한데 잘 피신시키거나 조정에 선처 부탁할 방법을 찾아야지 난데없이 감옥에 보내자니 말이 됩니까. 그래서 우리가 오늘 모인 것 아닌가요?"

"거기가 제일 안전하네. 이 시점에 선처 부탁은 터무니없고 피신 길도 만만치 않아. 그냥 두면 보부상 패나 수구파에게 치명적 테러, 또는 암살당할 수 있소. 김옥균을 상해서 사살한 홍종우가 저쪽 수괴거든."

"감옥은 적어도 우리가 관리할 수 있지. 한규설 대감이 법부대신이고 나도 거기를 맡은 적이 있어 간수장과 간수들 누구라도 포섭 가능하네. 더 중요한 것은 이참에 이 주필 경력 관리를 해주자는 거야.

감옥 경험은 앞으로 그에게 큰 도움이 될 걸세. 밑바닥 체험이 인간관계와 사고의 다양성을 키우고 정치적 자산으로 남는 거지. 지금까지 투쟁 경력에 별을 달아주는 셈이라네."

만수 도사와 영환의 잇단 설명에 신긍우가 고개를 끄덕인다.

"이승만을 더 이상 위험한 짓 못하게 막고 동시에 보호하자는 뜻이군요. 거기다 나중 정치 활동을 위한 훈장까지 달아주고. 그야말로 '꿩 먹고 알 먹고'네요."

이제 신흥우 이병주 역시 감탄한 표정이다. 이때부터 이승만 체포 작전이 논의되기 시작했다. 가능한 자연스러워야 했다. 잘 아는 포졸들에게 정보를 주고 체포시키되 자수 형식으로 해야 형량이 최소화할 것이다.

승만에 관한 정보는 화이팅 선교사가 넉넉했다. 선교사 단지 내 에비슨 원장 집과 이웃한 제중원에서 그의 동향파악은 쉽다. 그는 도피 중에도 자주 미국 의료 선교사들 통역으로 외출을 한다. 물론 변복이다.

그리고 환자 진료가 끝나면 잠시 틈을 얻어 상동교회 청년들을 만나러 간다는 것이다. 선교사 없는 바로 이때 체포하면 된다.

"그럼 간단하네요. 상동교회 근처에서 나오는 것을 기다려 미행하다가 잡아채는 겁니다."

"하지만 자수 형식을 취하려면 저희가 순검 몰래 같이 미행하다 체포 직전 나타나 이렇게 소리를 외치겠습니다. '그래, 승만이 자수한다더니 이제 겨우 소원 성취하는 구나' 하고요. 눈치 빠른 그가 순순히 체포되면 순검은 자수로 보고하는 겁니다."

"그러니까 '자수' 어쩌고 소리치는 것은 우리 몫이고 순검 포섭과 상부 교섭은 대감님 책임이란 말이지. 그거 참 묘안입니다."

신긍우 형제, 이병주가 돌아가며 감탄하자 영환, 만수 도사, 화이팅은 '베리 굿'을 외쳤다. 공신원 뒷방에 모처럼 웃음꽃이 피어났다.

웬일인가 싶어 명주월이 발끝으로 살며시 방문 앞까지 왔다가 화기애애한 모습에 조용히 사라진다. 까치 한 마리가 감나무에 걸린 마지막 홍시, 까치밥을 파란 하늘 아래 쪼아 먹고 있었다.

36.
옥중 학교

눈이 부시다. 어느새 고인 눈물방울에 무지개가 떠있다. 화려하다. 감방 안이 마치 동화 속 궁전의 공주님 방처럼 화사하다.

이는 순간적인 변화였다. 음침하고 냄새나던 방이 밝고 향기 나는 꽃밭처럼 되기까지 찰 라였다. 어찌된 일일까. 밤새 승만은 기도했다. 그의 인생 첫 기도를 간절히 올렸다.

죽음 앞둔 절박한 마음이었다. 그런데 새소리가 초롱초롱 들린 것이다. 그 지저귐이 말이 되었다. 귀에 익다. 꿈인가 생시인가.

"아프시죠? 몸과 마음이. 그냥 통과의례로 생각하세요. 금방 나을 테니 차분히 감옥에서 할 일, 나가서 할 일을 꼽아 보세요."

"아니, 그럼 내가 죽지 않는단 말인가? 사형수로 고문당할 때는 차라리 죽는 게 좋다 싶었는데."

승만의 입도 절로 열렸다. 절박한 심정을 그대로 전달한다. 아득히 빛이

36. 옥중 학교 351

보이기 시작한 것이다. 캄캄한 어둠의 터널에 들어선지 얼마만인가.

그러니까 날짜도 잊지 않고 있다. 1899년 1월 9일 그는 체포됐다. 이날 셔면 의료 선교사 왕진에 따라 나섰다가 잠시 헤어져 상동교회 골목에 홀로 들어설 때였다. 느닷없이 순검 4, 5명이 모습을 드러냈다.

동시에 신긍우 형제와 이병주가 또 다른 골목에서 뛰쳐나오며 순검에게 소리쳤다. 이승만이 여기서 자수하기로 약속했으니 함부로 대하지 말라는 것이다. 이미 짜인 각본이지만 정작 승만은 몰랐다. 체포 직전 자수라니.

그러나 눈치 빠른 그에게 곧 감이 왔다. 즉시 친구들과 입을 맞췄다. 알맞게 와 줘 고맙다고 소리쳐 인사까지 했다.

그래선지 처음 얼마동안 그의 감옥 생활은 나쁘지 않았다. 서소문 감옥의 유일한 온돌방에 수감되고 식사도 괜찮았다. 문제는 독립협회 과격분자인 최정식과 한 감방을 쓰면서 부터였다.

최정식은 황제 불경죄로 이미 5개월째 수감 중이었다. 매일신문 창간 동지인 그가 그 와중에 엉뚱한 일을 꾸몄다. 탈옥이다. 감옥에서 썩을 게 아니라 나가서 무죄 투쟁을 벌이자는 것이다. 그의 설득은 집요했다.

20여 일 째 수감 생활을 한 승만에게 그 꼬임은 군중집회 환호 소리 이상이었다. 거기다 상동교회 청년회원 주시경이 탈옥 때 필요할지 모른다고 권총 두 자루까지 차입해주자 결행을 결심 한다. 애국 청년 주시경은 나중 한글학자로 이름을 떨친다.

그러나 탈옥은 실패했다. 둘이 용케 빠져나온 감옥소 근처에서 약속한 마중 꾼 대신 행진중인 병사들과 마주친 것이다. 뒤에서는 간수들이 고함치며 따라왔다. 당황한 가운데 최정식은 대담하게 뒤돌아서 따라오는 간수를 쏘아 어깨를 맞히고 달아났다. 이승만은 잡혔다.

그 이후 상황은 180도 바뀐다. 권총 지닌 탈옥수 신분이 된 것이다. 거기다 일행은 간수에게 총질까지 했다. 자수를 감안, 우대받던 옥중 생활은 날라 갔다.

경무청에 넘겨진 승만 신세는 가히 사형수 대접이었다. 도망친 최정식의 향방과 탈옥 동기를 대라고 매일처럼 고문이 자행되었다. 나중 자서전(청년 이승만; 이정식 지음)에서 그는 이때 심정을 이렇게 회고했다.

-고문 뒤 캄캄한 방에 던져졌는데 다음 날 아침까지 무슨 일이 있었는지 알지 못했다. 나는 감방으로 끌려가기 전에 수없이 죽고 싶었다. 고문자들은 적의에 가득 찬 짐승 같았다. 족쇄, 수갑, 형틀… 그러나 죽을 수도 없었다. -

"밖에서 민영환, 한규설 대감, 아펜젤러, 에비슨 원장님 등이 열심히 구명 운동을 하고 있어요. 고종 황제에게도 탈옥은 최정식 꼬임에 빠진 것뿐이니 애당초 자수를 감안, 선처해달라는 청원이 들어갔고요. 권총을 쏘지 않은 것도 참작될 거랍니다."

잠시 생각에 빠졌던 승만은 파랑새의 이런 위로에 다시 정신을 차린다. 그래 이상한 새 한 쌍이 전에도 말을 걸어 왔었지.

"너희를 만난 게 꿈이 아니었으면 좋겠다. 지난 번 보부상패가 만민공동회 현장을 습격, 아수라장이 되었을 때 누군가 꿈속처럼 나에게 활로를 속삭여주곤 했었지. 그게 바로 너희였구나. 새삼 고맙고 고맙네."

"그러니까 희망을 가지세요. 더욱이 지금은 하느님 믿는 기독교 신자가 되지 않았나요. 며칠 전 고문 후유증에 못 견뎌 '오, 하느님, 저와 조국을 구해주십시오'하고 간구했을 때 암흑 같던 감방이 환한 궁전 꽃밭처럼 보이지 않았나요? 바로 기도 응답이 이뤄진 겁니다."

"그랬구나. 나는 배재학당에 다니기로 작정하면서 어머니께 약속 드렸지. 총명한 내가 결코 천주학 같은데 빠질 일은 없을 테니 안심하시라고. 그리고 재학 중 아무리 선교사 설교를 들어도 끄떡하지 않았네.

하지만 감옥에서 모진 고문 끝에 죽음의 공포가 휘몰아치면서 심경 변화가 일어났어. 내가 저 세상 가서 예수를 믿지 않아 또 감옥에 간다면 어쩌나 걱정이 든 거야. 지금도 끔찍한데 하늘나라 가서까지 지옥이라니."

"그런데 문득 선교사 말이 생각났지요? 회개하고 하느님 믿으면 모두 용서한다고 한 그 말씀이 순간 떠올랐지요? 그래서 큰 소리로 통렬한 반성 기도를 올리자 환한 빛이 보였을 테고."

"그럼 너는 하늘나라 천사인가? 가브리엘, 라파엘, 미카엘, 3대 천사 가운데 어느 쪽인가? 설마 차례대로 하느님 뜻 전달, 치유, 악의 퇴치를 상징하는 그런 대천사는 아닌 것 같고 그중 누가 보낸 아기 천사인가? 신분을 밝히면 예수님, 하느님 더 굳게 믿을 거야."

승만의 진심어린 이 말이 파랑새를 감동시켰나보다. 포드득 날개 짓을 하더니 한결 초롱초롱 맑아진 소리로 말했다.

"저희는 이 나라 시조국인 배달한국, 고조선에서 시간을 거슬러 어렵게 왔어요. 그렇게 가끔 심부름을 옵니다. 누가 보내느냐고요? 시조 환웅과 그 아들 단군왕검 님 입니다.

고조선은 원래 환인 하느님이 아들 환웅을 3천 명 집사들과 함께 태백산 신단수, 그러니까 박달나무 아래 보내 곰족 처녀와 혼인시켜 건국했지요. 어둠을 밝히는 '밝은 달', 또는 박달나무가 배달민족 어원인 것처럼 빛의 환인과 하느님은 같은 분입니다.

그러니까 대한은 천손이 건국한 나라로 모든 민족을 사랑하고 포용하라는 말씀 따라 늘 열려 있어요. 다 같은 '하'씨 집 사람들이니까 제 민족만 챙기는 사람들보다 더 인류 평화를 사랑합니다."

"그렇다면 넓게 보아 기독교 하느님 믿는 것과 우리 조상님 경배는 같네. 제사 때문에 대원위 대감이 숱한 사람들 죽일 일이 아니었어."

"제사를 우상 숭배라고 단정한 당시 베이징 성당 주교의 오판 탓이에요. 이를 정치에 악용해 무도하게 천주교인을 죽인 대원군은 지옥에서 고생 좀 하겠지요. 천손들의 수치입니다. 나중 순교자 가운데 성인 복자를 많이 배출한 공로는 역설적이지만요."

"대원군은 작년에 귀천했어. 고종은 허약하고 신하들은 파쟁을 일삼고 정치적 구심점이 사라지자 일본이 청국과 러시아를 누르며 조선 약탈에 여념이 없네. 이를 바로 잡겠다는 나는 감옥에서 썩고, 어쩌면 좋겠나?"

"모두 때가 있습니다. 우주에 질서가 있듯이 나라와 개인도 불가시적 질서 속에 움직이지요. 주변 분들이 이승만님 안전을 위해 감옥까지 보내는 결단을 내렸는데 이를 못 참고 시도한 탈옥은 분명 과욕입니다.

지금은 옥중에서 차분히 앞날을 설계하세요. 훗날 살이 되고 뼈가 될 겁니다. 부디 자중하세요."

아리랑 오뉘는 진지하게 당부한 뒤 이승만 손에서, 어깨로 옮겨 앉더니 '안녕'을 외치고 감옥의 작은 창을 통해 날아가 버렸다. 환한 빛이 사라졌어도 잔영은 여전히 남아 주변을 밝힌다. 이승만은 꿈인지 생시인지 아직 구분이 가지 않았다.

다음 날부터 상황이 이상하게 달라지기 시작했다. 우선 심문 받으러 족쇄차고 끌려 나가는 일이 없어졌다. 고문도 사라졌다. 마침내 질질 끌던 재판 날자가 7월초로 잡혔다.

　판결은 후했다. 종범 인정이 되면서 사형 구형이 곤장 1백 대와 종신형으로 깎인 것이다. 물론 곤장은 대는 듯 마는 듯 넘어갔다. 유서까지 썼던 그에게는 뜻밖이었다. 간수에게 권총을 쏜 최정식은 교수형.

　재판정에서 감옥으로 돌아온 이승만은 곧장 성경을 펴들고 하느님께 감사 기도를 올렸다. 아버지 이경선과 부인 박승선이 뇌물을 먹여 곤장을 수월히 넘긴 것, 사형을 종신형으로 내리게 노력한 여러분들 이름을 거명하며 기도했다. 그는 이제 세례 받지 않은 기독교인이었다.

　이후에도 이승만 석방 운동은 꾸준히 이어졌다. 고종의 사면령이 내릴 때마다 기대했으나 수구파 반발로 여의치 않았다. 마침내 12월 들어 두 차례 감형 끝에 종신형이 10년으로 줄었다.

　비로소 여유가 생긴 그에게 부인 박승선이 면회를 왔다. 생활고가 분명할 텐데 의외로 표정이 밝았다.

　"아버님 모시고 어린 태산이와 고생이 많소. 생활은 어찌 꾸려 가는지 볼 낯이 없네. 난 잘 있는데 이 험한 데 면회까지 오고."

　승만은 모처럼 부인이 반갑다. 한량 출신 시아버지를 무탈하게 봉양하는 틈틈이 경운궁 대안문 앞에 석방 청원 상소문을 들고 나가 매일 호소, 칙임관까지 나와 달랬다지 않는가. 가히 여장부다.

　"제 할 일 하는데 이깟 고생쯤 대순가요. 그나저나 아프지 않은 것만 해도 다행입니다. 집 걱정 마시고 건강을 챙기세요. 틈틈이 공신원에 나가 일하고 주변에서 여러분들이 도와줘 크게 곤궁하지는 않습니다."

　"주변이라면 누구? 기댈 친척도 변변찮고. 그렇다면 역시 민 대감인가."

　"민 대감님은 꾸준하시지요. 떨어질 만하면 쌀가마를 보내고 얼마 전에는 한규설 대감이 장작을 한 마차 부리셨어요. 이따금 선교사들이 보내오는 용돈은 궁해도 받기가 좀 그러네요. 사정보아 거절할까 싶습니다."

선교사 얘기에 이승만이 뜨끔 한다. 알렌, 아펜젤러, 에비슨 등 은 괜찮지만 박부인 말에 가시가 묻어 있는 것 같다. 혹시 여선교사 화이팅을 염두에 두었을까.

"뭐 그렇게 성의를 무시할 것은 없잖소? 우리 사정을 누구보다 잘 아는 사람인데. 하긴 외국인들에게 체면 문제라면 그건 알아서 하시오."

이승만이 어물어물 덮으려하자 박승선이 픽 웃는다.

"그건 됐고요. 10년 수감 세월이 짧지 않은데 앞으로 어떻게 지내실지 걱정이네요. 물론 밖에서 감형 노력은 계속할 테지만 그래도 이팔청춘 긴 긴 날입니다.

제 면회 소식을 듣고 민 대감님이 명주월 사장 편에 당부한 게 있어요. 감옥 생활을 지루하지 않고 유익하게 보내려면 일을 해야 한다고요. 감옥에서 죄수 상대로 배재학당 같은 옥중 학교를 열면 적극 돕겠답니다."

"아, 참 금쪽같은 충고요. 민 대감님은 전에 내가 군중 시위에 몰두했을 때도 흥화 학교를 맡으라고 하셨지. 집회보다 인재 양성이 더 시급한 애국 과제라고. 그때는 고사했지만 여기서는 꼭 해야 할 일이야."

"그럼 뭐가 필요한지 말해 보세요. 가급적 빨리 구해 올게요."

"여기는 문맹자가 많소. 한글도 모르는 죄인이 수두룩하지. 우선 한글부터 깨우치고 차츰 산수, 과학, 역사, 세계 지리 등을 가르쳐야 해. 그러니까 당신은 주시경을 찾아가 한글 교과서를 좀 구해달라고 부탁하시오."

"그분이 요즘 언문을 한글이라 이름 짓고 열심히 보급하는 당신 친구지요? 지난번 감옥에 권총까지 반입해준 처지라면 거절하진 않겠네요."

"그래 맞소. 독립협회 청년 간부 사이에서도 나와 의견이 잘 맞지. 거리 투쟁보다는 한글 보급이 더 애국하는 길이라고 주장해 가끔 나와 다투기는 했지만 아마 적극 도와줄 거요."

"정말 잘 되었네요. 글을 깨치면 애국하기 쉬워질 테니까. 그렇게 밖에서 돕는다 해도 막상 감옥소가 옥중 학교를 순순히 열게 할까요? 괜히 귀찮게 죄수가 무슨 공부냐고 내칠 수도 있는데."

"그건 기우일 것 같소. 감옥이 원래 벌주는 곳이지만 교화 기능도 있거든. 잘 교육시켜 내보내야 재범을 막는다고 설득하면 통할 거요."

이승만은 자신 있게 말한다. 그럴 이유가 있었다. 1900년 2월 12일자로 새 감옥 소장이 된 김영선의 성품이 자못 그럴 듯 했다. 그가 부임한 뒤 급식과 시설 환경이 좋아지고 인권 개선도 눈에 띄게 달라진 것이다.

거기다 그는 이승만에게 무척 호의적이었다. 감옥 생활 1년 남짓 만에 귀인을 만난 셈이다. 거기에 사정이 있었다.

이승만의 장모, 그러니까 부인 박승선의 모친 이 씨 부인이 고종 후궁 엄비 침모로 일한 적이 있는데 김영선 소장 뒤를 엄비가 봐주는 처지였던 것이다. 그러니까 이 씨 부인, 엄비, 김영선으로 엮이어져 이승만 얘기가 오고 갔음 직 하다.

"이제 감 잡았네. 따지고 보니 우리 엄마 배경 덕 아닌가요. 그렇더라도 다행이지만. 아무튼 제 생각에 감옥 학교는 학과 공부 못지않게 사람 만드는 게 중요하다고 봐요. 근본 나쁜 죄인들이 유식해지면 되레 고등 범죄 저지를 확률이 높답니다.

그래서 말인데 학과 이외 성경 공부를 병행하면 어떨까요. 그럼 선교사님들 후원도 늘어나겠지요. 성경 말씀대로 사랑과 자비를 교육시켜 바른 사람 만드는 게 문맹 퇴치 이상 효과가 클 겁니다. 당신에게도 좋고요."

박승선은 야무졌다. 이화학교 물을 마시고 싶어 한 신여성답다.

"아주 좋은 의견이오. 아펜젤러 선교사에게 말하면 성경은 원대로 구해 줄 테지. 모자라면 삼문출판사에서 더 찍어 낼 테고. 우리 집 제갈공명 마나님, 또 다른 제안은 없소?"

이승만은 이제 마음을 활짝 열었다. 그동안 좀 다부지고 덜 여성스럽다고 느끼던 감정을 일순간에 걷는다. 감옥 면회가 아니고 집이었다면 냉큼 안아 이불 속으로 들어갔을 것이다.

부부관계 역시 그녀는 적극적이었다. '남녀 7세 부동석' 따위 유교적 가르침에 익숙한 그에게 박승선은 별난 여자였다. 자신이 흥분하면 거친 숨소리, 몸짓을 사양하지 않았다.

그럴 때마다 그는 놀라고 숨에 찼다. 하지만 힘겨워 푹 자고 난 다음 날 아침에 그녀는 어느새 요조숙녀가 되어 있었다.

"모처럼 칭찬에 또 하나 생각나네요. 나도 당나라 현종을 갖고 논 양귀비가 되고 싶나봐. 옥중 학교에 도서관도 생각해보세요. 이름이 거창하지 책 몇 권 갖다 돌려 읽으면 도서관 되어요.

그러다 책 기증이 늘면 조선 유일의 옥중 도서관 소문나지. 감옥에서 잘 해준다니 충분히 가능할 겁니다. 그럼 틈틈이 당신 아들 태산이를 보내 부자 상봉하고 글공부 하면 좋지요. 저 제갈량 맞나요?"

젊은 부부는 때와 장소에 걸맞지 않게 큰 웃음을 터뜨린다. 박승선이 한껏 애교를 떨고 간 뒤 이승만은 정말 바빠졌다. 김 소장에게 죄수 교화와 문맹 퇴치용 감옥학교 개설을 건의했다. 물론 도서관도 함께였다.

필요한 문방구, 서적은 자체 조달한다고 했다. 자신이 책 번역과 죄수들과 함께 만든 물건을 팔아 비용을 마련하고 선교사 등 외부 기증도 받을 수 있다고 했다. 그는 손재주가 탁월해 이미 목재 가구를 많이 만들어 인정을 받은 처지다.

이 제의는 곧 받아들여졌다. 1902년 8월 드디어 한성감옥소에 사상 첫 옥중 학교가 개설되었다. 먼저 옥사 한 칸을 제공받아 소년 죄수 수십 명에게 한글부터 가르쳤다.

'가 갸 거 겨' 글 읽는 소리가 옥중에 반년쯤 퍼지자 국문은 거의가 깨쳤다. 이어 천자문, 동몽선습, 명심보감과 영어 일어 등을 희망자에게, 가감승제 산수와 역사, 과학과 지리는 반을 나눠 익히게 했다. 인기를 끌자 어른 죄수도 능력대로 교사와 학생으로 참여, 성인반도 생겼다.

특히 적극적인 교사는 이승만을 감옥에 보내자는 모임에 참석했던 신흥우와 독립협회 간부 출신 양기탁이었다. 신흥우는 성인 반, 양기탁은 소년 반 담당이다. 수감 시기는 승만보다 각 각 1년여 늦은 1901년이었다.

승만은 양쪽을 오가며 가르치고 재정과 대외교섭까지 도맡아 교장 역할을 했다. 감옥학교가 대외적으로 알려지면서 선교사는 물론 일반 독지가들 성의가 답지, 도서관 개설 등 운영은 크게 어렵지 않았다.

이런 재미 속에 승만은 차츰 기독교에 깊이 빠져 들었다. 기도와 명상, 성경 공부에 박차를 가했다. 학생 상대로 전도도 열심히 했다. 이를 보고 아펜젤러, 헐버트 등 선교사들이 세례받기를 권했으나 아직 때가 아니라고 사양했다. 그는 멀리 보고 있었다.

선교사들은 이승만의 사면 운동을 적극 지원했다. 수구파에 둘러싸인 고종을 설득하는 것은 그들 몫이었다. 민영환, 한규설 등은 중립파 대신과 여론에 호소했다. 그때까지 잘 풀리고 있었다.

그러나 불행이 닥쳤다. 아펜젤러 목사가 1902년 6월 목포에서 열리는 성서 번역위원회에 참석차 인천서 출발, 항해 중 선박 충돌 사고로 귀천한 것이다. 청천벽력 같았다. 고종 측근으로 신임이 두터웠던 주치의의 죽음은 그의 사면을 지연시켰다. 일이 손에 잡히지 않던 날 면회자가 나타났다. 소장 방으로 가보니 미복차림 민영환이 빙긋 웃고 있었다.

이때만 해도 혁명 일심당 등 이름도 요상한 조직과 인물들이 고종 아들 의친왕, 영친왕을 내세워 쿠데타 음모를 꾸미다 적발돼 물의를 빚었다. 이런 일로 처형된 자가 20명이 넘는 살벌한 시대였다. 승만의 탈옥 동기 최정식도 이때 죽었다.

"우룡, 자네 얼굴 보니 생각보다 괜찮네. 아펜젤러 소천 이후 식음을 전폐하다시피 비관한 대서 그냥 있을 수 없었어. 모친 상 당했을 때 보다 더 심각하다는 얘기 들었지. 그의 죽음은 슬프고 아깝지만 넘길 것은 넘기고 다음 생각해야 하네."

잔잔한 영환의 위로가 오히려 설음을 자극했다. 어머니 김 씨 부인을 평산 묘소에 모실 때 일 핑계로 가보지 못했던 한까지 겹쳐 한동안 눈물을 흘렸다. 마침내 진정한 승만이 말했다.

"아무리 미복을 하셔도 보부상패가 알면 시끄러워질 텐데 어려운 걸음 하셨네요. 3년씩이나 여기서 썩으며 못 뵈워도 늘 옆에 계시다고 느끼며 살았습니다. 그간 평강하셨지요?"

"내가 관직에 털끝만치도 미련 없다는 것을 저들이 모르지 않네. 시끄러워 봤자지. 그래도 소문나면 여기 김 소장이나 자네한테 이로울 게 없어 참아왔지만 너무 비통해 한다기에 만류하러 왔어. 지내긴 어떤가?"

"감옥 고참 인데다 김 소장이 잘 봐줘 한결 편합니다. 감옥학교, 도서관 운영, 논설 쓰기 등 일 속에 바쁘게 지내요. 다 대감님 덕분이지요."

"나보다 한규설 대감이 더 사발통문으로 자네 걱정하시지. 그래서 말인데 여기 생활이 지내기 괜찮다고 하루라도 의미 없이 보내서는 곤란해. 옥중학교, 도서실 운영, 논설 집필을 폄하하는 게 아니라 그 이상 가치 있는 일을 찾으라는 뜻이야."

"어찌하면 좋겠습니까? 오래 가르침을 못 받았는데 콕 찍어 말씀해 주십시오."

이승만이 진지하게 물었다. 감옥에서 더 이상 뭘 하란 말인가. 교육과 논설 집필에다 특히 전도 사업결과는 놀라웠다. 죄수와 감옥소 관원 등 40여 명을 기독교에 입문시킨 것이다. 나중 이상재 독립협회 부회장, 전 경무관 김정식, 법부협판 이원긍은 출옥 뒤 연동교회에 출석, 우리 YMCA 운동의 중심인물로 부상한다.

게다가 감옥 내 고위직 이중진 간수장까지 전도한 것은 특기할만하다. 죄수들과 매일처럼 얼굴을 맞대는 사이라면 결국 승만 인품에 매료되었을 가능성이 크다. 뒷날 승만이 도미할 때 동생 이중혁을 동행시킬 만큼 가까운 관계가 된 것이다.

"자네만큼 여기서 뜻있게 지내기도 보통 일 아닌 줄 잘 아네. 하지만 그래도 시간은 남을게야. 만일 지금 일로 시간에 쫓긴다면 이제 다른 사람에게 조금씩 넘겨주며 자네 고유 일을 찾으란 말일세. 언젠가 출옥 후를 대비해서 말이지."

"그 언젠가에 대한 희망을 가져도 되겠습니까. 잊힌 장기수 신세로 매번 사면령에서 헛물을 켜니 이제는 거의 포기 상태입니다. 그래도 지금 말씀 듣고 정신이 번쩍 드네요. 어찌해야 할까요?"

"대한제국 운명이 풍전등화인 것은 자네도 알지. 지금은 러시아계 수구파가 정권을 잡고 있지만 친일파를 앞세운 일본 야심이 점점 마각을 드러내고 자네도 과거 일부 동조했던 게 사실 아닌가. 이치를 따져 지금 상황이 일본 쪽에 완전히 기울어 일본이 과거 청국, 러시아 대신 조선에 군림한다고 생각해보게.

그들은 조선을 조공 국 정도로도 남겨두지 않을 거야. 통째 삼켜 식민지로 삼겠지. 끝내는 동화시켜 민족을 말살할 거야. 친일 개혁파들은 그 점을 망각하고 있어. 자신들이 정권 잡으면 일본은 후견 국 정도로 남을 것이라고 오판하지만 과연 그럴까. 일본이 대한제국을 지도상에 그냥 둘까. 지우고 말겠지. 타이완처럼."

"그렇군요. 거기까지 깊이 생각하지 못했습니다. 다만 30년 전 우리와 비슷하던 일본이 빠른 개국으로 선진국 대열에 낀 것, 깨끗하고 책임감 있는 민족성, 배려하는 마음을 배우고 싶어 그 쪽에 기울었던 게 사실이지요. 그런 모든 게 다 우리가 독립국임을 전제로 할 때 성립하는 얘기입니다. 나라가 망하면 아무 소용없어요. 배달 한국을 지켜야 합니다."

이승만 결의는 확고했다. 그는 친일파가 아닌 '용일파'가 되고 싶었던 것이다. 만일 일본 발톱이 거칠어지면 가차 없이 싸울 것이다.

"그렇다면 지금부터 자네가 할 일 몇 가지를 당부하고 싶네. 첫째, 영어 공부에 좀 더 힘쓰게. 지금도 잘하지만 앞으로 미국과 친하려면 더 잘해야 하네. 자네가 미국 갈 때를 생각해 거기 우리 사람들을 꽤 심어 놓았거든. 내가 놀며 미국에 1년 이상 체류했던 게 아니야. 이는 앞을 내다 본 고종의 뜻이기도 했지.

둘째, 지금처럼 짧은 신문 논설만 쓰지 말고 앞으로 대한제국이 자강으로 나가기 위한 포부와 생각을 긴 글로 정리해두게. 이런 종류 책이 한 권 있으면 앞으로 미국, 일본에서의 자네 학업과 활동에 큰 편의를 줄 것이야. 자네를 보는 눈이 달라지겠지.

셋째, 20세기 국제 질서는 미국 중심이라는 것을 명심하게. 아직 유럽 강대국이 버티지만 시간문제야, 직접 현장을 가보고 절실히 느낀 거네. 적어도 그들은 백성이 주인인 민주국가이고 우리에게 영토적 야심이 없어."

"그러니까 하나도, 둘도 미국이군요. 다행입니다. 저는 배재학당 출신으로 미국 선교사들과 친하고 영어도 배웠습니다. 이게 하느님 뜻 아니면 절로 이뤄졌을까요? 대감님 충언 마음 깊이 새기겠습니다."

"자네가 서당에서 학당으로, 선비가 신사로 변한 것, 모두 기독교인들이 말하는 성령 임재 덕택이야. 그런데 아직 세례를 받지 않았다니 놀랍군."

이날 대화 이후 승만은 자신을 재정비한다. 개념 없이 바빴던 시간을 잘게 쪼개 목적을 향해 가는 생활로 바꾼 것이다. 우선 영어 공부에 공을 들였다. 링컨 대통령의 게티스버그 연설을 비롯 세계 위대한 정치인들의 명연설문을 암송, 감옥학교 강의에서 수시로 인용했다.

동시에 저서 집필에 몰두했다. 제목은 '독립정신'. 1904년 2월 19일부터 쓰기 시작, 6월말 끝냈다. 비교적 단기에 마친 것은 과거 각종 신문에 연재한 칼럼을 손질해 편집하고 총론과 결론 부분만 새로 써 붙인 결과다.

그가 서문에서 강조한 대목은 이천만 동포 마음에 한결같이 '독립' 두 글자가 새겨져야 한다는 것이다. 외국 침략과 내분을 단순히 두려워하는 정도는 흐리멍덩해서 나라를 지킬 수 없다, 우선 독립 의지를 뚜렷이 다지자고 주장했다.

이런 점에서 미국의 독립전쟁과 모든 사람의 평등권을 주장한 노예 해방 조치야말로 획기적 국가 부강 및 인권 보호 계기가 되었다고 평가했다. 반면 중국의 중화사상은 우리를 조공 국으로 하대한 제국주의적 발상이며 이를 당연시하는 우리 유생들을 통렬히 비판했다.

이어 본문에서는 외교 통상의 중요성, 법치 강조, 자유권 확보, 국가에 대한 의리를 내세워 조목조목 설명했다. 결론은 기독교 믿음이 도덕 국가, 문명국가에 이르는 길임을 단언했다. 이로써 모든 국민이 천국에서 만날 독립정신을 고양하자고 결론지었다.

이 책은 나중 그가 미국에 가서 빠른 시일 내 학위를 받고 루즈벨트 대통령을 비롯한 주요 정부 인사들을 만나는데 큰 역할을 한다. 미지 인물에 대한 평가 기준이 된 셈이다. 영환의 충고는 적중했다.

37.

출소 휴가

감옥 문을 나서 조금 걷자 바로 청계천이었다. 무르익는 봄, 어디선가 꽃향기가 가냘프게 풍겨 온다. 흰옷의 아낙네들이 냇가에 두 셋씩 앉아 손 빨래 하는 모습이 정겹다. 두들기는 방망이 소리가 리듬을 타고 멀리멀리 퍼져나간다.

아, 이게 얼마만인가. 두터운 토담집, 낮은 지붕 아래 칸 칸으로 나뉜 종로 한성감옥소 내부는 언제나 어두컴컴했다. 밤낮 구분이 어려울 정도다. 그러니 근 5년 만에 맛보는 감옥 밖 공기가 마냥 달 수 밖에 없다.

그러니까 어제 아침나절이었다. 신축 외벽인 벽돌담 옆 마당에서 서성 대며 운동 시간을 보내고 있을 때 이중진 간수장이 다가왔다. 웃음 띤 얼굴이 나쁜 일 같지 않았다.

"이 주필 지난 밤 좋은 꿈꾸지 않았나? 용꿈 같은 것 말이야."

"무슨 말씀인지, 어제 낮에 도서실 책꽂이 몇 개 새로 만드느라 대패질

망치질을 심하게 했더니 밤에는 누가 업어 가도 모르게 골아 떨어졌습니다. 한가해야 꿈도 꾸지요."

"아무려나, 아무튼 좋은 일이야. 자네 내일부터 사흘간 출소 휴가 명령 떨어졌네. 밖에 나가 사흘 밤 자고 저녁 5시까지 돌아오면 돼. 들어 올 때 돼지고기 한 근 사오면 더 좋지. 허허."

"뜻밖이지만 감사합니다. 지금까지 중환자 아니면 그런 사례가 별로 없는 줄 알았는데."

"사례야 만들면 되지. 단 한 가지 조건이 있네. 감옥을 나가는 길로 이완용 대감 댁을 들러 가게. 그 다음부터는 귀소 때까지 자네 자유야."

느닷없는 간수장 제의에 승만은 더 이상 캐묻기가 어려웠다. 가뜩이나 감옥학교, 도서실 운영 등 신세를 지고 있는 처지 아닌가. 그렇게 승만은 떠밀리듯 다음 날 휴가를 나온 것이다.

그러나 내심 크게 기뻤다. 부친과, 아들 태산을 보고 싶고 아내 승선에게도 할 말이 많다. 왜 말 뿐이겠는가. 사흘 휴가 말이 나오자 즉시 그녀의 아담한 자태가 오락가락하지 않았다면 30살 청년이 아니다.

뿌듯한 아랫도리를 느껴가며 승만은 급히 이완용 집 대문을 두드린다. 예감은 나쁘지 않았다. 좋지 않은 일이면 애써 자신에게 출소 휴가까지 주며 찾아가라 하지 않았을 것이다.

'이리 오너라.' 우렁차게 외치자 소슬 대문이 열리고 그는 곧 별채로 안내되었다. 마당가 산수유 꽃망울이 맘껏 향기를 뿌리고 있었다.

"이상, 곤니찌와. 하지메 마시떼. 와타시와 하야시 곤스케(林權助) 데스."

갑작스런 일본 사나이 말에 이승만이 퍼뜩 놀란다. 그 서슬에 응접실 유리창 너머 개나리, 진달래꽃 사이에 묻혀있던 참새 서너 마리가 푸드득 날

아오른다. 그래봤자 곧 다시 마당에 내려 앉아 모이를 쪼았지만. 넓은 한옥인데 별채는 양식으로 지어 응접실로 쓰는 모양이다.

"이 주필, 뜻밖이지요? 우리 집에 가보라고 해서. 독립협회에서 가끔 대화한 적은 있지만 우리 개인적 만남은 처음인 것 같은데. 여하튼 나쁜 일 아니니까 여기 하야시 공사님과 얘기 좀 잘 해보시오."

이번에는 집주인 이완용이 나선다. 말쑥한 양복 신사 두 사람 앞에서 승만 몰골이 아무래도 별로다. 이를 의식한 승만의 가슴이 의식적으로 펴진다. 심호흡을 하며 천연스럽게 대답한다.

"이 대감님, 별래 무양하시지요. 감옥살이 하느라 의관도 제대로 못 갖춰 결례가 많습니다. 갑자기 저를 부르신다 해서 많이 궁금했지요."

태연히 말은 했지만 승만은 여전히 가슴을 졸인다. 갑자기 눈앞에 나타난 두 사나이. 하야시 곤스케라면 주한 일본 공사로 당대 조선의 세력가다. 이완용은 이에 못지않은 처세 달인.

"아차, 내가 일의 순서를 몰랐나, 먼저 소개부터 해야 하는데. 여기 계신 분이 바로 조선 개혁을 위해 불철주야 애 쓰시는 하야시 곤스케 주한 일본 공사님이오. 또 이쪽은 독립협회 청년 간부이자 제국신문 논설 담당 이승만 주필, 두 분 다 정식으로 만나기는 처음이지요?"

자리에서 벌떡 일어서는 승만에게 하야시가 재빨리 손을 내민다. 얼떨결에 악수한 승만이 자신을 소개한다.

"이승만이라 합니다. 공사님 존함은 많이 들었습니다."

"조선 개혁을 위해 좋은 논설, 의견을 많이 개진한다는 평판이 자자합니다. 진작 이 주필과 얼굴 터야 하는데 늦어졌지요. 그나마 제가 부탁한 휴가 요청으로 지금 만나니 다행입니다. 앞으로 잘 해봅시다."

하야시는 조선말이 유창하다. 자신 때문에 승만이 휴가 나왔음을 강조하는 생색도 서슴없다. 그들 인사가 끝나자 이완용이 재빨리 자리에서 일어나며 말했다.

"말씀처럼 이 주필 이번 휴가 출소는 하야시 공사님 작품입니다. 그럼 저는 두 분 말씀 자유롭도록 이만 자리를 피하지요. 오늘 제 역할은 소개와 장소 제공이니까요. 이 주필과는 뒤에 따로 만날 겁니다."

이완용이 응접실을 떠난 뒤 한시각쯤 두 사람은 얘기에 열중했다. 세계 정세와 조선 개혁이 주 화두였다. 하야시는 좀처럼 본론을 꺼내지 않았다. 변죽만 울리는 그에게 승만도 시침 떼고 시국 토론에 잠겨버렸다. 그렇게 또 한 식경이 흐르자 마침내 하야시가 지고 말았다.

"좀 뜬금없는 얘기지만 내가 이 주필의 조기 석방을 위해 노력하겠소. 내가 작정하면 안 될 게 없을 듯싶은데, 만일 그럴 경우 이 주필은 내게 무얼 해줄 수 있소?"

승만은 화들짝 놀랐다. 난데없는 제안이다. 아무리 세력가라 해도 한 때 사형수로 특사 때마다 빠진 중죄인을 석방 시킬 수 있다니.

"허허, 그게 간단치 않습니다. 미국 공사, 선교사들, 조정의 민영환, 한규설 대감 등 여러분들께서 백방으로 노력해도 벌써 5년을 썩었어요. 황제 고집과 수구파 반대가 만만치 않거든요."

"아니, 그렇게 비관만하지 말아요. 나를 과소평가하지도 말고. 아무튼 되었다고 가정하고 그럼 뭘로 갚겠냐는 거죠. 일본에는 '공짜처럼 비싼 것은 없다' 는 속담이 있지요."

"물론 그렇습니다. 하지만 바로 며칠 전 개혁당 쿠데타 사건 주모자 이원긍, 이상재 등이 가석방될 때도 저는 제외되었어요. 가망 없는 일로 제가 어떤 약속을 하겠습니까."

승만은 완강히 버티었다. 마음 같아서는 당장 무조건 오케이 하고 싶다. 하루 빨리 출옥해서 할 일이 너무 많았다.

그러나 지금은 낌새가 좀 이상했다. 덥석 물기 겁났다. 무슨 보답을 할 거냐고 종 주먹을 내미는 게 수상하다. 지금 조정이 일본 입김대로 조종되는 것을 모르지 않는다. 그러니까 더 함부로 대답하기 어려웠다.

"자신 있다는데 왜 그리 걱정이 많을까." 문득 하야시가 혼자 말처럼 중얼대자 승만은 반사적으로 입을 열었다.

"그럼 제가 역제안을 한번 하고 싶습니다. 석방되고 나서 제가 무얼 해주기 바랍니까. 설마 친일 군중집회라도 열라는 말씀입니까?"

여기서 하야시는 크게 웃었다. 가볍게 박수까지 쳤다.

"과연 이승만 주필답습니다. 배포며 생각하며 조선에 인재가 없지 않군요. 내가 원하는 것은 지금 이 주필이 생각하는 것, 마음속에 갖고 있는 것을 그대로 해주는 겁니다. 뭐라고 콕 짚어 말할 필요가 없지요."

"그렇다면 제 답을 말씀드리지요. 저는 공사님의 석방 노력에 대해 어떤 보답 약속도 할 수 없습니다. 하지만 조기 석방될 경우 오늘 공사님을 만난 사실은 평가하지요. 저는 배달 한국 후예 이승만입니다. 천손의 자손으로서 모든 민족과 잘 살자는 조상님 뜻을 따를 뿐입니다."

이 말을 듣고 하야시 곤스케의 얼굴이 엄숙해졌다. 잠시 침묵 뒤 자리에서 일어서며 악수를 청한다.

"이 주필과 좋은 관계로 지내고 싶소. 오늘 대화는 쌍방 모두 유익했다고 생각합니다. 석방 건에 대해 나서지는 않아도 방해는 않겠다고 약속하지요. 건투를 빕니다."

두 사람의 이상한 해후는 끝났다. 승만이 대문을 나설 때까지 이완용은 기척도 하지 않았다. 역시 처세의 달인이라고 생각하며 집으로 향했다.

아버지 이경선은 이른 아침 출타했고 아내 박승선이 툇마루에서 아들 태산을 세수시키다 놀란 얼굴로 맞이한다. 간단히 사연을 설명한 뒤 사람 시켜 민영환, 한규설 대감과 이병주 등 친구들에게 출소 휴가 사실을 알렸다. 그리고 오후 내 깊은 잠에 빠졌다.

저녁 다 되어 깨어났을 때 아내가 말했다. 공신원에 웬 손님이 와서 기다리니 가보라는 것이다. 명 사장이 어떻게 알았는지 인편에 전갈을 보냈으나 누군지는 밝히지 않았다고 한다. 그렇다면 수상한 자는 아닐 것이다. 바로 채비를 차리고 달려갔다.

"정말 오래 만에 보네요. 고생 많았지요? 손님 덕에 휴가 받은 줄 알고 얼마나 반갑던지, 아무튼 손님 먼저 만나고 나서 저녁 차려드릴게요. 때맞춰 태산 엄마도 이리 오라 하지요."

익선동 공신원에 들어서자 명주월 사장이 반색하고 맞았다. 드문드문 객들이 식사하고 있었지만 그에게 눈길 주는 사람은 없었다. 명 사장은 끝내 손님이 누군지 말하지 않은 채 별채 구석진 방으로 안내했다. 헛기침 인기척을 낸다.

"이 주필님 오셨습니다."

방문이 소리 없이 스르르 열린다. 지금 막 뚫린 듯 물기가 남은 문창호지 구멍이 유별나게 승만 눈에 들어온다. 안에서 손가락에 침을 발라 뚫고 내다 본 모양이다.

"어서 오세요. 피곤하실 텐데 괴롭혀드려 죄송합니다."

성큼 방안에 들어선 승만은 깜짝 놀란다. 손님이 여인이었던 것이다. 댓

돌 신발이 어쩐지 작았다고 생각하며 슬쩍 여인을 훔쳐본다. 뜻밖의 양장 미인이다.

"명 사장님, 어쩐 일인가요? 손님이 여인이었으면 진작 말씀하셔야지 이렇게 놀래 키면 어쩝니까. 들어 와서 합석하시지요."

승만이 뜨락을 내다보며 말했으나 그녀는 이미 그 자리에 없었다. 귀신에 홀린 것 같다. 이상한 일이 계속 벌어지고 있는 것이다. 갑작스런 출소 휴가에, 이완용 집에 가보라 하고, 거기서 뜻밖에 일본 공사를 만나 엉뚱한 제안을 받았다.

집에 와 낮잠 자고 한숨 돌리니 이번에는 공신원 호출이 떨어지고 명 사장을 만나자 시침 떼고 별채로 안내, 양장미인을 만난 것이다. 그것도 눈매가 날카로운 예사롭지 않은 여인이다. 불과 하루 새 일이다.

"실례지만 누구신가요? 공신원에 방 잡아놓고 사장시켜 사람을 만나겠다고 하면 보통 신분은 아닌 것 같은데. 더욱이 젊은 여성분이. 혹시 잘못 찾으신 것 아닙니까?"

"궁금하시겠지요. 하지만 이상한 사람은 아닙니다. 잘못 찾지도 않았고요. 요즘 개화기에 외간 남녀가 만나는 게 대수인가요."

"아무리 신식 시대라 해도 '남녀7세부동석' 가르침이 무효인 것은 아닙니다. 사람 사는 도리니까. 행색이 여염집 여인은 아닌 것 같소만 신분을 밝히시지요."

"잘 보셨어요. 저는 궁에서 일합니다. 궁녀지요. 황제께서 일로 총애하는 수석 상궁 쯤 보시면 됩니다. 세월이 하수상해서 비 빈 자리에 오르기는 틀린 것 같지만, 또 아나요, 인생 역전이란 게 있으니 나중 뭐가 될지."

자칭 수석 상궁은 거침없었다. 서양 물을 좀 마셨을까. 고종 얘기가 나오자 모처럼 젊은 미인을 보고 풀어졌던 이승만 가슴이 다시 부글거린다. 말이 삐딱하게 나온다.

"그렇다 치고 용건이 뭡니까? 5년 씩 감옥에서 썩은 내가 어디 쓸모 있나요? 잘난 황제께서. 또 내가 출소 휴가 받은 것은 어찌 아는지."

"그 긴 세월 잘도 참으셨네요. 이제 그만 졸업해야 하지 않겠습니까. 황제께서 선생님의 만민공동회 일, 신문 논설, 등을 기억하시고 중책을 맡기시려 해요. 휴가도 그 일환이고. 아무쪼록 맡아 주시기 바랍니다."

"나에게 벼슬을 주시겠다고요? 나는 이미 5년 전 수감되기 직전 중추원 종9품 의관 직을 한 달쯤 지냈어요. 미관말직이지만 그게 백성 의사를 조정에 전달하는 대표이자 언로라고 생각해 열심히 해보려 했습니다.

하지만 수구파 벼슬아치들 농간 때문에 벼락을 맞았지요. 독립협회 추천 중추원 의관들을 모두 해임하다 아예 해산하고 말았어요. 나는 그때 감옥에 수감된 겁니다."

"지난 시절 뼈아픈 일은 잊는 게 상수입니다. 시대마다 사정이 다르니까 넘길 것은 넘겨야지요. 10년이면 강산도 변하는데 5년은 짧지 않아요. 모든 게 달라진 만큼 생각도 변해야 합니다."

"맞아요. 지금 서울에는 전차가 다니고 경인철로가 깔려 인천까지 기차도 달립니다. 또 1905년 정월, 내년부터는 부산까지, 머지않아 신의주로 철로가 연장된다는 소식은 감옥에 앉아서도 다 듣고 있어요. 놀랍게 변하는 게 틀림없습니다.

그런데 그게 일본의 한반도, 나아가 대륙 경영의 일환이라면 바람직합니까. 이 시점의 나라 치안 유지마저 사실상 일본 헌병대에 의한 것이라면 그런 변화는 어찌 봐야 하나요. 정작 수구 꼴통들은 그대로이고."

"정말 논설가 다운 말씀입니다. 감옥에 앉아 세상 모두를 살피는 천리안 같군요. 그래서 더욱 미약한 황제를 도와 중책을 맡아달라는 겁니다. 국난 사태를 타개하기 위해서 말이지요."

"그럼 다시 묻지요. 그 중책이란 게 뭡니까? 하루살이 정승 판서 자리도 일본 공사 눈치를 보는 처지에. 혹시 한성 판윤 자리를 주어 군중집회 방패막이라도 되라는 건지, 그래서 일본 헌병들 수고 덜어주라고."

이승만은 여전히 삐딱하다. 자칭 수석 상궁 멋진 양장 미녀의 유식한 말대꾸가 되레 그를 엇나가게 한다. 똑똑한 아내 박승선에게도 기가 질린 처지다. 오늘 심부름 시킨 궁녀 선발은 확실히 잘못됐다. 보다 다소곳한 여인이 왔어야 했다.

"아뇨. 그런 시시한 국내 벼슬이 아닙니다. 고종 황제 밀사로서 미국에 가는 겁니다. 가서 성과가 있으면 주미공사로 임명되고 문명 생활을 즐기시겠지요. 다 영어 잘한 덕분입니다."

수석 상궁이 이 말을 할 때 입술이 도톰히 나왔다. 이래도 안 받겠느냐는 식이다. 이를 보는 순간 이승만은 주저 않고 대답했다.

"나보다 영어 잘하는 사람은 많습니다. 순수 국내 독학파인 나는 외국 경험이 없어요. 선교사 영어지요. 모름지기 밀사는 그 나라 언어에 정통해야 임무 수행이 수월합니다. 때문에 나는 부적격자로 거절하지요."

"아직 말뜻을 정확히 모르시네요. 밀사 승낙은 곧 석방을 의미합니다. 휴가 끝나 감옥에 되돌아가지 않는 것만으로 충분하지 않나요. 도대체 뭘 더 바라세요."

여인은 냉소했다. 승만은 빙긋 웃었다.

"이제 협박까지 합니까. 나는 이미 감옥살이에 이골이 났어요. 여기서 나름 공부하고 책 쓰고 학교 열고 기독교 선교 등 일을 많이 했습니다. 몇 년 더 있는 것쯤 문제 아니지요. 설마 밀사 거절한다고 사형시킬까."

"한번 감옥에 갔던 사람은 두 번 다시 안 가려고 겁먹기 마련, 선생님도 짧은 휴가지만 이미 바깥바람을 쏘였지요. 기회가 왔을 때 얼른 잡으세요. 기회의 앞 머리카락이 길고 뒤가 짧은 것은 빨리 잡으라는 뜻입니다. 지나치면 맨 머리는 잡을 게 없어요."

"머리카락 충고, 고맙게 받겠소. 황제께는 아직 부족해서 중책을 맡기 어렵다고 말씀해주시오. 일본 밀정들 감시를 피해 내게 밀사를 맡기시려는 충정은 깊이 이해합니다. 그럼 오늘 면담은 이걸로 실례하지요."

이승만은 최대한 예의를 갖춰 말했다. 마침내 궁녀도 체념한다. 조용히 걸어둔 장옷을 양장 위에 걸치고 밖으로 나간다. 어느 새 문밖에 서있던 명주월이 댓돌에 궁녀 신발을 가지런히 놓아 준다.

38.
평산서 온 편지

고종은 탁자를 치며 흥분했다. 이승만이 석방 언질을 받고서도 황제의 밀사 역을 거부했다는 상궁의 보고를 듣고 나서다. 더욱이 사람 됨됨이가 일을 맡기면 훌륭히 해낼 일꾼 같았다는 부연 설명에 더 화가 치밀었다.

"새카맣게 젊은 한량에게 황제가 심부름 시키겠다는데 거부하다니 이놈, 간이 배 밖에 나왔구나. 아예 무기수로 만들어 평생 감옥에서 썩게 할까. 여봐라, 당장 민영환을 들라 하라."

이승만이 휴가 나온 다음 날 오후 민영환은 급히 입궁했다. 어차피 전날 저녁 명주월에게서 상궁과 승만이 만난 전말은 들어 알고 있었다. 때문에 황제가 자신을 찾으리란 예상은 했지만 노여움이 매우 크다는 전언에 잠시 답변을 정리할 시간이 필요했다.

더욱이 김영선 감옥소장은 승만이 출옥 휴가 즉시 이완용 집에 불려갔다는 정보도 전해준 터다. 승만을 만나 그 내용을 듣고 한규설 대감과 의견을 조율하는 등 바쁘게 움직이고 났을 때 입궁 지시를 받았다.

고종은 나약했지만 머리 회전은 빨랐다. 섭정인 아버지 대원군을 상대로 왕권을 직접 찾기 어렵다고 판단, 민 왕비에게 대리전을 시키는가 하면 국제 감각이 남다른 왕후 조언대로 일본 청국 러시아 미국 등 4대국 공사를 적절히 이용하기도 했다.

개화에 필요한 전기 전신 전화 등 통신 수단과 전차 철도 도로 등 교통 수단, 항만 정비 등 개발 계획을 점차적으로 추진 중이었다. 이대로 10년만 가면 대한제국 모습이 꽤 달라질 것이다. 어느 정도 자신했지만 시간이 짧았다.

개화해서 국력을 키우는 시간보다 일본 마수의 손길이 더 빨랐다. 4대국 팽팽한 견제 힘이 사라진 대신 조선의 개화가 곧 일본세의 약진처럼 보이는 시절이다. 이런 때 하야시 곤스케 일본 공사가 자기보다 한발 앞서 휴가 나온 승만을 만난 사실에 영환은 질겁했다.

승만 출소 휴가는 하야시가 생색을 냈지만 자신이 한규설과 어렵게 고종에게 간청, 이뤄낸 성과다. 휴가 중 승만을 황제가 밀사로 설득해 미국에 보내기로 한 것이다. 그런데 벌써 그들은 그 정보를 입수, 먼저 손을 썼던 것이다.

그 와중에 상궁에게 승만을 만나게 한 것은 고종의 실수였다. 황제가 직접 부딪혀 보려다 역효과를 낸 것이다. 승만의 황제에 대한 나쁜 감정은 물론 하야시 공사를 먼저 만나 잔뜩 긴장한 그의 처지를 고려하지 않은 결과다. 오히려 몸값만 올려놓았다. 이제 성동격서식 충격이 필요하다.

영환에게 믿는 구석이 하나 있었다. 그것은 평산 민영국 선생이 보낸 편지였다. 경쟁적이고 남에게 지기 싫어하는 승만에게 그 내용은 충분히 먹혀들리라. 더욱이 화이팅 선교사와 함께 설득하면 효과가 클 것이다.

"소신 늦어 죄송합니다. 긴급 처리할 일 몇 가지 수배하느라 그랬으니 용서해주십시오. 그런데 무슨 좋은 일 있으신지 용안이 환하십니다."

헐레벌떡 달려든 영환을 맞는 고종 얼굴이 의외로 밝다. 애용하는 커피 잔을 한 모금 마신 뒤 탁자 위에 내려놓으며 온화하게 말한다.

"확실하지는 않아도 좋은 소식이 하나 들어 왔어. 우리 밀사 계획이 꽤 효과를 볼지 몰라. 승만이 밀사 소임을 마다해서 포기할까 했지만 다시 잘 설득해봐. 정 안되면 사람을 바꿔서라도 꼭 보내야 한다고."

"아닙니다. 폐하, 퇴궐하는 대로 승만 군을 불러 다짐을 받지요. 다른 사람은 생각지 마십시오. 여러 사람 얘기하다 소문나기 십상이고 그만한 적격자 찾기가 쉽지 않습니다. 저한테 생각이 있으니 좀 시간을 주십시오. 그런데 혹시 그 좋은 소식, 정보가 무언지 저도 알 수 있을까요?"

민영환은 아직 하야시 곤스케 일본공사의 승만 면담 사실을 함구한다. 황제가 들었다는 정보를 우선 듣고 판단할 작정이다.

"흠, 조민희라고 들어봤나? 주미 공사로 있다가 얼마 전 주일 공사로 전임된 자인데 최근 부임 인사 왔다가 슬쩍 내게 흘린 거야. 자신이 워싱턴에서 존 헤이 미 국무장관을 이임 인사차 방문했을 때 조선과 미국이 1882년 체결한 조미수호조약에 관해 상기시켰더니 의외로 긍정적 반응이었대.

그 조약은 조선이 외세 압박을 받을 때 미국의 자동 개입으로 거중 조정한다는 내용이지. 나는 그게 사문화 된 것으로 생각했지만 국제 조약은 폐기되지 않는 한 살아 있다네. 그야말로 우리가 바라는바 아닌가. 우리 밀사가 가서 직접 부탁하고 조정에 나서게 한다면 그보다 좋을 게 없지."

"물론 그렇습니다만 그럼 왜 조민희를 일본으로 돌렸습니까? 그대로 두고 미국 교섭을 맡기면 좋았을 텐데.”

“정보 부재, 무지의 소치지. 알았으면 그랬겠나. 본인 해명은 일본 쪽이 그 사실을 알까봐 본국에 빨리 연락 못했다는 거야. 궁중 스파이가 득시글 대니까. 그런 가운데 이완용, 이윤용 형제와 하야시 공사가 그를 일본 공사로 전임시키라고 강력 추천했단 말이지. 자세한 내막은 나도 잘 모르겠네.”

황제는 이 말을 하면서 매우 아쉬운 표정이다. 영환도 대강 집히는 게 있었다. 그게 하야시 공사 수법인 것이다. 승만의 출소 휴가 직후 그를 빼돌려 미리 공작하려던 것처럼. 그들의 빠른 정보력과 공작이 무섭다.

“그래서 보고 드리는데 승만은 출소하자 먼저 이완용 집으로 불려갔답니다. 거기서 이대감과는 인사만 하고 뜻밖의 하야시 공사를 만나 설득을 당했지요. 석방 대가로 일본 위해 무엇을 해줄 건지 물었답니다.”

“내 특명으로 휴가 나간 정보까지 하야시가 알 정도면 우리 밀사 계획도 벌써 알지 않을까. 어찌 그럴 수가. 이승만이 그래서 내 밀사를 안 맡겠다고 한 모양이네. 그럼 하야시에게 이승만은 뭐라 대답했는고?”

황제가 벌떡 일어나 방안을 거닌다. 영환도 따라 일어서며 대답했다.

“석방 대가로 뭘 해주겠느냐는 물음에 거꾸로 뭘 원하는지 되물었답니다. 일종의 기 싸움, 장군 멍군이지요. 그 밖에 구체적인 얘기는 전혀 없었고요. 하야시 속셈이야 친일 강연, 친일 논설 쓰기를 희망하는 것 아니겠습니까. 더 이상 반일 군중 시위 하지 말고.”

“그럼 이승만이 잘 버틴 셈이네. 호락호락하지 않았군, 천만다행이야. 러일 전쟁 직후 맺어진 한일의정서 때문에 우리는 인사권 외교권 자유가 없어. 미국 지원을 얻어낼 밀사 파견이 시급한데 솔직히 이승만이 거절해

난감하네. 무슨 묘수 없을까?"

"일단 저에게 맡겨주십시오. 이주필은 왕족 출신답게 애국심은 충만하지만 그동안 소외되었던 앙금이 남아 있으니 이를 해소할 적당한 방법이 필요합니다. 지기 싫어하는 경쟁심을 유발해보지요. 개인적인 것이라 설득한 뒤 말씀 올리겠습니다."

이 말을 남기고 민영환은 퇴궐했다. 시간이 급했다. 일단 공신원에 가서 이승만 집과 화이팅 거처에 사람을 보내 저녁 식사 초대를 했다. 다행히 두 사람 모두 시간에 맞춰 달려 왔다. 금쪽같은 출소 휴가를 빼앗는 것 같아 승만 가족에게 미안한 감이 없지 않았으나 고려 여지가 없었다.

"감옥 안에서 많은 일을 하고 있다고 들었네. 옥중학교, 도서관 운영도 바쁜 와중에 영어 사전을 편찬하고 요즘에는 『독립정신』 저서가 완성 단계라니 획기적이야. 언젠가 그 책 저술 효과가 태산처럼 자네를 뒷받침하겠지. 자주와 자유는 우리가 추구할 영원한 덕목이니까. 거듭 축하하네."

인사 치례가 끝난 뒤 영환은 우선 승만의 옥중 생활을 긍정적으로 평가하는 말로 풀어 나간다. 화이팅이 옆에서 예쁜 말로 지원 사격을 했다.

"그래요. 미스터 리는 역경을 기회로 바꾸는 비상한 재주를 가졌어요. 나 같으면 감옥 생활 하루 참기도 힘들 것 같은데 긴 세월 잘 넘겼지요. 그냥 참기만 한 게 아니라 그 안에서 쉼 없이 창의적 일을 해냈습니다."

"저는 그저 두 분 말씀대로 따랐을 뿐입니다. 대감님 충고 받고 곧 저술을 시작했고요. 하지만 무엇보다 큰 보람은 옥중 기독교 신자가 된 겁니다. 사형수로 고문 받을 때 성경 읽고 기도하면 마음이 편해졌지요. 조상님 정령, 아니 성령님이 임하셨다고 느낀 기억이 아련합니다. 어느덧 옥중에서 40여 명 전도까지 했어요."

"승만 씨 대단하네요. 저도 경험 못한 성령 임재를 다 느끼고. 정말 축하합니다."

화이팅이 감탄하자 승만이 쑥스럽게 답한다.

"뭐 그렇게까지, 먼 우리 배달한국 조상님이 보내셨다는 손가락 크기 작은 파랑새 오뉘 형상이었요. '아리랑' 남매라고. 그게 지금 생각하면 성령님 같지만 혹시 환각, 환청인지도 몰라요. 고문이 심할 때니까."

"천만에, 성령 임재 틀림없어요. 성령은 비둘기처럼 날아든다는데 이번에는 더 작고 예쁜 파랑새군요."

반주 곁들인 정갈한 밥상에 모처럼 둘러앉은 세 사람이 느긋하게 한담을 나눈다. 아니, 언제부터 들어와 앉았는지 영환 옆 자리에 명주월 사장이 빠질세라 방긋 웃으며 말을 보탠다.

"황해도에 김구, 안태훈 진사가 있다면 서울에는 민 대감님, 이승만 주필이 애국 파수꾼들 아니신가요? 애국 활동은 물론 특히 네 분 모두 학교 사업에 열중하는 공통점을 가졌어요. 정말 성령님이 알게 모르게 다녀가신 모양입니다."

난데없는 명 사장 말 한마디가 후폭풍을 불어온다. 이 여인도 평산 형님에게서 비슷한 편지를 받았나, 영환이 고개를 기웃할 때 화이팅이 무릎을 치며 답한다.

"오 마이 갓. 내가 하고 싶은 말이었는데 자매님이 먼저 하네요. 황해도의 김구, 안태훈 진사, 그 분 아들 중근씨 얘기는 선교사, 신부님, 환자들 사이에도 많이 알려졌어요. 지방에서 활약하는 대단한 애국지사라고 소문이 자자합니다."

"그 충성심, 애국심은 서울 투사들 뺨치는 것 같아요. 다만 시골이라 덜 알려졌을 뿐이지. 자기 재산 다 팔아 학교, 교회당 세우고 빈민 구제하고, 큰일들을 소리 없이 하는 분들입니다."

명 사장 말이 미처 끝나기 전에 영환이 재빨리 되묻는다. 평소 진중한 그의 모습이 아니다.

"혹시 평산 영국 형님에게서 편지를 받지 않았소? 느닷없이 김구와 안 진사 얘기를 꺼낸 게 우연은 아닌 것 같은데. 나도 비슷한 내용의 편지를 받았거든."

"네, 일전에 귀한 소식 받고 대감께 말씀드린다는 게 차일피일 미뤄졌네요. 몸은 평안한데 나라꼴이 말이 아니다, 특히 황해도 일대 관폐, 민폐, 특히 일본 상인들 행패가 날로 심해져 걱정이다, 뭐 그런 내용에 안부 편지였어요."

민영국은 황해도 평산에 칩거 중인 은둔 거사, 영환에게는 일가붙이 형님 이상의 정신적 지주임은 이미 말했다. 명주월도 고단했던 시절 몸을 의탁했고, 이승만은 춘생문 사건 피신 중 그 집에 묵은 일이 있다. 화이팅 역시 도피한 이승만과 연락하며 그 이름을 자주 접했다. 결국 네 사람 모두 그와 관련이 있다.

"역시 그랬구나. 오늘 이 주필을 만나자고 한 이유가 바로 그 때문이오. 그 형님 편지를 읽고 나서 느낌이 많았던 탓이지. 애국은 서울서만 하는 게 아니구나, 되레 시골서 하는 애국이 더 속 깊을 수 있구나 하는 생각이 든 거요."

영환이 약주 한 모금을 입에 털어 넣으며 조용히 말한다. 어쩐지 처연한 표정이 심상치 않다.

"뭔가 편지 내용이 심각했던가 보지요. 설마 평산서 대규모 의병이 서울로 쳐들어온다는 것은 아니겠지요. 친일 개혁파, 친러 수구파, 일본 공사관 행패 등을 못 참겠다고 올라오면 아마 호응할 백성 많을 겁니다. 요즘 시골 의병들 무섭대요. 총도 잘 쏘고."

화이팅이 분위기 조정용 반 농담을 꺼낸다. 빨리 편지 내용을 공개하라는 뜻이다.

"그런 험악한 난리 얘기 보다 지방유지, 지사들의 애국 행동이 나름 뚜렷한 목표 아래 맹렬히 추진된다는 내용이오. 그 중에도 김구, 안태훈 진사, 그의 맏아들 중근 활약상이 두드러진다고 합디다."

"좀 전에 대감님이 서울 애국보다 시골 애국이 더 속 깊을 수 있지 않나 고민한다고 하셔서 잠시 그 차이를 생각해보았어요. 감히 말씀드려도 될까요?"

편지 공개를 재촉하던 화이팅이 불쑥 자기 의견을 먼저 들어보라고 말한다. 간접적 공개 압박이다. 민영환은 불감청 고소원, 고개를 끄덕이자 그녀가 서슴없이 입을 연다.

"그러니까 서울 애국은 매끈하고 금방 표가 나는데 시골 애국은 투박하지만 드러나지 않고 장기전 효과가 있습니다. 예컨대 만민공동회가 서울 종로에서 위용을 떨치면 곧 시골로 이전 효과가 나타나지요. 워낙 요란하니까. 거기 출연했던 연사는 당연히 전국적 유명 인사가 되고요.

반면 시골 애국활동은 소규모로 흔적이 별로지만 입소문을 통해 오래 전파되며 민초 마음에 뿌리를 내립니다. 관권 개입이 서울처럼 심하지 않아 주도 인물은 한 사건에 집중할 수 있고요. 비록 지방 영웅으로 끝나긴 해도 그 이름과 과업 자체는 길게 남지요. 어때요, 들을 만해요?"

화이팅이 민영환 의견을 구하는데 이승만이 나서지 않을 수 없게 됐다.

자기를 두고 하는 얘기 같아 곤혹스런 것이다.

"혹시 저를 서울 애국자로 치부한다면 결단코 사양합니다. 저는 독립협회가 깔아준 멍석에서 구르는 일개 연사와 논객일 뿐이니까요. 개인 홀로 일본군인 상대 맞대결한 인물들과는 비교가 안 되지요. 서울 애국, 시골 애국 따질 계제가 아닙니다."

영환이 바로 중재에 나섰다.

"허허, 이러다 날 새겠네. 누가 뭐래도 이 주필은 서울 뿐 아니라 전국 애국자가 분명해요. 이제 그만, 평산서 온 편지를 돌려 읽고 소회를 말하는 서신 독회를 시작합시다. 전에 내 여행 편지 독회 했던 것처럼. 그때 느낌과 결과가 좋아 오늘 또 모였어요. 길지 않아 곧 끝납니다."

편지 내용은 다음과 같다.

– 계정(桂庭), 소식 전한지 꽤 오래 되었소. 아우님 예쁜 붓글씨도 보고 싶고 이곳 인물 자랑도 하고 싶어 오늘 몇 자 적습니다. 요약하면 김구와 안태훈 진사, 또 그의 장남 중근 얘기요.

동학 애기 접주 출신으로 민 왕후 시해에 분노, 일본군 장교를 죽이고 긴 옥살이를 한 김구는 지금 장련에서 학교를 운영하고 있소. 하지만 나라꼴이 점점 험해지자 조만간 해외로 나가 지원을 도모할 예정이라 하오. 간도, 연해주, 심양, 멀리 상해까지 그의 손길이 뻗친다니 대단하지 않소? 그의 패기가 부럽습니다.

더욱이 한 때 동학군 토벌대로 김구와 맞섰던 안진사와 장남 중근이 김구의 부모까지 청계촌에 모셔다 봉양하며 국가자강운동을 돕는 모습은 의사들끼리 협조하고 연대하는 만백성의 귀감이 아닐 수 없소. 사격술 뛰어난 중근은 독실한 천주교 신자, 그가 하느님 정의 실천에 나선다면 누구보다 무서울 거요.

안 씨 일가 역시 멀리 보고 학교 사업을 하며 지방 적폐 청소에 나서 칭송이 자자하오. 일본, 청국 등 외국상인 횡포, 토호들 만행, 무지한 군중 소요, 관폐 따위를 총 들고 힘으로 직접 해결해주니 얼마나 고맙겠소. 관청이나 경찰 대신이지.

청년 안중근도 곧 해외 거점 마련에 나선다오. 김구와 손잡으면 몇 배 효과가 나겠지. 만주와 연해주, 바이칼호반, 산동 반도 한인촌 등과 연계, 국내 일본 세력에 조직적 대항을 꿈꾼다는 거야. 안 진사는 총재산을 정리해 이를 도울 예정이고. 일가 모두 나서는 원대한 구상들일세.

이 피 끓는 사람들 얘기를 들으며 나는 우리 대한의 밝은 미래를 꿈꾸게 되었소. 지방의 이런 움직임에 서울 애국 청년들이 가세한다면 얼마나 더 큰 힘이 될까. 일종의 도농 연대지. 참 이승만군, 춘생문 사건 때 평산 누이 집에 피신 왔던 그 청년은 어찌 지내오?

당시 우리 집과 안 진사 댁을 방문, 며칠 씩 묵었고 중근과는 총기 사고로 길에서 만나 이야기를 나눈 일이 있다고 했소. 기백 넘치는 청년이라 애국 활동에 여념 없겠지. 꽃피는 새 봄에 우리 국운도 활짝 펴기 기대하며 이만 줄이오. 부디 건강하고 자중하시기를. 細谷 泳國書. ─

편지는 돌려가며 읽지 않았다. 시간 절약을 겸해 명주월이 낭랑한 목소리로 고저장단에 맞춰 한자 한자 또렷이 낭독한 것이다.

"멋대로 제가 읽어 죄송해요. 첫 문장이 눈에 들어온 순간 그냥 소리 내어 낭독하고 싶었어요. 다른 분들 기다리는 시간도 아깝고. 옛 은인의 인

자한 음성이 들리는 듯싶었습니다. 성에 안차 다시 읽고 싶은 분은 그렇게 하세요."

민영환이 빙긋 웃는다. 낭독 솜이 제법이라고 생각한다. 그녀 기지가 사랑스럽다. 칭찬 한마디 던질까 하는데 화이팅이 한 발 앞선다.

"미국 라디오 방송의 독서 아나운서보다 더 좋았어요. 문장을 구비 구비 돌아가며 강약 조절에다 적절한 단어 악센트까지 명 사장님은 방송 체질을 타고 나셨나 봐요."

"명 사장은 어려서부터 한시 낭독 솜씨가 일품이었답니다. 평산 영국 형님 댁에 머물 때 사랑방 글 도령들 어깨 너머로 배운 한시를 암송, 도강에 오른 적도 있대요. 천상계곡을 넘나드는 기분이라고. 그 재주를 보았으니 우리 크게 박수 한번 칩시다."

화이팅, 민영환의 잇단 극찬과 박수 소리에 명주월 기가 머리 꼭대기까지 올랐다. 이승만을 향해 서슴없이 말한다.

"우렁찬 강연 솜씨 뽐내는 이 주필은 시종 말이 없네. 내 낭독 수준이 별로인가요. 민 선생님은 편지에 이주필 개인 안부까지 물었는데."

"너무 과분한 칭찬을 받아 그렇습니다. 그때 선생님 댁 묵으며 세상 배운 것만 해도 갚을 길이 없는데 군중집회 쫓아다니느라 안부도 제대로 여쭙지 못하고 염치가 없네요."

이승만 얼굴이 편안치가 않다. 편지에서 김구와 안중근 이름이 나올 때부터 계속되는 모습이다. 중근은 평산 피신 당시 길 위의 총기 오발 사고 인연으로 잠간 만나 대화를 나눈 일이 있으나 김구는 그때도 출타해서 보지 못했다. 지금껏 면식이 없다.

그런데도 그 이름은 들을 때마다 계속 걸린다. 해안가 시골 주막에서 일본 장교를 때려죽인 사나이, 동학군 수천 명을 거느렸던 애기 장수, 김창암, 김창수, 김구 등 이름을 바꿔가며 마곡사 스님에서부터 기독교인 되기까지, 그는 풍운아다. 멋쟁이다.

"자네는 지금도 역할을 충분히 하고 있어. 괘념할 것 없네. 고종 황제는 물론 외국 공사관, 많은 군중들이 자네 행동을 주목하는 처지 아닌가."

"그래요. 안진사댁 장남 중근 씨는 이 주필보다 네 살 아래, 김구 씨는 한 살 아래, 동년배나 다름없어요. 모두 황해도 출신이고. 언젠가 세 사람이 모여 뜻을 합치면 좋겠네요. 편지에 두 분 얘기를 하신 것도 아마 그런 원려 아닐까요."

영환과 명주월의 간곡한 위로에도 승만은 묵묵히 술잔을 기울이다 그날 모임을 끝냈다. 약간 비틀대는 승만을 화이팅이 부축 했으나 뿌리치고 휘적휘적 걸어 익선동 골목길을 빠져나갔다. 뒷모습이 쓸쓸해보였다.

다음 날은 승만의 사흘간 출소 휴가가 끝나는 날, 그가 이른 아침 민영환 전동 집 대문을 두드렸다. 지난 밤 술도 덜 깬 상태지만 어제와 달리 표정이 밝다.

"무례하게 갑자기 방문해 죄송합니다. 제 결심을 빨리 말씀드리고 싶어 결례를 무릅썼네요."

"우리 사이 무슨 상관인가. 사흘 휴가가 너무 짧지. 가족 얼굴들 제대로 볼 시간이나 있었는가. 이경선 어르신, 자네 부인, 장남 태산이 모두 애간장이 타겠네. 갑자기 차린 조반이지만 천천히 많이 들게."

급히 나온 조반상에 마주 앉은 영환과 승만 사이에 온기가 흐른다. 이심전심, 아무튼 나쁜 일은 아닌 것 같다.

"밤새 고민 끝에 결심했습니다. 제가 미국행 밀사 역을 맡지요. 잘할지

장담은 못해도 최선을 다 하렵니다. 다만 조건이 하나 있는데…."

말없이 식사에 열중하던 승만이 이윽고 숟가락을 밥상에 놓으며 입을 열었지만 뭔가 주저한다.

"조건이라니? 누구와 함께 가고 싶나? 아니면 시기 문제?"

"아닙니다. 동행이나 시기는 적당히 조정하면 되고 제가 누구 밀사인가 하는 문제입니다. 저는 고종의 밀사가 아닌 민 대감님 개인 밀사로 가고 싶은 거지요. 가서 제 역할은 다르지 않더라도 그게 좋겠습니다."

"그건 말이 안 돼. 내 개인 밀사로 가서 거기 요인들이 만나 줄 것 같은 가. 우선 황제께서 허락하지 않으실 테고. 자금 지원도 어렵게 되네."

"사람 만나기 힘들고 자금 제약이 많다 해도 제가 부딪혀 해결할 일입니다. 아무튼 저는 황제의 밀사로는 가기 싫습니다. 차라리 제국신문, 매일신문 특파원은 어떨까요, 아니면 독립협회 파견 형식을 취하던가…."

이 대목에서 영환은 고소를 지었다. 승만의 이런 단순한 애국 충정이 국제 사회에서 통할까 생각이 들었기 때문이다. 본인은 선교사, 외국공사관, 국제 상인들 몇 사람과 접촉하며 국제 감각을 익혔다고 자부할지 모르나 현실은 냉혹하다.

"우리 같은 약소국 특파원을 미국에서 얼마나 신임할까. 또 이미 해산된 독립협회 파견이라니 말이 안 돼. 게다가 자금 지원 없이 무슨 일을 하는 가. 그래서 말인데 정 황제 밀사가 싫다면 대한제국 밀사는 어떤가?

영환의 제안을 승만은 수락했다.

이승만은 1904년 8월 7일 석방됐다. 수감 5년 7개월 만이다. 그의 나이 서른 살. 20대 후반 인생을 온전히 감옥에서 보낸 것이다. 그러나 공허한 시간은 아니었다. 국내 정계는 물론 외교가에도 이승만 이름 세 글자를 꽤나 각인시킨 유용한 세월이었다.

이날 특사에 포함된 2백28명의 다른 죄수와 함께 이승만이 한성감옥소 문을 나왔을 때 제일 먼저 달려와 품에 안긴 사람은 아들 태산이다. 번쩍 안아 올려 무 등을 태운다. 재롱 동이 아들. 곧잘 할아버지 심부름을 오면 간수들과 감옥 안에서 놀다갔다.

한차례 행가 례를 쳐 준 뒤 주위를 돌아보니 아버지 이경선, 아내 박승선이 두 눈에 눈물 가득히 웃고 있다. 또 배재학당, 독립협회 때 친구 이병주, 신긍우, 주시경 그리고 상동교회 청년회 간부 전덕기가 빙 둘러서 가볍게 박수를 친다.

"이제 다시는 감옥 갈일 없어야지. 고생 많이 했네. 그 속에서 학교 열고 논설 쓰고 영어 사전 편찬하고 가구 만들고 일이 많았지만 자유의 몸만 같았겠나. 자, 여기 두부 한모 가져왔으니 얼른 먹고 액땜하게."

한 순배 돌아가며 악수가 끝난 뒤 주시경이 준비해온 두부 사발을 승만 앞에 불쑥 내밀었다. 석방을 기념하는 통과 의례다. 그럼에도 승만은 목이 멘다. 따뜻한 마음씨, 정성이 고맙다.

"별 볼일 없는 친구 위해 애들 쓰네. 나야 감옥 안에서 세상 물정 등지고 편하게 지냈지만 밖에 자네들이 더 고생했지. 그런데 잠깐, 내가 먼저 우리 아버님께 사죄의 절 한번 올리고 싶으니 양해들 하게. 늘 걱정만 끼쳐 드려 몸 둘 바를 모르겠네."

이승만이 갑자기 두부 사발 든 주시경에게 양해를 구한 뒤 맨 땅에 엎드려 이경선에게 큰절을 한다. 일동이 일제히 박수를 쳤다. 이어 두부 먹기. 한입에 다 들어가 우물대는 모습에 이번에는 큰 웃음판이 벌어진다.

"언제까지 감옥소 앞에서 설왕설래 할 겁니까. 설마 정들어 떠나기 싫다는 건 아니겠고. 익선동 공신원에서 민 대감님이 기다리시니 서둘러 갑시다. 석방 기념 한잔 축하주를 빼놓을 수 없지요."

신긍우가 냉큼 태산의 손을 잡고 수표교 쪽으로 걸어가자 일동 모두 움직이기 시작한다. 지난 밤 한차례 소나기 뒤끝이어서인지 무더위는 좀 가신 편이다. 청계천 가에서 빨래하는 아낙네 7, 8명 이 일행을 바라보며 방망이를 힘차게 휘두른다.

이날 아버지 이경선과 부인 박승선, 아들 태산은 점심을 마치고 먼저 귀가했다. 나머지 사람들은 민영환을 중심으로 저녁까지 시국 토론에 열중했다. 지난 2월 터진 '러일전쟁'이 일본 승리로 굳어지며 조선 천지는 일군과 상인들의 놀이터가 되었다.

아니, 따져보면 개전 초 1904년 2월 23일 한일의정서 강제 체결로 군사 동맹이 맺어지고 내정간섭이 노골화하면서 부터다. 그중 황무지 개척권 요구는 대표적 사례다. 버려둔 매립지, 국유지, 임자 불명 사유지 등에 일본인이 말뚝 박고 삽질 몇 번 하고 나면 소유주로 둔갑하는 것이다.

이런 횡포에 항의하는 군중집회는 여름 내 서울을 시끄럽게 했다. 과거 독립협회 간부들 중심의 보안회가 새로 발족돼 반대 투쟁의 선봉에 섰다. 일본 헌병대 검거 선풍이 불었으나 대한제국 정부는 유명무실했다.

"보안회는 거의 해체 수준입니다. 간부 거의가 또 헌병대에 끌려갔으니까요. 군중집회를 끌어갈 동력 없이 일본 상대 투쟁은 불가능합니다. 새 조직이 필요해요."

"그래서 협동회를 새로 만들고 간부 인선까지 마쳤답니다. 한시가 급한데 본인들 승낙은 얻었는지 모르겠네요."

전덕기가 말하고 주시경이 답한다.

"황제폐하께 사태 중요성은 내가 말씀드리겠소. 폐하께서 아신다고 뾰족한 수는 없지만 최소 마구잡이 횡포는 저지해야겠지요. 또 미국 등 외국 공관 협조도 얻고. 협동회 면면은 누구랍니까?"

"최종 결정되지 않았지만 회장 이상설(李相卨), 부회장 이준(李儁), 평의장 이상재, 서무부장 이동휘, 재무부장을 허위로 하고 편집부장에 오늘 석방되는 이승만이라고 들었습니다."

이번에는 민영환이 묻고 주시경이 답한다.

"흠, 좋은 인재들을 골랐소. 그 분들 능력은 의심할 바 없지. 하지만 이승만 편집부장은 재고했으면 좋겠네. 석방 즉시 대중 운동을 재개하면 특사 의미가 사라져요. 수구파와 일본 측에 빌미를 주지. 이 주필은 당분간 막후에서 쉬는 게 나을 거요."

영환은 이 말과 함께 최근 수구파의 의심쩍은 동향을 설명해주었다. 러시아 세력 감퇴와 함께 수구파 핵심들이 친일파 중심의 유신회를 준비 중이라는 것이다. 이 모임은 발족 직후 일진회로 개명하고 일본 앞잡이 노릇을 톡톡히 한다.

또 다른 화제는 신긍우가 제시한 상동교회 청년회 주도 청년 학교 설립 문제였다. 상동교회는 1889년 감리교 선교사 스크랜턴이 첫 예배를 본 뒤 1900년 붉은 벽돌로 양식 교회당을 지어 교세를 과시했다. 1898년 신축한 정동교회에 이어 두 번째 벽돌집 예배당인 것이다.

여기가 상동파 젊은 민족 운동가들의 요람이 되었다. 고종을 폐위하고 의화군 이강(李堈)을 옹립하려다 실패한 전덕기, 박용만, 정순만 등이 중심이다. 이승만도 이때 연루되어 수감된 것이다.

이승만을 제외한 이들은 모두 엡워스 청년회 소속으로 활동했다. 엡워스는 감리교 창시자 존 웨슬리의 영국 출생지인데 그 지명을 따 전국 감리교회에 창설된 조직이다. 첫 번째가 인천 내리교회, 두 번째가 상동(尙洞)교회였고 당시 황해도에서 활동중인 김구는 진남포 엡워스 총무였다.

그러니까 이승만은 진작부터 황해도 투사 김구를 의식하고 있었다. 젊은이의 영적 훈련과 친교 및 봉사 수련장으로 조직된 엡워스 청년회 일각에서 활동하는 김구에 묘한 경쟁심을 느낀 것이다. 평산 민 선생이 김구와 안중근 관련 소식을 구구절절 영환에게 보낸 것은 거기 불을 질렀다.

"상동교회 청년회가 계속 선교와 영적 훈련, 친교단체로만 지내서는 안 됩니다. 나라가 위기일 때 뭔가 혁신적 사업을 벌여야 지요. 이승만 석방 기념으로라도 즉시 사업에 착수합시다."

신긍우가 입을 열자 주시경이 재빨리 받았다. 그는 후일 한글학자 이름 값을 이때도 유감없이 발휘한다.

"백번 타당한 말입니다. 무엇보다 전국 문맹자 퇴치에 나섭시다. 글자 모르는 민족, 문맹률 90% 이상은 국가적 수치이지요. 배우기 쉬운 우리 글자 한글이 있는데도 말입니다."

"그게 다 일부 양반들 고집 때문입니다. 한문은 상국 글자, 한글은 천한 언문이라고 하대한 탓이지요. 그 편견을 한글 보급운동으로 벗겨 갑시다."

"정동교회 주시경 동지가 상동교회 일에 이렇게 좋은 제안을 하니 부끄럽군요. 사실 제가 상민 출신으로 한글 깨친 지 얼마 안 됩니다. 스크랜턴 목사님 집에 기거할 때 처음 배웠지요. 글을 읽게 되자 세상 광명이 다 보이고 천국이 따로 없다 생각 들었습니다. 목사님 은덕을 기려 한글 보급은 제가 앞 장 서렵니다."

담담한 신긍우에 비해 전덕기는 보다 적극적이다. 그는 수줍고 겸손했으나 군중집회 때나 독립협회 행사 때 위험한 일은 도맡는 일꾼 면모를 보여 왔다. 이날도 그랬다. 이 모습이 좋았던 민영환이 시종 조용한 이승만에게 눈길을 돌린다. 이제 네가 나설 차례 아닌가 묻는다.

"그렇다면 차제에 아예 상동 청년학원을 설립, 한글 중심의 교육 사업을 펼치는 게 어떨까요? 여기서 직접 교육도 하고 교사들이 마을 유지 사랑방을 빌려 가르치기도 하고, 그럼 문맹 퇴치 사업에 애국 사상 보급까지 양수 겸장 효과가 있을 듯싶습니다."

승만이 방안 들뜬 분위기를 달래듯 차분하게 말한다. 속으로는 사실 무척 감동을 느꼈다. 자신이 석방된 날에 청년 학원 개설이 결정 된다면 역사적 기념비나 다름없다. 옥중 기도의 꿈 하나가 이뤄지는 것이다.

그는 수감 생활 중 좌절할 때마다 기도했다. 개인과 가족보다 나라 위한 내용이 더 많았다. 자립 자강 국가 건설에 한 몸 바칠 테니 소중히 써달라고 기도했다. 하느님을 모시되 민족과 종교를 초월하는 평화 국가 건설이 소원이라고 청원했다.

이날 논의한 상동청년학원은 가을바람 소슬한 10월 15일 정식 개교했다. 준비에 2개월 이상 걸린 것이다. 그만큼 쉽지 않았다. 재정, 교사진, 교실 확보, 학생 모집 등 잡다한 문제가 많았다.

하지만 기독교 정신에 입각한 전인 교육, 문맹 퇴치에 진력한다는 설립 취지에 많은 독지가들이 공감하고 참여했다.

당시 연조록에 전덕기와 박용만이 각 20원, 정순만 5원, 이승만 2원이 적혀져 갓 출옥한 그의 주머니 모습을 연상시킨다. 상동교회 설립자 스크랜턴 목사는 교회 근처 가옥을 교사로 기증하고 교사진은 스크랜턴 어머니와 헐버트 목사가 영어와 역사를, 주시경이 국어, 전덕기가 성경 강해, 이승만 시사해설 등으로 짰다.

이때 교장은 이승만을 선임했다. 깊은 신앙심과 감옥학교 경험, 지명도, 열성 면에서 인정받았기 때문이다. 긴 감옥 생활이었으나 그는 잊혀 지지 않았다. 만민공동회 연사로서의 카리스마, 수감 중 계속 집필한 논설, 감옥 학교 개설 등이 그를 평가한 것이다.

석방 이후 그는 가을이 깊어질 때까지 이처럼 상동학교 개설 작업과 제국신문 논설 쓰기에 여념이 없었다. 사실 그때 논설쓰기는 쉽지 않았다. 일본세가 날이 갈수록 기승을 부리며 조선 정치, 경제, 사회 전 분야를 밀물처럼 압박하고 있었던 것이다.

모든 게 논설 비판 대상이고 이를 집필하다 보면 개인 위험이 커졌다. 때문에 지사를 자처하던 인사들조차 논설 집필을 사양했다. 조선 정부는 허수아비고 누구도 보호할 힘이 없었다. 조선 땅덩어리 전체가 일본 춤사위에 흔들리는 쪽배였다.

영환은 사태의 심각성을 보고 이승만에게 논설보다 학교 운영에 매진하라고 주의를 주었다. 문제 논설 때문에 승만의 밀사 계획이 지장 받을까 걱정한 것이다. 국내서는 희망이 없었다. 한시바삐 국제적 경각심을 일으켜 일본을 견제해야 했다.

승만도 그 점을 모르지 않았다. 가능하면 정치외적 테마를 논설 주제로 뽑았다. 불가피한 경우 직설적 비판 대신 은유적 수사로 대신했다. 당시 필리핀 관련 사설이 대표적 예다.

필리핀은 스페인의 350년간 식민지였으나 종주국이 미국과 전쟁에서 패하자 1898년 독립을 선언했다. 하지만 열강회의에서 다시 미국 식민지로 넘어갈 때 일본은 미국을 지지했다. 앞으로 대한제국 지배 야욕을 눈감아달라는 주문이다. 이를 논설이 그냥 지나칠 수 없었다.

일단 집필하되 조심스럽게 접근했다. 필리핀 독립의 당위성과 이를 묵살한 현실을 지적하고 비록 세계가 모른 채 넘어갔으나 언젠가 그 부당함이 시정될 것이라고 전망했다. 그럼에도 이 논설이 결국 사단을 빚고 만다.

"이 교장, 도대체 어찌 된 일이오? 제국신문이 정간 처분으로 신문 발행을 못한다니. 대궐 갔다가 소식 듣고 바로 달려 왔소."

민영환은 상동학원 교장실 문을 열기 무섭게 큰 소리로 묻는다. 거기 이승만, 전덕기, 주시경 등이 앉아 있다가 영환의 갑작스런 내방에 일제히 일어서 맞는다. 역시 걱정들 하고 있었던 모양이다. 주시경이 읍하고 오히려 되묻는다.

"글쎄, 저희도 갑작스런 정간 통지를 받고 일본 공사관과 헌병대에 경위를 알아보는 중입니다. 이런 무지막지한 조치가 이른바 법치 사회에서 가능한 얘기입니까. 민 대감님은 혹 누구 짓인지 아시나요?"

"공사관과 헌병대가 서로 핑퐁치고 있는 것 같소. 외부협판이 두 군데 다 방문했지만 공사는 헌병대 권한이라 하고 헌병 사령관은 출타 중 핑계 대고 대답할 수 없다는 거요. 그래, 저들 트집은 뭡니까."

"10월 7일자 논설이 불온하다는 겁니다. 첫째, 일본 군 작전에 지장을 주고 둘째, 조 일 양국관계를 악화시키며 셋째, 조선 치안 유지 방해가 이유라 하네요. 결국 치안유지법 위배인데 그게 '이현령비현령' 아닙니까."

영환에게 빈 의자를 권하며 이번에는 전덕기가 말했다. 이어 승만이 나선다.

"7일자도 문제지만 5일자 사설 역시 반국가적이라고 하네요. 새로 부임한 일본 탁지부 고문관을 꼬집어 비판했거든요. 그가 일본 헌병대 사령관 친구라고 들었습니다."

"그건 못 읽었네. 어떤 내용인가?"

"탁지부는 조선 재정을 총괄하는 자리인데 여기 고문을 일본인이 맡으면 우리 돈도 마음대로 쓸 수 없지요. 일일이 감독을 받아야하니까. 조선의 재정개혁 핑계로 우리 금고를 사실상 빼앗았다고 비판한 겁니다."

"아무튼 우리 재정 개혁은 필요한 게 아닌가?"

"그렇지만 고문은 의견 제시에 그쳐야지 돈의 출납 감독 권한까지 갖는 것은 월권이라고 했지요. 재정 자주권은 어디까지나 대한정부에 있다고 말입니다."

"그게 한일협정서 때문이야. 러일 전쟁 초기 맺은 한일의정서가 양국의 포괄적 동맹관계라면 지난 8월 22일 체결한 한일협정서는 사실상 모든 분야에 걸친 내정간섭 허용이네. 이 결과 재정, 외교, 국방, 치안 분야 고문 자리를 모두 내주고 감독 받게 되었어. 정간은 언제까지라고 하던가?"

"말 없으니 무기한인 셈이지요. 그야말로 속수무책, 이제 다시 거리 투쟁 밖에 남지 않았습니다."

"그러다 백성들 피만 더 흘리지 않겠나. 아무튼 내가 좀 더 알아보겠네. 하야시 공사를 만나 보지. 너무 조급하지 말고 차분히 생각들 하시게. 사상 첫 신문 정간 조치가 국제 사회에 어떤 영향 줄지 설득도 해가면서. 외국 공사관 쪽에 공을 좀 더 들이게."

민영환은 이들을 위로하고 곧 자리를 떴다. 마음이 급해졌다. 생각보다 빠르게 국가 위기가 다가오는 느낌이다. 이승만의 출국 일자를 예상보다 당겨야할 것 같다.

원래 만수 도사, 한규설과는 승만의 미국행을 내년 상반기 적당한 때로 넉넉히 잡고 본인에게도 그런 언질을 준 바 있다. 석방 이후 몸을 회복할 기간을 주기 위해서다. 그러다 계절이 바뀌며 양상이 달라졌다. 조기 출국이 불가피하다고 판단한 것이다.

첫째, 일본 공사관과 헌병대가 이승만의 석방 이후 행적을 끊임 없이 추적하고 있었다. 이른바 요시찰 인물 1등급 지정이 분명했다. 제국신문 정간도 그 일환일 것이다.

둘째, 러일전쟁에서 승리한 일본의 국제무대 활약이 가을 들어 부쩍 활발해졌다. 쇄약해진 청나라 대신 아시아 맹주로 부상, 각종 이권을 챙기고 조선 합병의 꿈을 언제 밀어 부칠지 몰랐다. 시간이 촉박했다.

이를 묵인하는 미국에 빨리 손을 써야 했다. 대통령 암살로 갑자기 40대 중반 미국 최연소 대통령이 된 시어도어 루스벨트와 일본 제휴는 가속도가 붙어있었다. 특히 러시아 남진, 태평양 진출 저지를 위해 쿵 짝이 맞았다. 그들의 해군 외교, 함포 외교가 위세를 떨쳤다.

다급해진 민영환이 만수 도사, 한규설과 논의해 당겨 잡은 출국 날자는 1905년 1월 중순이었다. 그때 역사적인 경부선 열차 개통식이 예정돼 있었다. 기차로 부산까지 간다면 인천 출발 배편보다 훨씬 일정이 줄 것이다. 더욱이 온 나라가 철도 개통 경축 무드에 빠져 일경의 감시 눈길 피하기도 쉽다.

이런 영환 움직임에 장단 맞추듯 돌연 이승만이 전동 집으로 찾아 왔다. 상동학원 개교 초기로 몹시 바쁠 때다. 그래선지 얼굴이 수척해 보였다.

"웬 일인가? 학교 일로 동분서주 한다면서 예까지 찾아오고. 게다가 수심 낀 얼굴로. 고뿔이라도 걸렸나?"

영환이 인사 겸 말을 건네도 승만은 우물쭈물 쉽게 입을 열지 않는다.

"감기 몸살은 그저 집에서 푹 쉬는 게 약이야. 썰렁한 날씨에 나다니면 큰 병 되네. 아무튼 여느 때와 달리 오늘 차분한 얼굴 보니 자네 어릴 적 문수암에서 처음 만났을 때 모습이 떠오르는군. 참 순수하고 야무졌지."

북한산 문수암에서의 초면 기억을 상기시키자 승만 얼굴이 조금 펴진다. 그래도 몇 번이고 망설이는 눈치더니 이윽고 말을 꺼낸다.

"제가 큰 실수를 했습니다. 아무리 생각해도 함정에 빠진 것 같아요. 이럴 줄 알았으면 차라리 감옥에 그대로 있는 게 나을 걸 후회막급입니다."

"그래, 무슨 실수를 했는데 소란인가. 혹시 신문 정간 일로 살인이라도 했나? 자네가 무술 배웠다는 말은 들어본 적 없고 그럼 옛날 감옥 갈 때 주시경이 주었다는 권총으로 누구를 꽝 했나?"

민영환의 이런 엉뚱한 발언이 잔뜩 우울했던 승만 얼굴을 슬쩍 펴주었다. 그때부터 낮게, 그러나 또렷이 사연을 풀기 시작했다. 듣고 보니 기막힌 내용이다.

그러니까 상동학원 개교식이 있던 날 저녁 이승만이 귀가해보니 아내 박승선이 걱정스런 얼굴로 맞이하더라는 것이다. 무슨 일인가 묻자 그날 점심 때 웬 짐꾼이 쌀가마를 지고 찾아 왔었다고 한다. 가끔 민영환이 보내는 짐꾼 얼굴은 익었지만 초면이었다.

마침 집 뒤주가 비어가던 차라 그러지 않아도 시아버지 이경선에게 말씀 드리려던 참이었다. 하지만 시아버지는 평산 딸네 집에 가고 없었다. 때문에 반가운 마음에 무심코 부리고 가라 했다.

하지만 짐꾼이 남긴 명함을 본 승선은 깜짝 놀랐다. 직함 없이 '林權助'라는 이름 세자만 씌어 있었다. 그 정도는 어깨너머 서당 공부를 한 그녀가 모르지 않았다. 또 공신원 음식점이나 기독교 부인모임 등에서 신문을 통해 '임권조'가 하야시 곤스케 일본 공사인 것은 진즉 알고 있었다.

이건 뇌물이 분명하다. 황급히 명함을 들고 쫓아 나갔으나 짐꾼은 이미 사라지고 없었다. 남편이 돌아오면 불호령이 내릴 텐데 걱정이 태산 같았다고 울먹이는 것이다.

승만은 짐짓 부인을 달랬다. 다음 날 찾아가서 돌려주면 된다고 안심시켰다. 그러나 일은 그의 생각대로 되지 않았다. 공사관에서 그를 면회시키지 않는 것이다. 그렇다고 쌀가마를 공사관까지 갖고 갈 수는 없다.

며칠 속을 끓이고 있는데 어제 오후 하야시에게서 만나자는 연락이 왔다는 것이다. 약속 장소인 진고개 경성옥으로 저녁 7시경 찾아 갔다. 초행이지만 주로 일본 고관과 상인, 외국인들이 드나드는 고급 일식집으로 유명한 곳이다.

당연히 일류 일본인 기생들이 샤미센을 뜯으며 애교와 재치로 주흥을 돋우는 곳, 내로라하는 조선 사내들이 다 선망하는 장소다. 처음에는 망설였다. 누군가 눈에 띄면 좋은 모습이 아니다.

하지만 쌀가마 문제는 빨리 풀어야 했다. 소문나면 오해사기 딱 알맞다. 미끼가 될 수 있다. 거기에다 하야시를 만난 김에 혹시 제국신문 정간 조치를 풀 수 있다면 다행 아닌가.

결심하고 약속 시간에 경성옥을 찾아 갔다. 예상대로 하야시가 반갑게 맞는다. 혹시 이완용이 와 있을지 모른다고 걱정했으나 기우였다.

두 사람만의 오붓한 자리였다. 처음부터 일본 기생 둘이 찰싹 달라붙어 시중을 드니 경험 없는 이승만에게는 불편했다. 경계하고 조심했다. 이완용 집에서 1차 면식이 있어도 속을 알지 못하는 사나이다.

그러나 이날 하야시는 점잖았다. 일본 기생들도 부드러운 말솜씨와 샤미센 가락으로 분위기를 녹여갔다. 하야시는 이승만이 쌀가마 얘기를 꺼내자 이번만 예의로 참아주면 다음부터 그런 일은 없다고 단언했다.

제국신문 정간문제도 아주 선선했다. 자기 소관은 아니지만 일본 헌병대에 부탁하면 조만간 해결 가능할 것이라고 안심시켰다. 논조만 좀 부드럽게 해달라고 오히려 청을 했다.

그러면서 그가 풀어내는 해박한 국제 정세 해설이 오랜 감옥 생활로 귀가 막혔던 승만에게는 그야말로 단비였다. 조선 이야기는 나오지 않았다. 유럽 동향, 먼로주의를 벗어나 해양 강국으로 나서는 미국, 위축된 러시아와 청국, 여기 처한 일본의 향배에 대해 거침없이 말했다.

배울 점이 많았다. 그의 광범위한 정보와 해석 능력은 뛰어났다. 그런데다 마사꼬라는 승만 파트너가 쏙 마음에 들었다. 미모에 노래와 춤, 샤미센 연주는 물론 화술까지 뛰어났다. 승만이 약간의 일본 말을 듣고 말하는 것보다 그녀의 한국어 실력이 월등했다. 소통은 원활했다.

한잔, 두잔 취해가며 복잡했던 일들까지 풀리니 승만은 점차 무장 해제되고 있었다. 몇 번이고 자리차고 일어서려 했다. 그러나 그것은 마음뿐이었다. 그동안 이승만은 너무 살벌하게 살았다.

마음속으로 동요하는 승만에게 마사꼬는 쉴 새 없이 지저귀었다. 재치와 애교, 노래가 만발했다. 그리고 어느 순간 그는 스르르 눈이 감겼다. 오늘 새벽 눈을 떴을 때 마사꼬는 옆 자리에서 쌕쌕 가볍게 코골며 잠자고 있었다.

간밤에 무슨 일이 있었는지 따져볼 게제가 아니다. 승만은 조용히 옷을 챙겨 밖으로 나왔다. 새벽 진고개는 한산했다. 거기서 상동학원까지는 멀지 않았다. 남대문 쪽을 향해 무작정 걸었다.

얼마쯤 걸었을까, 상동교회 첨탑 십자가가 문득 눈에 띄자 승만은 뛰기 시작했다. '주님, 저에게 자비를 베푸소서.' 주문처럼 외우며 달려갔다.

교회 옆 상동학원 교장실에 들어가서야 그는 안도의 숨을 내쉬었다. 악몽 같았다. 하야시와 단둘이 저녁 술자리를 가진 게 애당초 잘못이다.

그러나 사태가 이렇게 진척될 줄 상상조차 못했다. 쌀가마는 미끼였다. 덥석 물고 나니 잡아 챙기는 대로 따라간 것이다. 원래 뻔뻔하거나 경험이 풍부했다면 차라리 쌀 한가마 먹고 시침이 떼는 게 상수였다.

이제 어쩔 것인가. 숙취 때문에 골치까지 지끈대는 상황에서 묘수는 떠오르지 않았다. 한 시간쯤 책상 앞에 앉아 낑낑대던 그는 결국 교회 예배실로 가서 기도하기 시작했다.

회개하고 용서를 빌었다. 의도적 실수가 아닌 우연, 아니 간교한 상대 술책에 빠진 점을 들어 자비를 간구했다. 그렇게 간절히 기도한 해답은 빨리 민영환을 찾아 상의하라는 것이었다. 그 길로 교회를 나섰다.

"실수이던 음모에 빠졌던 자네는 하야시 손에 잡힌 몸이야. 무슨 요구를 해올지 짐작이 가네. 이완용 집에서 못다 한 한을 이제 풀 모양인데 난감하게 되었군."

갑작스런 승만의 새벽 방문에 놀랐던 영환은 자초지종을 듣고 나서 길게 한숨을 쉬었다. 한껏 흐려진 얼굴이다.

"여인과의 관계는 깨끗합니다. 장담할 수 있어요. 마사꼬란 기생이 절도 있고 함부로 몸을 섞는 사람은 아닌 것 같았습니다. 일어나보니 옷매무새도 흐트러지지 않았다니까요. 저나 그 여자나."

승만이 애써 해명했다. 술 취해 떨어졌다 깨어보니 옆에 기생이 누워있을 뿐이었다. 다른 기억은 전혀 없었다.

"아네. 나야 자네를 믿지. 또 마사꼬가 도도하기로 장안에 소문난 진짜 멋쟁이 기생이야. 나도 몇 번 본 일이 있지만 함부로 몸을 굴릴 여인이 아닐세. 그러나 하야시는 그리 생각하지 않지."

"그게 바로 문제입니다. 어떻든 일본 기생과 하룻밤 잠자리에 든 게 사실이니까요. 이걸 트집 잡으면 속절없이 걸립니다. 변명 여지가 없어요."

승만은 아예 사색이 다 되었다. 밀사 사명을 띠고 출국이 얼마 안남은 처지다. 지금 이런 일로 묶인다면 만사휴의다.

"별 수 없네. 운수소관으로 치고 자네가 이 상황을 피해야지. 서울에 오래 있을수록 하야시 먹잇감이 될 거야. 자네 출국 일자를 확 당기세."

"그럼 연말께 출국하는 걸로 날자 잡지요. 아니면 더 빨리 크리스마스 날 이거나. 이때는 일본인들이 연말 인사, 신정 과세로 들떠 있어 감시도 허술할 겁니다."

"아닐세. 그건 너무 늦어. 그동안 무슨 일이 벌어질지 몰라. 이왕 당기려면 아예 11월 초로 잡고 준비하게. 구체적 날자는 내가 한규설 대감, 만수 도사와 상의해 길일을 택해 보지."

"그렇게 빨리요? 그래도 준비할 게 꽤 될 터인데."

"무슨 준비? 밀서는 내일이라도 내가 받아오면 되고 여비는 얼추 마련해둔 게 있어. 하와이, 미국 샌프란시스코, 뉴욕 등 지인들에게는 떠난 뒤 전보로 알리면 되네."

영환의 자신 있는 말에 승만 얼굴이 그제 서야 좀 펴진다. 급하게 차려 내온 조반상을 마주하고 두 사람은 많은 얘기를 나누었다. 작년에 미국에 조직해놓은 혈죽회 관계 인물 프로필도 대강 풀어놓는다.

문풍지에 비쳐든 노란 아침 햇살이 두 사나이 입술을 지켜보고 있었다.

40.
밀
사
수
락

이승만은 1904년 11월 8일 조선 땅을 떠났다. 인천에서 미국 상선을 타고 일본 고베로 출발한 것이다. 그의 가방 안에 대한제국 정부 밀서가 들어 있었다. 헐버트, 스크랜턴, 언더우드 등 여러 미국 선교사들 추천장 19통, 이밖에 민영환과 한규설이 미국 상원 딘스모어 의원과 주미 공사에게 각 각 쓴 편지로 두툼했다.

현해탄 물결이 험했으나 일단 출발하니 마음은 편했다. 일본 밀정들 눈을 미국 배에서 피할 수 있기 때문이다. 더욱이 하와이와 샌프란시스코 교포들의 열렬한 환영과 강연, 그 수입을 여비로 얻고 나니 기운이 솟았다. 그의 여정 자체가 독립 자강운동이었다.

그는 그해 마지막 날 12월 31일 저녁 7시 미국의 심장 워싱턴에 도착, 햄린 목사를 찾아갔다. 거버넌트 교회에서 처음 만난 그 목사는 기대보다 냉랭했다. 게일과 언더우드 목사의 추천장은 보지도 않고 대뜸 물었다.

"세례는 받았소? 받았다면 언제요?"

"아직 안 받았습니다. 곧 받을 계획입니다."

이 대답에 햄린 목사 얼굴이 흐려진다. 힐끗 이승만 얼굴을 본 뒤 천천히 추천장을 꺼내 읽기 시작한다. 다 읽고 다시 물었다.

"그럼 적당한 때 나에게서 받을 생각은 없소? 게일 목사는 자신이 주고 싶었으나 미국에서 받는 게 낫겠다 싶어 그냥 보낸다고 썼는데."

"물론입니다. 언제 받을까요?"

"이왕이면 기념되게 합시다. 좀 늦지만 오는 4월 부활절 주일에 많은 신자들 앞에서 세례식을 하는 걸로. 절차는 부목사가 알려줄 거요. 그때까지 그냥 예배에 나와도 좋소."

이렇게 승만은 세례를 받는다. 또 다른 이 시대 혁명가 김구가 황해도에서 1903년 가을 입교하자마자 세례를 받은 것보다 뜸을 많이 들인 셈이다. 배재학당 입학 시 어머니 김 씨 부인에게 '기독교는 쳐다보지도 않겠다.'고 한 약조 때문이리라.

그러나 승만이 세례를 받자 햄린 목사의 태도가 달라졌다. 까다로운 미국 동부 백인 사회에 진입하는데 많은 도움을 준 것이다. 추천서에 기록된 조선 왕족 출신, 그러면서 군중집회 지도자였다는 점이 부각됐다.

이승만의 첫 번째 역할은 대한제국 정부 밀서를 미국 정부에 공식 접수시키는 것이다. 순리로는 워싱턴 주미공사관을 통해야 하지만 당시 공사관 공기가 심상치 않았다. 내부 갈등이다.

공사가 궐석인 가운데 참사관 신태무 대행 체제였다. 그 밑에 김윤정이 야심가로 갈등이 심했다. 신태무는 본국 관료 출신이고 김윤정은 유학파로 현지 채용 케이스였다.

이미 일본 입김을 충분히 느끼는 신태무가 밀서 공식 문서화에 주저하는 반면 김윤정은 달랐다. 자신을 공사 대행으로 임명해줄 경우 협력 의사를 비친 것이다. 이 사실은 즉시 민영환, 한규설에게 보고됐다.

이어 승만은 햄린 목사 도움을 받아 딘스모어 상원의원에게 존 헤일 국무장관 면담을 부탁했다. 딘스모어 의원은 주한공사 출신으로 지한파였다. 그 이전 워싱턴 포스트지를 방문, 1905년 1월 15일자 신문에 조선 반도를 식민지 삼고자하는 일본 야욕을 기사화한 것은 기대 밖 성과였다.

거버넌트 교회를 비롯한 유명 교당과 지역 사회 모임에서 거침없이 행한 강연 역시 주목을 끌었다. 조선에서 깊이 뿌리내린 성공적인 기독교 선교, 일본과 달리 조선은 미국 선교사에게 대단히 우호적이라고 강조해 박수를 받았다. 조선 지원의 당위성을 설파한 것이다.

한편 진학의 열망을 늦추지 않았다. 햄린 목사가 한국 공사관 법률 고문 찰스 니덤 조지 워싱턴 대학교 총장을 소개했다. 니덤 총장은 선교 장학금을 주어 봄 학기 입학이 가능해졌다. 그의 조선과 중국 학문 실력이 인정받아 1년 월반까지 시켜준 것이다. 이때까지 모든 게 순조였다.

"요즘 목사님 도움으로 너무 일이 잘 풀려 겁이 납니다. 저는 조선 독립에 미력이나마 이바지하고 저의 꿈인 유학을 마친 뒤 고국에 돌아가 기독교 선교에 앞장 설 겁니다."

승만이 어느 날 아침 감사 기도를 드리러 나갔다가 교회에서 만난 햄린 목사에게 이처럼 말한 것은 당연했다.

"그럴수록 기도하고 조심해야 합니다. 하느님은 당신 역사에 쓰실 귀한 인물로 미스터 리를 선임했어요. 믿음과 약속을 저버리면 안 됩니다. 책임감을 가져요. 성령이 도울 겁니다."

이때쯤 햄린 목사는 그에게 엄한 자부처럼 대했다. 초면 냉기는 가시고 훈기가 돌았다. 오직 성령의 힘이라고 느낄 수밖에 없다. 그럼 그 성령이 왜 갑자기 그에게 임했을까. 평안 속에 불안감이 가시지 않던 그의 머리를 어느 순간 탁 치고 지나가는 계시가 있었다. 북한산 문수암으로 만수 도사를 방문, 나눈 대화 중 마지막 말이다.

그를 처음 친구들과 함께 토굴로 찾아갔을 때 상대도 하지 않았다. 겨우내 면벽 수행은 끝나 있는 게 확실한데 불러도 대답이 없었다. 하지만 민영환이 준 대통을 들이밀자 상황이 달라진다. 그 속에 돌 돌 말려 담긴 혈죽 표지를 보고나서였다.

겨우 토굴로 들어간 이승만 일행이 핏빛 대나무, 혈죽의 의미를 물었을 때 만수 도사는 싱긋 웃었다. 단군조선 이래 배달민족을 지켜온 정신적 결사, 혈죽회는 시공을 초월한 존재라고 자랑스럽게 밝힌 것이다. 국난 때 작동하는 보이지 않는 조직.

평소에는 잔잔한 기 흐름이 존재를 암시한다. 하지만 상호 회원인지 모른 체 위기의 순간 기의 왕래가 왕성해진다. 개인과 작은 조직들이 연합해 타개에 나선다. 시간 차 공격과 수비로서 때로 수모를 당하나 종국에 승리하고 만다. 오직 기다릴 뿐이다.

"부디 자중하시오. 나갈 때, 멈출 때, 물러설 때를 가리시오."

만수 도사의 토굴 속 이 마지막 말을 승만은 뚜렷이 기억한다. 때문에 절제하며 기다리면 어느새 기가 밀려옴을 느꼈다. 아주 먼데서 오는 기, 사랑의 에너지는 수용 자세에 따라 강도가 달라진다. 명상과 기도, 수행이 필요한 이유다. 사형수 시절 감옥에 날라 왔던 파랑새 아리랑 남매의 격려도 그 결과다.

그 덕분인지 이승만은 존 헤이 국무장관을 만났다. 워싱턴 도착 2개월 만의 일, 대단한 성과다. 이게 바로 혈죽회 음덕 인가.

하지만 직접 계기는 딘스모어 의원과 니덤 워싱턴 대학교 총장 의 적극 알선 때문이다. 헤이 장관은 이승만의 요청대로 1882년 조미 통상조약에서의 '거중 조정' 조항을 미국이 성실히 이행할 것을 약속했다. 조선이 타국 간섭을 받을 경우 이를 조정하는 역할에 충실하겠다는 것이다.

이야말로 바라던 바다. 도미 목적이 바로 이뤄진 것이다. 이승만은 뛸 듯이 기뻐 민영환에게 곧 보고했다.

-헤이 장관은 조선에 온 미국 선교사들이 훌륭히 활동한 것에 만족했습니다. 러일 전쟁 기간 미국 정부 소개 령에도 평양, 선천 등 전투 위험지구를 떠나지 않고 신자들과 함께 행동한 것, 신자들이 선교사를 적극 따른 것에 흡족했지요. 아울러 조미 조약 내용도 성실히 이행할 것을 약속했습니다. 서광이 비칩니다.- 중략

딘스모어 의원도 만족해서 이승만의 편지를 미국 공사관 파우치 편에 보내는 편의를 봐준다. 그때 이미 조선 외교 업무에 일본이 깊숙이 침투, 혹시라도 알려질까 염려해서다. 우리 외교 배낭을 믿지 못한 것이다.

하지만 사단은 벌써 일어나고 있었다. 헤이 장관은 진작 루스벨트 대통령으로부터 조선 문제에 더 이상 천착하지 말라는 지시를 받았던 것이다. 승만에게 좋은 말을 한 것은 중간의 딘스모어 의원 등의 낯을 감안한 외교적 수사였다.

그런 헤이 장관마저 얼마 뒤 지병으로 사망했다. 곧 저승에 갈 사람이 왜 거짓말을 했을까. 한동안 승만은 비통에 빠진다. 1905년 7월 1일 그의 사망 소식에 가슴을 치던 그는 이어 다음 목표에 매달린다.

시어도어 루스벨트 대통령을 직접 만나는 것이다. 계란으로 바위 치기다. 이때 일본과 미국은 러일전쟁 승리의 마침표로 8월 10일 포츠머스 강화 조약체결을 앞둔 상태였다.

그러니까 7월 27일 미국이 필리핀을 식민지 삼는 대신 일본은 한국을 보호국화 하는 내용, 이른바 태프트-가쓰라 밀약을 맺고 이를 강화회의에서 조인키로 한 것이다. 미국 육군 장관 태프트, 일본 외교장관 가쓰라 사이의 일이다.

그럼에도 이승만의 루스벨트 면담 역시 의외로 빨리 성사된다. 태프트 장관이 국회의원, 군 장성, 대통령 딸 앨리스 등 80여 명의 방문단을 이끌고 하와이를 거쳐 필리핀, 일본에 가는 기회를 이용한 것이다. 당시 하와이 8천여 교포는 '독립청원서'를 채택, 루스벨트 대통령에게 전달자로 교포 대표인 윤병규와 이승만을 선출했다. 하지만 방법이 문제였다.

때마침 하와이를 방문한 태프트에게 이곳 감리교회 와드먼 목사가 소개장을 얻어냈다. 루스벨트와 윤병규, 이승만의 면담 알선이다. 두 사람은 8월 4일 어렵게 루스벨트를 30분간 만났다.

야심찬 미국의 젊은 대통령이 독립청원서와 밀서를 가져왔다는 백면서생 두 사람을 만난 것은 사실 불가사의한 일이다. 불과 1주일 뒤 한국을 일본 지배하에 두기로 조약이 맺어진 때문이다. 나중 이 소식을 들은 민영환은 이는 필경 신단수 아래 붉은 대나무 숲 정기가 작용했음에 틀림없다고 느낀다. 그만큼 신통했던 것이다.

반면 이승만은 간절한 기도 덕분이라고 생각했다. 이하는 두 사람과 루스벨트 사이의 간략한 간담 내용이다.

루; 두 분을 만나게 되어 매우 기쁩니다. 내가 무엇을 도와드릴까요?

이승만; 한국은 평화를 사랑하는 자주 독립국인데 일본 러시아 등 주변 강대국 들 핍박이 심하지요. 1882년 조미 조약 체결 당사국으로서 이들의 위협을 조정 내지 막아달라고 왔습니다. 대한제국 정부 밀서와 하와이 8천 명 교포 연명 청원서를 갖고 왔으니 받아주시기 바랍니다.

루; 미국은 일본 러시아와도 조약을 맺었어요. 합당한 선에서 얘기는 해보지만 외교 관계는 상대가 있기 마련입니다.

윤병규; 각하도 아시지만 조미수호조약은 당사국이 타국 압박을 받을 때 조정이 가능하다고 돼 있지요. 이를 행사해주시길 원합니다. 특히 저는 하와이 8천여 한인교포의 대표로서 그들이 사탕수수 밭에서 밤을 낮 삼아 일하면서도 조국의 안녕을 매우 우려한다는 말씀을 드리고 싶습니다.

루; 거중 조정은 말 그대로 조정일 뿐 의무 규정은 아닙니다. 강제할 수 없어요. 게다가 미국 정부는 러일 전쟁 종료를 위한 강화회의를 곧 개최할 예정이라 다른 문제 간여가 사실상 어렵습니다. 대신 청원서와 밀서는 지금 읽을 테니 잠시 기다려 주십시오.

3자 대면 방안에 순간 침묵이 흐른다. 이승만과 윤병규의 애간장이 타들어간다. 이윽고 청원서 마지막 문장을 읽고 난 루스벨트가 입을 열며 대화는 계속된다.

"약소국 비애를 담은 훌륭한 내용입니다. 잘 읽고 충분히 이해했습니다. 다만 내가 이 자리에서 이 문서들을 받지는 못하겠네요. 어디까지나 공적 사무니까 한국공사관을 통해 국무부에 접수시키면 좋겠습니다."

"국민청원서는 그렇다 쳐도 밀서는 직접 받아도 되지 않습니까. 그야말로 개인 사신인데요. 제발 편의를 봐주시기 바랍니다."

이승만과 윤병규 두 사람이 놀라 동시에 간청한다. 읽고 접수는 않겠다니 낭패다.

"절차를 대통령이라고 어길 수 없지요. 내가 대신 보너스 소식을 하나 전하지요. 이번 필리핀, 일본 방문단에 내 딸 앨리스가 끼어 가는데 한국에도 들릴 것 같습니다. 워낙 모험심이 강한데다 내 동생 안나, 그러니까 친 한파를 자처하는 고모가 잘 설득한 모양이네요. 가서 민영환 대신을 찾아뵈라고."

"그건 굉장한 소식입니다. 그분은 소문난 애국자, 충신이지요. 그런데 태프트 장관은 한국에 안갑니까?"

윤병규의 말을 미소로 받으며 루스벨트가 면담을 끝내려 한다.

"워낙 바쁜 일정이라 어렵습니다. 하지만 앨리스의 남자친구 롱워스 하원의원이 동행합니다. 간 김에 한국 실정을 잘보고 왔으면 좋겠네요. 젠틀맨, 오늘 만남은 대단히 유익했습니다."

이렇게 이승만, 윤병규의 루스벨트 면담은 끝났다. 꿈결 같았다. 백면서생 한국인 두 사람이 거의 같은 시기에 미국 국무장관, 대통령을 연속 만난 것이다. 뛸 듯이 기뻤다.

하지만 그들 행운은 여기까지였다. 워싱턴 공사관 김윤정 대리공사가 청원서와 정부 밀서의 미국무부 접수를 거부했다. 본국 훈령이 없다는 이유다. 이승만이 힘써준 덕분에 신태무 대신 대리공사가 되었으나 배신한 것이다. 그는 이미 하야시 공사에 포섭된 상태였다.

즉시 민영환에게 사정을 알렸다. 당연히 고종에게 보고되고 밀서 접수는 실패했지만 대통령이 내용을 읽었다는 사실을 기뻐했다. 더욱 그 딸 앨리스가 조만간 한국을 방문한다는 소식에 대대적 환영 준비에 들어갔다.

방년 21세, 워싱턴 사교계의 꽃이라는 이 처녀를 설득하면 대통령 아버지에게 말이 먹히지 않을까 안간힘을 쓴 것이다. 앨리스는 1905년 9월 19일 인천항에 도착, 그 해초 개통한 경부선 열차로 부산에 가서 출국하기까지 10박 11일 체류했다. 황제 전용 열차를 타고 꽃가마를 태웠으나 결과는 처참했다.

강대국들의 나눠먹기 밀약에 그대로 당한 것이다. 미국은 필리핀을 점유하고 일본은 한국 종속화 계획에 박차를 가했다. 이토 히로부미가 고종을 겁박하고 하야시 공사가 대신들을 위협하며 하세가와 요시미치(長谷川 好道) 일본군 사령관이 궁궐을 포위한 가운데 을사보호조약 체결을 강요한 것이다.

마침내 11월 17일, 이토 히로부미는 대신회의를 소집, 강제로 도장 받고 조약 체결을 선언했다. 고종은 대신들이 결정할 문제라고 여기서 빠졌다. 비겁하다. 왕의 도리가 아니다. 반면 끝까지 반대한 참정 한규설은 다른 방에 격리된 채 이른바 을사 5적이 안건을 통과시킨 것이다.

학부대신 이완용(李完用), 군부 이근택(根澤), 내부 이지용(址鎔), 외부 박제순(朴齊純), 농상공부 권중현(權重顯)이 참담한 면모들이다. 나중 이완용은 귀족 칭호에 한국 최대 갑부가 되는 등 모두 생전 호강을 누렸다.

이로써 대한의 모든 외교와 내치 업무가 일본에 넘어갔다. 일본 통감이 섭정으로 서울에 주재, 통치권을 행사키로 한 것이다. 전국에서 조약 파기와 5적 처단 운동이 일어났다. 황성신문 장지연 주필은 '이날에 목 놓아 통곡 한다' (時日也 放聲大哭) 제목 사설을 썼다.

조약 체결 당일 민영환은 전처 안동 김 씨 묘소 이장 관계로 용인에 가 있었다. 소식을 듣고 다음 날 급히 상경, 대궐로 갔으나 고종을 만나지 못한다. 일본군이 출입을 막았고 면목 없는 황제도 꺼리는 눈치였다.

급기야 조병세 등 충신들을 모아 경운궁 인화문 앞에 엎드려 조약 파기를 황제 이름으로 공식 선언하라고 요구했다. 단식 투쟁이다. 일본군이 삼엄하게 지키는 가운데 마침내 황제 접견이 허용되었을 때 민영환, 조병세는 통곡부터 터뜨렸다.

"짐도 억울하다. 기필코 도장 찍지 않았다. 대신회의 안건에 찍힌 국새는 훔쳐낸 것이다. 고로 조약은 무효다. 너희도 그렇게 알고 돌아가라."

"그렇다면 당장 도장 찍은 5적 대신들을 처벌하십시오. 삭탈관직하고 응분의 대가를 치르게 하소서."

"지금 내 영이 통하지 않는다. 외교권, 인사권을 행사할 수 없다. 그들은 다만 조약 말미에 있는 황실의 안녕과 재산 보전 조항을 들어 내 입을 닫으려 한다."

무기력한 고종 답변에 민영환은 이 나라 망국이 현실임을 느낀다. 일본 헌병에게 쫓기듯 경운궁을 나올 수밖에 없다. 하늘이 노랬다.

며칠 동안 단식 상소 투쟁으로 그는 파김치가 되었다. 찌르는 마음병과 육체적 피로가 그를 깊은 잠에 빠트렸다. 늦가을 오동잎이 툭 툭 멋없이 떨어지는 새벽녘, 청지기가 그의 사랑방 문고리를 달그락 흔들었다.

"대감님, 이완용 대감이 뵙기를 청합니다."

"이 새벽에 무슨 일? 아직 기침하지 않았다고 해라. 만나고 싶지 않다."

"진작 그랬습지요. 그러나 꼭 뵈어야 한다고 계속 문을 두드리며 떠나지 않습니다. 벌써 꽤 시간이 지났습지요."

청지기 말을 증명이라도 하듯 갑자기 여기 저기 개 짖는 소리가 커진다. 이방 저 방 인기척도 들리기 시작한다. 떠들썩해지는 게 싫다. 곧 마음을 바꿔 안내하라고 청지기에게 이른다.

"민 대감, 죽을죄를 지었소. 역시 나를 매국노 치부하시는 것 맞지요? 세월이 그리 만들었으니 너무 탓하지 마십시오."

이완용은 의외로 당당하다. 아니, 뻔뻔하다. 이게 엄청난 수치를 감당하는 방법일까. 핏기 없는 얼굴로 애써 웃기까지 한다. 영환은 같지 않아 무표정하게 다음 말을 기다린다.

"저를 비롯한 을사 5적을 처벌하라고 상소 투쟁 벌이는 심정, 충분히 이해합니다, 하지만 단언컨대 달라질 것 아무 것도 없습니다. 경운궁 앞, 백성들이 만민공동회만큼 모인다 해도 그들이나 우리 정부나 사태를 되돌릴 힘은 없어요. 그냥 떠들다 맙니다. 반면 증강된 일본군은 신식 무기로 무장하고 대기하고 있어요."

"그걸 자랑하려고 이렇게 꼭두새벽에 찾아 온 거요? 그렇다면 이제 되었으니 당장 돌아가시오. 더 상대하고 싶지 않소."

영환이 냉정하게 받아치며 손으로 방문을 가리키자 이완용이 앉은 자리에서 납작 허리를 굽혔다. 4살 연상이긴 하나 벼슬이 늦어 평소에도 선배 대접을 하던 사이다.

"노여움 푸시지요. 제가 입이 빨라 죄송합니다. 공연히 피 보는 것 싫어 말씀드린 건데 사과드립니다. 민 대감님 고언을 듣고자 새벽부터 찾아뵙고 다른 길로 빠졌군요. 그러니까 제 말은 이번 조약의 당위성 여부를 떠나 만일 체결되지 않았다면 대한제국 앞날이 풀릴지 여부입니다.

우리가 과연 자주 독립국으로 연명이 가능할까요? 열강들의 식민지 쟁탈이 치열한 가운데 나라를 지켜 갈 수 있느냐는 겁니다. 그만큼 준비되고 싸울 의지가 있습니까?

일본은 이미 청일전쟁, 러일전쟁을 승리로 이끌며 미국, 영국등과 야합,

강대국 대열에 올라섰지요. 대만을 식민지로 삼고 바야흐로 한반도 목줄을 조이는 중입니다. 그렇다면 무능한 왕조에 마냥 나라 운명을 맡기기보다 일본 힘으로 우리가 일단 개명 개화에 성공할 경우 오히려 백성에게 좋은 것 아닌가요?"

"그렇다고 해보지도 않고 겁에 질려 나라를 넘기는 게 온당한 처사요? 이대감은 대신 반열에 오르기까지 온갖 벼슬로 국록을 먹고 황제께 충성 맹서하던 시절을 까맣게 잊었소? 황제 폐하 나름대로 경인, 경부선을 깔고 도로, 항만 확장, 각종 정치 사회 분야 개혁 조치를 취하시는 것은 왜 모른 체 하는 거요?

우리 힘으로 최대한 버티고 실천하며 살 길을 찾는 게 도리지 조약에 선뜻 도장 찍어놓고 변명, 궤변으로 일관하니 내 낯이 뜨거워지오. 한규설 대감이 몰라서 끝까지 반대한 게 아닙니다. 신하의 도리, 조선 운명을 생각해 모두 죽기로 불사한다면 조약을 철회 못할 이유가 없소."

"우리라고 처음부터 응한 게 아닙니다. 최후까지 저항했어요. 그러나 황제 폐하는 대신들에게 계속 책임을 미뤘지요. 게다가 지금까지 행한 개혁은 시늉뿐이지 늘 그 타령 아닙니까. 희망이 보이지 않아요."

"아닙니다. 대감도 주미 공사관에 머물며 민주주의가 뭔지, 영국의 입헌 군주제가 어떤 것인지 다 알고 공부하지 않았습니까. 우리라고 못할 게 없어요. 황제께 그런 사정을 누누이 설명 드렸고 결국 우리 중추원이 장차 영국, 미국의 순수한 의회로 발전할 가능성을 보이기 시작한 겁니다.

물론 가시밭길이지요. 하지만 안 가본 길도 가는 게 신하의 도리입니다. 나라가 망하는데 못할 게 없다는 각오라면 도장 찍지 못합니다."

영환이 흥분 끝에 손끝으로 방바닥을 두들기자 이완용 말소리가 잦아든다. 그러나 의사는 분명히 밝힌다.

"어느 세월에 그걸 다 하겠습니까? 국제 정세가 그걸 기다려 주겠습니까? 일본의 핍박을 언제까지 견디겠습니까? 한계가 뻔히 보입니다. 그렇다면 차라리 일찍 매 맞는 게 백성과 나라에 도움 되지 않을까 생각했습니다.

일본 힘으로 개명하자는 거지요. 부지하세월의 제도 개선을 앞당기자는 거지요. 결코 잘한 짓은 아니나 고육지책임을 밝히고 싶어 대감을 이리 찾아 뵌 겁니다."

이때쯤 이완용은 다시 자신감을 찾은 듯 어깨를 편다. 어차피 쏟아진 물 담지 못한다면 밀고 나간다는 억지나 다름없다. 그의 그런 표변을 보며 민영환은 나라와 개인의 부귀영달이란 무엇인가 문득 생각이 든다. 명분과 변명은 종이 한 장 차이다. 이에 따른 처신도 그럴 것이다.

실제 이날 이후 이완용은 적극 일본에 협조하며 출세와 재물을 쌓아 간다. 2년 후 총리대신이 되고 5년 지나 한일 합병 국치 이후는 일본 귀족 칭호를 받고 부귀영화를 누린다.

한국 쌀을 탐내는 일본이 전북 군산, 김제 평야 일대 평야에 눈독 들일 것을 예상하고 그 지역 논과 밭을 일찍이 사들여 부동산 투기 땅 재벌이 된다. 대대적 매립 사업으로 오늘의 김제 평야가 생긴다는 정보를 입수하고 그 지역 황무지를 헐값 매수, 재산을 불렸다.

당시 그의 재산이 일본 돈으로 100만 엔을 넘어 조선 최고 재벌 반열에 올랐다고 한다. 백성을 위해 어쩔 수없이 나라를 넘긴다는 명분이 살려면 그나마 청렴했어야 한다. 하지만 그는 온갖 호사와 부귀를 누리다 69세 나이로 죽으며 만세에 오명을 남겼다.

일부 강단 사학자들이 일본 식민 체제 덕분에 오늘의 대한민국 성장이 가능했다고 보는 견해는 이점에서 설득력이 떨어진다. 일제 36년간 자신들의 편의와 수탈을 위한 제도 개선, 일부 사회간접자본을 건설한 것의 미화일 뿐이다. 그 기간에 우리 힘으로 못했다고 단정할 수 있는가.

안 가본 길을 외면한 편향적 견해는 또 다른 이완용 식 사고다. 실제 우리는 박정희 독재 18년간 허허벌판에 말뚝 박고 세계적 조선소와 제철, 자동차공장을 지었다.

새마을 정신이 일본 메이지 유신보다 못할 게 없다. 이승만이 건국한 대한민국 민주주의는 지금 오히려 넘쳐나 홍수 날까 걱정한다.

이완용의 변명, 요설을 듣고 절망에 빠진 민영환이 반론을 제기하며 어디까지 생각했을지 모른다. 그때 대한제국 처지가 너무 한심했던 것이다. 하지만 실제 그의 논지와 예상은 정확했다. 불과 60여 년 뒤 대한민국은 세계에 우뚝 서기를 시작한 때문이다.

41.
만남과 이별

이완용이 그림자처럼 새벽에 다녀 간 뒤 민영환은 잠시 허탈에 빠졌다. 국록을 먹고 황제 총애로 미국 가서 워싱턴 주재 1년, 그 밖에 일본 도쿄, 중국 상해 등 선진국 문물을 두루 섭렵한 이른바 국가 동량이 저리 표변할 수 있는가. 친청, 친러파에서 친미, 이제는 확실히 친일파로 변신했다.

그리고는 대세와 불가피론으로 자기 합리화를 한 뒤 조약 반대 투쟁을 벌이는 자신을 설득하겠다고 찾아왔다. 눈치를 보다 그냥 돌아갔지만 속내는 뻔했다. 빈틈을 노려 분명 거래를 시도했을 것이다. 대한제국 인재가 이정도 밖에 안 되는가.

아니다. 주변에 애국 충신은 없지 않다. 한규설, 조병세가 그렇고 미국에 간 이승만은 헤이 국무장관과 루스벨트 대통령까지 만났다지 않은가. 밀서와 청원서를 접수하지 않았으나 내용은 충분히 숙지했다고 한다.

그렇다면 잠시라도 일본 핍박을 버텨낼 경우 서광이 비칠지 모른다. 지금 상황은 국내외로 급해진 일본이 일을 서두르기 때문이다. 무조건 견뎌내야 한다. 이승만에게 활동비를 더 보내고 자신은 투쟁을 계속할 것이다. 지난 9월 보낸 1백30달러 후원금은 기대 이상 가치를 올렸다.

아침을 거른 채 생각을 거듭하던 민영환은 점심 무렵 익선동 공신원 식당으로 발길을 향한다. 거기에서 의외의 두 사람을 만날 것이다. 만수 도사 전갈이라면서 명주월이 어제 저녁 사람을 보내 급히 이뤄진 약속이다.

면담자 이름은 익히 들어 알고 있었다. 평산 돌다리 민영국 진사가 거듭 언급한 김구와 안중근. 젊은 애국지사로 소문난 사람들이다. 을사 망국 조약 소식을 고향 황해도에서 듣고 밤 새워 상경했으니 만나 대책을 상의해 보라는 전갈이다. 호기심이 컸다.

김구는 누차 언급한바 해주 관아를 공격했던 동학군 애기 접장 출신이다. 민 왕후 시해 때는 복수한다고 변장한 일본군 장교를 객점에서 척살하고 나이 30세로 감옥과 피신, 망명을 일삼다 최근 교육 사업에 빠진 이 시대 협객이다.

안중근은 더 젊은 27세. 부유한 안태훈 진사 맏아들로 시문에 능숙하나 사냥을 더 좋아하는 명포수다. 동학군 토벌 때 노획한 관곡 상환 문제로 당시 세력가 어윤중에게 쫓겨 피신했던 성당에서 영세를 받고 집안 모두 가톨릭 신자가 된다.

"처음 뵙겠습니다. 국난을 맞아 아무쪼록 좋은 말씀으로 지도를 받고자 이리 외람스럽게 찾아 왔지요. 평산 민 선생님과 만수 도사님 간곡한 소개 말씀이 있었습니다."

민영환이 방에 들어서자 김구, 안중근 두 사람은 동시에 앉았던 평좌에서 무릎 꿇는 자세로 바꿔 예를 올린다. 반듯하다. 이에 놀란 쪽은 민영환이다. 이들 경력으로 미뤄 우락부락한 인상을 예상했기 때문이다. 황급히 만류한다.

"편하게들 앉으세요. 너무 이러면 제가 더 난처합니다. 나이 더 먹은 것밖에 없는데 지도라니요. 먼 길 오셨으니 함께 의논하고 걱정해야 하겠지요. 평산 민영국 선생님은 잘 계시지요?"

수인사가 끝나고 한담이 막 시작되었을 때 명주월이 정갈한 점심상을 들여왔다. 뜻밖에 소복 차림이다. 상머리에 앉아 술 한 잔씩을 따라 올리는 그녀에게 영환이 눈으로 묻는다. 웬 소복?

"저 이 음식점 주인 명주월이라고 합니다. 세 분 다 지극히 나라 사랑하시는 애국자들인 줄 알아요. 오시기 전 만수 도사님 말씀이 자상하셨거든요. 저는 오늘 소복으로 사실상 망국 설움을 달래고 싶네요. 소찬이지만 맛있게 드세요."

명주월이 사뭇 애조로 말하자 조심스럽던 김구가 갑자기 껄 껄 웃으며 대꾸했다.

"그러니까 바로 지금 말씀한 분이 수표교에서 장기 주먹밥 구휼 사업을 하신다는 여장부 명 사장님이시군요. 듣던 대로 정말 미인 여걸답습니다. 빈민 구제에다 나라 걱정까지, 참으로 저희 남정네가 부끄럽네요."

"수표교 구휼 사업은 황해도에까지 소문이 자자합니다. 장안 배고픈 사람들이 다 몰려든다고요. 저희 부친이 얼마 전 동학군에게서 접수한 관곡을 풀어 황해도 일대 빈민들에게 나눠준 것도 그 영향을 크게 받았지요. 밥이 아닌 쌀로 나갔지만."

"새삼스럽게 동학군이 탈취했던 관곡 얘기는 왜 하시오? 내가 부끄럽게. 한때 동학 애기 접주 노릇한 게 나라에 도움 주지 못하고 외국군만 더 많이 끌어들였다고 비난해도 그 정신은 살아있습니다. 요즘 친일파 간신들이 나라 팔아 호의호식하는 걸 보면 피가 끓어요. 그래서 오늘 민 대감님 찾아뵙지만."

"말끝에 나온 얘기니까 괘념치 마십시오. 제 뜻은 구국의 길이 참으로 많다는 겁니다. 저는 분연히 일어나 총포 들고 싸우지만 여기 명 사장님처럼 조용히 배곯는 백성을 돕는 일도 못지않게 중요하니까요. 김 접주님도 지금은 학교 일에 매진하구요."

명주월의 소복 차림 해명과 관련, 김구와 안중근이 입씨름을 하는 동안 영환은 주의 깊게 두 사나이의 관상을 살폈다. 충직했다. 출중했다. 대한국 건설에 꼭 필요한 젊은 인재들, 왜 이리 늦게 만났는가. 이승만과 삼각축을 이룬다면 얼마나 효율적일까.

신중히 찾아온 용건을 묻는다. 때늦은 식사와 대화에 열중하던 그들이 서로 눈을 맞춘 뒤 김구가 대답한다.

"이번 보호 조약 체결에 앞장 선 이완용을 죽이려합니다. 모범으로. 아니, 가능하면 5적 모두를 죽여야 하겠지요. 여기 안 포수, 안장군은 이토 히로부미부터 처단, 왜인들에게 경종을 울리자고 주장합니다만."

돌발 발언에 놀란 영환이 안중근 쪽으로 고개를 돌린다. 진위를 확인하는 표정이다.

"그러니까 5적, 특히 이완용과 이등 박문을 죽이기 위한 정보가 필요합니다. 그 편의를 대감이면 해주실 것 같아 찾아뵈었지요. 그들의 평소 동선, 생활 습관, 주요 거처, 경호 상태 등이 요점입니다. 거사 시간과 사용 무기 등을 달리해야 하니까요."

방안에 잠시 침묵이 흐른다. 어느새 명주월은 사라지고 없다. 김구와 안중근은 다시 식사를 시작한다. 순식간에 고봉으로 담겼던 밥그릇에서 바닥 긁는 소리가 났다.

"아니오. 안됩니다. 쓸데없는 희생이고 자칫 화를 키울 수 있어요. 저들에게 명분을 더 주게 됩니다. 두 분은 앞으로 더 큰 일을 해야지 한순간 분풀이로 사라질 분들이 아닙니다. 화사한 꽃잎으로 지기보다 사철 푸른 솔잎으로 후일을 도모하세요."

마침내 민영환이 입을 열었다. 심사숙고 끝 결론이다. 그리고 부연 설명을 하기 시작했다. 을사 5적을 죽여 봤자 물러설 일본이 아니다. 이토를 죽이는 것은 거의 불가능하다. 그의 경호는 철옹성이고 혹시 성공해도 또 다른 이토가 일본에서 올 것이다.

오히려 상태를 악화시킬 여지가 크다. 국제 여론이 나빠지고 일본의 한국 병탄 노력이 가속을 받는다. 이 때문에 일본이 황제를 살해하거나 퇴위시키면 정말 나라가 망한다. 민 왕후를 잔인하게 살해한 전례를 보라.

게다가 지금은 미국에 대한제국 정부 밀서와 하와이 교포 청원서를 갖고 간 이승만이 국무장관과 대통령까지 만난 처지다. 이로 인해 루스벨트 대통령의 딸 앨리스가 최근 한국을 방문한 게 아닌가. 결과가 보호 조약 체결이라는 최악으로 나와 사기 당한 느낌이지만 아직 희망은 있다.

"그렇다고 언제까지 두 눈 뜨고 이 사태를 멀뚱멀뚱 보기만 합니까. 확판을 뒤집으려면 요인 암살만 한 게 없지요. 우리 민족이 만만치 않다는 결기를 만방에 떨쳐야합니다."

여전히 반발하는 두 사람을 영환은 이날 애써 다독여 보냈다. 때를 기다리자, 암살과 테러는 최후 수단으로 남겨 두자고 설득했다. 우리는 평화를 사랑하는 배달민족, 천손의 자손으로 모든 종족을 포용해야 한다.

동시에 자신과 뜻 맞는 만조백관이 매일처럼 경운궁 앞에 나가 상소 투쟁을 벌일 테니 경과를 지켜보라고 달랬다. 일단 자신에게 맡긴 뒤 행동해도 늦지 않다고 설득했다. 다소 마음을 가라앉힌 그들이 돌아가자 영환은 명주월을 불렀다.

"나하고 술 한 잔 하세. 억센 젊은이들과 입씨름을 했더니 목이 칼칼하네. 자네 우리 얘기 다 듣고 있었지? 임자 의견도 말해보게. 답이 안 나와 답답해."

"혹시 다녀간 손님들 때문에 충동은 받지 마세요. 대감님도 지금은 오래 견디시는 게 답이니까."

낌새를 챈 명주월이 작은 소반에 청주를 담은 사기 주전자와 산적 한 보시기를 담아 방으로 들어오며 서럽게 말한다. 두 남녀는 더 이상 말없이 술잔을 기울였다. 촉촉한 눈길로 마주 보고 이별을 고한다. 다 알고 있다는 듯이.

마침내 영환은 자리를 떨치고 일어났다. 소복 차림으로 눈물짓는 명주월을 뒤로 하고 조병세, 한규설 등 조약 반대 백관이 엎드려 상소 중인 경운궁 대안문을 향해 휠휠 걷기 시작했다.

"망국 조약을 철회하소서. 서명한 을사 5적 간신들을 처벌하소서. 조선 왕조 5백년을 기억하소서."

백관과 백성들이 함께 외치는 함성이 멀리서 들려오고 있었다. 벌써 열흘 이상 계속되는 상소 투쟁 열기는 날이 갈수록 높아졌다. 오늘은 조정 백관 뿐 아니라 학생, 군중들까지 가세한 모양이다. 평소 열배는 넘게 크게 들린다. 절로 발걸음이 빨라진다.

그러나 영환에게는 끝이 분명히 보이는 것 같다. 이게 국운이라면 그 슬픈 기간은 짧을수록 좋다. 어떻게 당기는가. 반상 제도를 철폐, 온 백성이 한마음 되는 게 상수다. 적어도 영국 식 입헌군주제로 바꿔 행정 입법 사법 3부 권력간 상호견제의 공화주의로 가야 한다.

일본 헌병대 1개 중대 병력의 무자비한 단속은 영환이 도착해서 꿇어 엎드린 뒤 한 식경이 채 지나지 않아서였다. 그를 알아본 헌병대장이 폭행까지는 하지 않았다. 하지만 총 끝으로 그의 겨드랑이를 쑤시고 포박해 즉시 평리원 감옥에 처넣었다.

그렇게 민영환은 1905년 11월 28일 밤을 냄새 지독하고 한기 가득 찬 감방에서 지내고 29일 저녁 늦게 고종 특명으로 석방됐다. 밤새 그는 마음을 굳힌다. 한 몸 던져 마중물이 되기로.

일단 집으로 향했다. 식구들이 다 모였다. 어머니 서 씨 부인에게 큰 절을 올려 감옥에 다녀온 불효를 사죄했다. 다음 박 씨 부인 손을 다정히 잡고 눈으로 얘기한 뒤 세 아이 머리를 차례로 쓰다듬으며 속삭였다.

"너희들 크는 모습을 보지 못하겠구나. 한이지만 여기까지다. 하나도 둘도 충성, 그게 가문의 영광이고 내가 갈 길인데 뭘 주저하겠느냐, 멀리서 시공을 초월한 조상님 기가 느껴지니 평안하고 기쁨 충만하다. 아이들아, 커서 좋은 세상 만나라. 머지않아 이 나라는 번성할 것이다. 나는 거기 마중물로 만족한다."

박 씨 부인은 침착했다. 슬픔을 억누르고 남편에게 권유한다.

"내일 일정을 생각해서 일찍 취침하시지요. 감옥에서 잠도 제대로 못 주무셨을 텐데. 갈아입을 옷은 머리맡에 챙겨 놓았습니다."

"아, 그렇소. 내일 새벽같이 가볼 데가 있소. 내가 사랑방에서 정리할 게 있으니 그만 부인도 아이들 데리고 먼저 주무시오. 만사 잘 부탁하오."

그게 가족과는 마지막 말이었다. 영환은 사랑방으로 나온 즉시 유서 3통을 썼다. 하나는 서울 주재 각국 공사에게, 또 하나는 대한 2천만 동포에게, 나머지 1통은 고종에게 보내는 것이었다. 이 가운데 동포에게 쓴 편지가 더욱 간절하다. 이하는 요지.

　-오호! 나라의 치욕과 백성이 이에 이르렀으니 우리 인민은 장차 생존 경쟁 가운데 진멸하리라. 대개 살기를 바라면 죽고 죽기를 기약하면 도리어 삶을 얻나니 이제 영환은 한번 죽음으로 황은에 보답하고 우리 2천만 동포에게 사죄하며 이별을 고하노라.

　그러나 영환은 죽어도 죽지 않고 저승에서라도 도울 작정이라, 동포 형제들이 더욱 분발하여 우리의 자유 독립을 회복하면 마땅히 저 세상에서 웃고 기뻐하리라－

유서가 완성되자 영환은 새 옷을 갈아입고 벽장 속 단도를 꺼내 몸에 지녔다. 바로 집을 나와 미리 연통해놓은 회나무 골 의관 이완식 가로 직행, 사랑방 문고리를 땄다. 간밤에 군불을 지폈는지 방은 훈기가 돈다.

괴괴한 새벽, 영환은 무릎 꿇고 잠시 명상에 잠긴다. 파노라마처럼 지난 세월이 머릿속에 흘러간다. 북한산 문수암에서 이승만을 소년으로 처음 만날 때가 어제 같다.

반면 미국에서 채민수, 박창기, 이시하라, 헐버트 가족, 하루코 남매, 제이슨, 문 라이트 등을 두루 엮어 혈죽회에 가입시킨 1년 남짓 세월은 아득하다. 이승만의 미국 활동, 다시 말해 독립운동을 도울 묵시적 세력이다.

문수암과 뉴욕 체류는 시기적 격차가 큰데 어떻게 겹쳐 나타날까. 갸우

뚱하다 그는 벌쭉 웃는다. 내가 이미 시공을 초월했구나 생각이 든 것이다. 그때 불현 듯 파랑새 아리랑 남매의 지저귐이 들렸다. 런던 켄싱턴 호텔에서 처음 듣던 맑은 소리 그대로다.

"대감님, 드디어 결단하셨군요. 환인 하느님 계신 천국 신단수 아래 질펀한 대나무촌에 가시기로. 그 아름다운 궁전 마을 식구가 되시기로. 이로써 한겨레 배달민족이 웅비할 마중물 역할을 충실히 하는 겁니다. 너도 나도 투쟁 대열에 나서니 축, 축, 축, 축하.

혼자가 아니지요. 잠시 고난 기간이 지나면 요원의 불길처럼 동이족 중심 세력은 대감님 부싯돌 불을 받아 활활 타오릅니다. 그동안 갈고 닦은 은근과 끈기를 지팡이 삼아 만방에 뻗어 나갑니다. 반도에서 세계로, 지구에서 우주로. 축 축 축 감축."

민영환은 천천히 칼을 꺼내 동맥을 그었다. 시원치 않자 단숨에 목을 찔렀다. 물 컹 피가 솟는다. 뜻밖에 쾌감이 흐른다. 빼고 찌르기를 서너 번, 서서히 기운이 빠지며 대한국의 앞날이 선명히 나타난다.

일제가 패망한 이후 이승만이 건국한 대한민국 모습. '뭉치면 살고 흩어지면 죽는다.'고 그는 초대 대통령 취임식에서 설파했다. 황홀했다. 농지 분배, 의무교육 등 평등과 복지 정책 공약이 인상적이다. 이로써 '6·25 한국전쟁'을 잘 견뎌내지 않았는가.

이어 박정희의 새마을 노래가 나온다. '너도 나도 잘사는 우리 마을 세우세.' 동네부터 깨끗이 치운 뒤 용광로에서 철물이 쏟아지자 날렵한 자동차, 산 같이 큰 배를 만들어 미국 고속도로, 유럽 항구를 누비게 한다. 이른바 수출대국 한국인들은 이제 아프리카 오지, 남미 아마존 숲에서 사랑의 손길까지 뻗치고 있다.

희미해지는 의식 속에서 영환은 빙긋이 웃었다. 자신이 갈 곳은 환인 하느님의 나라 청죽 마을, 대나무처럼 곧게 살다 왔다고 칭찬받을 일만 남았다. 떠난 뒤 대한국은 포도넝쿨처럼 뻗어 나갈 것이다. 여한 같은 건 없다.

민영환은 그렇게 갔다. 45세 한창 나이. 그가 장렬히 자결하자 좌의정 조병세, 대사헌 송병선, 이조참판 홍만식, 학부 주사 이상철, 병사 김병학 등이 잇달아 뒤를 따랐다. 분개한 의병이 전국에서 일고 무명 순국자가 줄을 이었다.

이에 놀란 일본은 당초 황제 퇴위, 공식 합병 일정을 늦추고 민심 고르기에 들어간다. 역적들은 숨고 집안에 날라드는 돌팔매에 당분간 겁을 먹었다. 김구는 종로에서 가두 투쟁을 벌이다 민영환 영전에 문상했다. 고취된 투쟁 의식으로 이때 사귄 상동교회 전덕기 이동녕과는 상해 임시정부 평생 동지가 된다.

우리 토종 종교 증산도에서는 영환의 순국 역할을 상제, 즉 하느님 말씀으로 기렸다. '민영환이 나라 위해 의롭게 죽었으므로 청죽을 내려 그의 충의를 표창하느니라.'

이를 증명하듯 순국 다음 해 보도한 1907년 7월 5일자 대한매일신보 기사가 눈길을 끈다. 그러니까 그가 자결 때 입었던 피 묻은 옷을 둔 골방 마루에서 혈죽이 피어났다는 것이다. 부인이 발견했는데 잎사귀 수조차 그의 나이 45세와 같았다니 놀랍다.

일제는 단연 조작으로 몰았다. 대나무가 원래 뿌리로 번식한다는 점에 주목, 골방 주변을 샅샅이 뒤졌으나 다른 대나무를 찾지 못했다. 다급한 나머지 솟아난 혈죽을 잡아당기자 쑥 뽑혔다. 뿌리 없는 핏빛대나무, 하늘 영력이 키워낸 영환의 얼 아닌가.

박 씨 부인이 이를 잘 보관해오다 1962년 고려대 박물관에 기증했다. 1906년 7월 15일 일본인 사진기사 기쿠다가 촬영한 당시 혈죽 사진까지 유품으로 함께 넘겼다.

한편 미국 이승만은 민영환의 순국 소식을 듣고 절망과 슬픔에 잠겨 있을 때 위로 전보를 받는다.

−당신이 아주 어려울 때 뉴욕 우체국 사서함 000으로 연락주기 바랍니다. 다소나마 도움이 될 겁니다. 슬퍼하기보다 독립과 유학의 꿈에 매진, 계정 민영환의 못다 한 소망을 이뤄주시기를. 당신은 혼자가 아닙니다. 혈죽회 미국 지회 일동−

민영환은 유서처럼 죽어도 죽지 않았다. 이승만과 대한제국, 배달민족을 향한 그의 '거룩한 낭비'가 50여 년 뒤 대한민국 건국의 초석을 이룬 것이다.

(끝)